10
18
12, AVENUE D'ITALIE. PARIS XIIIe

GYLES BRANDRETH

# OSCAR WILDE ET LE CADAVRE SOURIANT

Traduit de l'anglais
par Jean-Baptiste DUPIN

INÉDIT

10
18

*« Grands Détectives »*

*créé par Jean-Claude Zylberstein*

*Du même auteur*
*aux Éditions 10/18*

OSCAR WILDE ET LE MEURTRE AUX CHANDELLES, n° 4194
OSCAR WILDE ET LE JEU DE LA MORT, n° 4309
► OSCAR WILDE ET LE CADAVRE SOURIANT

Titre original :
*Oscar Wilde and the Dead Man's Smile*


ISBN : 978-2-264-04651-2

*À Jill*
*En mémoire de Simon*

« Je veux goûter chacun des fruits
de chacun des arbres du verger du monde. »

Oscar Wilde (1854-1900)

# Oscar Wilde
# et le cadavre souriant

Tiré des Mémoires inédits
de Robert Sherard (1861-1943),
ami, premier et plus prolifique biographe
d'Oscar Wilde.

# Principaux personnages de cette histoire

## Londres, 1890-1891

Oscar Wilde, poète et dramaturge
Robert Sherard, journaliste
Arthur Conan Doyle, médecin et romancier
John Tussaud, directeur du Baker Street Bazaar de Madame Tussaud

## Londres, 1881-1883

Lady Wilde, mère d'Oscar
James Russell Lowell, poète et ambassadeur des États-Unis d'Amérique à Londres
George W. Palmer, homme d'affaires et philanthrope
Le révérend Paul White, aumônier pénitentiaire

## New York, 1882

Colonel F. W. Morse, directeur du bureau new-yorkais de D'Oyly Carte
Aaron Budd, employé du bureau new-yorkais de D'Oyly Carte
W. M. Traquair, valet

**Leadville, Colorado, 1882**

H. A. W. Tabor, maire de Leadville
Eddie Garstrang, joueur professionnel

**Compagnie théâtrale La Grange, 1883**

Edmond La Grange, acteur et directeur
Liselotte La Grange, sa mère
Bernard La Grange, son fils
Agnès La Grange, sa fille
Gabrielle de La Tourbillon, sa maîtresse
Carlos Branco, sa vedette masculine
Richard Marais, son imprésario
Pierre Ferrand, médecin de la troupe

**Paris, 1883**

Sarah Bernhardt, actrice
Maurice Rollinat, poète
Jacques-Émile Blanche, artiste peintre
Émile Blanche, médecin psychiatre
Félix Malthus, inspecteur de police

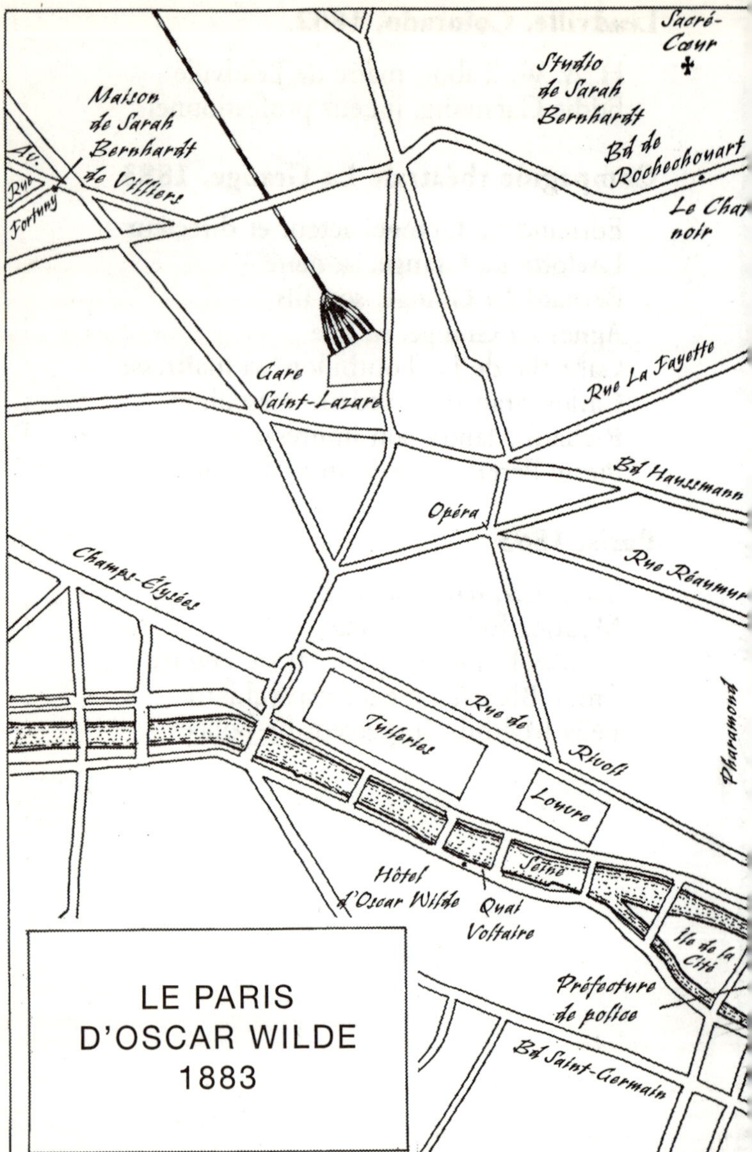

Sacré-Cœur
Studio de Sarah Bernhardt
Maison de Sarah Bernhardt
Av. de Villiers
Rue Fortuny
Bd de Rochechouart
Le Chat noir
Gare Saint-Lazare
Rue La Fayette
Bd Haussmann
Opéra
Rue Réaumur
Champs-Élysées
Rue de Rivoli
Tuileries
Louvre
Pharamond
Seine
Hôtel d'Oscar Wilde
Quai Voltaire
Île de la Cité
Préfecture de police
Bd Saint-Germain
LE PARIS
D'OSCAR WILDE
1883

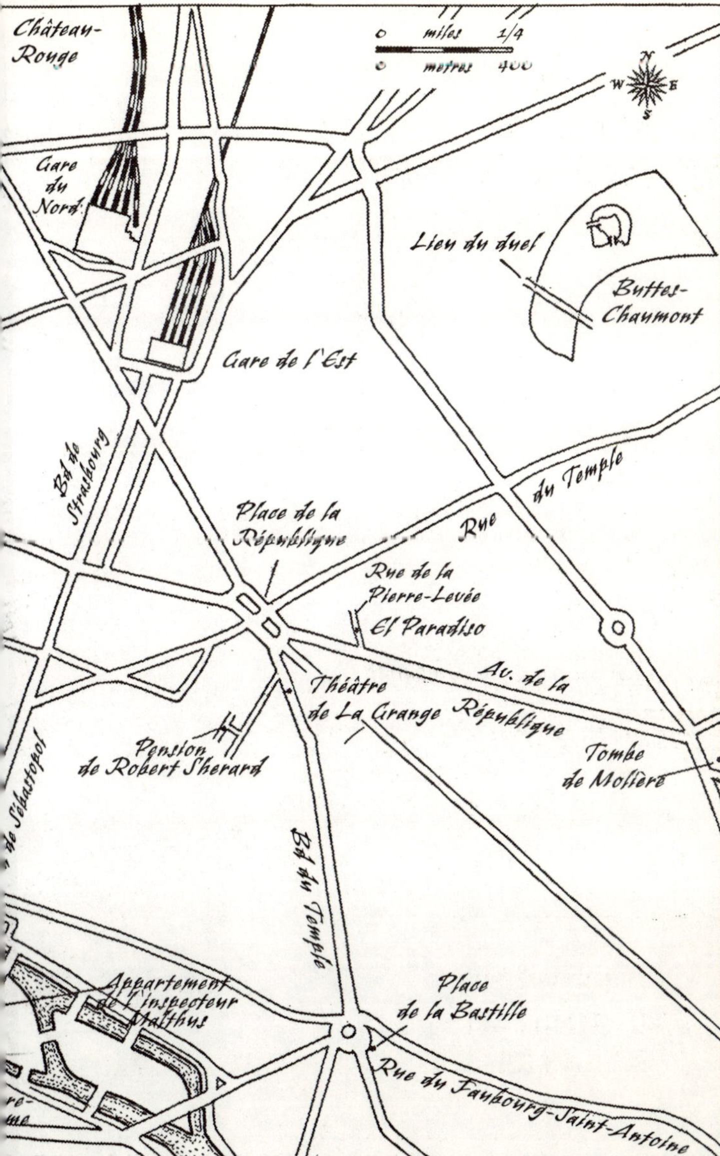

Château-Rouge
0 miles 1/4
0 mètres 400
N
W
E
S
Gare du Nord
Lieu du duel
Buttes-Chaumont
Gare de l'Est
Bd de Strasbourg
Rue du Temple
Place de la République
Rue de la Pierre-Levée
El Paradiso
Av. de la République
Théâtre de La Grange
Pension de Robert Sherard
Tombe de Molière
de Sébastopol
Bd du Temple
Appartement de l'inspecteur Malthus
Place de la Bastille
Rue du Faubourg-Saint-Antoine

# Prologue

# Londres, Noël 1890

— Le reconnaissez-vous ?
— Je ne crois pas.
— Il a tout l'air d'un assassin, qu'en dites-vous ?
— Vous trouvez ?
— Tout à fait. C'est à cause de son sourire, Robert. Ne faites jamais confiance à un homme dont le sourire dévoile les dents inférieures.
— Enfin, Oscar, ce pauvre bougre est mort.
— La règle demeure.
— Et ce n'est qu'une figure de cire.
— Mais exécutée d'après nature, Robert, ou du moins directement à partir du cadavre. La famille Tussaud y met un point d'honneur, vous savez. Ils ont accès au corps quelques heures à peine après l'exécution.

Nous étions à la veille de Noël, le 24 décembre 1890, en milieu de matinée. Mon ami Oscar Wilde et moi visitions la Chambre des horreurs, clou de ce qui était alors l'attraction la plus populaire de Londres – que dis-je ? De toute l'Angleterre, de l'empire même : le Baker Street Bazaar de Madame Tussaud.

Oscar débordait d'enthousiasme. Tandis que nous parcourions l'exposition, découvrant à la lueur vacillante du gaz les effigies des plus célèbres criminels des dernières années, son visage lunaire rayonnait de plaisir. Ses yeux jetaient des étincelles. Sa forte silhouette – il mesurait plus de six pieds, et, à trente-six ans, il avait tendance à l'embonpoint – se soulevait de volupté. Rien n'amusait tant Oscar Wilde que l'absolument improbable.

— Nous sommes en période de fête et nous recherchons le spectacle de l'horreur, gloussa-t-il à voix basse.

Il jeta un œil à la foule tout autour de nous et me glissa en souriant :

— Au moment de célébrer la naissance de Notre-Seigneur, tout Londres semble avoir entrepris le pèlerinage vers ce temple à la gloire de l'infanticide.

En soixante ans d'existence, le Baker Street Bazaar n'avait sans doute jamais connu une telle affluence qu'en cette journée. Trente mille personnes avaient fait la queue pour découvrir la dernière attraction de Madame Tussaud : la réplique exacte du petit salon dans lequel, à peine dix semaines auparavant, Mary Eleanor Pearcey avait battu à mort la femme de son amant et le bébé de cette dernière. Elle avait entassé les corps de ses malheureuses victimes sur le landau du nourrisson et les avait abandonnés sur un terrain vague de Kentish Town, non loin de son domicile. John Tussaud avait dépensé deux cents livres, soit le prix d'une petite maison, pour acquérir la voiture d'enfant et d'autres souvenirs du crime, parmi lesquels le gilet taché de sang de la meurtrière et le bonbon que suçotait l'enfant au moment de sa mort. Cet investissement se révéla fort fructueux. À cette époque, l'entrée du Baker Street Bazaar s'élevait à un shilling par personne.

Oscar et moi n'avions pas payé notre billet. Pas plus que nous n'avions fait la queue. Invités par la direction, nous étions entrés par l'accès réservé aux employés, situé sur Marylebone Road. Nous avions rendez-vous avec notre camarade Arthur Conan Doyle, qui était un ami de John Tussaud, l'arrière-petit-fils et l'héritier de Mme Tussaud. Arthur avait organisé cette visite en guise de cadeau de Noël pour Oscar, qui, en retour, était arrivé avec un paquet pour Arthur. Ils ne se connaissaient que depuis quinze mois, mais ils étaient très proches. J'étais surpris par leur intimité et l'aisance de leurs rapports, car leurs caractères étaient fort dissemblables. Oscar était irlandais. C'était un esthète et un romantique, une personnalité flamboyante qui se délectait du scandale. Arthur était écossais. C'était un médecin de province pragmatique, flegmatique et respectueux des convenances. L'un et l'autre étaient cependant des écrivains ambitieux, doués d'une grande intelligence et d'une vive sensibilité, et pareillement fascinés par les inconstances du cœur et les mécanismes des âmes criminelles.

Oscar était de cinq ans l'aîné d'Arthur et, en 1890, assurément le plus connu des deux. Ils avaient été présentés l'un à l'autre un soir d'août 1889 par un éditeur américain, J. M. Stoddart, qui, à cette occasion, leur avait commandé à chacun une « aventure mystérieuse ». Doyle s'était laissé convaincre de rédiger sa deuxième histoire de Sherlock Holmes, tandis qu'Oscar avait composé son roman de la beauté et de la décadence, *Le Portrait de Dorian Gray*. Le livre de Doyle, *Le Signe des Quatre*, avait reçu un accueil positif et contribué à affermir la réputation grandissante d'habile conteur du jeune écrivain. D'une certaine manière, *Le Portrait de Dorian Gray* avait lui aussi conforté la réputation d'Oscar. Le roman avait été dénoncé comme immoral. L'*Athenaeum* l'avait qualifié d'« inhumain, ignoble et pervers ». Le

*Daily Chronicle* l'avait décrit comme « un récit inspiré de la littérature malade des décadents français, une étude complaisante de la corruption de l'esprit et du corps ». La chaîne de librairies W. H. Smith l'avait retiré de la vente.

Oscar enviait à Arthur son personnage de Sherlock Holmes. Arthur enviait à Oscar son aisance avec les mots. Il n'avait aucune réserve vis-à-vis de *Dorian Gray*. Il le considérait comme une œuvre subtile, honnête et d'une grande qualité artistique. Il respectait Oscar en tant qu'écrivain et en tant que gentleman. Et, de façon assez piquante, il estimait de plus que notre ami possédait toutes les qualités d'un bon détective : « De la mémoire, le sens de l'observation et l'aptitude à côtoyer des hommes de toutes espèces et de toutes conditions. » Arthur avait déclaré à Oscar que si jamais il devait écrire une nouvelle aventure de Sherlock Holmes, il le prendrait comme modèle pour le personnage du frère aîné de son héros.

— Faites-le, Arthur, je vous en prie, lui avait répondu Oscar. Le temps n'aura pas de prise sur vos livres ; or, j'aspire à l'immortalité.

Malgré la foule et la pénombre qui régnait dans la Chambre des horreurs, Doyle et Tussaud n'eurent aucune difficulté à nous trouver tandis que nous déambulions entre la reproduction du petit salon de Mrs. Pearcey et l'abominable effigie de l'assassin souriant. Oscar était à la fois l'homme le plus grand et le moins discret de l'assemblée. Il s'était composé une tenue de circonstance : une cravate rouge vif nouée avec recherche, une redingote de dandy vert sapin et, à la boutonnière, un formidable rameau de gui.

— Joyeux Noël, Oscar ! lança Conan Doyle en se frayant un passage jusqu'à nous. Tous mes vœux, Robert.

Doyle tendit la main à Oscar. Celui-ci l'ignora et, après m'avoir confié le colis brun qui contenait le cadeau du docteur, il donna à celui-ci une chaleureuse accolade. Bien qu'Oscar sût que cette étreinte embarrassait Conan Doyle, il avait pris l'habitude de le saluer ainsi car la poignée de main d'Arthur était quasiment insoutenable. Doyle n'était pas grand, mais il était massif, robuste, fort et vigoureux. Puissante comme un étau, sa poigne était aussi intimidante que son audacieuse moustache. Les noires bacchantes de morse de Doyle auraient rempli de fierté un général cosaque.

— Pardonnez-moi ce retard, s'excusa le docteur en se dégageant des bras d'Oscar. Le train de Southsea a été arrêté. Un corps sur la voie. Regrettable incident.

— Certains feraient n'importe quoi pour éviter de passer Noël en famille, murmura Oscar.

Arthur renifla et fronça les sourcils d'un air réprobateur.

— Permettez-moi de vous présenter notre hôte, Mr. John Tussaud, dit-il en s'écartant pour laisser place à son compagnon.

Mr. Tussaud se dressa brièvement sur la pointe des pieds, nous gratifiant chacun d'un laconique signe de tête. Avec ses moustaches tombantes et ses lunettes cerclées de fer, il ressemblait plus à un aimable instituteur qu'à un pourvoyeur d'atrocités pour les masses.

— Nous vous remercions de votre hospitalité, monsieur, déclara Oscar en s'inclinant légèrement. Et toutes nos félicitations pour le spectacle.

Il examina la foule qui nous entourait. Sur deux ou trois rangées, hommes et femmes, bourgeois et ouvriers, enfants et bébés que l'on serrait dans les bras défilaient sans interruption, et presque sans bruit, devant les vitrines.

— C'est un triomphe, reprit-il.

John Tussaud rougit de plaisir et remonta ses lunettes sur son nez.

— J'ai été particulièrement impressionné par cette friandise à moitié sucée que l'on a tirée de la bouche du bébé assassiné, poursuivit Oscar.

— Oui, s'enthousiasma Tussaud. Le bonbon semble avoir fait forte impression sur tout le monde. Il est à la fraise, le saviez-vous ?

— Grand Dieu, mon ami ! s'exclama Conan Doyle. L'avez-vous donc goûté ?

— Un instant seulement, répondit Tussaud avec un rire nerveux. Cela m'a semblé indispensable. Le public aime qu'on lui donne le plus de détails possible.

— Je le comprends tout à fait, susurra Oscar. Vos visiteurs ont besoin de savoir que ce qu'ils contemplent est authentique. Plus vous pouvez apporter d'informations qui en attestent, mieux c'est.

Tussaud lui adressa un regard reconnaissant.

— Vous avez saisi, Mr. Wilde.

Oscar sourit à John Tussaud et lui posa la main sur l'épaule.

— J'étais en train d'expliquer à mon ami Sherard que toutes vos figures sont créées d'après nature, quand bien même ce serait une nature morte.

— Absolument, répliqua Tussaud avec sérieux. Nous nous y efforçons chaque fois que c'est possible. Pour les criminels, nous dépendons bien entendu beaucoup des autorités. Certains directeurs de prison nous laissent venir avant l'exécution, de façon que nous puissions modeler l'image du meurtrier tant qu'il est encore en vie. D'autres nous interdisent tout accès, ou n'autorisent notre présence qu'après le châtiment. Pour être franc, ce n'est pas très satisfaisant.

— La pendaison altère-t-elle les traits ? interrogea Oscar.

— Cela arrive, malheureusement, déplora Tussaud en baissant la voix tandis qu'un groupe de jeunes femmes passait près de nous. Pour un sculpteur de cire, l'idéal, c'est la guillotine, poursuivit-il *sotto voce*. À cet égard, mon arrière-grand-mère[1] a eu beaucoup de chance. Saviez-vous qu'en France les tribunaux révolutionnaires ont prononcé seize mille cinq cent quatre-vingt-quatorze condamnations à mort ? La guillotine a été inventée pour faire face à la quantité.

— Vous êtes décidément un homme de détails, monsieur, dit Oscar avec un sourire.

— J'ai la liste complète, murmura Tussaud. Tous les noms.

— Votre arrière-grand-mère n'a eu que l'embarras du choix, intervint Conan Doyle d'un ton lugubre.

— Et elle ne savait plus où donner de la tête, si je puis dire. Les familles voulaient des masques mortuaires de leurs proches. Ceux qui étaient sur le point de mourir souhaitaient être immortalisés dans la cire. La demande était incroyable. Nous possédons la guillotine originale, vous savez.

— Oui, fit Oscar. Mr. Sherard et moi venons de l'admirer, ainsi que la bobine de sa dernière victime.

1. Suisse d'origine alsacienne, Marie Tussaud (1761-1850) exerça ses talents de sculpteur de cire à Paris avant et pendant la Révolution. Elle s'installa à Londres en 1802 et y créa en 1835 le musée de cire qui porte son nom. *(Sauf indication contraire, toutes les notes sont du traducteur.)*

— J'en suis ravi, ronronna Mr. Tussaud. D'une certaine façon, c'est une œuvre d'art : elle a presque cent ans et fonctionne toujours à merveille. La fabrication est d'une qualité exceptionnelle. Elle était encore en usage il y a moins de trois ans. Je l'ai achetée aux autorités françaises pour une bouchée de pain. Je savais au fond de mon cœur que mon arrière-grand-mère aurait voulu qu'elle soit exposée ici. Avez-vous vu le masque mortuaire de Marie-Antoinette ? C'est l'un de ses plus réussis.

Les lunettes de notre hôte scintillèrent dans la lueur des lampes à gaz. Il nous fit signe de le suivre.

Il nous entraîna à l'écart du public, vers une porte dérobée. Nous empruntâmes un couloir obscur et, après avoir franchi une deuxième porte, nous pénétrâmes dans une salle d'exposition plus petite, seulement éclairée par quelques bougies et préservée de la foule. Il n'y avait qu'une demi-douzaine de visiteurs, qui se tenaient derrière un cordon et contemplaient un assortiment de têtes humaines disposées sur des coussins écarlates.

— C'est ma pièce préférée, confessa Tussaud en baissant à nouveau la voix et en désignant avec fierté les effigies. Regardez. À gauche, nous avons les révolutionnaires. Robespierre est le troisième. Et à droite – un peu surélevés, vous le remarquerez –, nous avons Louis XVI et la reine.

— Leurs visages ont l'air plus grands que ceux des révolutionnaires, observa Conan Doyle tandis qu'il examinait les figures de cire du couple royal.

— Ils le sont, Arthur, répliqua tranquillement Oscar. Ils mangeaient mieux.

— Et derrière vous, le citoyen Marat, assassiné dans sa baignoire par Charlotte Corday, annonça Tussaud dans un murmure théâtral et enthousiaste.

— Bonté divine ! souffla Oscar en se retournant. On s'y croirait.

— Marie Tussaud a été l'une des premières personnes sur les lieux.

— Sur la scène du crime, chuchota Oscar, impressionné.

— C'était son métier, expliqua Tussaud avec conviction. Elle en avait fait un sacerdoce. Tout comme un peintre, elle était le témoin de son temps, à la différence qu'elle utilisait de la cire et non de l'huile. Pour son célèbre tableau de cette scène, M. David s'est inspiré de son travail. M. David était un ami de la famille. Tout comme Marat. Et Rousseau. Et Benjamin Franklin. Marie les a tous sculptés. Elle connaissait tous les grands hommes de son époque. Et les femmes aussi.

— Je l'envie, fit Oscar d'une voix calme.

Il se détourna de la baignoire et contempla de nouveau l'alignement de têtes tranchées.

— Je crois que j'aurais aimé rencontrer Marie-Antoinette.

— N'avez-vous pas vu la reine Victoria ? demanda Arthur en plaisantant.

— Ce n'est pas tout à fait pareil.

— Marie Tussaud connaissait tout le monde, répéta avec fierté son arrière-petit-fils.

— Oscar aussi, répliquai-je pour défendre mon ami.

Oscar sourit.

— Pas Robespierre, hélas !

— Mais vous avez rencontré l'homme qui a essayé d'assassiner la reine, n'est-ce pas ? insistai-je.

— En effet, Robert. Une fois. Et très brièvement.

Il se tourna vers John Tussaud pour lui fournir quelques explications :

— Il s'agissait d'un rimailleur déséquilibré du nom de Roderick Maclean. Mauvais poète et pire tireur.

Éclatant de rire, Mr. Tussaud consulta sa montre.

— C'est l'heure du déjeuner, messieurs. Vous me raconterez tout de cette tentative d'assassinat de la reine Victoria autour d'une salade de homard et d'un faisan rôti.

— De la salade de homard ? répéta Oscar avec entrain. Du faisan rôti ?

Il tourna vers Conan Doyle des yeux pétillants.

— Arthur, vous êtes le meilleur des amis et l'ami des meilleurs.

— Vous allez découvrir notre nouveau restaurant, expliqua John Tussaud. Nous mangerons à la lumière électrique et au son du Ladies Orchestra de Miss Graves. Elle m'a promis d'interpréter une sélection d'airs tirés des opérettes du Savoy.

— Gilbert et Sullivan, fit Oscar gracieusement. Je les ai rencontrés l'un et l'autre.

— Oscar connaît tout le monde, répétai-je. Poètes, princes, artistes, assassins…

Nous précédant, John Tussaud prit la direction de l'escalier qui se trouvait à l'extrémité de la salle. Nous passâmes devant un buste d'apparence familière.

— Eh oui, fit-il en le désignant du menton. Voltaire. Une relation de Marie Tussaud.

Oscar s'immobilisa.

— Comme je l'envie !

Il soupira.

— Moi, j'ai rencontré Louisa May Alcott. L'auteur des *Quatre Filles du Dr March*. Elle aurait pu être la cinquième.

Il contempla le visage de l'écrivain.

— P. T. Barnum aussi. Et bien sûr, grâce à lui, Jumbo l'éléphant[1]. Ce n'est pas Voltaire, mais c'est déjà pas mal.

Conan Doyle éclata de rire.

— Vous êtes impayable, Oscar ! s'écria-t-il. Jumbo l'éléphant ? Je ne vous crois pas.

— Je vous assure, protesta Oscar.

— Impossible.

— Donnez-lui le manuscrit, Robert.

Je tendis le paquet à Conan Doyle.

— C'est le cadeau de Noël d'Arthur, expliqua Oscar à John Tussaud. Une lecture de vacances. Une intrigue à démêler à Southsea, au coin du feu.

L'ouvrage était emballé dans du papier brun et attaché avec de la ficelle.

— Ils sont tous là, Arthur, fit Oscar avec malice. Louisa May Alcott, Jumbo l'éléphant, l'homme qui essaya d'abattre la reine Victoria…

Conan Doyle dévisagea Oscar en fronçant les sourcils.

— Qu'est-ce ?

— Comme je l'ai dit, Arthur, c'est un cadeau de Noël. L'an passé, vous m'avez offert *Le Signe des Quatre*. Voici mon présent pour cette année. C'est un manuscrit… et un défi. Cette histoire date de ma jeunesse. Il s'agit du compte-rendu d'un an et demi de mon existence, il y a de cela bien longtemps maintenant. Je n'étais pas encore marié, ni père de famille. Les responsabilités ne m'avaient pas engraissé. En 1882, quand commence ce récit, je n'avais pas encore

1. Attraction du zoo du Jardin des Plantes à Paris, puis de celui de Londres, l'éléphant Jumbo fut acheté en 1882 par l'homme de cirque et de spectacle américain P. T. Barnum (1810-1891).

trente ans. J'étais libre comme l'air et sans attache. À cette époque, mes voyages de par le monde me donnèrent l'opportunité de rencontrer des hommes et des femmes remarquables. Certes, ni Robespierre, ni Marie-Antoinette, ni Voltaire, mais néanmoins passionnants… Longfellow, Walt Whitman, Sarah Bernhardt, Edmond La Grange… Tantôt des célébrités, tantôt des gens dont vous n'avez jamais entendu parler.

Conan Doyle tournait le paquet dans ses mains, paraissant le soupeser. Il le porta à son visage comme s'il avait pu mieux en estimer la valeur en le reniflant.

— Est-ce autobiographique ? demanda-t-il.

Oscar sourit.

— C'est mon histoire, Arthur, mais rédigée par Robert. Il est ma mémoire vivante, mon Dr Watson. Il a été témoin de la plupart des choses qui se sont passées en France, comme vous pourrez le constater, mais moi seul ai eu connaissance de l'ensemble des événements, depuis leur origine dans le Nouveau Monde. Cette aventure commence sur un continent et se poursuit sur un autre. Je voudrais que vous soyez très attentif aux premières pages, Arthur. L'introduction ne sert pas seulement à planter le décor ; elle pose les fondations de la suite.

Oscar fit lentement glisser son doigt sur la ficelle qui maintenait le paquet.

— Il s'agit d'une histoire vraie, Arthur. J'imagine que vous pourriez la qualifier d'énigme criminelle. Il est impossible de la publier, du moins de mon vivant. De nombreux passages sont diffamatoires, d'autres licencieux, et le texte est pour l'instant incomplet. Le manuscrit est inachevé : il manque le dernier chapitre. J'aimerais que vous le lisiez, Arthur. N'omettez aucun mot, même si certains vous choquent. Si vous le souhaitez, vous pouvez le montrer à votre ami Sherlock Holmes. Il est d'une autre trempe. Puis, une fois que vous l'aurez lu et que vous y aurez longuement réfléchi, j'aimerais que vous me disiez ce que devra révéler selon vous le dernier chapitre.

Sourire aux lèvres et roulant des yeux gourmands, Oscar se tourna vers notre hôte.

— Et maintenant, Mr. Tussaud, conduisez-nous à cette salade de homard. Voir tous ces cadavres de cire m'a donné un appétit d'ogre.

Le texte qui suit est le manuscrit que je remis ce jour-là à Arthur Conan Doyle.

# 1

# L'Amérique

Le 24 décembre 1881, Oscar Wilde embarqua pour les États-Unis d'Amérique. Il partait en quête d'or et d'aventure. En quelques semaines, il trouva un peu des deux.

Oscar venait d'avoir vingt-sept ans et, en Angleterre, il était surtout connu pour être connu. C'était une célébrité dans la lignée de Lord Byron ou de Beau Brummell, quoiqu'il fût plus Brummell que Byron. Le style l'emportait sur la substance. « De toute évidence, je suis devenu "quelqu'un", écrivait-il à l'époque, mais qu'ai-je fait pour cela ? On m'a "remarqué". J'imagine que ce n'est pas rien. Et j'ai publié un recueil de poèmes. Ce qui n'est pas grand-chose. »

Dans sa jeunesse, au Trinity College de Dublin puis au Magdalen College d'Oxford, Oscar avait obtenu tous les honneurs académiques. Il avait conclu ses études à Oxford en remportant deux premiers prix et le convoité Newdigate Prize, la plus prestigieuse distinction décernée par l'université en matière de poésie. Mais quelle était sa véritable ambition dans la vie ?

« Mon Dieu, pas professeur à Oxford, en tout cas, répondait-il quand on le lui demandait. Poète, écrivain, dramaturge… D'une façon ou d'une autre, je serai célèbre, et, si je ne le deviens pas, on aura du moins entendu parler de moi. Ou peut-être mènerai-je quelque temps une vie de plaisir avant – qui sait ? – de me reposer à ne rien faire. Quelle est selon Platon la plus haute aspiration de l'homme en ce monde ? "S'asseoir et contempler le bien." Ce sera peut-être ce vers quoi je tendrai moi aussi. »

Quand Oscar quitta Oxford, il se rendit à Londres, riche du modeste héritage que lui avait légué son père. Dans la capitale de l'Empire britannique, il se fit connaître par ses opinions originales et son allure extravagante. « Seuls les gens superficiels ne jugent pas sur l'apparence », déclarait-il. Il avait toujours eu un faible pour le déguisement. Au cours de sa dernière année à Oxford, il s'était rendu à un bal habillé en prince Rupert de Bavière. Lors de sa première saison à Londres, il se mit à sortir vêtu d'une veste d'intérieur galonnée en velours vert bouteille, d'une chemise de couleur crème au col festonné, agrémentée d'une énorme cravate orange, de culottes de taffetas, de bas de soie noire et de chaussures à boucles d'argent. Il devint le défenseur de la beauté et s'autoproclama professeur d'esthétique. « La beauté est le symbole des symboles, disait-il. Elle révèle tout parce qu'elle n'exprime rien. Quand elle paraît, elle nous montre le monde entier éclatant de couleurs. »

Le jeune Oscar Wilde était déterminé à ne pas passer inaperçu.

Et ses vœux furent exaucés. Peu après son arrivée à Londres, les revues satiriques de l'époque commencèrent à publier des caricatures et des plaisanteries à ses dépens. On le raillait dans des numéros de music-hall ou dans des farces de théâtre. La plus célèbre de ces satires fut *Patience*, une opérette de Gilbert et Sullivan créée en avril 1881 par Richard D'Oyly Carte[1]. Oscar, qui assistait à la première, en fut plutôt amusé. Il reconnut l'œuvre pour ce qu'elle était, c'est-à-dire non pas une attaque personnelle mais une critique légère et plaisante des excès de l'esthétisme.

Oscar vit son existence transformée par le succès de *Patience*. Le 30 septembre 1881, il reçut un télégramme de l'agent de Richard D'Oyly Carte à New York, le colonel F. W. Morse. Celui-ci lui proposait de venir en Amérique pour une tournée de conférences qui coïnciderait avec la production locale de l'opérette. Oscar n'hésita pas. Le 1er octobre, il télégraphiait son accord au colonel Morse. Le jeune poète avait besoin d'argent et il était enthousiaste à l'idée de traverser l'Océan pour découvrir un nouveau continent. « Je parle déjà anglais, allemand, français et italien, et j'ai maintenant l'opportunité d'apprendre l'américain, déclara-t-il à sa mère. Je sais que ce sera difficile, mais je dois m'efforcer d'être à la hauteur de la tâche. »

Oscar écrivit à James Russell Lowell[2], l'ambassadeur des États-Unis à Londres. Ils se connaissaient de vue, ce qui était suffisant, pensait-il, pour lui demander des lettres d'introduction. Alors âgé de plus de soixante ans, le vénérable Lowell lui répondit qu'« un jeune homme intelligent et accompli n'avait pas plus besoin

1. Directeur d'hôtels et de théâtre, Richard D'Oyly Carte (1844-1901) construisit notamment l'hôtel *Savoy* et le théâtre du même nom. Il fut le producteur des opérettes de W. S. Gilbert (1836-1911, librettiste) et Arthur Sullivan (1842-1900, compositeur), dont il avait initié la collaboration.

2. Poète et critique littéraire américain, James Russell Lowell (1819-1891) fut ambassadeur des États-Unis à Londres de 1880 à 1885.

de lettres d'introduction qu'une belle journée », mais, comme il appréciait Oscar, qu'il le trouvait amusant et que, poète lui-même, il admirait ses vers, il fut heureux de lui rendre ce service.

Outre ces lettres d'introduction, Oscar se munit d'une nouvelle garde-robe, qui comprenait une chaude casquette polonaise et un opulent manteau vert à la fourrure merveilleuse, car Lowell l'avait mis en garde contre les hivers new-yorkais. Et comme le colonel Morse l'avait prévenu qu'il s'exprimerait devant « un public nombreux dans de vastes amphithéâtres », Oscar prit de coûteuses leçons d'élocution auprès d'un expert en art oratoire au cours des semaines qui précédèrent son départ. « Je veux un style naturel avec une pointe d'affectation », expliqua-t-il à son professeur. Oscar Wilde se préparait avec soin pour son expédition américaine. Il espérait qu'elle lui permettrait de devenir « quelqu'un ».

Le 24 décembre 1881 après-midi, Oscar embarqua à Liverpool à bord du SS *Arizona*. Il était anxieux. Détenteur du Ruban bleu, l'*Arizona* était à l'époque le vapeur le plus rapide à effectuer la liaison transatlantique, et le jeune esthète avait un goût modéré pour la vitesse. Le navire avait également réchappé de très peu à une collision avec un iceberg au milieu de l'Océan.

En définitive, la traversée se déroula dans le calme et sans incident. L'arrivée se révéla en revanche plus agitée. L'*Arizona* accosta dans le port de New York dans la soirée du 2 janvier 1882. Il était trop tard pour lever la quarantaine, ce qui obligea Oscar et ses compagnons de voyage à passer une nuit supplémentaire à bord. Ces messieurs de la presse new-yorkaise étaient cependant si impatients de rencontrer ce Mr. Wilde qu'on leur avait tant vanté qu'ils n'auraient pu attendre le lendemain matin. Ils affrétèrent une embarcation, se lancèrent sur les flots et, selon le mot d'Oscar, « leurs stylographes encore humides d'embruns, ils me demandèrent de marcher devant eux comme un coq de concours lors d'un comice agricole ».

Les journalistes furent quelque peu décontenancés par ce qu'ils découvrirent. Oscar n'était pas l'exotique et délicate créature à laquelle ils s'attendaient. Voici ce qu'écrivit le reporter du *New York Tribune* :

> « La chose la plus frappante dans l'apparence du poète est sa taille, qui dépasse les six pieds de plusieurs pouces. Ce qui attire ensuite l'attention, ce sont ses cheveux, d'un brun foncé, qui lui tombent sur les épaules. Quand il rit, ses lèvres s'ouvrent largement et révèlent une rangée de dents éclatantes, d'un blanc extraordinaire. Son teint n'a pas cette nuance de rose si commune chez les Anglais ; il est à ce point dénué de coloration qu'on ne peut le comparer qu'à du mastic. Il a les yeux bleus, ou gris clair. Loin d'être "songeur", ainsi que certains admirateurs l'avaient imaginé, son regard brillant et vif n'est en rien celui d'un être sans cesse occupé à méditer sur le caractère indicible de la beauté et de la vérité. Au lieu d'une petite main délicate, seulement destinée à caresser un lilas, il possède de longs doigts qui, assemblés, formeraient un poing redoutable si leur propriétaire était contraint de s'abaisser à ce genre d'argument. »

Oscar n'en vint pas aux mains avec ses interlocuteurs, toutefois, dans l'ensemble, il ne parvint pas pour autant à les séduire. « J'avais essayé d'être drôle, mais je n'ai obtenu que des grognements quand j'espérais des sourires, avoua-t-il plus tard. Mes tentatives d'humour furent prises pour du dédain. » On lui demanda s'il avait apprécié la traversée. « Je trouve la mer bien sage et le féroce Océan ne rugit pas beaucoup. Ce n'est pas aussi majestueux que je le pensais », répondit-il. Cette remarque fit les gros titres : « Mr. Wilde déçu par l'Atlantique. » Il laissa une impression d'arrogance.

Et il contribua à renforcer ce sentiment dès le lendemain matin. À sa descente du SS *Arizona*, un agent des douanes lui demanda, de façon prévisible, s'il avait quelque chose à déclarer. Oscar lui fit alors cette réponse préparée avec soin : « Je n'ai rien à déclarer que mon génie. »

Certains trouvèrent cela extrêmement amusant. D'autres estimèrent que le jeune Mr. Wilde courait à l'échec. Et, d'une certaine façon, ce fut le cas. Ses premières conférences eurent peu de succès. Il parlait trop, trop vite, et d'une voix trop faible. Il ne parvenait pas à capter l'attention de l'assistance. Les spectateurs étaient déçus et les critiques sans complaisance.

En public, Oscar se montrait imperturbable. En privé, il admettait qu'il lui fallait s'améliorer. Il simplifia son texte, améliora son exposé, modéra son langage et ajouta quelques plaisanteries que chacun pouvait comprendre. Il transforma un potentiel désastre en un triomphe incontestable. En fin de compte, Oscar donna au cours de l'année 1882 plus de deux cents conférences dans cent soixante villes américaines, de La Nouvelle-Orléans à Nova Scotia, du nord du Massachusetts au sud de la Californie. « Oh oui, moi aussi j'ai été aimé, dirait-il plus tard. En Amérique, il m'a fallu engager deux secrétaires pour s'occuper de ma correspondance. L'une était chargée des demandes d'autographes, l'autre des mèches de cheveux. En six mois, la première était morte de la crampe de l'écrivain et la seconde était devenue entièrement chauve. »

En réalité, deux personnes accompagnaient bel et bien Oscar pendant son périple, mais ce n'était pas des secrétaires. Le colonel Morse lui avait fourni un « homme d'affaires », un employé du bureau de D'Oyly Carte à New York dénommé Aaron Budd, et un valet, un jeune Noir du nom de W. M. Traquair. « Je n'avais aucune sympathie pour Mr. Budd, expliqua Oscar. Il prenait nos billets de chemin de fer et comptait nos recettes. Il était efficace mais inintéressant. Il parlait peu, ne souriait jamais, et sa peau était d'une pâleur déconcertante. Je crois qu'il ne buvait pas d'alcool et qu'il était végétarien. À l'inverse, j'appréciais beaucoup Washington Traquair. Son père avait été esclave. C'était mon serviteur mais aussi mon ami. Il n'était pas très loquace, il ne savait ni lire ni écrire, cependant il avait un merveilleux sourire et il riait à mes plaisanteries. Il est impossible de ne pas aimer quelqu'un qui rit à vos plaisanteries. »

Lors de sa tournée, Oscar gagna beaucoup d'argent et, selon son expression, « un généreux assortiment de nouvelles connaissances ». À New York, il rencontra la célèbre romancière Louisa May Alcott, qui, à près de cinquante ans, était alors au faîte de sa gloire. « C'était une femme de petite taille qui débordait d'enthousiasme, se souvenait-il. Elle me raconta l'intrigue d'un roman qu'elle était en train de retravailler et qui s'intitulait *Pour le meilleur et pour le pire, et pour l'éternité* [1]. Pendant qu'elle parlait, elle me tenait la main et des larmes lui venaient aux yeux. Je lui demandai pourquoi elle ne s'était jamais mariée. “Oh, Mr. Wilde, me

1. Écrit en 1866 par Louisa May Alcott (1832-1888), *Pour le meilleur et pour le pire, et pour l'éternité* (*A Long Fatal Love Chase*) est resté inédit jusqu'en 1995.

répondit-elle, si je vous le dis, garderez-vous le secret ? C'est parce que je suis tombée amoureuse de beaucoup de jolies filles mais jamais d'aucun homme." »

Ce fut aussi à New York qu'Oscar rencontra le grand homme de spectacle Phineas Taylor Barnum. Oscar donnait une conférence au Wallack's Theatre, à Broadway, et Barnum, qui voulait connaître « la raison d'un tel tapage », y assista avec un groupe d'amis. L'histoire n'a pas retenu ce que Barnum pensa de l'exposé d'Oscar sur « l'Art et la Renaissance anglaise », mais ce dernier considéra leur rencontre comme un succès. « Quand j'ai parlé à Mr. Barnum de Giorgione, Mazzini et Fra Angelico, il a cru qu'il s'agissait d'un trio d'acrobates italiens. Mr. Barnum n'était pas cultivé mais il avait du style. Il est venu à ma conférence et j'ai visité son cirque. Après le spectacle, j'ai insisté pour qu'il me présente son attraction vedette, Jumbo, l'éléphant d'Afrique. "Il me faut le rencontrer, dis-je à Mr. Barnum. On se souviendra de son nom bien après que les nôtres auront été oubliés. – J'y compte bien, Mr. Wilde, me répondit-il. Il m'a coûté dix mille dollars." »

Oscar ramena de nombreuses et savoureuses anecdotes de cette année de tournée américaine. Son histoire favorite était sans doute celle qui survint à Leadville, une bourgade du Colorado perchée dans les montagnes Rocheuses. Là, il s'adressa à un public composé de simples travailleurs, pour la plupart des paysans et des mineurs. Parce que ces derniers prospectaient de l'argent, Oscar choisit de leur lire des passages de l'autobiographie du grand orfèvre de la Renaissance Benvenuto Cellini. « L'assistance me reprocha de ne pas avoir amené Cellini. J'expliquai qu'il était mort depuis un certain temps, information qui déclencha cette question : “Qui l’a descendu ?” »

Un jour, on demanda à Oscar s’il n’avait pas trouvé les mineurs « un peu vifs et impétueux ». « Vifs, mais pas impétueux, répondit-il. Dans les Rocheuses, il n’y a pas de place pour l’impétuosité. Le revolver est leur traité de savoir-vivre. Les leçons qu’il vous apprend ne s’oublient pas. »

Le maire de Leadville, un certain H. A. W. Tabor, surnommé « le roi de l’argent », invita Oscar à visiter la Matchless Mine[1] et à ouvrir un nouveau filon. Oscar accepta avec joie et ce fut dans ses plus beaux atours d’esthète qu’on le descendit cérémonieusement au fond de la mine à bord d’un immense seau. Muni d’une perceuse spéciale en argent, il inaugura le filon, baptisé « l’Oscar » en son honneur, après quoi les mineurs l’invitèrent à partager leur repas souterrain. « Ce fut un fameux festin, se rappelait-il. En hors-d’œuvre, du whisky. En entrée, du whisky. En plat, du whisky. Et je ne me souviens pas très bien du dessert. »

Le même soir, Tabor offrit à Oscar d’autres divertissements au casino de Leadville. « La boisson, plutôt que le jeu, semblait être la spécialité de l’établissement, raconta Oscar. L’endroit accueillait une foule de mineurs avec leurs compagnes. Les hommes étaient tous vêtus de chemises rouges, de pantalons de velours et de bottes montantes. Les femmes portaient des robes du soir aux couleurs éclatantes, si décolletées qu’elles dévoilaient presque entièrement leur poitrine. Le sol était couvert de sciure et aux murs pendaient d’immenses

1. Horace Tabor (1830-1899) fit fortune grâce aux mines d’argent du Colorado, dont la Matchless Mine, la « mine sans égale », qu’il acheta en 1879.

miroirs à cadre doré. Dans un coin de la salle principale, un pianiste était assis à un piano droit sur lequel était affiché l'avertissement suivant : "Ne tirez pas sur le pianiste, il fait de son mieux." »

Lors de sa deuxième (et dernière) soirée à Leadville, Oscar retourna au casino. Cette fois, il y alla seul. Le maire s'était rendu à Denver pour affaires, Aaron Budd ne buvait pas, et sa couleur de peau interdisait à Traquair de l'accompagner. Oscar se posta d'abord près du piano, entouré d'hommes en chemise rouge et de femmes à la poitrine opulente. Lui les faisait rire, eux le faisaient sourire. Quatre heures et demie plus tard, alors qu'il n'avait rien mangé et trop bu, il se retrouva dans un coin plus sombre de la salle. Il y était assis en compagnie de deux individus en chemise à carreaux et d'une femme qui, se penchant vers lui en travers de la table, époussetait avec espièglerie ses seins au moyen d'un petit mouchoir en dentelle. Alors que l'un des hommes remplissait le verre d'Oscar pendant que l'autre allégeait sa veste de son portefeuille, deux coups de feu retentirent dans le saloon. L'un pulvérisa le verre que tenait Oscar, l'autre envoya son portefeuille tournoyer dans les airs.

Aussitôt, les trois compagnons de beuverie d'Oscar se volatilisèrent et celui-ci, abasourdi mais indemne, s'affaissa lentement sur le sol. L'homme qui avait tiré traversa la pièce, aida Oscar à se relever et l'escorta hors du casino puis, par la rue déserte, jusqu'à son hôtel. Cet homme s'appelait Eddie Garstrang.

# 2

# Eddie Garstrang et Edmond La Grange

Eddie Garstrang avait trente-sept ans, soit dix de plus qu'Oscar. D'une taille inférieure à la sienne de plusieurs pouces, il était aussi plus mince, plus sec. Il avait une petite tête, de pâles cheveux blonds, des yeux d'un bleu laiteux et un sourire à la franchise désarmante. Joueur de profession, il était aussi un tireur d'élite, une fine gâchette d'une adresse et d'une audace exceptionnelles. C'était du moins ce qu'il prétendait et Oscar n'avait aucune raison d'en douter. Garstrang se vantait qu'après l'avoir vu en action, le grand P. T. Barnum lui avait offert une place de vedette dans son cirque. Eddie Garstrang avait refusé. Il tenait à « rester libre », disait-il. Il avait à coup sûr décliné l'offre de Barnum avec politesse. Il parlait d'une voix douce et il croyait fermement à ce qu'il appelait la « courtoisie de l'ancien monde ». Garstrang était différent des habitants du Colorado. Il ne chiquait pas, ne buvait pas de whisky et ne portait ni chemise rouge ni pantalon de velours. Il était vêtu d'un costume de laine coupé sur mesure, au sobre motif à carreaux, et il arborait une ancolie mauve et blanc à la boutonnière. Oscar le trouva fascinant.

Le lendemain de l'incident du casino, les deux hommes se retrouvèrent sans l'avoir prévu pour le petit déjeuner. Vers dix heures, mal rasé et encore sous le coup des événements de la veille, Oscar se rendit dans la salle à manger de son hôtel en quête de café. Il y trouva Garstrang installé à sa table.

— Bonjour, Mr. Wilde.

Il se leva d'un mouvement souple et tendit la main à Oscar.

— Bonjour, monsieur, répondit celui-ci d'une voix enrouée. Je dois vous remercier. Je vous reconnais. C'est vous qui m'avez sauvé hier soir, n'est-ce pas ?

— J'ai eu cet honneur, acquiesça Garstrang, qui s'inclina avec un sourire.

Oscar s'attabla.

— Y a-t-il du café ? demanda-t-il en se frottant vigoureusement les yeux avec ses poings.

— Voici, fit Garstrang qui entreprit de servir Oscar. Il est chaud.

— Et fort, j'espère.

Oscar porta la tasse à ses lèvres et les trempa dans le breuvage. Il leva les yeux et sourit à Garstrang, resté debout.

— Monsieur, j'ai une dette envers vous. Dites-moi ce que je vous dois.

— Rien, Mr. Wilde.

— Vous devez certainement vouloir quelque chose. Combien ?

Oscar glissa la main dans la poche de son manteau et en tira un portefeuille vert en peau de serpent. C'était l'un de ses objets préférés. Sa mère le lui avait offert pour son vingt et unième anniversaire. Il examina les légères brûlures qui en marquaient le bord. La balle avait à peine éraflé le cuir.

— Je ne demande rien de plus que le plaisir de votre compagnie ce matin, affirma Garstrang.

— Mon dîner s'est résumé à du whisky et mon petit déjeuner va se limiter à du café, répondit Oscar qui rangea son portefeuille. Mais vous êtes le bienvenu si vous voulez le partager. Asseyez-vous. Je vous en prie, insista-t-il en adressant un signe de tête à son aîné. Et pourriez-vous me rappeler votre nom ? Je crains que mes souvenirs de la nuit dernière ne soient quelque peu embrumés.

— Garstrang. Edward Garstrang. Je n'ai pas de carte.

— Mais vous avez un revolver, observa Oscar avec un sourire. Cela, je m'en souviens.

Il avala une autre gorgée de café et parcourut du regard la salle à manger déserte. Se penchant vers Garstrang, il ajouta sur un ton de conspirateur :

— Quelqu'un a-t-il été blessé hier soir ?

— Non, je vise juste. Et j'étais tout près.

— Si je peux me permettre, pourquoi m'avez-vous porté secours ?

— Vous êtes notre hôte, et pas n'importe lequel. Nous n'accueillons pas souvent de poètes en culotte bouffante à Leadville. Hier soir, au casino, on était en train d'abuser de vous ; ce n'était pas correct.

Garstrang marqua une pause. Il arborait ce sourire désarmant qui dévoilait de petites dents blanches très rapprochées. Il servit encore du café à Oscar.

— Bien sûr, à ma manière, moi aussi je profite de vous, ajouta-t-il tranquillement.

Oscar fronça les sourcils.

— Vraiment, Mr. Garstrang ? Comment cela ?

— Avec mon petit revolver, j'ai volé au secours du grand Oscar Wilde. Cela fera une jolie brève dans le journal. La publicité me sera utile. J'ai besoin d'être remarqué. J'aime qu'on parle de moi.

— Pour raison professionnelle ou par vanité ? demanda Oscar en s'adossant à sa chaise.

Il ouvrit son étui à cigarettes en argent. Le café l'avait revigoré.

— Les deux, répondit Garstrang qui craqua une allumette et la tendit à Oscar. Vous me comprenez, n'est-ce pas ? Personne ne le peut mieux que vous.

— Tout à fait, Mr. Garstrang. Un homme dont on parle est toujours plus séduisant, que ce qu'on raconte sur lui soit vrai ou non. On se dit qu'il présente malgré tout un intérêt.

Oscar tira lentement sur sa cigarette et planta son regard dans les yeux bleus de l'Américain. Il était de dix ans son cadet mais il lui faisait face en égal.

— Qu'êtes-vous venu faire à Leadville, Mr. Garstrang ?

Celui-ci éclata de rire.

— J'y suis né, Mr. Wilde.

— On ne le dirait pas.

— Votre remarque me flatte. J'ai beaucoup voyagé.

— En Europe ?

— À La Nouvelle-Orléans. Je travaille sur les bateaux qui parcourent le Mississippi et l'Ohio. Les plus gros ont tous des casinos, désormais, et c'est là que je gagne ma vie. Je suis un joueur professionnel, Mr. Wilde. Je joue aux cartes.

— Est-ce une profession agréable ? Je le suppose.

— Je ne joue pas pour le plaisir. Je joue pour l'argent. Je fais ce métier parce que j'ai compris très jeune que je n'avais pas le physique pour devenir cow-boy ou mineur, et je ne me voyais pas finir derrière un comptoir comme mon père. C'était un homme ordinaire, autant dire pas grand-chose. Il a vécu, il s'en est allé, il n'a laissé aucune trace. Il aurait tout aussi bien pu n'avoir jamais existé. J'avais quinze ans quand il est mort. Et que m'a-t-il légué ? Un don pour le calcul mental et un vieux colt. C'est tout. Je ne sais pas pourquoi il avait cette arme : il ne s'en est jamais servi. Après son décès, je n'avais que le revolver, de menus objets domestiques, une chambre louée et une tenue de rechange. C'est à ce moment-là que j'ai décidé que je ferais fortune. J'allais devenir riche. Et célèbre. Ou du moins on entendrait parler de moi.

Il remplit de nouveau la tasse d'Oscar, puis il se renversa en arrière en croisant les bras.

— Comprenez-vous ce que j'essaie de vous dire, Mr. Wilde ?

— Je ne l'aurais pas mieux tourné. Les hommes doués d'ambition doivent se battre avec les armes de leur temps. Notre siècle vénère l'argent et la célébrité. De nos jours, réussir, c'est obtenir l'or et la gloire. Rien d'autre.

Un silence s'installa. Changeant de sujet, Garstrang déclara combien il avait apprécié la conférence d'Oscar. Il y avait assisté à Denver au début de la semaine. Ils parlèrent de tout et de rien, des poèmes d'Oscar, de l'autobiographie de Cellini, des prouesses de Garstrang au poker et de son habileté au revolver. Finalement, le silence revint. Oscar écrasa sa deuxième cigarette et dévisagea avec soin son interlocuteur. C'était ses yeux bleus à l'aspect laiteux qui lui conféraient cette apparente faiblesse, se dit-il. Ainsi que son étroit visage, lisse, pâle et imberbe. Oscar songea qu'Edward Garstrang et lui-même devaient être ce jour-là les deux seuls hommes blancs dans tout le Colorado à ne porter ni moustache, ni barbe, ni favoris.

— Votre mère est-elle toujours en vie ? interrogea Oscar.

— Non. Je ne l'ai jamais connue. Ou plutôt je ne me la rappelle pas. Elle est morte quand j'étais tout petit.

— Avez-vous des frères ? des sœurs ? des oncles ou des tantes ?

— Je n'ai pas de famille, Mr. Wilde. Je voyage seul. Je préfère ça. Je suis un solitaire qui ne doit rien à personne.

— Je constate que nous avons beaucoup en commun, fit Oscar avec amabilité.

Il recula sa chaise et entreprit de se lever.

— Nous sommes des originaux, Mr. Garstrang. Nous observons notre existence à mesure que nous la vivons.

Il tendit la main à son nouvel ami.

— Je pense que devenir le spectateur de sa propre vie, c'est échapper aux souffrances qu'elle inflige, conclut-il.

Oscar avait quitté sa chaise, car, par-dessus l'épaule de Garstrang, il devinait la silhouette de Washington Traquair dans l'embrasure de la porte. Le valet faisait nerveusement les cent pas derrière la porte vitrée qui séparait le hall d'entrée de l'hôtel lui-même. En raison de sa couleur de peau, Traquair n'avait pas le droit d'aller au-delà.

— On vient me chercher, expliqua Oscar. Le Kansas m'appelle.

— Je vous remercie de m'avoir tenu compagnie, fit Eddie Garstrang, qui s'était levé lui aussi.

Il serra la main d'Oscar avec chaleur.

— C'est moi qui vous remercie, doublement. Pour ce matin, où vous m'avez distrait. Et pour hier soir, où vous m'avez sauvé la vie.

— Je n'ai sauvé que votre portefeuille, répondit Garstrang en riant. Et peut-être votre dignité.

— C'est déjà beaucoup. Je vous en suis reconnaissant. Je ne vous oublierai pas, Mr. Garstrang.

Oscar poursuivit sa tournée. Du Colorado, il se rendit au Kansas, puis dans l'Iowa et l'Ohio. Il remonta la côte est jusqu'au Canada, avant de redescendre jusqu'à Memphis et La Nouvelle-Orléans. Il traversa le Texas, remonta jusqu'en Nouvelle-Angleterre et retourna au Canada. Au cours de ce périple, il fit d'autres rencontres mémorables. À Salt Lake City, dans l'Utah, on lui présenta le président de l'Église de Jésus-Christ des saints des derniers jours, cinq des sept charmantes épouses de ce distingué gentleman et l'un de ses trente-quatre enfants. Oscar observa que l'Opéra de Salt Lake City était aussi grand que Covent Garden et qu'il pouvait par conséquent « aisément accueillir au moins quatorze familles mormones ». À Atlanta, en Géorgie, il faillit en venir aux mains avec le responsable de son wagon Pullman. Celui-ci lui avait expliqué que, bien qu'en possession d'un billet valable, son valet Traquair n'était pas autorisé à accéder à la voiture-couchettes. Il était noir et cela aurait été à l'encontre du règlement de la compagnie.

Dans le Nebraska, Oscar eut son premier aperçu de la prison. On lui fit visiter le pénitencier de Lincoln et rencontrer plusieurs détenus. « Ils avaient tous une mine patibulaire, ce qui me rassura, car je détesterais voir un criminel au visage noble », raconta-t-il. On le fit entrer dans la cellule d'un prisonnier qui devait être pendu quelques semaines plus tard. « Lisez-vous, mon brave ? » lui demanda Oscar. « Oui, monsieur », répondit le condamné en exhibant un exemplaire de *L'Héritier de Redclyffe*, le roman sentimental de Charlotte Mary Yonge[1]. À sa sortie du cachot, Oscar murmura au

1. *L'Héritier de Redclyffe* (*The Heir of Redclyffe*, 1854) fut l'un des premiers succès de la romancière anglaise Charlotte Mary Yonge (1823-1901), auteur d'une œuvre édifiante.

directeur : « Le regard de ce pauvre homme m'a brisé le cœur, mais puisqu'il lit *L'Héritier de Redclyffe*, mieux vaut peut-être laisser la justice suivre son cours. »

La tournée s'acheva à New York au milieu du mois d'octobre 1882. En définitive, elle avait été un succès. Oscar avait gagné une somme confortable (plus de cinq mille dollars tous frais payés) et considérablement accru sa popularité de part et d'autre de l'Atlantique. « Ici, on ne parle que de vous, lui écrivit sa mère de Londres. Les cochers me demandent si nous sommes parents. Le laitier a acheté votre photographie ! En somme, Londres semble n'avoir de louanges que pour vous. À votre retour, je crains que vous ne soyez assailli par une meute déchaînée et qu'il ne vous faille vous déplacer en fiacre pour vous en protéger. »

Oscar décida de ne pas hâter son retour. Il appréciait la façon dont il était fêté à New York. « Quand ma présence est annoncée, les rues sont bloquées par des hordes d'admirateurs et des policiers m'attendent pour m'ouvrir le passage, répondit-il à Lady Wilde avec satisfaction. Je comprends maintenant pourquoi le prince de Galles est toujours de si bonne humeur : c'est délicieux d'être un *petit roi* *[1]. »

Mais une autre raison retenait Oscar en Amérique. S'il jouissait de sa nouvelle célébrité, il préparait aussi l'avenir. Il réfléchissait à deux pièces qu'il envisageait d'écrire, deux drames historiques qu'il espérait voir montés à New York l'année suivante, tandis qu'un commanditaire inattendu lui avait confié un travail littéraire inhabituel. L'acteur et directeur de compagnie français Edmond La Grange préparait une nouvelle

1. Les mots suivis d'un astérisque sont en français dans le texte.

production d'*Hamlet* et il avait demandé son aide à Oscar pour la traduction.

Edmond La Grange était l'un des héros d'enfance d'Oscar. Il l'avait vu sur scène à Londres et à Dublin dans plusieurs de ses grands rôles, ainsi qu'à Paris, au théâtre La Grange, boulevard du Temple, où il interprétait *Le Roi Lear*. Il l'avait même brièvement rencontré en 1879, à Dieppe, sur le front de mer. Oscar avait eu la hardiesse de se présenter parce qu'il connaissait – et vénérait ! – Sarah Bernhardt, qui elle-même venait de jouer avec La Grange dans *Amphitryon* de Molière. Ce fut cependant à New York, en cet automne de 1882, qu'Oscar Wilde fit vraiment connaissance avec le grand homme. Il avait vingt-huit ans, Edmond La Grange soixante, et ils devinrent amis.

Comme Sarah Bernhardt avant lui, La Grange était en passe de conquérir l'Amérique. Bien sûr, ces deux immenses acteurs avaient des styles différents. Sarah Bernhardt était plus flamboyante que La Grange. Il était remarquable mais elle était divine. Et elle était une femme. Lors de sa tournée américaine, en 1880, les bagages de Mme Bernhardt se composaient de quarante malles à costumes et de soixante-dix coffres pour les robes, manteaux, chapeaux, fourrures qu'elle portait en dehors de la scène, sans oublier ses deux cent cinquante paires de chaussures. M. La Grange voyageait avec trois valises et sa boîte de maquillage. L'entourage de Mme Bernhardt comprenait deux bonnes, deux cuisiniers, un serveur, son *maître d'hôtel** et une *bonne p'tite dame**, qui lui servait de demoiselle de compagnie et de secrétaire. La Grange arriva avec un vieil habilleur et « Maman », sa mère alors âgée de quatre-vingt-deux ans.

Le répertoire d'Edmond La Grange était moins étendu que celui de Sarah Bernhardt. Il était venu en

Amérique avec cinq pièces alors qu'elle en avait huit. De plus, sa notoriété, son statut de « vedette », dirions-nous aujourd'hui, était moindre. En revanche, en tant qu'acteurs, en tant que maîtres de leur art, ils étaient du même ordre, et, au dire des critiques, il était entouré d'une meilleure troupe, quoique moins étoffée. Au Wallack's Theatre de New York, les représentations en français de Molière, Racine et Corneille de M. La Grange firent autant recette que celles de Mme Bernhardt. Et il se faisait comme elle payer en espèces.

Il était presque étonnant que les routes d'Oscar et de La Grange ne se fussent pas croisées plus tôt. Ses quatre semaines à Broadway étaient pour La Grange le point d'orgue de quatre mois de tournée à travers le continent. En outre, le grand acteur français et le jeune esthète irlandais se produisaient tous deux sous le patronage de Richard D'Oyly Carte. Ce fut d'ailleurs l'agent de Carte, le colonel Morse, qui présenta enfin les deux hommes. « Edmond La Grange parle sacrément bien anglais, mais il se débrouille sacrément bien pour le cacher », se plaignit Morse à Oscar en mâchonnant le petit cigare qu'il avait en permanence vissé au coin de la bouche. « Il soutient que le français est la langue officielle de la diplomatie et, par conséquent, la seule que l'on puisse utiliser dans les relations internationales. Chaque fois que je soupe avec lui après le spectacle, il jacasse à n'en plus finir et je suis incapable de saisir un traître mot de ce qu'il raconte. Vous parlez français, Wilde. Dînez avec lui. Vous lui ferez la conversation, il vous comprendra, et – qui sait ? – peut-être même le comprendrez-vous. »

Edmond La Grange et Oscar Wilde se comprirent très bien. Ils s'entendirent aussitôt à merveille. Oscar parlait couramment français et il était imprégné de la culture et de l'histoire de *la belle France**. Il était honoré de dîner avec son idole et ravi de lui parler. Il était plus heureux encore quand il se laissait aller, les yeux écarquillés, à boire les paroles du grand homme. Oscar aimait le timbre riche et profond de La Grange. Il se délectait des tournures de phrases emphatiques et un peu archaïques qu'employait l'acteur. Il adorait ses innombrables histoires de théâtre. « Bien sûr, elles regorgent de mensonges éhontés, mais elles contiennent une vérité supérieure », expliquait-il. À cette époque, quoique La Grange allât sur ses soixante et un ans, il débordait d'énergie. Malgré sa taille modeste, il avait une allure impeccable et une indéniable « présence ». Il n'était pas non plus très mince, mais il était souple et se mouvait avec la légèreté d'un danseur. Il avait une épaisse chevelure blanche coiffée en arrière, qui surmontait un front haut et parsemé de rides. Son teint hâlé n'altérait pas un profil admirable : pommettes saillantes, ample nez romain et yeux bruns pétillants. Il était acteur jusqu'au bout des ongles, aussi dramatique dans ses attitudes sur scène qu'en dehors. C'était un joueur, qui aimait le risque, qui aimait le théâtre, qui aimait la vie.

La Grange et sa compagnie devaient embarquer à bord du SS *Bothnia* le 27 décembre 1882 pour rentrer en Europe. L'acteur suggéra à Oscar d'emprunter le même bateau puisqu'il faisait escale à Liverpool avant de gagner Le Havre. Ils pourraient travailler à leur traduction d'*Hamlet* pendant la traversée. Apprenant que le vieil habilleur de La Grange – ce fidèle serviteur appartenait à la compagnie depuis plus de trente-cinq ans – était malheureusement décédé pendant son séjour américain, Oscar proposa au Français de prendre Traquair, le jeune valet de couleur, pour le remplacer.

— Je réponds de lui à tous égards. Il a repassé mes chemises de Peoria à Pawtucket. Il connaît son métier et vous pourriez lui confier votre vie. Il a un visage de jais et un cœur d'or.

— Parle-t-il français ? s'inquiéta La Grange.

— Il parle le langage du dévouement, répondit Oscar.

Le 27 décembre 1882, jour du départ, Oscar fut l'un des derniers passagers à monter à bord. « Dire adieu à un continent ne peut se faire dans la précipitation », expliqua-t-il. En outre, il devait répondre aux sollicitations des admirateurs et des journalistes massés sur le quai. Quand il embarqua enfin, à la nuit tombante, il trouva La Grange et son entourage dans le grand salon du *Bothnia*, où ils étaient confortablement installés et buvaient du champagne. À sa grande surprise, un nouveau personnage s'était joint au groupe. Penché sur l'épaule de La Grange et lui murmurant quelque chose à l'oreille se tenait l'amical homme aux yeux bleus qu'Oscar avait rencontré dans le Colorado : Eddie Garstrang, le joueur professionnel de Leadville.

Garstrang se redressa et salua Oscar en s'inclinant de façon quelque peu cérémonieuse.

— Par tous les diables, que faites-vous ici ? demanda Oscar, stupéfait.

Edmond La Grange leva les yeux vers Oscar et lui répondit avec un sourire :

— M. Garstrang est mon nouveau secrétaire particulier, Oscar. Je l'ai gagné aux cartes.

3

# En traversant l'Atlantique

C'était la vérité. Edmond La Grange avait bel et bien « gagné » Eddie Garstrang aux cartes. Il fallut moins de temps à Oscar pour apprendre toute l'affaire que pour boire sa flûte de champagne. Dans le lointain, on entendait mugir la sirène du navire et des clameurs s'élever du pont principal. L'arrière-plan était occupé par un ballet de stewards et de porteurs affairés. La Grange était assis en majesté au centre de la scène, entouré de sa cour, constituée d'une demi-douzaine de membres de sa compagnie. Il conta l'histoire avec une verve gauloise et des gestes grandiloquents, tandis que Garstrang se tenait à ses côtés telle une sentinelle silencieuse.

— Vous vous souvenez du Tabor Grand Opera House de Leadville, Oscar ? commença La Grange. Une merveille de salle, avec une acoustique parfaite. Comme vous, nous y avons remporté un vrai triomphe, vous savez. Un mois environ après votre visite, vers la fin de notre tournée, nous avons joué pendant une semaine à Leadville, au plus grand profit de nos affaires. Il semblerait que les mineurs du Midwest soient aussi sensibles à Molière qu'à la Renaissance anglaise.

L'acteur sexagénaire s'enfonça dans son fauteuil et, soudain, il croisa puis décroisa les jambes comme s'il exécutait une petite danse de contentement. Le mouvement fit sourire ses courtisans.

— Pour notre première, nous avons joué *L'Avare* ; ils ont adoré. Après la représentation, on m'a emmené au casino pour une petite réception... et c'est là que j'ai fait la connaissance du redoutable M. Garstrang.

S'interrompant, La Grange tourna les yeux vers son nouveau secrétaire et leva son verre dans sa direction.

— Nous avons trinqué et joué aux cartes. M. Garstrang m'a proposé un jeu baptisé la chasse au tigre. Enfants, nous l'appelions le faro[1]. C'est un jeu français qui a été inventé pour distraire Louis XIV. J'ai fait une partie avec M. Garstrang et j'ai gagné. Il paraissait surpris mais pas moi. Je venais d'être rappelé treize fois. C'était mon soir de chance.

Il fit signe au steward de lui remplir son verre, auquel il but aussitôt avec avidité.

— Le lendemain soir, je suis retourné au casino. M. Garstrang m'y attendait. Nous avons rejoué et j'ai encore gagné. Nous avons alors convenu de nous retrouver pour une troisième partie. Cette fois, M. Garstrang a proposé que nous nous mesurions au poker. Il m'a expliqué que ce jeu était né sur le Mississippi. Nous avons joué, et il a été très bon. Mais j'ai été encore meilleur. J'ai gagné. Pourtant, les circonstances m'étaient défavorables. Ce soir-là, nous avions donné *Le Cid* ; or, les habitants des Rocheuses n'ont pas pour Corneille le goût qu'ils ont pour Molière.

1. Sorte de baccara, le faro était très populaire en Angleterre et en France au XVIII$^{e}$ siècle avant de devenir un des jeux favoris de l'Ouest américain.

La Grange gloussa et finit son verre.

— Trois soirs durant, nous nous sommes retrouvés pour jouer au poker. Et chaque fois, nos mises étaient un peu plus élevées. M. Garstrang jouait un peu comme Sarah Bernhardt interprète *Phèdre* : avec une intensité extraordinaire. Il s'y donnait corps et âme. Il voulait à tout prix refaire ses pertes. Mais la divine Sarah elle-même n'est pas infaillible. M. Garstrang avait perdu six soirs de suite. Et beaucoup perdu. Le dimanche matin, peu avant notre départ de Leadville, il est venu me voir à mon hôtel. Nous avons pris notre petit déjeuner ensemble et il m'a avoué qu'il n'avait pas les moyens de me payer ce qu'il me devait. En vérité, il a reconnu qu'il ne pouvait pas même m'en verser le dixième. Il m'a informé qu'il possédait en revanche un revolver et qu'il pouvait l'utiliser contre lui. « Mon art, c'est la tragédie et la comédie. Je méprise le mélodrame », lui ai-je dit. Et c'est à ce moment-là que nous avons conclu notre pacte.

— Votre pacte ? répéta Oscar, dont le regard allait du grand acteur français au pâle Américain qui se tenait à ses côtés.

— Pendant cette tournée, j'ai perdu mon habilleur, Oscar. Il est mort à Chicago. Il était très âgé. Même jeune, il l'était déjà. Mais le vieux Poquelin était pour moi bien plus qu'un costumier. C'était un ami. Nous jouions aux cartes et il était très fort. Sur scène, j'aime être entouré de bons acteurs. Aux cartes, je veux affronter les meilleurs. Vous m'avez aimablement trouvé un nouvel habilleur, Oscar, et je vous en suis reconnaissant. Je gage qu'il s'acquittera très bien de sa tâche, mais je doute qu'il sache jouer. M. Garstrang est un joueur. Il a rejoint la compagnie La

Grange pour me servir de secrétaire le jour et de partenaire de jeu le soir.

Edmond La Grange tendit son verre vide à Garstrang, qui s'en saisit et le tint devant lui comme un calice. Le vieil acteur fit claquer ses poings sur les bras de son fauteuil et se leva. Tous ses courtisans l'imitèrent.

— N'est-ce pas une histoire formidable, Oscar ? fit-il.

— Certainement. À sa façon. Je me demande pourquoi vous ne me l'aviez pas encore racontée.

— Oh ! fit La Grange, qui s'avança vers Oscar et lui posa la main sur le bras. Je ne le pouvais pas. Une dette de jeu est une dette d'honneur, et elle ne saurait être contrainte par la loi. M. Garstrang et moi avons passé un accord à Leadville il y a deux mois. Nous l'avons scellé d'une poignée de main. Il devait régler ses affaires dans le Colorado et nous rejoindre ici, aujourd'hui même, à New York. Pour être franc, je n'étais pas tout à fait certain de le voir. Mais il est venu. Je lui en rends hommage. C'est un gentleman, même si, malheureusement, je n'ai pas les moyens de lui permettre de voyager comme tel.

Éclatant de rire et roulant de grands yeux, La Grange regarda Garstrang, qui couvait encore la flûte à champagne vide, ainsi que ses fidèles, qui commençaient à se diriger vers la porte du salon.

— Nous nous sommes bien débrouillés en Amérique, mais nous devons malgré tout veiller à nos finances. Pendant notre absence, nous avons fait rénover le théâtre La Grange, et les décors pour *Hamlet* ne seront pas gratuits. J'aime penser que je dirige une compagnie de première classe. Cependant, la plupart de ses membres doivent, hélas, voyager dans l'entrepont.

D'un claquement de mains, il congédia son entourage.

— Le bateau bouge. Allons dire adieu à New York. Ensuite, nous nous changerons pour le dîner. Vous joindrez-vous à moi, Oscar ? À huit heures dans ma cabine ? Faites-vous beau et venez avec quelque chose d'amusant à raconter.

Deux heures plus tard, Oscar se présenta à la cabine d'Edmond La Grange. Il portait une veste du soir purpurine doublée de satin mauve, qu'accompagnaient une culotte de velours, des bas de soie noirs et des chaussures plates ornées d'une éclatante boucle d'argent. À son cou et à ses poignets moussaient des falbalas de dentelle ivoire et un brin de cyclamen d'hiver égayait sa boutonnière. (Le fleuriste du 61, Irving Place, à l'angle de la 17e Rue, lui avait fourni une fleur pour chaque soir de la traversée, chacune enrobée dans un tissu humide pour qu'elle reste fraîche.) Ce costume s'inspirait de celui qu'il portait lors de ses conférences. La Grange fut enchanté par l'apparence de son jeune ami.

— Vous avez merveilleuse allure, lui dit-il, l'invitant d'une main à pénétrer dans la cabine et lui tendant de l'autre une coupe en cristal remplie de perrier-jouët 1878. Et êtes-vous disposé à être amusant ?

— Je suis disposé à être attentif, répondit Oscar en souriant. Le spectateur se doit de l'être, car il est le violon sur lequel va jouer le maître.

La Grange éclata de rire.

— Vous êtes un très habile gaillard, Oscar. Je crois que je vais devoir vous surveiller de près. Je crains que notre petit cercle ne manque pour vous d'un peu d'éclat, mais nous vous ferons bien boire et bien manger, cela, je vous le promets.

Le dîner à bord du SS *Bothnia* n'était pas une mince affaire, du moins pour la demi-douzaine de passagers de première classe réunis dans la cabine de La Grange. Dans le journal qu'Oscar tenait par intermittence (et qu'il utilisait autant pour tester de nouvelles répliques que pour noter les événements du jour), il fit ce compte-rendu, que je reproduis ici dans son intégralité.

« *27 décembre 1882. Dîner avec ELG* en famille*. *Service* à la française*. *Menu* à la* *Weybridge jusqu'à notre juste dessert. ELG a parlé de Rabelais et mangé comme Gargantua : soupe mulligatawny, merlan frit, barbue aux crevettes, côtelettes de porc,* tomates farcies*, *dinde bouillie à la sauce de céleri, curry de lièvre, faisan rôti et son accompagnement. J'ai joué le rôle de Pantagruel (comme on l'attendait de moi) et j'ai mangé assez légèrement jusqu'à ce qu'apparaissent les gelées, les meringues et le* boudin à la reine*. *Là, j'ai succombé. Je peux résister à tout sauf à la tentation. Les vins étaient exceptionnels, en particulier un chambertin 1870, un château-d'yquem 1880 et une étrange liqueur russe que l'on servit avec les sorbets. Que l'on me donne du superflu : le nécessaire est à la portée de n'importe qui.* »

Oscar écrivit aussi quelques mots sur ses compagnons de table.

« *Une assemblée disparate. Je les connaissais tous et c'est pourquoi j'étais doublement reconnaissant à mon hôte de m'avoir placé entre lui et Mlle de La Tourbillon. Le plan de table était le suivant :*

ELG

Liselotte La Grange (Maman) OW

Richard Marais Gabrielle de La Tourbillon

Carlos Branco

*« ELG installa sa mère à sa droite. Universellement connue sous le surnom de Maman, Liselotte La Grange est une vieille bique insupportable : gâtée, égoïste, égocentrique, puérile, têtue, péremptoire. Sa seule excuse est d'être aussi vieille que ce siècle puisqu'elle est née, paraît-il, le 5 janvier 1800. Elle fait partie de ces agaçantes bonnes femmes qui prêchent l'importance de vertus qu'elles n'ont jamais à pratiquer. À l'abri du besoin, elle ressasse les bienfaits de l'économie. Dépourvue d'occupation, elle parle avec éloquence de la dignité du travail. Son fils lui cède en tout. Il accepte même son repoussant caniche, une intolérable créature qui doit son nom absurde de Marie-Antoinette à sa parenté supposée avec l'un des premiers chiens de cette race élevés par Louis XVI. (Maman est obsédée par la généalogie, la sienne comme celle des autres.) En vérité, cette chienne n'a aucune éducation. Elle a passé tout le dîner à avoir des vents, à se gratter, à s'agiter sous la table, à faire trébucher les serveurs et à réclamer les restes des assiettes de Maman et de son voisin, Richard Marais.*

*« Je ne parviens pas à cerner Marais. C'est l'*homme d'affaires* *de la compagnie et il travaille avec La Grange depuis plus de vingt ans. Il est chauve, terne, et semble n'avoir aucune personnalité. En plus de cela, le pauvre homme est sourd, un handicap que La Grange considère comme une qualité essentielle chez un imprésario. "Quand le percepteur nous rend visite, M. Marais peut en toute bonne foi dire qu'il ne l'a pas entendu frapper." Marais est*

*dur d'oreille mais pas muet. Il parle cependant rarement. Et quand il le fait, ce qu'il dit est sans intérêt. Nous ne deviendrons pas amis. Je suis incapable d'écouter quelqu'un qui ne me charme pas par un style agréable ou un sujet élevé.*

*« Carlos Branco y réussit de l'une et l'autre façon. Et il a de l'esprit. Ce soir, il a dit : "J'adore jouer. On y met tellement plus de vérité que dans la vie." Branco est le plus vieux et le plus proche ami de La Grange. Il descend d'une éminente lignée d'acteurs portugais (chez ces gens-là, rien n'est plus important que la filiation !). Il a soixante ans, il est beau, intelligent et aussi sophistiqué que Maman est vulgaire. Depuis toujours, il tient des rôles principaux dans les productions de la compagnie La Grange. "Je suis né pour être Polonius", a-t-il dit ce soir. Il a de l'humour, des manières généreuses et chaleureuses, et les yeux noisette. Je l'apprécie beaucoup.*

*« Quant à Gabrielle de La Tourbillon, je l'adore. Elle est haute comme un peuplier, fine comme un roseau, et sa beauté, pourtant réelle, n'a rien d'évident. Elle a la silhouette et le visage d'un garçon, mais l'énergie et la rouerie d'une femme ambitieuse. Lors de notre première rencontre, il y a quelques semaines, elle m'a dit tout à trac : "Je suis la vedette d'Edmond et sa maîtresse. Il a eu des unes et des autres en quantité, mais maintenant il a soixante ans, et j'en ai trente. Je suis celle qu'il ne remplacera pas." Ce soir, pendant le dîner, tandis que La Grange était aux petits soins pour Maman et l'horrible Marie-Antoinette, Gabrielle m'a parlé des autres maîtresses de l'acteur ainsi que de son épouse, Alys Lenoir, la mère de ses jumeaux. Elle s'est suicidée il y a vingt ans, peu après la naissance des enfants. Gabrielle m'a aussi parlé de ses propres amants, tous plus âgés qu'elle, à l'exception d'un seul. Et tout en me disant qu'une actrice avait "besoin d'amis", elle m'a pris la main sous la table*

*et l'a serrée avec force. "J'aime les hommes jeunes qui ont de l'avenir", a-t-elle murmuré. "J'aime les jeunes femmes qui ont un passé", lui ai-je répondu. »*

Vers la fin du dîner, au moment des sorbets et de la liqueur russe, on en vint à parler du retour de la compagnie La Grange à Paris et de ses projets pour sa prochaine production, *Hamlet*. Quarante ans plus tôt, alors qu'ils n'avaient que vingt ans, La Grange et Alys Lenoir avaient joué ensemble Hamlet et Ophélie. C'était ainsi qu'ils s'étaient rencontrés. Aujourd'hui, c'était au tour de leurs enfants, les jumeaux Bernard et Agnès, d'avoir vingt ans et de reprendre les rôles.

— C'est dans la grande tradition La Grange, déclara Maman en tapotant son assiette à dessert avec sa petite cuillère. Bernard fera un très beau prince Hamlet. Il a la voix et la carrure idéales. Et Agnès, cette pauvre et fragile créature, est née pour jouer l'infortunée Ophélie. Tout Paris viendra les applaudir.

Quand elle parlait, Liselotte La Grange ne s'adressait à personne en particulier. Chacune de ses interventions était une tirade lancée à la cantonade.

— Quand Edmond a interprété Hamlet, son père tenait le rôle de Claudius et j'étais la reine Gertrude, poursuivit-elle. Tout Paris s'était déplacé. Maintenant, c'est au tour d'Edmond de jouer Claudius. Et Carlos fera ce vieux fou de Polonius, bien entendu. Mais qui sera Gertrude ?

— Gabrielle, Maman, répondit La Grange avec douceur en posant sa main sur celle de sa mère. Tu le sais bien.

— Elle est trop jeune, siffla Mme La Grange.

Se dégageant de l'étreinte caressante de son fils, elle frappa brutalement du poing sur la table.

— Elle est trop jeune, c'est vrai, convint La Grange d'une voix mielleuse, mais c'est une actrice. Elle peut paraître plus âgée qu'elle ne l'est.

— Elle est trop maigre, insista la matrone. Beaucoup trop maigre. C'est affreux.

Dans le coin de la cabine, Marie-Antoinette se mit à japper et à chasser sa propre queue. Gabrielle de La Tourbillon demeura silencieuse. Elle ne paraissait même pas contrariée. Elle semblait habituée aux piques de Maman. Edmond La Grange lui sourit. Puis il revint à sa mère.

— Gabrielle est mince, c'est indéniable.

— Elle n'a pas de poitrine, grogna Maman.

— Est-ce un attribut indispensable pour interpréter le rôle de la reine Gertrude ? demanda Oscar.

— Oui, monsieur, aboya Mme La Grange. C'est essentiel. Gertrude est une mère et une mère a des seins.

— Alors nous en trouverons, conclut Edmond La Grange. J'en parlerai à la costumière.

Lors de cette première nuit de mer, l'Océan fut placide et le ciel assez clair, mais par la suite le temps changea. Le reste de la traversée fut comparable au caractère de Maman : au mieux déconcertant, au pire tempétueux. Des orages éclataient puis s'apaisaient tout aussi soudainement, tandis qu'un vent mauvais et de fortes pluies sévissaient sans discontinuer. Même à midi le ciel était noir. Seuls quelques passagers téméraires – et Richard Marais, qui promenait Marie-Antoinette deux fois par jour – bravaient le pont du SS *Bothnia*. Oscar, qui se découvrit, à son soulagement, meilleur marin qu'il ne le craignait, passa la plupart du voyage enfermé dans la cabine de La Grange. Il écoutait le grand homme lui conter les heures glorieuses du théâtre français et il peaufinait avec lui, réplique après réplique, sa traduction d'*Hamlet.* C'était une tâche passionnante. Toute sa vie, Oscar serait fasciné par la mélancolie du prince du Danemark.

De temps à autre, Oscar échangeait un mot avec Traquair, son ancien valet, lorsque celui-ci remontait de sa cabine de troisième classe, dans les entrailles du navire, pour prendre le linge de M. La Grange et préparer son costume du soir. Traquair paraissait heureux, même s'il ne parlait pas beaucoup. Eddie Garstrang était moins bavard encore.

Oscar le croisait brièvement après le dîner dans la cabine de La Grange. Tous les soirs, Oscar y mangeait les mêmes plats avec les cinq mêmes personnes : l'acteur, sa mère, sa maîtresse, son imprésario et son vieil ami. Une fois le repas terminé, La Grange raccompagnait Maman jusqu'à sa cabine et l'aidait à prendre ses pilules et ses potions pour la nuit. Puis il revenait et proposait à Oscar de se joindre à lui, Richard Marais et Carlos Branco pour une partie de cartes.

— Nous jouons à l'euchre[1], Oscar. C'est très facile. Ce jeu est fait pour vous. C'est pour lui qu'a été inventé le joker.

Tous les soirs, Oscar hésitait (il ne détestait pas les cartes) avant de refuser (comprenant que c'était ce que l'on attendait de lui). À ce moment-là, on envoyait un steward chercher Garstrang dans le salon de deuxième classe pour faire le quatrième. Il arrivait, souriait, s'inclinait et s'installait à la table de jeu. Chaque fois qu'il entrait dans la cabine, Oscar essayait d'engager la

1. Très populaire en Amérique au XIXe siècle, l'euchre, qui nécessite quatre joueurs, serait une variante de l'écarté, qui se joue à deux.

conversation avec lui, mais il déclinait l'invitation expliquant tranquillement que « ses obligations allaient à M. La Grange » et qu'« il ne pouvait parler car il devait jouer ».

La traversée dura dix jours au cours desquels le rituel des soirées chez La Grange ne connut que deux entorses. Le 31 décembre, le capitaine du SS *Bothnia* organisa différents réveillons pour chaque catégorie de passagers. Edmond La Grange passa toute la soirée dans le salon de première classe en compagnie de Maman et de Marie-Antoinette, tandis qu'Oscar, encouragé par l'acteur, se rendit avec Gabrielle de La Tourbillon aux principales festivités, qui se tenaient sous une immense tente dressée sur le pont principal du navire. Là, le jeune couple défia les éléments en dansant toute la nuit sur les airs joués en alternance par un orchestre de chambre et un groupe de musique nègre.

Au grand plaisir de Mlle de La Tourbillon, Oscar avait envie de danser. À sa surprise, il avait le pied plutôt agile. À son émerveillement, quand le groupe nègre se mit à jouer *O Dem Golden Slippers*, il s'exclama :

— C'est mon morceau préféré !

— Et pourquoi cela ? demanda-t-elle en riant.

— Parce qu'il a été écrit par un de mes amis, un dénommé Jimmy Bland[1], répondit Oscar à la jeune femme qui tournoyait autour de lui. Je l'ai rencontré à New York et il m'a tout de suite plu. Nous sommes nés la même semaine de la même année. J'ai aussitôt senti que nous étions pareils à des frères. Bien sûr, il est noir et je suis blanc.

1. James Bland (1854-1911) fut l'un des premiers et plus importants chanteurs populaires noirs américains.

— Et vous êtes Wilde et il est Bland[1], ajouta-t-elle entre deux rires.

— Exactement. Les noms me fascinent au plus haut point.

La musique les entraînait sur la piste surpeuplée tout autour du chapiteau battu par le vent. Comme il la tenait tout contre lui, il lui déclara :

— La beauté de votre patronyme me remplit de ravissement, Gabrielle. Il possède une exquise simplicité champêtre et quelque chose d'aussi délicieusement en désaccord avec notre monde fruste et brutal qu'une pâquerette sur un remblai de chemin de fer !

— Vous êtes ridicule, Oscar !

— Je l'espère.

Tandis que l'orchestre redoublait d'entrain, il déposât un baiser sur son front

Oscar apprécia son réveillon du Nouvel An, comme en atteste son journal :

*« Toute la soirée, j'ai fait la cour à la maîtresse d'ELG. Je l'ai amusée (je crois) et je me suis amusé (j'en suis sûr). Chercher à séduire une jolie femme est toujours excitant. Je ne suis pas amoureux d'elle, évidemment. L'est-elle de La Grange ? Elle l'affirme, mais je m'interroge. Et lui, l'est-il d'elle ? Il ne lui accorde pas beaucoup d'attention. »*

En revanche, moins agréables furent ses souvenirs de sa dernière soirée à bord du SS *Bothnia*.

*« C'était l'anniversaire de Maman, son quatre-vingt-troisième, et La Grange avait organisé une réception en son honneur dans le salon de première classe. Ce fut un fiasco.*

1. *Wild* : sauvage ; *bland* : terne.

*La mer était calme (nous étions en vue des côtes irlandaises), le buffet était copieux, le vin coulait à flots et ELG a fait un éloge bienveillant de sa mère. Mais l'ambiance était glaciale : ceux qui connaissent bien Liselotte La Grange ne l'aiment pas. J'ai observé les membres les plus âgés de la compagnie lorsqu'ils venaient la saluer. Ils faisaient leur devoir puis s'enfuyaient aussi vite que possible. Quand ils s'avançaient pour lui baiser la main ou la joue, ils veillaient à ne pas toucher sa peau flétrie de leurs lèvres. Les acteurs plus jeunes gardaient eux aussi leurs distances. Cette vieille femme est à plaindre. Elle est arrogante, irritante, assommante avec son obsession pour son affreux cabot et la grandeur de la famille La Grange, mais c'est son âge qui la rend particulièrement déplaisante. La vieillesse n'a aucune consolation à nous offrir. L'élan de bonheur qui nous animait à vingt ans s'est éteint. Nos membres nous trahissent, nos sens s'altèrent. Nous dégénérons en d'affreuses marionnettes, hantées par le souvenir de passions dont nous avions trop peur ou de tentations exquises auxquelles nous n'avons pas eu le courage de céder. Liselotte La Grange en veut au monde entier et elle a une bonne raison pour cela : il fut un temps où elle était jeune. »*

À l'aube du matin qui suivit la fête d'anniversaire de Maman, le SS *Bothnia* accosta à Liverpool. Enfoncés dans de lourds pardessus et enrobés de leurs écharpes, Edmond La Grange, Gabrielle de La Tourbillon et Carlos Branco s'étaient assemblés sur le pont grisâtre et brumeux pour saluer Oscar. La Grange lui donna une puissante accolade comme le ferait un père à son fils. Gabrielle l'embrassa tendrement, comme une sœur son frère. Carlos Branco serra chaleureusement sa main dans les siennes avant de lui adresser une petite tape amicale.

— *Au revoir, mon brave**. Passez nous voir très bientôt à Paris.

— Il vient dans trois semaines, précisa La Grange. Nous ne le libérons que le temps de revoir sa mère et de régler ses affaires à Londres. Il devrait être parmi nous, boulevard du Temple, avant la fin du mois, juste à temps pour le début des répétitions. Il doit rencontrer mes enfants et nous aider à monter la pièce.

L'illustre acteur se tourna vers Oscar et lui sourit.

— Maintenant que nous vous avons trouvé, nous n'allons pas vous perdre, n'est-ce pas ?

— Non, répondit simplement Oscar. Vous n'allez pas me perdre.

Carlos Branco posa une main sur son épaule. Gabrielle ôta un gant et passa ses doigts sur sa joue. La Grange l'étreignit de nouveau. Tous avaient les larmes aux yeux.

Cette scène touchante fut interrompue par l'irruption d'un douanier anglais.

— S'agit-il de votre bagage, monsieur ? demanda-t-il.

Il désignait une grosse malle en cuir marron fermée par d'épaisses sangles noires. Son poids semblait embarrasser les deux jeunes porteurs qui en avaient la charge.

Oscar y accorda un bref regard.

— En effet, reconnut-il.

— Êtes-vous Mr. Wilde ? Mr. Oscar Wilde ? interrogea le fonctionnaire en clignant des yeux.

— C'est moi.

— Avez-vous quelque chose à déclarer aujourd'hui, monsieur ? poursuivit-il avec un petit sourire. Je veux dire, quelque chose comme du génie ?

Oscar sourit. Le douanier ricana.

— Vous voyez, monsieur, on vous connaît.

— J'en suis honoré.

— Votre malle a l'air d'un poids inhabituel, monsieur.

— Elle est pleine de livres.

— Vous n'êtes pas un petit lecteur, comme qui dirait ? fit l'homme en souriant.

Il paraissait particulièrement satisfait de sa plaisanterie. Il battit des mains et l'air glacial du matin fut troublé par la brume chaude de son haleine.

— Cela vous ennuie si nous jetons un coup d'œil à l'intérieur, monsieur ?

Les garçons déposèrent la malle sur le pont.

— À votre guise.

— Auriez-vous la clé, monsieur ?

— Elle n'est pas verrouillée. Vous n'avez qu'à détacher les sangles et ouvrir le loquet à la main.

L'un des jeunes porteurs s'agenouilla et, sans aucune difficulté, il libéra la malle de ses liens, puis souleva le couvercle.

— Eh bien, eh bien… fit le douanier en plongeant son regard à l'intérieur. Ce n'est pas ce à quoi nous nous attendions…

La malle n'était pas remplie de livres, mais, jusqu'à ras bord, de terre noire et meuble. De la terre de jardin.

Le fonctionnaire s'accroupit et entreprit de fouiller le terreau de sa main gantée.

— Eh bien, eh bien… répéta-t-il tandis qu'il faisait lentement apparaître une truffe de chien, puis, l'une après l'autre, quatre pattes dressées.

C'était Marie-Antoinette, le caniche de Maman.

# 4

# Liverpool, Londres, Paris

Le pont du SS *Bothnia* fut ensuite le théâtre d'une scène extraordinaire.

À l'instant même où le douanier se relevait apparut la frêle silhouette de Liselotte La Grange enveloppée dans son manteau de fourrure. Elle était soutenue d'un côté par Richard Marais et de l'autre par Eddie Garstrang.

— Je suis venue saluer Mr. Wilde, commença-t-elle d'une voix impérieuse.

Elle se dégagea de son escorte et s'immisça dans le groupe qui entourait la malle d'Oscar.

— J'ai quelque chose d'important à lui dire, continua-t-elle.

Elle n'avait pas fini sa phrase que ses yeux s'arrêtèrent net sur le bagage débordant de terre, d'où émergeait, à demi enseveli, son malheureux caniche. Sans même s'interrompre, sa voix se transforma en un long cri perçant. Tout en hurlant, elle ferma les yeux et tourna la tête non vers le chien mais vers le ciel. Enfin, au terme de ce qui parut à Oscar un gémissement infini, elle se tut pour reprendre son souffle, rouvrit les yeux et lança des regards désespérés autour d'elle.

— Est-ce ma Marie-Antoinette ? demanda-t-elle dans un hoquet. Est-ce possible ?

— C'est elle, Maman, confirma La Grange qui tendait avec sollicitude les mains vers elle.

L'acteur s'avança d'un pas et prit sa vieille mère dans ses bras.

— Allons, Maman, murmura-t-il. Je vais m'occuper de toi.

Il la ramena sanglotante vers les cabines. Richard Marais et Eddie Garstrang leur emboîtèrent le pas comme deux silencieux employés des pompes funèbres lors d'un enterrement.

— Elle est hystérique, observa le douanier.

— C'est une actrice, précisa Carlos Branco, imperturbable. Il fut une époque où elle comptait parmi les meilleures.

Gabrielle de La Tourbillon contemplait le corps rigide du pauvre animal, qui gisait dans une posture grotesque au milieu de cette malle devenue sa tombe.

— J'ai froid, murmura-t-elle.

— Venez, lui dit Branco. Je vais vous trouver du cognac.

Il lui passa le bras autour des épaules.

— Qui peut avoir fait une chose pareille ? s'interrogea-t-elle, frissonnante.

— Et pourquoi ? ajouta Oscar, qui fouillait son manteau à la recherche de son étui à cigarettes, le regard toujours fixé sur le cadavre du chien.

— Voilà ce que nous aimerions savoir, intervint le douanier d'un ton sec. Si vous voulez bien me suivre, Mr. Wilde, nous laisserons ce gentleman s'occuper de cette jeune personne pendant que nous tâcherons d'élucider cette affaire. Par ici, monsieur. Ces garçons vont se charger de votre malle… et de son triste contenu.

En ce froid matin de janvier qui inaugura de façon mémorable l'année 1883, Oscar Wilde passa un peu plus de cinq heures dans la cabine du second du SS *Bothnia*, enfermé en compagnie d'un caniche mort. La plupart du temps, on le laissa seul, sans autre occupation que contempler l'animal immobile, boire le mauvais café du bateau et fumer ses cigarettes turques. De temps à autre, on venait l'interroger. Ce fut d'abord le douanier, puis deux agents peu amènes (et, d'après Oscar, peu subtils) de la police portuaire de Liverpool et, enfin, de façon plus informelle, le capitaine du navire.

À chacun, Oscar exprima le regret sincère de ne pouvoir être plus utile. Il était bien entendu consterné par ce qui s'était produit, mais il n'avait pas la moindre idée de qui avait pu commettre une telle atrocité et pour quel motif. Oui, la malle qui contenait le cadavre du chien était bien la sienne. C'était un bagage auquel il tenait beaucoup, cadeau de sa mère pour ses vingt-cinq ans. Il s'en était servi pour ranger la modeste bibliothèque qui l'avait accompagné tout au long de son périple américain. Durant le voyage, il l'avait ouverte presque tous les jours, mais il ne l'avait jamais vidée entièrement. Il se souvenait que, le soir précédent, avant de se rendre à la fête d'anniversaire de Mme La Grange, il avait personnellement veillé au rangement de ses affaires. Il n'avait conservé dans sa cabine qu'une petite valise pour la nuit, tandis que le reste de ses bagages, y compris la malle aux livres, avait été entreposé dans un local du bateau destiné à cet effet en prévision du débarquement à Liverpool. Il supposait que n'importe qui pouvait avoir accédé à cette pièce pendant la nuit.

— Mme La Grange est-elle une vieille dame appréciée ? demanda le capitaine durant son interrogatoire.

Son sourcil froncé et la lueur d'intelligence qu'il avait dans le regard en posant cette question suggéraient qu'il présumait le contraire.

— Elle inspire beaucoup de respect, répondit Oscar avec tact.

— Et le chien ?

— Sa maîtresse l'adorait. M. Marais, l'imprésario de la compagnie, également...

— Mais était-il très aimé de façon générale ? coupa le capitaine.

— Peut-être pas « de façon générale », convint Oscar. Ce pauvre caniche était handicapé par son nom absurde et par l'attention excessive que lui prodiguait sa propriétaire.

Oscar jeta un rapide coup d'œil en direction de l'animal.

— A-t-il pu être victime d'une personne qui aurait des griefs envers Mme La Grange ? Ou qui détesterait les chiens ? reprit le capitaine.

— Les deux sont possibles, j'imagine, reconnut Oscar.

Il alluma une cigarette et contempla de nouveau le cadavre renversé de l'infortunée Marie-Antoinette.

— N'avez-vous pas vous-même affirmé que vous l'étrangleriez volontiers, Mr. Wilde ?

Pris au dépourvu, Oscar se tourna vivement vers le capitaine.

— Je ne crois pas avoir dit une chose pareille.

— Je crois que si, Mr. Wilde.

— Je ne m'en souviens pas.

— Mais moi je vous ai entendu, Mr. Wilde. Hier soir. Pendant la réception. Insupportable à son habitude, le chien folâtrait autour de vos jambes, et vous avez déclaré que vous l'étrangleriez volontiers. Vous parliez à Mlle de La Tourbillon. Je vous ai entendu aussi distinctement que le peut un capitaine.

— Ai-je vraiment dit cela ? demanda Oscar, déconcerté. Si c'est le cas, je ne parlais pas littéralement. C'était une expression, une expression qui marquait une irritation, pas une intention.

Il éteignit sa cigarette.

— Quoi qu'il en soit, cet animal n'a pas été étranglé, lâcha-t-il.

— Pardon ?

Un silence s'installa. Oscar ouvrit son étui à cigarettes. Il était vide. Il porta sa tasse à ses lèvres. Le café était froid.

Le capitaine le regardait fixement.

— Ceci est mon navire, Mr. Wilde. Tout ce qui se passe sur le *Bothnia* relève de ma responsabilité. Je dois élucider cette affaire au plus vite afin que nous puissions appareiller pour Le Havre. Autant dans votre intérêt que dans le mien, dites-moi tout ce que vous savez.

— Je ne sais rien ! s'exclama Oscar.

— Mais vous venez de déclarer que le chien n'avait pas été étranglé. Comment pouvez-vous l'affirmer ?

— Les poètes ont de bons yeux, capitaine. Regardez cette pauvre bête. Voyez les contusions sur son front, juste au-dessus des paupières. Il est manifeste pour quiconque est doté d'un minimum de sens de l'observation qu'elle a été frappée à la tête. Un seul coup a suffi à l'assommer et elle a ensuite été enterrée vivante. Elle est morte asphyxiée, ensevelie dans la malle. C'est évident, n'est-ce pas ?

Le capitaine s'approcha du bagage et plongea son regard à l'intérieur. Il passa ses doigts dans sa barbe broussailleuse.

— Je vois les contusions, admit-il.

Il glissa sa main dans sa poche et en sortit son propre étui à cigarettes. Il l'ouvrit et le tendit à Oscar.

— Ce sont des Lucky Strike. Elles vont vous plaire. C'est nouveau[1]. Et fort. Le tabac n'est pas séché au soleil mais grillé.

Oscar prit une cigarette.

— Merci, capitaine.

— Dites-moi, Mr. Wilde, reprit l'officier tout en allumant la Lucky Strike d'Oscar, selon vous, pour quelle raison le corps de cet animal a-t-il été placé dans votre malle ?

— Je n'en sais rien, répondit Oscar, qui releva la tête et tira avec gratitude une bouffée de tabac. Vraiment rien.

— Il y a des gens qui ne vous apprécient pas beaucoup, Mr. Wilde.

— J'ai mon lot de critiques, concéda Oscar en soutenant le regard du capitaine.

— Parlez plutôt d'ennemis.

Oscar éclata de rire.

— Ne faites pas attention à ce que racontent les journaux. Ils sont écrits par des dévoyés pour des philistins.

— Savez-vous ce que Mr. Henry James a dit de vous ? C'était à bord de ce bateau, à ma table, il y a un mois à peine.

— Je suis sûr qu'il m'a déclaré son ami. C'est un écrivain que j'admire beaucoup.

1. La marque Lucky Strike est apparue en 1871.

— Il vous a qualifié d'« idiot présomptueux », Mr. Wilde, de « fripouille de dixième ordre », de « bête mal lavée ».

Oscar blêmit.

— Vous me surprenez, dit-il.

Il se tourna une fois encore vers le cadavre du chien et tira profondément sur sa cigarette.

— Même si cela est vrai, je doute fort qu'un séide de Mr. Henry James déterminé à m'humilier ait assommé le caniche de Mme La Grange avant de l'enterrer dans ma malle à livres… C'est possible, capitaine, en effet, mais ne trouvez-vous pas cela improbable ?

Pendant qu'Oscar se soumettait à cet interrogatoire, le douanier et les deux policiers de Liverpool faisaient un rapide tour du SS *Bothnia* afin de poser quelques questions aux membres de la compagnie La Grange ainsi qu'à certaines personnes de l'équipage. À deux heures de l'après-midi, soit deux heures après l'horaire de départ prévu du vapeur pour Le Havre, ils se présentèrent à la cabine du second.

— Nous avons trouvé vos livres, Mr. Wilde, annonça le douanier.

— Quel soulagement ! fit Oscar, qui était en train de fumer la dernière Lucky Strike du capitaine. Puis-je vous demander où ?

— Derrière des palmiers en pot sur la plage arrière, tout près du local à bagages. Il semblerait que votre malle n'était pas sous clé cette nuit. D'après le steward qui l'a prise dans votre cabine, elle a été entreposée sur le pont avec d'autres bagages. N'importe qui peut l'avoir emportée, vidée et remplie de terre. C'était du terreau destiné aux palmiers.

— Avez-vous trouvé le coupable ? demanda Oscar.

— Non, répondit le douanier.

— Non, firent en écho les policiers du port. Non.

— La dernière fois que le caniche a été vu, c'était tôt ce matin, couché sagement à l'extérieur de la cabine de sa propriétaire. Il s'agit du témoignage de Mr. Richard Marais, qui a précisé que le chien dormait et ronflait. Il est prêt à le répéter sous serment. À part ça, personne n'a rien vu ni entendu.

— Personne ne sait rien, confirma l'un des policiers.

— Rien, répéta l'autre.

— Et maintenant ? demanda Oscar. Que se passe-t-il ?

— Appareillons-nous pour Le Havre ? fit le capitaine, un œil interrogateur posé sur les représentants des douanes de Sa Majesté et de la maréchaussée portuaire de Liverpool.

— Rien ne s'y oppose, répondit un des agents. Il n'y a pas de loi contre le meurtre de chien en haute mer.

— En revanche, il y en a une contre l'importation de viande sans autorisation, observa le douanier en adressant un clin d'œil à Oscar.

Il se tourna vers le capitaine.

— Puis-je vous suggérer que cet animal trouve au large sa dernière demeure, capitaine ? C'est le souhait exprimé par la vieille dame, Mrs. La Grange. Quant à vous, Mr. Wilde, vous pouvez récupérer votre malle, ajouta-t-il en désignant du menton le cadavre toujours étendu les pattes en l'air.

Oscar contempla une dernière fois le bagage et son sinistre contenu.

— Vous êtes très aimable, mais il me semble qu'elle pourrait servir de cercueil à Marie-Antoinette, vous ne croyez pas ?

— Si vous le dites, monsieur, acquiesça le fonctionnaire en souriant. Vos livres ont été rassemblés dans un sac. Il y en avait quarante. Ils sont bien protégés et ils ont été descendus à terre avec le reste de vos bagages. Vous êtes libre, Mr. Wilde. Toutes mes excuses pour vous avoir ainsi séquestré.

— Pas du tout, protesta Oscar en se levant. Vous n'avez fait que votre travail. Je le comprends très bien.

Il serra la main du douanier, adressa un léger signe de tête aux deux policiers et sortit de la cabine à la suite du capitaine. Sur le pont, l'air était froid, malgré le clair soleil d'hiver.

— Au revoir, Mr. Wilde, fit le capitaine. Je suis navré de cet incident. Une pénible affaire. J'imagine qu'il s'agit d'une plaisanterie de mauvais goût.

— Sans aucun doute.

— Et je vous prie de m'excuser si mes propos vous ont froissé. Ce fut un privilège de vous avoir à bord. Je suis certain que vous avez bien plus d'amis que d'ennemis.

— J'ai la chance de tout posséder à l'excès, répondit Oscar d'un ton badin.

Il serra la main du capitaine.

— Merci pour vos cigarettes, ajouta-t-il. Je m'efforcerai d'en retrouver. Du tabac grillé et non séché, dites-vous ?

Oscar quitta le navire en étreignant son manteau de fourrure. Au pied de la passerelle, un porteur l'attendait avec un chariot sur lequel s'empilaient ses bagages. Il tendit un shilling au garçon et se retourna pour contempler une dernière fois le *Bothnia*. Le capitaine avait disparu, mais, un peu plus loin sur le pont, à quelques pas de l'endroit où il s'était tenu, Oscar reconnut une silhouette familière que cachait à moitié un gilet de sauvetage. C'était Traquair, le jeune valet noir. Appuyé contre le bastingage, il lui adressait un signe d'adieu.

De Liverpool, Oscar prit le train pour Londres et, pendant les trois semaines qui suivirent, il se laissa emporter par un tourbillon incessant d'activité. Durant la journée, il voyait sa famille et ses proches : sa mère, son frère, son tailleur (« le meilleur ami d'un gentleman »), l'acteur Henry Irving (avec qui il parlait d'*Hamlet*), le peintre James Whistler (avec qui il parlait d'art) et son ancien camarade d'Oxford George W. Palmer, l'héritier des biscuits Huntley & Palmer (avec qui il parlait de la vie et d'argent). Le soir, vêtu d'un nouvel habit, il fréquentait ses lieux de prédilection, ses clubs, bars, restaurants, théâtres, salles de concert et music-halls préférés. Il était parti pendant un an et il savourait son retour. Sa mère l'accueillit comme le fils prodigue. Certains de ses amis prétendirent ne même pas avoir remarqué son absence.

Il lui sembla que Londres n'avait pas changé. Il y avait quelque chose de rassurant mais aussi d'un peu décevant à retrouver les images et les odeurs telles qu'il les avait quittées.

— Y a-t-il quoi que ce soit d'un peu nouveau qui se soit produit en mon absence ? demanda-t-il à George Palmer.

— Un poète désabusé a tenté d'assassiner la reine.

— Ah oui, Roderick Maclean. J'ai lu quelque chose à son sujet. J'aimerais le rencontrer. Je remercie Dieu que Sa Majesté soit toujours en vie, bien sûr, mais j'éprouve un sentiment confraternel envers tout poète qui manque sa cible.

Rentrer chez soi était agréable, mais cela revenait, en quelque sorte, à renouer avec l'ordinaire. Oscar rendit visite à James Russell Lowell afin de le remercier pour ses lettres d'introduction et lui conter ses aventures américaines. Lowell vit aussitôt qu'Oscar n'était pas rassasié.

— Le destin aime ceux qui n'ont peur de rien, Mr. Wilde, dit-il.

L'aphorisme frappa Oscar, qui le nota dans son journal et se l'appropria.

Revigoré par son entretien avec l'ambassadeur, Oscar prit la décision de se mettre en quête de nouvelles sensations.

— Le vieil Oscar est mort, déclarait-il à qui voulait l'entendre. Je suis déterminé à aller de l'avant, mais Londres ne l'est pas, je le crains.

Un voile de neige couvrait les rues familières de la grande métropole, les réverbères scintillaient, des chiens couraient entre les roues des charrettes, des carrioles et des cabs, une brume jaunâtre empesait l'atmosphère.

— Par certains côtés, c'est pittoresque, dit-il à sa mère. Mais c'est un paysage qu'a déjà décrit Mr. Dickens, et Mr. Dickens est mort en 1870.

Le plaisir du retour ne dura pas, et Oscar fut ravi que le succès de sa tournée américaine lui permît de passer le printemps à Paris. Il avait une tâche à accomplir et Paris était le meilleur endroit pour y parvenir.

— Le destin aime ceux qui n'ont peur de rien, répétait-il. À Londres, je fais du surplace ; à Paris, je pourrai avancer à contre-courant.

Outre sa collaboration avec la compagnie La Grange, qu'il devait aider à monter *Hamlet*, il projetait d'écrire sa propre pièce.

— Elle s'intitulera *La Duchesse de Padoue*, expliqua-t-il à George Palmer. Elle traitera de l'universalité des passions coupables, et de leur rémissibilité. Vous qui êtes quaker, cela devrait vous intéresser.

Au début de la troisième semaine de janvier 1883, Oscar reçut simultanément deux lettres de Paris. Elles lui étaient adressées chez sa mère, à Oakley Street.

La première, en anglais, provenait d'Eddie Garstrang.

*Théâtre La Grange*
*Boulevard du Temple*
*Paris*
*Le 13 janvier 1883*

*Cher Mr. Wilde,*

*Il m'était tout à fait impossible de vous parler sur le bateau. Je me sentais contraint par mon engagement encore récent auprès de M. La Grange. Je vous prie d'accepter mes excuses pour cette attitude qui a dû vous sembler fort discourtoise. Je suis persuadé que, lorsque vous viendrez à Paris à la fin du mois, nous pourrons reprendre l'agréable conversation que nous avons eue autour d'un petit déjeuner à Leadville dans le Colorado. J'en forme du moins le vœu.*

*Votre dévoué,*

*E. Garstrang*

La deuxième lettre, bien plus longue, était écrite en français d'une encre turquoise sur du papier parfumé à la lavande.

*Oscar,* mon cher*,

*C'est votre amie Gabrielle de La Tourbillon qui vous écrit. Ce n'est évidemment pas mon vrai nom ! Mais cela vous le saviez... Vous l'aviez deviné quand vous l'avez complimenté de façon si extrava-*

gante, n'est-ce pas ? Je suis actrice et il me faut un patronyme adapté à ma profession. Quant à mon vrai nom, vous ne le saurez jamais. Une femme a droit à quelques secrets... Quels sont les vôtres, Oscar ? Les apprendrai-je un jour ? Me livrerez-vous jamais les mystères de votre cœur ?

Et comment allez-vous, cher ami* ? Où êtes-vous ? Que faites-vous ? Et avec qui ? Ai-je des raisons d'être jalouse ? (Mais peut-être ne croyez-vous pas en la jalousie ? Vous avez parfois des opinions curieuses, Oscar. Voilà au moins une chose que je sais de vous.)

Quelles nouvelles de Londres ? Pour ma part, je n'en ai que de bonnes en provenance du boulevard du Temple. Le théâtre La Grange a rouvert. Il est refait à neuf et tout y est magnifique. Les affaires vont bien également. Il semble que Paris se languissait de nous ! Nous donnons nos vieux classiques jusqu'à ce qu'Hamlet rejoigne notre répertoire. Je pense que Bernard et Agnès seront formidables dans les rôles d'Hamlet et Ophélie. Peut-être cela n'est-il pas très étonnant étant donné leur pedigree. Dans la vie, ce sont des chiens fous, parfois même impossibles, mais sur scène leur discipline et leur magnétisme sont à couper le souffle. Il vous suffira de les rencontrer pour les apprécier. Vous aimez ce qui est fou, n'est-ce pas, Oscar ? Et ils sont tous les deux très beaux. Leur mère était indienne, ou à moitié. (Vous en ai-je déjà parlé ?) Sa famille était originaire de Pondichéry, le comptoir français des Indes. Essayez de le trouver sur une carte : c'est le seul endroit que votre reine Victoria ne possède pas ! Sa mère était une célèbre danseuse indienne du nom d'Asha Aditi. Non, je n'en avais jamais entendu parler non plus, mais Maman dit d'elle qu'elle était

« la plus grande danseuse de toutes les Indes », ce qui la rendait presque digne de la famille La Grange !

Vous serez soulagé d'apprendre que Maman s'est tout à fait remise de la perte tragique de Marie-Antoinette. Nous l'avons rendue à la mer (Marie-Antoinette, pas Maman !) dans votre malle. Une fois au milieu de la Manche, le capitaine a dirigé une courte cérémonie sur le pont avant de la jeter par-dessus bord avec l'aide de Richard Marais. Maman pleurnichait et faisait des gestes d'adieu pendant que nous autres tâchions de notre mieux de nous retenir de rire. Par bonheur, le vent était très mordant, ce qui nous permettait d'avoir des larmes dans les yeux.

Le lendemain de notre retour à Paris, Edmond a offert un nouveau caniche à Maman. Elle l'a baptisé Princesse de Lamballe, en l'honneur de la plus proche amie et confidente de Marie-Antoinette. Cela me paraît un choix curieux quand on songe au destin de la véritable princesse de Lamballe. Autant qu'il m'en souvienne, la pauvre a été livrée à la populace au plus fort de la Révolution. Elle a été violée, rouée de coups et poignardée à mort. Sa tête, ses bras, ses jambes, et même ses seins, je crois, ont été coupés et exhibés sur des piques. Pire qu'un soir de première à Marseille.

Bref, maintenant Maman est contente* et, parce qu'elle est contente*, il est content*. On dit d'Edmond qu'Alys Lenoir était l'amour de sa vie. Peut-être. Je ne sais pas. Il n'en parle jamais. Mais à ce que je vois, il ne vit que pour Maman – Maman et l'illustre dynastie des La Grange !

Bien sûr, il m'aime aussi. À sa façon. Je sais que vous ne me croyez pas, Oscar, mais c'est réciproque. Et puis je lui suis reconnaissante. C'est mon protecteur. Je ne sais pas comment les choses se passent en

*Angleterre, mais en France toute actrice de renom se doit d'en avoir un. Un homme attentionné qui la nourrisse, l'habille et paye son loyer. Ici, les comédiennes doivent acheter elles-mêmes leurs costumes ! Ce serait impossible sans l'aide d'un mécène. Avant qu'Edmond ne me prenne sous son aile, je faisais comme toutes les autres filles : chaque soir, j'inspectais les loges depuis la scène. Lorsque mon regard croisait celui d'un monsieur intéressé, il m'indiquait son prix : il dépliait son programme par-dessus la balustrade et levait les doigts pour me signifier le nombre de pièces de cinq francs qu'il était prêt à me donner pour la nuit. Edmond m'a épargné tout cela. C'est un homme bon et un grand acteur.*

*Et il vous adore. Vous lui manquez. Ses seuls désirs dans l'existence sont les applaudissements, les cartes et la conversation. Il réclame la vôtre, Oscar ! Il veut votre compagnie. Nous la voulons tous. En particulier Traquair, qui me demande de le rappeler à votre souvenir. Il travaille dur comme habilleur d'Edmond, mais il se sent seul. J'essaie de lui apprendre le français.*

*Je dois vous laisser ! La cloche vient de sonner. Il me faut masquer mon inadéquate poitrine et enfiler ma robe de Chimène ! Ce soir, c'est Corneille. Pas beaucoup de rires en perspective. Nous avons envie de rire, Oscar. C'est pour cela que nous avons besoin de vous. Venez à Paris,* cher Oscar*, *venez aussi vite que vous le pourrez.*

Oscar répondit à cette prière. Le mardi 30 janvier 1883, il quittait Londres pour Paris.

# 5

# Comment vous appelez-vous ?

C'est à Paris, au début du printemps 1883, que j'ai rencontré pour la première fois Oscar Wilde. J'étais un pâle jeune homme blond de vingt et un ans, naïf, débordant de rêves et manquant d'assurance. Il avait vingt-huit ans et il me semblait devoir réussir tout ce qu'il entreprenait.

Nous nous rencontrâmes par hasard dans le foyer flambant neuf du théâtre La Grange, qui se situait à l'extrémité chic du boulevard du Temple. C'était au commencement du mois de février, un vendredi matin, vers onze heures. Je me tenais près du guichet, où j'avais acheté une place pour la représentation du *Cid* du soir. Oscar sortait de l'orchestre. Il venait d'assister à une répétition d'*Hamlet*. Il portait un costume rouge et un œillet blanc à la boutonnière. Il s'arrêta un instant pour allumer une cigarette. Je croisai son regard et lui adressai un sourire gauche en rougissant. Je l'avais tout de suite reconnu, car je l'avais souvent vu photographié. Je possédais un exemplaire de ses *Poèmes*.

— Vous avez l'avantage sur moi, monsieur, me dit-il en français, s'avançant vers moi la main tendue. Où nous sommes-nous déjà rencontrés ? Était-ce sur le Parnasse en d'autres temps ? Ou la semaine dernière, rue de Turbigo, devant la *boulangerie** ? Rappelez-le-moi.

— Nous ne nous sommes jamais vus, marmottai-je en anglais tandis qu'il me serrait la main.

— Comment vous appelez-vous ?

J'hésitai. Je levai les yeux vers lui. Il était beaucoup plus grand que moi.

— Sherard, monsieur. Robert Harborough Sherard.

Il me lâcha la main et inclina légèrement de côté sa tête massive. Il m'étudia, jeta un coup d'œil à la serviette fatiguée que je serrais sous mon bras, plissa les yeux et se mordilla un instant la lèvre inférieure.

— Je ne vous crois pas, dit-il enfin en me souriant. Ce n'est pas votre nom. Qu'il est étrange d'étrenner une relation par un mensonge ! Je pense que nous sommes destinés à devenir amis, qu'en dites-vous ? Comment vous appelez-vous ?

— Robert Harborough Sherard, répétai-je, désormais cramoisi tant j'étais embarrassé.

— Ce n'est pas votre nom, persista-t-il. Ou du moins, ça ne l'est qu'en partie. Quel est votre véritable nom, Robert ?

— Robert Sherard, désormais. Il y a un mois, je m'appelais encore Robert Kennedy.

— Ah, fit Oscar en exhalant au-dessus de lui une longue volute de fumée d'un gris bleuté dont il suivit du regard la progression.

— Je me suis brouillé avec mon père, balbutiai-je. Une querelle d'argent. En conséquence de quoi, j'avoue avoir changé de nom.

Oscar reporta son regard sur moi et me désarma d'un sourire.

— À peine avons-nous fait connaissance, et déjà un mensonge et un aveu… Nous allons devenir de très bons amis, Robert, c'est certain. Avez-vous une demiheure à perdre ? Voulez-vous un café, ou de l'absinthe ? L'absinthe fait battre le cœur plus vite.

Sans attendre ma réponse, il m'entraîna hors du foyer et nous nous retrouvâmes sur le boulevard du Temple. Comme nous passions devant une affiche de la compagnie La Grange, il s'arrêta et effleura le nom de Gabrielle de La Tourbillon du bout des doigts.

— Elle non plus, ce n'est pas son vrai nom. De nos jours, tout le monde prétend être quelqu'un d'autre.

Il se remit en route, convaincu que je suivrais. Il traversa, se frayant un passage entre les attelages cahotants, jeta son mégot dans le caniveau et fit claquer ses mains comme s'il savourait à l'avance un plaisir particulier. Il me conduisit par une rue étroite jusqu'à une allée pavée.

— Nous y sommes, annonça-t-il en poussant la porte d'un estaminet crasseux. Ici, nous serons bien servis.

Nous nous assîmes face à face à une petite table près du bar.

— Je me réjouis de vous avoir rencontré, Robert. Le café est wallon, l'absinthe est suisse, je suis irlandais et vous êtes… quoi ? Anglais, je suppose.

— C'est exact, bien que j'aie été élevé en Italie et en Allemagne. Et à Guernesey. Mon père est aumônier anglican.

— Guernesey… répéta avec un grand sourire Oscar, que l'idée semblait énormément amuser. Là d'où viennent les vaches.

— Mes parents y partageaient une maison avec Victor Hugo, soulignai-je.

— Voilà qui est merveilleux ! s'exclama Oscar. Racontez-moi votre histoire, Robert. Et j'essaierai de repérer ce qui est faux.

— Ce que je vous ai dit à propos de Victor Hugo est vrai, insistai-je. Je ne vous mentirais pas.

— Je le regrette, fit-il tandis que le serveur posait sur notre table deux verres, une carafe d'eau et une bouteille d'absinthe. Les mensonges sont souvent beaucoup plus amusants que la vérité.

— C'est à cause de Victor Hugo que je suis devenu écrivain, affirmai-je avec sérieux. Et aussi à cause de mon arrière-grand-père, j'imagine.

— Votre arrière-grand-père ? interrogea Oscar en versant un doigt de liquide vert dans mon verre.

J'hésitai.

— William Wordsworth.

Il sourit.

— William Wordsworth, le poète lauréat ? Vraiment ?

Il prit un petit morceau de sucre dans un bol qui se trouvait sur la table et le tint avec précaution entre son pouce et son index au-dessus de mon verre.

— Ma mère est la petite-fille de Wordsworth.

— Non ?

Il souleva la carafe et lentement, avec beaucoup de soin, fit couler un filet d'eau sur le sucre.

— Si.

— J'aurais préféré qu'elle ne le fût pas, Robert.

Il reposa la carafe, le sucre, et se pencha vers moi.

— J'aurais préféré que vous continuiez comme vous aviez commencé, avec des mensonges.

Il me fixait d'un regard pénétré.

— Êtes-vous sincère ? demandai-je, inquiet.

Je ne savais plus que penser.

— Oui, Robert. Voyez-vous, bien des jeunes gens naissent avec un don naturel pour l'exagération. Cultivée dans un environnement propice et agréable, ou inspirée par les meilleurs modèles, cette faculté pourrait s'épanouir en quelque chose de véritablement grand et merveilleux, mais, en général, ils n'en font rien. Soit ils se laissent aller à une déplorable manie de précision, ainsi que cela semble être votre cas, soit ils se mettent à fréquenter des personnes plus âgées et bien informées. Ces deux travers sont aussi funestes l'un que l'autre pour l'imagination et, en peu de temps, ils développent un goût morbide et malsain pour la vérité. Ils commencent à vérifier tout ce qui se dit autour d'eux, n'hésitent pas à contredire des gens bien plus jeunes qu'eux et finissent souvent par écrire des romans si proches de la réalité que personne ne peut leur accorder la moindre vraisemblance. Vous n'êtes pas en train d'écrire un roman, au moins ?

— Si.

— Oh, mon Dieu ! soupira-t-il. En trois tomes ?

— Oui.

Il se saisit de la bouteille d'absinthe et se servit généreusement.

— Voilà une regrettable nouvelle, Robert. Où en êtes-vous ?

— J'ai presque terminé.

Il hocha la tête avec une mine funèbre, fixant son verre d'un regard absent.

— J'écris aussi de la poésie, ajoutai-je.

Il se ranima un peu.

— Dans la veine de Wordsworth ?

— J'espère avoir quelque originalité, répliquai-je un peu sèchement.

— Pas de jonquilles ?

— Je ne suis pas un plagiaire, protestai-je.

— Ne méprisez pas le plagiat, Robert. Vous avez lu mes poèmes ? Sachez que je copie. Je n'en ai pas honte. L'imitation est le privilège de l'homme de goût.

Il me sourit à nouveau et choqua son verre contre le mien.

— Pour un poète, le plagiat est véniel et le mensonge presque capital. Mentir, c'est-à-dire formuler de belles contrevérités, est le véritable but de l'art.

En ce vendredi matin de février 1883, dans un café miteux à deux pas du boulevard du Temple, Oscar Wilde m'émerveilla avec ses paradoxes et fit de moi son ami pour la vie pendant que nous succombions au sortilège de la fée verte emprisonnée dans la bouteille d'absinthe. Il me charma comme seuls le savent les vrais séducteurs : en me donnant l'impression que personne d'autre n'avait d'importance que moi. Je n'avais pas l'habitude d'une telle attention. Il me demanda de lui raconter ma vie, ce que je fis. Ce n'était pas très long.

Je vivais seul à Paris. Je logeais dans une pension rue de Beauce et je gagnais ma vie grâce à de menus travaux de traduction. J'avais étudié les langues, mais j'étais sans diplôme après avoir quitté Oxford parce que mon père m'avait restreint les vivres, puis l'université de Bonn parce qu'il me les avait entièrement coupés. Il désapprouvait mes opinions républicaines et mes allures bohèmes, et méprisait mes aspirations. J'ambitionnais de vivre de ma plume. J'avais connu un petit succès comme journaliste occasionnel grâce aux entretiens que j'avais obtenus avec trois des grandes figures littéraires de l'époque – Émile Zola, Guy de Maupassant et Alphonse Daudet –, et dont j'étais parvenu à faire publier les comptes-rendus. À Paris, je recherchais la compagnie d'hommes de renom et, quand je réussissais à les rencontrer, je m'apercevais qu'ils m'acceptaient non pour mon talent ou ma beauté (personne ne m'en a jamais trouvé !), mais simplement pour ma jeunesse. Ainsi qu'Oscar aimait à le dire, « la jeunesse est une carte de visite qui permet d'entrer partout ; utilisez-la tant que vous le pouvez ».

Une fois notre bouteille d'absinthe terminée (nous avions largement laissé passer l'heure du déjeuner), et comme nous nous apprêtions à quitter l'estaminet, je déclarai à mon nouvel ami :

— Oscar (il avait insisté pour que je l'appelle par son prénom), quand vous m'avez vu pour la première fois, ce matin, comment avez-vous su que mon nom n'était pas Sherard ?

— Parce que vous avez eu un doute quand je vous l'ai demandé, Robert. Personne ne donne son identité en hésitant. Et puis vous m'avez répondu en me regardant droit dans les yeux, avec un air de défi qui disait : « C'est comme ça, à prendre ou à laisser. » Et, bien sûr, j'ai remarqué sur la vieille serviette que vous serriez contre vous les initiales RHSK imprimées avec soin sous le fermoir. Vous déclariez vous appeler Robert Harborough Sherard. Je savais que le K devait avoir une signification.

J'étais fort éméché ; je me mis à rire.

— Ainsi, vous êtes Oscar Wilde, le poète-détective, c'est ça ?

— C'est cela, répondit-il, terminant son verre et se joignant à mon hilarité. Et pourquoi pas ? Je me trouve à Paris. J'admire les écrits de feu Mr. Edgar Allan Poe. Que son gentleman enquêteur, son M. Dupin, devienne mon modèle !

Il se leva et, les jambes flageolantes, me toisa. Toujours assis, je saisis mon éloquent porte-documents au pied de ma chaise. Je relevai les yeux vers lui et lui souris.

— À ce sujet, Oscar, dites-moi… Pour quelle raison êtes-vous à Paris ? Que faites-vous ici ?

— Je suis venu pour écrire une pièce. Ma pièce. Et je suis aussi à Paris pour aider Edmond La Grange à en monter une autre, d'un autre auteur : *Hamlet*, de maître Shakespeare.

Il s'interrompit et posa délicatement sa main sur mon épaule.

— Enfin, je suis ici parce que le destin aime ceux qui n'ont peur de rien et parce que j'enquête sur un meurtre.

— Un meurtre ? répétai-je en le dévisageant avec stupéfaction.

— Oui, répondit-il dans un hochement de tête, les yeux mi-clos. L'assassinat d'un chien, une malheureuse créature qui s'appelait Marie-Antoinette.

De ce matin-là, Oscar et moi fûmes amis. Lors de notre rencontre suivante, qui eut lieu le lendemain soir à son hôtel, quai Voltaire, nous soupâmes d'huîtres et de champagne et il me conta ses aventures américaines ainsi que le drame qui s'était produit pendant l'escale du SS *Bothnia* à Liverpool.

— C'était curieux : le chien était mort, mais personne ne semblait beaucoup s'en soucier, observa-t-il.

Il m'expliqua aussi que notre rencontre coïncidait avec un changement profond dans sa vie. Il entrait dans une nouvelle ère, découvrait un nouveau pays, par conséquent, il lui fallait une nouvelle garde-robe.

— Ce qui nous préoccupe maintenant, Robert, c'est l'Oscar Wilde deuxième période. Je peux vous assurer qu'il n'a rien à voir avec le gentleman aux cheveux longs qui arborait une fleur de tournesol sur Piccadilly.

Nous fîmes les boutiques ensemble. Je l'aidai à se vêtir à la manière d'un Français raffiné de l'époque, avec un haut-de-forme en soie et une élégante redingote croisée gris tourterelle à boutons bleu-noir. Je l'accompagnai avec son coiffeur au musée du Louvre, où, désignant un buste de l'empereur Néron, il nous déclara que c'était exactement l'allure qu'il voulait pour ses cheveux, « romaine et impériale ».

Chaque soir, nous dînions ensemble. Nous mangions toujours bien (Oscar était le plus prodigue des hôtes) et nous buvions souvent trop. Une fois, je lui fis observer que le vin blanc portait mal son nom et que « vin jaune » serait plus approprié. La remarque l'amusa et il la fit sienne. En récompense, il affirma qu'il serait également plus juste de dire de mes pâles cheveux blonds qu'ils avaient la couleur du miel.

Au cours de nos repas et de nos libations, ou lorsque nous déambulions côte à côte sur les berges de la Seine en fumant notre cigarette digestive, nous devisions sur la vie, l'amour, les femmes… Oscar me parla de toutes celles qu'il avait aimées et perdues, Florrie, Lillie, Violet, Charlotte. Il me parla aussi de Constance, cette jeune fille de Dublin qu'il épouserait peut-être un jour[1].

— Elle a la beauté, l'esprit et le nom qui siéent à une femme. Et puis, Robert, elle lit Dante en italien. Et elle le comprend !

1. Oscar Wilde épousa Constance Lloyd (1858-1898) en mai 1884.

Je déclarai que pour ma part je n'avais jamais été amoureux.

Oscar m'amena au théâtre La Grange où je rencontrai la troupe. Richard Marais, l'omniprésent *homme d'affaires** de la compagnie, m'accorda la permission d'assister à une des répétitions d'*Hamlet*. Oscar me présenta de façon quelque peu formelle à Edmond La Grange et à ses enfants, les jumeaux qui devaient être les vedettes de la future pièce, Bernard et Agnès La Grange. Avec leur peau au teint olivâtre, ils formaient un couple stupéfiant, à la fois sombre et magnifique. Oscar disait d'eux qu'ils étaient « d'étranges créatures, sauvages et difficiles à approcher ». Il considérait Bernard comme « un enfant gâté et hors d'atteinte ». En revanche, il estimait qu'Agnès « pouvait être apprivoisée ».

— Elle possède une beauté délicate et une vive intelligence, mais elle est tourmentée et fragile. Elle aspire à être aimée par un honnête homme. Pourquoi ne tombez-vous pas amoureux d'elle, Robert ? Vous avez vingt et un ans, vous êtes un écrivain prometteur et vos cheveux ont la couleur du miel. Elle a vingt ans, c'est une princesse indienne parée de toutes les qualités et dont le cœur est à prendre. Elle est dévouée à son père, qui le lui rend bien, mais, à ce que j'en sais, elle n'a pas de soupirant sérieux. Tombez amoureux d'Agnès La Grange, Robert. Allez. Vivez dangereusement.

Je ne suivis pas la recommandation d'Oscar. Je fis au lieu de cela quelque chose d'inconscient et de bien plus dangereux. Je ne m'épris pas d'Agnès La Grange mais de la maîtresse de son père. Je tombai amoureux de Gabrielle de La Tourbillon.

# 6

# Décadence

Au cours de ce printemps, Oscar et moi gravitâmes jour et nuit dans la sphère de la compagnie La Grange. Oscar était subjugué par son illustre directeur, et moi, j'étais envoûté par la jeune maîtresse de celui-ci. Pendant les répétitions d'*Hamlet*, Oscar et La Grange s'installaient côte à côte à une petite table disposée sur scène, près de la rampe. Quand la présence de La Grange, qui interprétait Claudius, n'était pas requise, il dirigeait les opérations depuis ce poste avancé, consultant Oscar de façon incessante.

— C'est notre mise en scène, mais c'est votre poète, Oscar. Vous devez nous signaler ce qui ne va pas.

Oscar était flatté, quoique embarrassé, par ces sollicitations. Il lui importait de ne pas froisser le reste de la troupe. Elle était composée d'acteurs de talent qui connaissaient leur métier. Bien que Bernard La Grange n'eût que vingt ans, il était évident que son interprétation promettait d'être d'une grâce et d'une intelligence extraordinaires. Dès la première lecture, Oscar avait compris que son Hamlet serait probablement l'une des grandes performances théâtrales de l'époque. C'est pourquoi il avait décidé qu'en dehors des aspects directement liés au texte et à sa traduction, il interviendrait le moins possible. Il était ravi d'être aux premières loges pour assister aux progrès de la pièce et il avait l'intention de ne pas forcer sa chance.

Après les répétitions, qui se déroulaient en général de onze heures du matin à six heures du soir, Oscar accompagnait La Grange dans sa loge. C'était une vaste *cabine** destinée à cet usage, de la taille d'une grande roulotte et située à l'avant du bâtiment, dans l'aile qui jouxtait directement la scène. Oscar la comparait au boudoir d'une cocotte de luxe. « Ce ne sont que miroirs et draperies de velours, chandelles qui coulent et *chaises longues** élimées », disait-il. Les soirs où La Grange jouait, Oscar lui tenait compagnie le temps de ses préparatifs. Il était fasciné d'assister à la transformation du vieil acteur. Il nota que La Grange, une fois grimé et costumé, paraissait toujours plus jeune qu'il ne l'était en réalité. Les rares soirs où il ne se produisait pas, par exemple quand Gabrielle de La Tourbillon interprétait Phèdre, les deux compères s'installaient dans la loge pour y boire une bouteille (ou deux) de vin jaune et fumer des Cabañas, les havanes préférés de La Grange.

Quand La Grange devait s'habiller, Traquair l'assistait avec dévouement. Oscar se réjouissait de constater qu'en dépit de sa retenue le valet semblait se plaire auprès de son nouveau maître. Si La Grange et Oscar se contentaient de partager un verre et un cigare, Traquair se retirait dans son logis, une petite annexe indépendante, attenante à la loge. « La chambre de l'habilleur » était un parallélépipède aveugle, à peine plus large que l'étroit divan et la bassine qui en composaient le mobilier.

Oscar se délectait de sa conversation avec La Grange. La plupart du temps, il se taisait et écoutait l'acteur. La Grange lui parlait des grandes lignées d'acteurs français, les Baptiste, les Deburau, les Thénard. Il évoquait les efforts et les succès de sa propre famille, remontant à l'époque où le fondateur de la dynastie, Charles Varlet de La Grange, avait été l'élève, l'ami et le premier biographe de Molière. Pour Oscar, La Grange fit revivre la touchante description de la mort de Molière qu'en avait donnée son ancêtre. Oscar en fut ému aux larmes.

— Vous êtes un jeune homme à l'esprit folâtre et au cœur bien tendre, déclara La Grange en levant son verre en direction d'Oscar. Quand j'étais enfant, mon père m'a emmené voir Macready[1] dans *Othello*. C'est ici, à Paris, que Macready est monté pour la dernière fois sur scène. Là, vous auriez pleuré, et il y aurait eu de quoi. Quel malheur, Oscar, quel malheur !

Le plus souvent, ils parlaient de théâtre. Comme me l'expliqua Oscar, « dans ce métier, c'est ce que font la plupart des gens la plupart du temps ». Mais la littérature et la philosophie s'invitaient aussi dans leurs conversations et la découverte de leur goût commun pour le monde oublié de la Grèce antique les enthousiasma. Autour d'un sancerre et d'un cigare, les yeux embués de larmes de joie, ils causèrent de Socrate et de la vertu, de Platon et de l'amour, d'Aristote et de l'âme, d'Épicure et des éléments. Edmond La Grange affirmait mener sa vie selon les préceptes de ce dernier.

— Cela me semble assez vrai, me confia Oscar. Épicure recherchait la tranquillité de l'existence, dont

1. William Charles Macready (1793-1873) fut un grand acteur shakespearien.

l'expression suprême était l'ataraxie, l'absence de douleurs et de peurs. Il ne craignait pas la mort, car la mort n'est que le néant. Il ne craignait pas les dieux, car ils ne nous récompensent ni ne nous punissent. Il croyait en l'autonomie et en l'amitié. C'est pourquoi La Grange, l'un des grands hommes de notre époque, ne sort jamais de son théâtre et passe ses soirées à jouer aux cartes avec ses amis.

Pendant qu'Oscar était enfermé avec La Grange, je faisais tout mon possible pour passer un peu de temps seul à seule avec Gabrielle de La Tourbillon. J'en fus épris dès l'instant où elle me fut présentée. Nous nous rencontrâmes dans le foyer du théâtre, là où Oscar et moi avions fait connaissance.

— Voici mon ami Robert Sherard. Vous avez un point commun : lui aussi vit sous un pseudonyme, déclara Oscar en guise d'introduction.

Elle éclata de rire.

— Il est très jeune pour avoir déjà un nom d'emprunt.

— Pas autant qu'il en a l'air, fit Oscar avec malice. Il a presque fini un roman en trois tomes !

Je serrai la main qu'elle me tendait.

— Il a froid, observa-t-elle. Très froid, confirma-t-elle après avoir porté ma paume à sa joue tiède. Nous allons devoir le réchauffer.

Elle rassembla mes mains et les blottit au creux des siennes.

Pendant les répétitions, tandis qu'Oscar et La Grange se tenaient côte à côte sur le devant de la scène, je m'installais avec Gabrielle tout au bout de la cinquième ou sixième rangée de l'orchestre. Chaque fois que sa présence était requise, elle se glissait hors de son siège et se faufilait rapidement et en silence jusqu'à la scène en empruntant la porte des coulisses. Elle accepta aussitôt que je devinsse son fidèle et dévoué chevalier servant, comme s'il s'agissait de la chose la plus naturelle du monde. Je pris l'habitude de lui rendre toutes sortes de services. J'allais lui chercher un verre d'eau, ou son texte lorsqu'elle l'avait oublié dans sa loge, je courais à la pâtisserie de la rue Béranger pour lui acheter un cornet de ses bonbons préférés. Je faisais tout ce qu'elle me demandait et ma seule récompense était de pouvoir la regarder. Elle avait pour moi l'allure d'une déesse : grande et mince, avec un long cou élancé et une silhouette parfaite. Elle avait une chevelure noire et soyeuse, des yeux d'un bleu cobalt, et au-dessus de ses hautes pommettes apparaissaient de minuscules pattes-d'oie. Plus que tout, c'était ces lignes de vie que je rêvais d'embrasser.

Quand nous étions ainsi installés dans la pénombre de la salle, chaque fois qu'elle se tournait vers moi et me découvrait en train de la regarder, elle me prenait la main et murmurait :

— Robert, je ne suis pas une œuvre d'art. Je suis votre amie.

Elle tenait ma main droite dans les siennes et lentement, avec délicatesse, passait ses doigts sur les miens. Parfois, quand ces derniers s'attardaient sur ses genoux, elle les saisissait et les attirait contre son intimité.

Quand je racontai cela à Oscar, il se mit à rugir.

— Vous vous moquez de moi ? parvint-il à articuler au milieu de ses rires. Enfin un beau mensonge !

— Non, c'est vrai, protestai-je.

Affreusement rouge, je me passai la main dans les cheveux pour masquer mon embarras.

— C'est la stricte vérité. Vous ne me croyez pas ?

Il se rendit compte que ma confusion n'était pas feinte.

— Je vous crois, Robert, se reprit-il aussitôt en me souriant. Mieux, je vous félicite. Gabrielle de La Tourbillon est une femme très séduisante.

— Mais qu'est-ce que cela veut dire ? Que signifie ce geste ?

— Que vous ne devez pas oublier qu'elle est une comédienne. C'est le genre de choses que font les actrices. Je crains que vous ne finissiez par découvrir que cela signifie bien peu.

— « Le genre de choses que font les actrices » ? répétai-je, interdit.

— Une règle ancestrale veut que, pendant qu'on monte une pièce, la vedette féminine ait une liaison avec la vedette masculine. C'est presque inévitable. C'est quasiment obligatoire. Mais ici nous nous heurtons à une difficulté. Il y a deux vedettes masculines, et Mlle de La Tourbillon est déjà la maîtresse de la plus âgée, tandis que la plus jeune est le fils de son amant.

Il m'adressa un sourire compatissant et m'offrit une cigarette.

— Il lui faut porter son attention ailleurs…

— Alors elle ne m'aime pas… même un peu ?

— Elle flirte avec vous, Robert.

— Je l'aime, avouai-je.

J'avais prononcé ces mots avec passion et conviction.

Oscar gratta une allumette et la porta à ma cigarette.

— Soyez prudent, Robert. Vous avez vingt et un ans. Elle en a trente. Faites très attention. Vous êtes un bien fragile papillon et sa flamme est ardente.

J'entendis l'avertissement d'Oscar, mais je n'en tins pas compte. Les instants passés avec Gabrielle de La Tourbillon dans l'obscurité de l'orchestre du théâtre La Grange étaient tout simplement trop grisants. Ils étaient aussi frustrants. Dans la salle, elle était absorbée par la scène et les répétitions. Ailleurs, dans le théâtre, dans la rue ou dans un des cafés à proximité, nous n'étions jamais seuls. Elle n'avait aucune vie privée. Elle partageait sa loge avec une autre actrice, une jeune fille du nom de Lisette qui était à la fois sa doublure et son habilleuse. Elle partageait son lit avec Edmond La Grange. Ils habitaient ensemble dans un logement situé juste au-dessus du théâtre. C'était un vaste appartement construit sous les combles. Il était constitué d'une série de suites indépendantes de tailles variables. Maman, Bernard et Agnès La Grange, Richard Marais et Eddie Garstrang, en sa qualité de secrétaire particulier de La Grange, y disposaient tous d'une pièce. Depuis ses hautes et larges fenêtres on voyait apparemment tout Paris, jusqu'à la butte Montmartre au nord et aux berges de la Seine au sud. L'appartement était le territoire de La Grange : je n'y fus jamais invité.

Oscar n'y était pas souvent convié non plus. « Ce qu'il faut après Racine, ce n'est pas une brillante conversation, mais une bouteille de perrier-jouët et une silencieuse partie d'euchre », expliquait La Grange. Quand celui-ci jouait aux cartes, il demandait à Eddie Garstrang d'être de la partie et à Gabrielle de remplir les verres et de vider les cendriers.

À l'évidence, Garstrang était devenu l'homme de confiance de La Grange. D'après les observations d'Oscar, il semblait s'être coulé instantanément dans le style de vie de son maître et de son improbable entourage. Que Maman l'eût accepté y avait beaucoup contribué. Il serait exagéré de dire qu'elle était chaleureuse avec lui, mais elle ne lui témoignait à coup sûr aucune antipathie. Quand Richard Marais était pris par ses occupations, Liselotte La Grange permettait même à Eddie Garstrang d'emmener son nouveau caniche pour l'une de ses multiples promenades quotidiennes.

L'intégration de Garstrang était également facilitée par le fait qu'il parlait français. Ce n'était pas un français classique mais celui usité en Louisiane, une langue fruste, qu'il avait apprise dans les casinos de La Nouvelle-Orléans et aux tables de jeu des bateaux du Mississippi. Néanmoins, il lui était utile. Washington Traquair n'avait pas cet atout. Tant qu'il était occupé à préparer le linge de La Grange, repriser les chaussettes du grand homme, repasser ses chemises, apprêter ses vêtements pour la représentation du soir, l'aider à enfiler ou à retirer ses costumes sophistiqués, il était plutôt heureux. Mais sitôt désœuvré, il se sentait seul. Il ne parlait pas français, il ne connaissait personne à Paris et il était noir dans une ville blanche. Il passait presque tout son temps enfermé dans son petit cagibi. Quand il s'aventurait hors du théâtre, on le regardait au mieux comme un être curieux et amusant, au pire comme un objet de dérision venu d'une autre planète.

Un jour, peu de temps après son arrivée à Paris, Oscar découvrit Traquair étendu sur son lit en train de sangloter. Le jeune homme avait le mal du pays. C'était aussi simple que cela. Oscar lui parla et le fit rire. (Sa conversation pouvait guérir une rage de dents.) Par ses mots, Oscar réussit à arracher Traquair à sa tristesse, du moins momentanément. Cajolé par son ancien maître, qui lui promit de lui apprendre le français, le valet s'engagea à « essayer pendant six mois ». Oscar promit de lui trouver l'argent nécessaire à son retour en Amérique si, à la fin de l'été, il ne s'était pas acclimaté.

En ce mois de février, quand nous ne nous trouvions pas en compagnie d'Edmond La Grange et de son petit cercle, notre vie sociale tournait autour du domicile de l'autre grande personnalité du théâtre parisien, Sarah Bernhardt. Elle était extraordinaire. Oscar l'avait surnommée « la huitième merveille du monde ». Il disait d'elle qu'elle était « la plus grande figure que la France eût connue depuis Jeanne d'Arc ». En 1883, elle avait trente-huit ans et elle était au sommet de sa gloire et de sa fortune. À son apparence, on n'aurait pu le deviner : elle était d'une maigreur squelettique, et une tignasse indisciplinée de boucles rousses surmontait son visage aux joues pâles et creusées. Mais sa présence expliquait tout.

— C'est une force de la nature, disait Oscar. Elle est aussi irrésistible que la marée montante, aussi fascinante que l'arc-en-ciel, aussi mystérieuse que la lune.

Oscar était intrigué, charmé par La Grange, flatté de travailler à ses côtés sur *Hamlet*. La Grange était un immense acteur et le plus agréable des compagnons.

— Mais en définitive, qu'est-il ? demandait Oscar. Un homme, tout simplement. Alors que Sarah est plus que cela… elle est d'essence divine !

Sarah Bernhardt avait en outre des centres d'intérêt qui s'étendaient bien au-delà de la scène et de la table de jeu. Elle se passionnait presque autant pour la sculpture, la peinture, le tir au pistolet, l'aérostation, la pêche et la chasse à l'alligator que pour le théâtre. Elle touchait au sublime dans tout ce qu'elle faisait. Liselotte La Grange avait un caniche baptisé Princesse de Lamballe ; Sarah Bernhardt possédait un griffon du nom d'Hamlet, mais aussi un ocelot, un puma et, pendant quelque temps, elle garda chez elle, dans sa maison à l'angle de la rue Fortuny et de l'avenue de Villiers, un lion adulte. Elle adorait les animaux sauvages. Elle raconta à Oscar qu'elle avait consulté un chirurgien pour savoir s'il lui était possible de se faire greffer une queue de tigre au bas du dos afin de pouvoir l'agiter quand elle était en colère.

L'aspect du caractère de Sarah Bernhardt qui plaisait le plus à Oscar était sa capacité à dire de « beaux mensonges ». Elle s'exprimait toujours avec tant de sincérité que, quoi qu'elle vous dît, vous étiez toujours tenté de la croire. Vers la fin de la deuxième semaine des répétitions d'*Hamlet*, j'accompagnai Oscar chez elle pour le déjeuner. Lors de cette première rencontre, elle me raconta que le chah de Perse, qui venait de quitter Paris, avait été si impressionné par les ballerines de l'Opéra qu'elle l'avait aidé à acheter de jolis tutus pour tous les membres de son harem. Était-ce possible ? Se pouvait-il que ce fût vrai ? Quand Sarah m'expliqua qu'elle dormait chaque nuit dans son propre cercueil capitonné de satin, je lui déclarai que je refusais de la croire. Aussitôt, elle me prit la main et, pieds nus, elle m'entraîna jusqu'à sa chambre.

— Regardez ! s'écria-t-elle triomphalement en désignant le sarcophage en bois de rose, ouvert, sa chemise de nuit étendue sur le côté. C'est là que je dors. Confortablement et toute seule.

À vrai dire, Sarah ne dormait pas souvent seule. Elle avait de nombreux amants. On lui prêtait d'avoir séduit toutes les têtes couronnées d'Europe, y compris Sa Sainteté le pape.

— Je suis la femme la plus calomniée au monde ! se plaignait-elle en levant les yeux au ciel.

Quand je fis sa connaissance, elle était mariée à un Grec magnifique, un bon à rien de onze ans son cadet, un coureur de jupons dépensier et toxicomane du nom de Jacques Damala. Son numéro de société consistait à exhiber sa seringue pendant le dîner et à s'injecter sa dose de stupéfiants à travers la jambe de son pantalon sous le regard de sa femme et de ses invités. Tel était Paris en 1883, à l'apogée de « *la décadence* * ». Moi-même, il m'arrivait de fumer à l'occasion une pipe d'opium.

Le cercle d'Edmond La Grange était fort restreint. Il passait sa vie au théâtre, en compagnie de sa famille et d'une poignée de courtisans. Sarah Bernhardt, tout au contraire, recevait le monde entier. Elle possédait huit domestiques et sa maison était toujours ouverte. Quand Oscar et moi lui rendions visite, nous ne la trouvions jamais seule. Lors de ce premier déjeuner, en février 1883, je me trouvai assis entre Jacques-Émile Blanche[1], un jeune peintre encore méconnu, et Maurice Rollinat[2], un poète et musicien réputé et l'une des fameuses « découvertes » de Sarah. Je m'entendis aussitôt avec Blanche : nous étions exactement du même âge et il émanait de lui une franchise, une candeur et une liberté d'esprit que je trouvais merveilleusement irrésistibles. Oscar eut un coup de foudre similaire pour Rollinat. Ils étaient de la même génération et ils se découvrirent tout de suite une passion commune pour les œuvres de Charles Baudelaire. La poésie de Rollinat avait pour thèmes la mort, le meurtre, le

1. Jacques-Émile Blanche (1861-1942) est notamment connu pour ses portraits de personnalités (Proust, Louÿs, Cocteau...).

2. Continuateur de Baudelaire, Maurice Rollinat (1846-1903) fut l'une des figures de la littérature décadente des années 1880.

suicide, la suffocation, le satanisme, la maladie et la putréfaction.

— On ne rit pas beaucoup avec Rollinat, disait Oscar, mais si vous souhaitez méditer sur la misère, la déchéance et le désespoir, avec son visage de cendre, Maurice est l'homme qu'il vous faut.

Le soir de ce premier repas *chez** Mme Bernhardt, Oscar convainquit Rollinat de nous faire découvrir ce qu'il appelait « la part d'ombre de la Ville lumière », c'est-à-dire les lieux où vivaient les derniers des criminels et les plus misérables des indigents.

— Conduisez-nous de l'autre côté du voile, Maurice, lui demanda Oscar. Montrez-nous les hauts lieux de l'enfer parisien.

Ce fut une sinistre mais inoubliable soirée, que rendirent seuls supportable les verres d'absinthe que nous buvions dans les cafés qui jalonnaient notre périple. L'infâme taverne du *Château-Rouge*, à Montmartre, fut le point d'orgue de notre expédition.

— Notre visite est presque terminée, déclara Rollinat dans la pénombre qui régnait devant la porte de l'établissement. Je vous ai amenés ici pour vous montrer la *Salle des morts**.

— J'en ai entendu parler, fit Oscar

— À Londres, vous avez les fameuses expositions de Madame Tussaud. À Paris, nous avons désormais les figures de cire du musée Grévin[1]. Mais ici, au *Château-Rouge*, vous allez voir une attraction touristique d'un autre ordre. La *Salle des morts** est une chambre des horreurs vivantes. Là, les désespérés, les réprouvés, les déshérités, les malades et les infirmes, les prostituées et les esclaves de la drogue, les miséreux et les vagabonds

1. Le musée Grévin a ouvert ses portes le 5 juin 1882.

se tapissent, se recroquevillent, se serrent les uns contre les autres dans l'obscurité, offerts en spectacle pour un demi-sou aux visiteurs en quête de macabre.

Rollinat nous avait expliqué cela en laissant flotter un sourire énigmatique sur ses fines lèvres exsangues.

— Nous faut-il vraiment voir ça ? demandai-je.

— Je considère que oui, répondit Oscar en se tournant vers moi. En ce qui me concerne, c'est une obligation. Je veux connaître chacun des fruits du verger du monde et je me dois de goûter les pires comme les meilleurs.

— Nous ne sommes pas pressés, fit Rollinat en ouvrant la porte de la taverne. Nous avons le temps de prendre d'abord un verre. Ceux que nous sommes venus voir ne vont pas s'enfuir.

Nous passâmes un moment dans la salle comble et enfumée du rez-de-chaussée du *Château-Rouge*. Sirotant de l'absinthe, nous discutâmes avec des voleurs et de tristes filles de joie, écoutâmes les chansons obscènes d'une vieille sorcière effroyable et défigurée, et assistâmes à la démonstration d'un groupe de mendiants professionnels qui enseignaient comment feindre une infirmité. Comme minuit sonnait, le propriétaire adressa un signe de tête à Rollinat, nous enjoignant de le suivre. À sa suite, nous empruntâmes un étroit escalier de bois au fond de la salle. L'homme, massif et boiteux, gravissait les marches avec lenteur, en respirant lourdement.

— C'est notre *pièce de résistance* *, articula-t-il dans un souffle. Et c'est une bonne affaire. Vous, vous payez pour le spectacle, et les pauvres bougres, là-haut, ils payent aussi. Un demi-sou la nuit. Ce n'est qu'une mansarde, mais c'est un abri sûr, et puis on y trouve de la compagnie.

Aussi vaste et profonde que la salle du rez-de-chaussée, la pièce était basse de plafond, sans fenêtre et totalement dépourvue de mobilier. Pour l'atteindre, nous avions dû emprunter un deuxième escalier, plus raide et plus étroit encore que le premier. Il aboutissait au centre du grenier. Le cabaretier passa en premier, suivi de Rollinat. Je venais ensuite, laissant Oscar fermer la marche.

— *Et voilà*!* annonça Rollinat, à bout de souffle.

De façon à éclairer un à un chaque recoin, l'aubergiste entreprit de décrire un cercle avec la chandelle qu'il tenait à bout de bras au-dessus de lui. Il nous fallut quelques instants pour nous habituer à l'obscurité. Prendre la mesure de la puanteur et de l'horreur qui nous entouraient fut bien plus long. La vision qui s'offrait à nous révulsait le regard et déchirait l'âme. Gisant dans toutes les attitudes de l'inconfort et de la souffrance, beaucoup assommés par l'alcool, la plupart présentant plaies purulentes, membres mutilés ou stigmates de maladies, tous vêtus de guenilles crasseuses et puantes, les résidents de la *Salle des morts**, avec leurs visages livides, inertes, aux yeux clos, ressemblaient en vérité à des cadavres. Oscar lut dans mes pensées.

— Et que les défunts reposent en paix, murmura-t-il, car ils sont au paradis. Ces malheureux sont des morts vivants. Ici se trouve l'enfer sur terre.

Tandis que j'écris ces lignes, sept ans plus tard, je revois encore le visage d'Oscar Wilde. Je revois son large faciès néronien émerger au ras du sol, ses jambes ayant refusé de le porter plus haut, jusqu'à la pestilence de la mansarde. Je revois, à la lueur vacillante de la chandelle de l'aubergiste, se dessiner sur ses traits l'effroi de celui qui vient de contempler Méduse. Peut-être y avait-il, au coin de sa bouche, un soupçon de pitié, mais, partout ailleurs, c'était l'horreur. L'horreur pure.

Oscar ne prononça pas un mot avant que nous ne fussions ressortis dans la rue. Là, dans la froidure de minuit, il se tint un moment immobile, les yeux fermés. Il respira profondément et se tourna vers moi.

— L'avez-vous vu ? murmura-t-il en ouvrant les yeux. L'avez-vous reconnu ?

— Qui donc ? demandai-je, interloqué.

— Là-haut, insista-t-il. Dans la *Salle des morts**. Vous ne l'avez pas vu ?

— Mais qui ? répétai-je.

— Bernard La Grange, lâcha-t-il. Je suis certain que c'était lui. Pourquoi était-il là, Robert ? Qu'y faisait-il ?

# 7

# La curiosité

Le lendemain matin, un samedi, Oscar avait décidé de rendre visite à Sarah Bernhardt pour le petit déjeuner. Il était un peu plus de onze heures et nous trouvâmes la grande actrice dans l'orangerie d'agrément située à l'arrière de sa maison. Enveloppée dans un *peignoir* oriental vert et or, ses cheveux ébouriffés maintenus par une épingle, le visage couvert de poudre blanche comme si elle avait plongé la tête dans un sac de farine, elle était installée à une petite table en bambou.

Quand le domestique nous fit entrer, Mme Bernhardt tentait de faire manger un morceau de raisin à une grosse tortue installée devant elle sur un plateau d'argent.

— Je donne son *petit déjeuner** à Mathusalem. Ne vous occupez pas de nous, messieurs. Servez-vous du café.

Hamlet, son griffon belge, gémissait à ses pieds. Audessus jacassait Osric, la perruche. Rosencrantz et Guildenstern, les canaris, pépiaient avec humeur. Hormis les animaux, elle était seule. Son mari était ailleurs, ivre et perdu dans les bras de sa maîtresse, tout comme son amant, qui s'arrachait des bras d'une autre femme. Quant à Maurice, son fils de dix-huit ans, son « *petit accident d'amour** », il dormait profondément à l'étage. Sarah se leva, saisit à deux mains la tortue et l'éleva devant elle comme la tête de saint Jean-Baptiste. D'un signe de tête, elle m'invita à lui ouvrir la porte du jardin. Elle ne connaissait pas encore mon nom (je doute qu'elle l'ait jamais su). Elle emmena le reptile au-dehors et le posa avec délicatesse derrière un massif. Quand elle revint dans l'orangerie, elle m'effleura la joue en passant et se dirigea droit vers Oscar pour lui déposer un léger baiser sur les lèvres.

— Je suis si heureuse de vous revoir déjà ! Il y a quelque chose que j'ai oublié de vous demander hier. Mes nouveaux paravents japonais, Oscar, comment dois-je les disposer ? Comment ? Comment ? Oui, comment ?

D'un geste dramatique, elle tendit les bras vers deux paravents laqués qui se tenaient, malheureux, dans un coin de la pièce.

Oscar les examina, réfléchit un instant, puis, souriant, il alluma une cigarette. Se tournant vers Sarah, il déclara alors :

— Pourquoi faudrait-il les disposer ? Pourquoi ne pas les laisser advenir ?

— Oh, Oscar ! s'exclama l'actrice dans un éclat de rire ravi.

Elle battit des mains avec délice en se rasseyant.

— Tu as entendu ça, Hamlet ? « Pourquoi ne pas les laisser advenir ? » Vous êtes si brillant, Oscar ! Vous avez veillé la moitié de la nuit et vous êtes toujours aussi spirituel ! Venez, prenez votre café, amenez votre ami, asseyez-vous près de moi, racontez-moi tout. Comment avez-vous trouvé Montmartre ?

Avez-vous vu la face cachée de la Ville lumière ? Rollinat vous a-t-il bien tout montré ? Êtes-vous allés à la *Salle des morts** ?

Nous nous servîmes du café, du pain noir allemand, du fromage sec hollandais et des tranches de salami italien qui se trouvaient sur la desserte, puis nous nous assîmes de part et d'autre de Sarah Bernhardt. Elle joignit les mains comme pour une prière et pressa délicatement l'extrémité de ses doigts contre la pointe de son menton.

— Racontez-moi tout, fit-elle en ouvrant de grands yeux. Dites-moi ce que vous avez vu. Surprenez et choquez-moi.

— Ce qui m'a surpris et choqué, commença Oscar en pelant une banane qu'il tendit à son amie, c'est de voir Bernard La Grange dans la *Salle des morts**. Blême, les traits contractés, affaissé sur ses genoux et vêtu de haillons, perdu au milieu d'un océan de miséreux et de mendiants.

— Bernard La Grange ? Le *wunderkind* ? Êtes-vous sûr que c'était lui ?

Elle coupa le fruit pour m'en donner un morceau.

— J'en suis certain. Je crois que lui aussi m'a reconnu. Il y avait de la peur dans ses yeux hâves. Il grelottait. Ses mains tremblaient. Elles s'agrippaient au vide. C'était un douloureux spectacle, Sarah. Pourquoi était-il là ? Pourquoi ?

— La curiosité, fit-elle simplement.

Oscar hocha la tête et alluma une cigarette.

— La curiosité, répéta-t-elle en mordant dans sa banane. Voilà le motif de sa présence.

Elle avala le fruit et passa des doigts apaisants sur le front d'Oscar.

— Ne soyez pas si anxieux, mon ami.

— Je suis intrigué, rien de plus. Durant la journée, il répète *Hamlet*. Et la nuit, il dort dans la *Salle des morts**. Pour quelle raison ?

— La même qui vous a fait vous y rendre ! rétorqua Sarah en ôtant la cigarette des doigts d'Oscar pour en tirer une délicate bouffée. La curiosité !

— Je voulais observer l'horreur, protesta Oscar.

— Et lui voulait l'expérimenter, riposta l'actrice.

Elle se leva.

— C'est un comédien, Oscar. Vous êtes un écrivain. Ce que les auteurs décrivent, les acteurs le vivent. Vous faites de belles phrases sur le verger du monde et ses fruits qu'il vous faut tous goûter, bons ou mauvais. Eh bien, Bernard La Grange n'en parle pas, lui : il agit.

— Il frissonnait, Sarah.

— C'est un excellent jeune acteur, tout le monde le dit. Il habitait son rôle, il en était pénétré jusqu'au plus profond de lui-même. Il est bien le fils de son père.

— Ses mains tremblaient de façon incontrôlable.

— Peut-être avait-il consommé de la cocaïne, objecta-t-elle simplement. Comme tant d'autres jeunes gens.

Elle rendit à Oscar sa cigarette et s'amusa du bout des doigts avec ses courtes boucles.

— Et quels progrès fait-il dans *Hamlet* ?

— Il promet d'être remarquable.

— Exactement, roucoula la diva en embrassant mon ami sur le front.

— La pièce dans son ensemble sera formidable, poursuivit Oscar avec conviction. Personne ne pourra jouer Claudius après Edmond La Grange.

— Bien sûr. C'est un excellent acteur.

— Dois-je lui parler de Bernard ? Lui raconter ce que j'ai vu ?

— Ne dites pas de bêtises, Oscar.

D'un long et mince index réprobateur, Mme Bernhardt lui tapota le nez.

— Ce que fait le fils de son temps libre ne regarde pas le père. D'autant que, si cela n'a pas d'incidence sur le jeu du garçon, La Grange s'en contrefichera.

— Vous croyez ? La *Salle des morts** est un cloaque pestilentiel, Sarah. Sa santé y est menacée.

— Mais cette expérience peut enrichir sa prestation, approfondir sa compréhension du tourmenté prince danois, ne pensez-vous pas ? Pour Edmond La Grange, c'est tout ce qui compte. Tant que son fils livre une interprétation d'Hamlet digne de leur illustre nom, rien d'autre n'a d'importance. Croyez-moi, je connais cet homme. Cela fait vingt ans que je le côtoie. C'est un animal à sang froid.

— Je le trouve d'une compagnie agréable, déclara Oscar.

— Évidemment. Vous n'êtes ni son fils ni sa maîtresse. Vous faites partie de ses admirateurs. Il entre en scène et vous applaudissez. Je ne suis pas sûre qu'Edmond La Grange éprouve de sentiment sincère pour quiconque, en dehors de lui-même et de son public. Il adore sa fille, c'est vrai, cette pauvre chose fragile. Il ressent de la compassion pour elle, on le voit dans ses yeux, mais l'amour de sa vie, c'est sans conteste le public.

Elle se tut et demeura quelques instants songeuse.

— C'est peut-être ce qui explique qu'il soit un si grand acteur. Il se donne tout entier à son art.

Oscar eut un petit rire.

— Il a de l'affection pour sa vieille mère.

— Il respecte sa filiation, c'est certain, fit Sarah avec sérieux.

— Mme La Grange n'est pas une femme commode, osai-je après avoir attendu longtemps de pouvoir contribuer à la conversation.

— Elle est impossible ! éclata Sarah en levant les bras dans une théâtrale posture de désespoir. Mon cher Hamlet et son affreuse Marie-Antoinette ne se sont jamais entendus.

— « Son affreuse Marie-Antoinette » est morte, précisa Oscar.

— Non ! hurla Sarah.

Elle parut soudain bouleversée. Ses yeux se gonflèrent de larmes. (Aucun mot mieux que « lunatique » ne pouvait décrire le caractère de Sarah Bernhardt.)

— Je n'aurais pas dû parler de ce pauvre petit animal comme ça. Quand est-ce arrivé ? Elle n'était pas si vieille.

Sarah ramassa son propre chien et le berça dans le creux de ses bras tandis qu'Oscar lui racontait les tristes événements du SS *Bothnia*. L'actrice était manifestement émue par l'histoire.

— Qui a commis cet acte abominable ? demanda-t-elle une fois qu'Oscar eut terminé. Qui peut être aussi cruel ?

— Je ne sais pas, répondit Oscar. Je n'en ai pas la moindre idée. J'ai posé des questions, j'ai mené mon enquête auprès des membres de la compagnie qui se trouvaient à bord, et aucun n'a paru intéressé ou concerné par ce qui s'était passé. Tout le monde s'en moquait.

— Cela vous étonne ? Ce sont des comédiens après tout…

— Mais vous êtes vous-même actrice, et vous adorez les animaux, observai-je.

— La différence, répliqua-t-elle en embrassant son griffon sur la truffe avant de le déposer sur le sol avec précaution, c'est qu'ils sont français, et moi pas. Je suis juive.

Tout à coup, son humeur parut encore se transformer. Mme Bernhardt se tourna vers moi et me demanda en souriant :

— Jeune homme, vous plairait-il de rencontrer Victor Hugo ? Il est très vieux et ne présente aucun danger.

Sans attendre ma réponse, elle me saisit la main et m'arracha à ma chaise.

— À vrai dire, je l'ai déjà rencontré, balbutiai-je, un peu dérouté. À Guernesey, quand j'étais enfant.

— A-t-il cherché à vous mordre ? s'enquit-elle en riant. Probablement. Mais il n'a presque plus de dents maintenant, il est inoffensif. Il est attaché dans la cave. Venez, nous allons lui apporter un peu de salami.

Je demeurai interloqué au milieu de l'orangerie, alors que la plus grande actrice française tentait de m'entraîner après elle, une grande tranche de saucisson dans sa petite main.

Riant à en perdre haleine, Oscar martelait la table de bambou avec tant de vigueur qu'on entendait les petites cuillères tinter dans leurs soucoupes.

— Victor Hugo est le lion de Sarah, Robert. C'est une vieille créature pelée qui empeste à mille lieues. Croyez-moi, mieux vaut ne pas le voir. Surtout quand on a rencontré celui qui lui a donné son nom.

Oscar se leva afin de me soustraire à la divine poigne de Sarah. Il lui confisqua le salami et le reposa sur la desserte. Puis il prit la frêle comédienne dans ses bras et l'embrassa.

— Nous devons vous quitter, chère amie. À très bientôt.

— Je suis impatiente de découvrir le *Hamlet* de La Grange. Je viendrai à la première. J'imagine que tout Paris y sera. Saurai-je déceler une ou deux touches de Wilde dans l'adaptation ? Je l'espère... Je collectionne les *Hamlet*, vous savez. Je l'ai vu joué par les plus grands. Peut-être m'y essaierai-je moi-même un jour.

Oscar éclata de rire.

— Et quand vous le ferez, tout Paris y assistera ?

— Le monde entier y assistera, Oscar, répondit-elle en serrant contre elle son peignoir. Et vous savez pourquoi ?

— Non, Sarah. Dites-moi.

— Par curiosité.

Un fiacre nous conduisit en moins d'une demi-heure de la maison de Sarah Bernhardt, dans le dix-septième arrondissement, au théâtre La Grange, dans le *troisième*. C'était un bâtiment imposant à l'élégante façade néoclassique. Il s'agissait du plus ancien des sept théâtres qui avaient un temps occupé le boulevard du Temple. On avait surnommé celui-ci le « *Boulevard du Crime** », non qu'il fût particulièrement fréquenté par les criminels, mais parce que le meurtre et le mélodrame avaient constitué l'ordinaire de ses nombreuses salles de spectacle. Au début des années 1860, le baron Haussmann s'était vu confier la tâche de redessiner Paris, d'éliminer les taudis et d'ouvrir de larges voies de circulation au cœur de la ville. Edmond La Grange avait profité de l'occasion pour acheter et rénover le plus grand des théâtres du boulevard. Il lui avait donné son nom et avait fait de cette salle vieillotte, spécialisée dans de vulgaires spectacles à sensation, le premier théâtre privé de Paris. Avec son répertoire classique et populaire, il était devenu le seul rival sérieux de la Comédie-Française.

Pour La Grange, son théâtre était à la fois sa maison et toute sa vie. Le peu de loisir qu'il s'accordait, il l'occupait dans son appartement. Le reste du temps, en dehors des heures de sommeil, Edmond La Grange était soit sur scène, à jouer ou à répéter, soit dans les coulisses, à diriger la construction des décors ou la création des costumes, soit dans sa loge. Et la proximité de celle-ci avec la scène lui permettait encore, quand la porte était ouverte, d'avoir dans la glace de sa table à maquiller une vue dégagée sur le centre de la scène.

Les autres loges ne se trouvaient pas au même niveau. Elles se répartissaient sur quatre étages, auxquels on accédait par un unique et étroit escalier de pierre à l'arrière du bâtiment. Plus grande que les autres, celle de La Grange était le cœur de son empire. C'était là qu'il programmait ses productions, qu'il apprenait ses textes, que, six jours sur sept, il appliquait le maquillage et enfilait le costume qui transformaient ce qu'il était en ce qu'il voulait être. C'était là enfin, les jours de matinées, qu'entre la représentation de l'après-midi et celle du soir, étendu sur la *chaise longue** où, disait-on, Molière avait rendu son dernier souffle, il somnolait, se remémorant ses gloires passées et rêvant à ses triomphes futurs.

La loge était aussi la pièce depuis laquelle Edmond La Grange dirigeait ses affaires. Rempli d'espoir, il y engageait les nouveaux acteurs, et, avec d'infinis regrets, il y congédiait ceux qui n'avaient pas satisfait à ses strictes exigences. Avec Oscar, il y passait des heures, plongé dans la traduction d'*Hamlet*, et, avec

Richard Marais, il s'y asseyait chaque soir pour compter et recompter la recette du jour à la lueur du gaz. Je n'avais encore jamais eu l'occasion de voir ce lieu. Oscar, qui s'y sentait comme chez lui, m'y emmenait enfin.

— C'est le saint des saints, me dit-il tandis que nous traversions la scène enténébrée. Marchez sur la pointe des pieds et parlez à voix basse. Sacrés sont ses mystères.

— Sommes-nous attendus ? murmurai-je. N'y a-t-il pas une matinée aujourd'hui ?

— Deux fois oui, répondit Oscar avec entrain.

Mais à peine avait-il prononcé ces mots qu'il s'ordonna à lui-même de se taire.

— Chut ! fit-il en étendant le bras pour retenir mes pas. Pas un bruit ! souffla-t-il.

Nous étions parvenus à la porte de la loge. Nous nous immobilisâmes. Je retenais mon souffle. Oscar tourna lentement son regard vers moi tout en se penchant pour coller l'oreille à la porte. À l'intérieur, une femme hoquetait. Puis nous entendîmes une voix d'homme, puissante et courroucée. Nous ne pouvions comprendre ce qu'elle disait. Un autre homme parla. Il était plus âgé, mais ses propos étaient eux aussi empreints de colère. De plus en plus sonores et rapides, les sanglots de la femme finirent par éclater comme une vague sur la plage et se transformèrent en pleurs. Étaient-ce des larmes de détresse ou de joie ? Oscar fronça les sourcils et vint se plaquer tout entier contre la porte. Je voulais dire quelque chose, car il me semblait que nous n'avions rien à faire là, mais Oscar posa un doigt sur ses lèvres pour m'intimer le silence. Soudain, une troisième voix se joignit aux précédentes. Elle était plus profonde que les autres, plus calme également. Je la reconnus en raison de son léger accent portugais. C'était Carlos Branco qui s'écriait :

— *Mais enfin ! Mais enfin* !*

Tout à coup, Oscar m'écarta de la porte, qui s'ouvrit au même instant. Sur le seuil apparut Edmond La Grange, pieds nus et vêtu de sa robe de chambre. Pendant un instant à peine, je lus de l'égarement dans son regard. Il avait porté ses doigts tremblants à ses tempes. Il les passa vivement dans son épaisse chevelure argentée. Dans la pénombre, il reconnut enfin Oscar et se mit à rire.

— Oscar ! Que faites-vous ici ?

— Nous avions *rendez-vous**, répondit Oscar, souriant.

La Grange se frappa le front de sa main ouverte.

— Je l'avais oublié. Pardonnez-moi.

Il renouvela son geste et leva les yeux au ciel en feignant le désespoir. Derrière lui étaient rassemblés Carlos Branco, Bernard La Grange et Agnès La Grange. Ils nous regardaient tous trois, sourire aux lèvres.

— Nous parlions justement de la pièce, Oscar, reprit La Grange. Nous faisions des essais.

Il jeta un coup d'œil à Carlos Branco.

— Ce vieux Polonius nous a fait part de quelques idées originales que nous avons adoptées.

— Je dois aller m'habiller pour la représentation, fit Branco avec bonhomie.

— Inutile de vous presser, l'arrêta La Grange, la main en l'air. Finissons d'abord notre conversation, si Oscar nous le permet.

— Mais naturellement, répondit Oscar en s'inclinant. À moins que je puisse vous être utile ?

La Grange secoua la main avec dédain.

— Ce ne sont que des détails techniques. Où se place untel, que fait-on ensuite… ce genre de choses. Ce sont des soucis d'artisans, pas de poète. Pouvons-nous nous retrouver après la matinée ? Je demanderai à Traquair de nous faire rôtir des muffins.

— Mais naturellement, répéta Oscar.

Me tournant vers lui, je constatai que ses yeux demeuraient fixés sur Bernard La Grange. La tête rejetée en arrière et de côté, le jeune acteur lui rendait son regard. Son visage ne portait aucune marque de fatigue ni la moindre trace visible de sa nuit dans la *Salle des morts**.

— *À tout à l'heure**, salua Edmond La Grange en refermant la porte de la loge.

— *À tout à l'heure**, répondit Oscar.

Nous passâmes le reste de ce samedi après-midi en compagnie d'une bouteille d'absinthe dans l'estaminet où Oscar et moi avions nos habitudes.

— Avez-vous lu *Le Double Assassinat dans la rue Morgue* d'Edgar Allan Poe ? me demanda Oscar.

— Oui.

— Vous souvenez-vous de la grande maxime d'Auguste Dupin ?

— Laquelle exactement ? fis-je en riant.

— Pour ma part, je n'en vois qu'une : « La vérité n'est pas toujours dans un puits. »

Il leva son verre dans ma direction, comme s'il me portait un toast, puis le reposa avec précaution sur la table, contemplant d'un œil sombre ses reflets vert-jaune.

— Vous n'êtes pas de son avis ? poursuivit-il tout en laissant courir son doigt sur le bord de son verre. Je fais fausse route à vouloir creuser là où il n'y a rien, à chercher des aiguilles en l'absence de botte de foin, à vouloir deviner des belettes et des baleines dans des nuages informes… « La vérité n'est pas toujours dans un puits. »

Je ris de nouveau.

— Mais l'ivresse est toujours dans une bouteille…

— Et pourtant, cela n'a pas de sens, reprit-il, ignorant ma plaisanterie. Nous avons entendu trois hommes se disputer et une femme sangloter. Mais, quand la porte s'est ouverte, ils arboraient tous un large sourire !

— J'ai perçu du trouble dans le regard de La Grange, observai-je. Du moins pendant un bref instant.

— Vraiment ? Était-ce de l'inquiétude ou de l'étonnement ? Peut-être a-t-il été surpris de nous trouver là.

— Et les yeux d'Agnès étaient encore humides.

— Mais elle souriait, d'une façon tendre et naturelle. Ce n'était pas forcé. Elle avait posé sa main sur l'épaule de son père. Elle n'avait pas du tout l'air bouleversée. Non ?

— Non, reconnus-je avant de vider mon verre. Elle ne le paraissait pas. Aucun d'entre eux, d'ailleurs.

— Et pourtant, une seconde auparavant, nous les entendions se disputer. Nous entendions Agnès pleurer. Nous avons entendu Carlos Branco crier : « *Mais enfin* !* » Et puis la porte s'est ouverte…

— … et ils sont apparus souriants.

— Peut-être savaient-ils que nous étions là, suggéra Oscar, se redressant soudain et repoussant son verre. Peut-être était-ce un tour qui nous était destiné.

— Mais pourquoi ? N'est-il pas plus probable que La Grange nous ait dit la vérité ? Ils étaient simplement en train de parler de la pièce et ils avaient un point de désaccord, comme il arrive souvent aux acteurs…

— « Déchiqueter une passion, la mettre en lambeaux[1]… » En effet, murmura Oscar en baissant la voix.

Il but une gorgée d'absinthe.

— Vous avez raison, Robert. La vérité n'est décidément pas toujours dans un puits.

Oscar avait fini son verre. Il le considéra un instant puis il le saisit à deux mains et le déposa sur le sol avec précaution. Il croisa ses bras sur la table et y reposa doucement la tête en fermant les yeux.

— Notre déjeuner liquide s'achève par une sieste, Robert. Nous sommes faits de l'essence des rêves, et des muffins nous attendent pour le thé… Dors bien, cher prince… Le reste appartient au silence[2].

1. William Shakespeare, *Hamlet*, acte III, sc. 2.
2. *Id.*, *ibid.*, acte V, sc. 2. Ce sont les dernières paroles d'Hamlet.

8

# Quelque chose de pourri

Oscar se réveilla avant moi et tout à fait dispos.

Quand j'ouvris les yeux, j'avais la vue troublée, et, au moment où j'arrachais ma tête à la table, une douleur fulgurante traversa mon crâne. Il me fallut quelques instants pour me rendre compte que mon ami n'était plus assis en face de moi. Je l'entendis avant de le voir. Sa voix était aussi claire et vibrante que s'il s'adressait à un nombreux auditoire.

— L'argent est le dieu de ce siècle. L'art, la nature, la beauté, l'intelligence ne nous sont plus rien. La richesse, voilà ce que nous adorons, voilà la divinité à laquelle nous sommes prêts à tout sacrifier, tant ce que nous sommes que ce que nous pourrions être.

Je regardai autour de moi le café plongé dans la pénombre. On avait allumé des bougies. Deux vieux soldats étaient installés à la table à côté de la nôtre. Ils jouaient aux dominos en fumant la pipe. Juste derrière eux, au bar, se tenait Oscar, tel un empereur Néron en costume de serge bleue, une amaryllis à la boutonnière. Une cigarette allumée dans une main, un verre de vin jaune dans l'autre, il était entouré à sa gauche de Richard Marais, toujours aussi terne, chauve et sourd, et à sa droite, avec ses yeux bleus et ses petites dents blanches, d'Eddie Garstrang. L'Américain souriait. La verve d'Oscar le réjouissait.

Oscar me vit m'étirer.

— Debout, Robert ! Il est cinq heures, l'heure à laquelle les Anglais prennent leur thé et où les Français rejoignent leur maîtresse. L'illustre La Grange a tenu parole : il semblerait que des muffins nous attendent dans sa loge. M. Marais et Mr. Garstrang ont pour mission de nous y ramener, quoique je n'arrive pas à comprendre comment ils ont su où nous trouver.

— Je suis sourd, pas aveugle, monsieur Wilde, murmura Marais en jetant un coup d'œil à sa montre de gousset. Je vous ai suffisamment souvent vu prendre le chemin de cet établissement.

— Tout comme vous voyez mes paroles, on dirait ? fit Oscar, qui examinait l'affreux petit bonhomme avec étonnement.

— Vous articulez bien, expliqua-t-il. Vous avez la bouche mobile et lippue.

— Et vous, vous avez une diction et un vocabulaire qui contredisent votre handicap, répliqua Oscar.

— Je sais, reconnut Marais. Cela fait plus de vingt ans que je vis aux côtés d'Edmond La Grange. J'ai appris à parler en observant un maître.

Je me levai et rejoignis le petit groupe.

— Nous parlions d'argent, Robert. L'illusion du lucre, la séduction de l'or… ou, pour être plus précis, le prix d'*Hamlet*. Mon rendez-vous avec M. La Grange concernait ma rémunération, la juste récompense du traducteur et ainsi de suite, mais apparemment l'illustre La Grange préfère ne pas être importuné par ces considérations financières…

Il se tourna tour à tour vers ses deux voisins et sourit.

— Je dois régler la question de mon salaire avec ses *hommes d'affaires**.

— Edmond La Grange est acteur, pas comptable, déclara Eddie Garstrang.

— C'est un artiste, pas un gratte-papier, ajouta en écho Richard Marais.

— Mais Mme Bernhardt me laissait entendre que personne dans la profession n'était plus attentif à l'argent que M. La Grange, observa Oscar avec un sourire espiègle. Peut-être à l'exception d'elle-même, précisa-t-il.

Garstrang éclata de rire, mais Richard Marais regarda Oscar droit dans les yeux et déclara :

— C'est une réputation qu'on lui prête. Il se fait payer en intégralité, comptant et en espèces. Il insiste sur ce point. Mais les appointements de ses collaborateurs sont un sujet qu'il laisse à ses collaborateurs.

Marais essuya deux petites bulles de salive à la commissure de ses lèvres.

— N'ayez crainte, monsieur Wilde. Vous serez justement rétribué. Nous réglerons tous les détails dans mon bureau à votre convenance.

Il regarda de nouveau l'heure.

— Ils doivent être en train de saluer. Nous devrions nous mettre en route.

Marais et Garstrang nous précédèrent hors du café. Nous empruntâmes l'allée pavée jusqu'à la rue qui donnait sur le boulevard du Temple. Marais marchait en tête. Malgré ses courtes jambes et une foulée minuscule, il se déplaçait à toute allure, front dégarni en avant, comme un lutin gravissant une colline contre le vent.

— Pas si vite, Marais ! lui lança Oscar.

Le petit homme pressa le pas.

— Il ne vous entend pas, Oscar. Il est sourd, rappela Eddie Garstrang.

Au moment où nous quittions l'allée pour emprunter la rue, nous passâmes à côté de deux gros bidons de lait de la taille d'un petit enfant posés au bord du trottoir. Oscar s'arrêta, jeta son mégot dans le caniveau et, tout à coup, propulsa avec une force incroyable les deux bidons sur la chaussée. Ils s'entrechoquèrent puis roulèrent sur le pavé dans un vacarme épouvantable. Richard Marais poursuivit son chemin.

— Il est sourd, Oscar. Il n'entend rien du tout.

Avant le boulevard, la rue croisait une autre ruelle, pas plus large qu'une charrette à bras. Elle conduisait à l'entrée des artistes du théâtre. Marais s'arrêta à cette intersection et se retourna. La mine impatiente, il nous attendait, consultant sa montre une fois encore.

— J'ai senti la vibration causée par la chute des bidons sur le pavé, monsieur Wilde, mais j'ai préféré ne pas vous faire le plaisir de rentrer dans votre petit jeu en m'arrêtant, grommela Marais quand nous l'eûmes rejoint.

— Je suis confus, dit Oscar en rougissant. Je m'excuse.

Comme nous parvenions à la porte du théâtre en sortit une volée d'actrices gazouillantes. Elles étaient cinq. Sous les feux de la rampe, toutes paraissaient jolies comme des cœurs. Dans la lumière crue du jour, une seule ne me semblait pas vulgaire et frelatée. Une seule ne devait pas couvrir d'une couche de fard et de poudre des traits sans grâce. Bien sûr, l'exception était Gabrielle de La Tourbillon. De toutes, elle était la plus grande, la plus élégante, la plus belle, la plus raffinée et, sans doute aussi, la plus âgée. Apercevoir ses yeux pétillants suffisait à faire bondir mon cœur.

Les jeunes femmes se bousculaient en riant.

— Un comte italien va nous faire faire un tour dans son barouche ! s'écria l'une d'elles.

— C'est une calèche, pas un barouche, corrigea une autre.

— Il est si riche ! s'extasia une troisième.

Au moment où elles passaient près de nous, Gabrielle tendit la main et m'effleura la joue ainsi que celles d'Oscar et de Garstrang.

— Je suis leur chaperon ! expliqua-t-elle tandis que ses cadettes s'efforçaient de l'entraîner.

Comme elles se mettaient toutes à courir dans l'étroite venelle, elle se retourna et, hors d'haleine, lança à l'intention de Richard Marais :

— Ne vous inquiétez pas. Nous serons rentrées largement à temps pour la représentation de ce soir. Aussi riche soit-il !

À l'intérieur du théâtre, les coulisses étaient embrasées de lumière. Dans les couloirs, aux becs et aux lampes à gaz, dont le débit était à son maximum, s'ajoutaient quatre gros brûleurs à huile disposés aux quatre coins de la scène. Acteurs et actrices avaient enfilé à la hâte leurs vêtements de ville et, tandis qu'ils se pressaient en désordre vers l'entrée des artistes, les machinistes et les charpentiers, reconnaissables à leur blouse bleue, s'affairaient sur la scène. Ça tirait, déplaçait, démontait, tapait, clouait. Richard Marais nous guida au milieu de cette fourmilière.

— On croirait Vauxhall Gardens un soir de carnaval, plaisanta Oscar.

— Non, c'est la fosse aux ours du théâtre La Grange un jour de matinée. Nous devons ranger *Le Cid* et monter *L'Avare* en moins d'une heure.

— À quelle heure est la représentation ce soir ? demandai-je.

— Huit heures. Mais Monsieur exige le silence complet entre six et sept. Pour sa sieste.

Monsieur nous attendait à la porte de sa loge. Il observait tout ce qui se passait sur scène, mais nous le vîmes avant qu'il ne remarque notre présence. Debout dans sa robe de chambre, il se tenait pieds nus, jambes écartées, une serviette jetée sur les épaules à la manière d'une toge. Il avait un poing sur la hanche et, de son autre main, il tenait bien en vue sa montre qui se balançait au bout d'une chaîne en or.

Il nous aperçut au moment où nous émergions de la mêlée.

— Ah, Oscar ! lança-t-il. Tout à l'heure, j'avais oublié notre rendez-vous et je commençais à croire que vous aviez fait de même.

Il se mit à rire à notre approche.

— Allons, venez. Soyez le bienvenu. Amenez votre ami.

Il rangea sa montre et étreignit Oscar avec effusion. Quant à moi, il m'adressa une claque dans le dos en guise de salutation. Un sourire illuminait désormais son visage ridé et fatigué. Son humeur et ses manières n'étaient assurément plus celles que nous lui avions vues un peu plus tôt. En vérité, il paraissait plus détendu, plus rayonnant même, que je ne l'avais jamais vu. Il n'était pas grand, mais sa stature et sa tête – « le chef d'Agamemnon », disait Oscar –, étaient saisissantes. À la lumière flamboyante des brûleurs, sa peau luisait et ses yeux étincelaient. Il irradiait de vitalité. Il devait avoir lu dans mes pensées, car, tandis qu'il s'écartait pour nous laisser pénétrer dans la loge, il murmura à mon intention :

— *C'est mon métier**. C'est ce que je fais et ce que je suis.

Marais et Garstrang se joignirent à nous. La mère de La Grange était déjà là, assise dans un coin, près de la porte qui donnait sur le logement de l'habilleur. Installée à une desserte vieillotte en chêne, elle s'emportait après un samovar et un plateau sur lequel était disposé un service à thé en porcelaine anglaise. À ses pieds, son nouveau caniche courait après sa queue. La désagréable odeur de l'animal infestait la pièce. Tandis que La Grange nous invitait à nous asseoir, la vieille dame brandit un énorme morceau de sucre. Le chien jappa avec enthousiasme et bondit pour saisir la friandise de la main décharnée de sa maîtresse. J'observai Oscar, dont les yeux s'étaient élargis de consternation. Il sortit un mouchoir jaune de sa poche et le porta à son nez.

— Maman prépare le thé, expliqua La Grange, qui, assis sur le tabouret pivotant de sa table à maquiller, nous souriait dans le reflet du miroir. Traquair est parti à la recherche de muffins. Cela fait des heures. J'ai dû m'habiller moi-même, Dieu m'en est témoin ! J'espère qu'il ne s'est pas perdu.

— Quelle opinion avez-vous de lui ? demanda Oscar en troquant son mouchoir pour une cigarette.

— Il est consciencieux. Il s'acquitte bien de sa tâche, à défaut d'être ce que vous autres, Anglais, appelez « un joyeux compagnon ».

— Je suis irlandais, murmura Oscar en grattant une allumette.

— Avec Traquair, vous pouvez être sûr que votre chemise sera bien repassée, poursuivit La Grange sans relever, mais vous aurez rarement l'occasion de rire. Je le trouve un peu morose. Ce n'est pas un être très « liant », si vous voyez ce que je veux dire.

— Fait-il des progrès en français ? demanda Oscar entre deux bouffées de cigarette.

— Je ne sais pas, avoua La Grange en ôtant la serviette de sa nuque. Il ne parle presque pas.

— Je lui avais promis de le lui enseigner. J'ai été négligent.

— J'espère qu'il saura comment dire « muffin », grommela Liselotte La Grange.

— Je lui ai écrit la commande, Maman. En majuscules. Auriez-vous l'amabilité de servir le thé, je vous prie ?

Il pivota sur son tabouret pour nous faire face.

— Le voulez-vous au citron, *à la russe** ou *à l'anglaise**, avec un nuage de lait ?

Eddie Garstrang se leva pour aider Maman. Étendu sur la *chaise longue**, sa cigarette entre ses doigts alanguis, Oscar observait La Grange comme s'il s'agissait de la dernière acquisition du Louvre.

Je souris à notre hôte.

— Dites-moi, monsieur, qu'avez-vous pensé de la représentation de cet après-midi ? lui demandai-je.

La Grange me dévisagea. Il rayonnait. Il s'avança sur son siège et frappa avec force le revers de ses doigts dans la paume de sa main.

— Eh bien, voilà le genre de question que j'aimerais entendre de mon habilleur ! Merci de me la poser, mon garçon.

Il se pencha en avant et me tapota légèrement le genou.

— Puisque vous voulez tout savoir, je vais tout vous dire, commença-t-il sur le ton de la confidence.

Il marqua une pause et se rapprocha jusqu'à ce que nos têtes fussent presque l'une contre l'autre. Ce ne fut qu'alors qu'il me glissa :

— Un triomphe, *mon ami**, rien de moins !

Penchée sur le samovar, sans même se tourner vers nous, Maman ajouta :

— Les La Grange ont toujours fait honneur à Pierre Corneille.

— Et Pierre Corneille a toujours fait honneur aux La Grange, répliqua son fils en se redressant. Cet après-midi, nous avons joué devant une salle comble ! Pas un siège de libre… pour *Le Cid*… un samedi après-midi… en février !

— Bravo, monsieur, le félicita Richard Marais, qui opinait du chef tout en remuant son thé à la russe.

— Et ce soir, c'est la même chose. Mille places, toutes vendues.

— Pour *L'Avare*, je crois ?

— Oui, répondit La Grange en se penchant de nouveau pour me toucher le genou. C'est là que nous prenons l'avantage sur la grande Mme Bernhardt. Nous donnons aussi des comédies.

Princesse de Lamballe grogna et se coucha au pied de la desserte.

— La divine Sarah ne devient vraiment elle-même que quand elle tue ou quand elle meurt… Mais personne n'a envie d'assister à huit tragédies par semaine. Il faut bien rire de temps en temps.

— Molière est mort sur cette *chaise longue**, fit remarquer Maman à Oscar en se tournant vers lui.

Oscar remplit l'atmosphère de la fumée de sa cigarette. Princesse de Lamballe gémit et se mit à gratter le plancher devant la porte de l'annexe.

— Vous savez, Oscar, reprit La Grange, ma tournée en Amérique a été aussi profitable que celle de Sarah. Dans certaines villes, j'ai même fait mieux qu'elle. Sa renommée est supérieure…

— … mais vous avez un nom, coupa sa mère. Vous avez derrière vous deux siècles de tradition familiale.

— Ah oui, soupira-t-il, la tradition des La Grange…

— Et puis vous êtes français, alors qu'elle n'est qu'une Juive.

— C'est une grande actrice, Maman.

— La plus grande, affirma Oscar d'un ton définitif.

Il posa sa tasse de thé sur le sol et se mit en quête de son étui à cigarettes. Il regarda La Grange droit dans les yeux. Il était de plus de trente ans son cadet et pourtant il se comportait comme son égal.

— Vous avez eu l'occasion de travailler avec elle, n'est-ce pas ? Et vous l'appréciez ?

La Grange accepta en souriant la cigarette que lui offrait Oscar.

— Ne faites pas attention à Maman. Elle méprise Sarah en raison de ses origines. Elle refuse de parler à Traquair parce que c'est un nègre. Depuis quarante ans, elle répugne à jouer avec Carlos Branco parce qu'il est portugais…

Écartant tout à coup les bras, La Grange rejeta la tête en arrière et partit d'un énorme éclat de rire.

— Maman, vous êtes décidément impossible ! s'écria-t-il. Est-ce que j'apprécie Sarah ? reprit-il d'une voix plus calme en s'adressant à Oscar. Non, elle m'agace. Toutes ses histoires absurdes avec son mari et ses amants, et sa grotesque ménagerie, c'est par trop idiot. Mais est-ce que je l'adore ? Comment ne le pourrais-je pas ? En tant qu'artiste, elle est incomparable. Sur scène, elle est unique.

— Avec le temps, Agnès La Grange deviendra son égale, coassa Maman.

La Grange ignora la remarque. Sans cesser de sourire à Oscar, il pivota doucement sur son tabouret et ouvrit un petit tiroir dans sa table de maquillage.

— Sarah m'a offert ceci, dit-il.

Avec précaution, il sortit un impressionnant revolver. Je vis Oscar tressaillir.

— C'est un colt, expliqua La Grange, qui contemplait l'arme d'un œil admiratif. Un six-coups.

Il le fit tourner prestement autour de son index et éclata de rire. Du pouce, il abaissa le chien.

— Il est chargé, ajouta-t-il.

— Faites attention, souffla Eddie Garstrang.

La Grange tenait l'arme dans sa main droite, laissant reposer son long canon gris sur son poignet gauche. Il le pointa sur l'Américain. De la fumée de cigarette s'enroulait autour de la gueule de métal.

— On l'appelle le « Pacificateur ». Sarah l'a reçu de son imprésario américain, Mr. Jarrett. « Le terrible Mr. Jarrett », comme elle dit. Elle me l'a donné avant mon départ pour les États-Unis. Elle pensait qu'il aurait pu s'y révéler utile.

— J'ai entendu parler de Jarrett, fit Oscar.

— Et connaissez-vous la fameuse réplique qu'on lui prête ? demanda La Grange.

Plissant les yeux, il déclama alors en anglais, avec un fort accent américain :

— « J'ai utilisé deux armes pour réussir dans la vie : l'honnêteté et mon revolver. »

La Grange ponctua la citation d'un éclat de rire.

— Il a tué un homme, il me semble, reprit Oscar.

— Oui, acquiesça La Grange, qui posa l'arme sur ses genoux. Au cours d'une discussion d'affaires au sujet de l'une de ses clientes, la chanteuse Jenny Lind[1].

— Le « Rossignol suédois », maugréa Maman avec mépris. Elle a épousé un Juif.

— Puis-je tenir le revolver ? demandai-je.

La Grange relâcha le chien avec précaution et me tendit l'arme. Elle était rugueuse et plus lourde que je ne le pensais. Je la fis tourner dans ma main, la levai et la pointai vers le plafond. À l'instant où je posai mon doigt sur la détente, un cri perçant jaillit soudain du coin de la pièce. C'était Liselotte La Grange. Penchée en avant, elle se retenait d'une main à la desserte et agitait l'autre avec frénésie en désignant le plancher.

— Qu'y a-t-il ? s'enquit La Grange.

En guise de réponse, la vieille dame se contenta de crier plus fort encore, le doigt pointé sur le caniche à ses pieds. La créature gisait inerte sur le flanc.

— Elle est morte ? s'écria Oscar en contemplant l'animal avec effroi. Un autre chien est mort ?

La Grange, Richard Marais et Eddie Garstrang se levèrent d'un même mouvement et se précipitèrent vers le coin de la pièce. La Grange prit sa mère, hystérique, dans ses bras et la serra contre lui.

— Là, Maman. *Du calme**, lui ordonna-t-il.

Marais et Garstrang s'étaient accroupis auprès du chien.

— Elle respire, annonça l'imprésario, l'oreille collée contre la poitrine de l'animal. On entend les battements de son cœur. Elle est vivante.

1. Jenny Lind (1820-1887) fut l'une des plus célèbres cantatrices du XIX^e^ siècle. Elle fit entre 1850 et 1852 une triomphale tournée américaine, organisée par P. T. Barnum.

Maman, qui avait cessé de crier et de gémir, sanglotait désormais. Elle cherchait à reprendre son souffle et martelait le dos de son fils de ses petits poings serrés et rageurs. Je n'avais pas beaucoup de sympathie pour elle, mais, en cet instant, je compatissais à sa détresse.

— La pauvre bête est incapable de bouger, fit Marais. Elle est très faible. Elle a dû avoir une crise cardiaque, ou une attaque.

— Non !

— Non !

Oscar et Eddie Garstrang avaient crié d'une seule voix. Oscar s'était levé pour s'approcher du chien. Garstrang se tenait à genoux, la tête au ras du sol. Il reniflait le bas de la porte de la chambre de l'habilleur.

— Du gaz, murmura-t-il. Une fuite de gaz ! Écartez-la.

Il empoigna l'animal à deux mains et l'éloigna de la porte en le repoussant vers Richard Marais. Le chien demeurait immobile. Il n'émettait aucun son. De ses yeux ouverts, il dévisageait Marais avec une expression pathétique. Le pauvre homme, qui observait l'animal, le prit avec effort dans ses bras.

— Du gaz passe sous la porte, reprit Garstrang.

Il se leva d'un bond et se jeta sur la poignée. Il la fit jouer, mais rien ne se produisit.

— C'est fermé ! s'écria-t-il. Quelqu'un a-t-il la clé ?

Maman se mit à pleurnicher de façon incontrôlable.

— Je ne sais pas, s'exaspéra La Grange. Elle doit être quelque part.

Eddie Garstrang se tourna vers moi.

— Donnez-moi le revolver, m'ordonna-t-il.

Il avait prononcé ces mots avec une autorité qui ne tolérait aucune contradiction. Je lui tendis l'arme et, d'un même mouvement, il s'en empara, se retourna vers la porte et tira sur la serrure. La porte du réduit s'ouvrit aussitôt et nous découvrîmes l'horrible spectacle.

Washington Traquair était étendu sur le divan, la tête relevée par le traversin de façon qu'elle se trouvât à proximité immédiate du bec de gaz situé à mi-hauteur du mur de la chambre.

— Il est mort ! murmura Oscar. J'en suis certain.

Tandis qu'il prononçait ces mots, le bras gauche du valet tressaillit et retomba en travers de son visage.

# 9

# L'odeur de la mort

— La mort remonte à un petit moment, estima le Dr Ferrand. Deux heures, sans doute trois.

— Mais je l'ai vu bouger la main quand nous avons ouvert la porte, objectai-je.

— C'était comme s'il nous adressait un signe d'adieu, dit Oscar, presque pour lui-même. Un signe d'adieu… ou un appel au secours.

Le docteur sourit. C'était un homme aux manières agréables et aux chaleureux yeux bruns.

— Je ne pense pas, fit-il avec douceur.

— Mais sa main a bougé, je l'ai vue, répétai-je.

— Il est possible que le bras ait tourné sous l'effet de la progression de la raideur cadavérique, expliqua le docteur. Cela arrive.

Il toussota et se gratta le menton à travers son épaisse barbe broussailleuse. Il portait une redingote de médecin par-dessus un pantalon et un gilet aussi noirs que ses souliers et sa mallette, mais, avec ses joues roses et ses sourcils blancs comme le givre, il ressemblait à saint Nicolas.

— C'est une des raisons qui expliquent que nous ayons tant de visiteurs à la morgue de Paris, ajouta-t-il. Les gens sont fascinés de voir les cadavres remuer.

Il posa son regard sur la dépouille immobile de Washington Traquair.

— Vous savez, poursuivit-il, les morts s'agitent beaucoup. Au début, quand la rigidité cadavérique s'installe, ce ne sont que des tressaillements, des soubresauts, mais, au bout de trois jours environ, quand elle s'estompe et que les muscles se détendent, les membres partent dans toutes les directions. J'ai déjà vu des morts se redresser subitement et se retrouver assis sur la table du croque-mort. Quand on ne s'y attend pas, c'est assez surprenant.

Il se tourna vers Edmond La Grange, dont il était un ami d'enfance. Les deux hommes avaient le même âge et jouaient aux cartes ensemble depuis toujours. Le docteur habitait avec sa femme, ses enfants et ses petits-enfants une maison située à Passy, dans l'élégante banlieue ouest de Paris, et possédait un *pied-à-terre** au-dessus du théâtre La Grange. Ce n'était qu'une petite pièce du grand appartement, mais il la considérait comme son second foyer. Ferrand passait autant de temps *chez La Grange* que *chez lui**. Il s'était écoulé moins de deux minutes entre l'instant où la balle de Garstrang avait déverrouillé la porte du tombeau de Traquair et l'entrée en scène du sympathique docteur. Prévenu par La Grange grâce à la sonnette qui reliait la loge à sa chambre, il était immédiatement descendu. Et il avait une apparence si sereine et rassurante que son arrivée parmi nous avait aussitôt rétabli l'ordre et le calme là où régnaient le chaos et la confusion. Même Maman s'était tue.

— Edmond, avez-vous un châle ou un dessus-de-lit à me prêter ? demanda-t-il d'une voix posée.

La Grange prit une serviette de toilette propre sur sa table à maquiller et la tendit à son ami. Le docteur s'en saisit, la déplia et l'étendit avec précaution sur le buste du malheureux. C'est la dernière image qu'il me reste de Washington Traquair.

— Allons, messieurs, fit le Dr Ferrand. Laissons là ce pauvre homme. Nous ne pouvons plus rien pour lui désormais.

Massés dans la petite chambrette, nous faisions cercle autour du lit mortuaire. À l'invitation de Ferrand, nous regagnâmes la loge. Oscar fut le dernier à partir.

— Allons, monsieur Wilde. Fermez cette porte. Il ne peut plus rien lui arriver maintenant.

J'observai Oscar sortir de la pièce et tirer la porte derrière lui. La balle de Garstrang ayant disloqué la serrure, elle ne fermait plus et demeura entrouverte. Pendant la demi-heure suivante, tandis que nous nous interrogions sur le décès brutal du malheureux domestique, je vis les yeux d'Oscar, remplis de chagrin et de désarroi, retourner sans cesse vers la porte entrebâillée.

Liselotte La Grange était désormais installée sur la *chaise longue**. Elle semblait avoir recouvré ses esprits, tout comme son caniche, couché près d'elle sur les genoux de Richard Marais. Le chien reniflait, bâillait, s'étirait, et, quand Maman commença à lui flatter doucement la gueule, Princesse de Lamballe, débordante d'énergie et de reconnaissance, déploya sa longue langue humide pour lécher les doigts secs de sa maîtresse.

La Grange reprit sa place sur le tabouret. Tournant le dos à la pièce, il s'adressait à nos reflets dans la glace lorsqu'il parlait. Oscar et Eddie Garstrang se tenaient debout, côte à côte, adossés à la porte qui donnait sur la scène. Je me trouvais près de la desserte en compagnie du Dr Ferrand. Remarquant le samovar, il y porta le bout des doigts.

— Le thé est-il encore chaud ? Une tasse nous ferait du bien à tous. Nous venons de vivre un moment très pénible.

— Nous n'avons pas de muffins, répondit Liselotte La Grange avec humeur. Mais il reste encore beaucoup de thé. Je vais le servir.

— Ne bougez pas, Maman, murmura le médecin d'un ton apaisant. Ce jeune homme et moi allons nous en occuper, ajouta-t-il après m'avoir adressé un sourire.

— Je croyais qu'il n'y avait qu'en Angleterre que le thé constituait le remède à toute tragédie, observa Oscar.

Il se tourna alors vers Ferrand qui s'affairait autour du samovar.

— Docteur, ne devrions-nous pas appeler la police ?

À peine Oscar avait-il formulé cette question que La Grange et sa mère lancèrent en chœur un « Non ! » retentissant. La Grange frappa de sa main la coiffeuse avec tant de violence que les flacons de maquillage, de parfum et d'eau de Cologne alignés devant lui vacillèrent et s'entrechoquèrent bruyamment.

— Chaque chose en son temps, monsieur Wilde, répondit le docteur. L'intervention de la police n'est peut-être pas nécessaire.

— L'intervention de la police n'est pas nécessaire du tout ! aboya La Grange.

Oscar dévisagea le vieil acteur dans le miroir.

— Vous n'avez rien à vous reprocher, monsieur La Grange. Tout est ma faute. C'est moi qui ai amené Traquair ici. Je l'ai encouragé à venir. J'avais envers lui un devoir d'assistance auquel j'ai failli. Je suis responsable de ce qui est arrivé.

— Prenez un peu de thé, monsieur Wilde, suggéra Ferrand en lui tendant une tasse. Calmez-vous. Je vous ai entendu un jour affirmer que la réflexion était plus importante que l'action. Eh bien, réfléchissons calmement avant de faire quoi que ce soit que nous pourrions regretter par la suite.

Une fois qu'il se fut assuré d'un regard que tout le monde avait été servi, il ouvrit sa mallette et en sortit quelques feuilles et un crayon.

— Avant que je signe le certificat de décès, établissons les faits. Quelqu'un peut-il me dire avec précision ce qui s'est passé ?

— C'est très simple, commença Eddie Garstrang. Nous nous sommes retrouvés ici à cinq heures pour le thé…

— Nous devions avoir des muffins, grommela Liselotte La Grange.

— Traquair était parti en chercher, précisa son fils.

— Nous avons pris notre thé tout en discutant, poursuivit l'Américain. Puis Mme La Grange s'est aperçue que son chien était malade. Il était tombé dans une sorte de coma. Il était étendu par terre, là, près de la porte de la chambre. Je me suis approché ; en me baissant, j'ai senti les émanations de gaz. M. Marais s'est occupé du chien et j'ai ouvert la porte…

— Avec le revolver ? interrogea le docteur en jetant un coup d'œil au colt qui gisait sur la table à maquiller de La Grange.

— La porte était verrouillée, expliqua Garstrang.

— De l'intérieur ? demanda Ferrand.

— Je crois.

— Tout l'indique, intervint Oscar en exhibant une petite clé métallique. J'ai trouvé ceci par terre dans la chambre, près du divan.

Le docteur s'approcha et prit la clé des doigts d'Oscar.

— Ainsi, après s'être enfermé dans sa chambre, le pauvre homme se serait allongé sur son lit et aurait ouvert le gaz…

Ferrand glissa la clé dans sa serviette et se retourna vers Eddie Garstrang.

— Comment était le corps quand vous l'avez découvert ?

— Dans sa position actuelle. Nous n'avons touché à rien.

— Sa tête était maintenue par le traversin de façon que son nez et sa bouche soient orientés vers le jet de gaz ?

— Oui.

— Et quand vous êtes entrés dans la pièce, le gaz était-il toujours en train de s'échapper ?

— Oui, affirma Garstrang.

— Oui, fit en écho Oscar. On l'entendait siffler.

— Qui l'a éteint ? reprit le docteur.

— C'est moi, répondit Garstrang. Tout de suite. C'est la première chose que j'ai faite en entrant dans la pièce.

— Le robinet était-il dur ? Avez-vous eu du mal à le fermer ?

— Un coup de poignet m'a suffi.

Le Dr Ferrand plongea ses doigts dans sa barbe et se gratta le menton avant de soupirer.

— Donc le malheureux est allé dans sa chambre, il s'est enfermé, il s'est étendu sur son lit, il a ouvert le gaz et il a attendu la mort…

Le silence envahit la pièce.

— Pourquoi n'avons-nous pas senti l'odeur du gaz ? demandai-je. Pourquoi n'a-t-elle pas attiré notre attention ?

— Le monoxyde de carbone n'a ni parfum, ni couleur, ni goût, expliqua le médecin. Cela en fait le poison parfait, conclut-il avec un sourire.

— Mais, en Angleterre, on peut sentir le gaz de ville, observai-je en posant ma tasse. J'en suis certain.

— Il me semble qu'en Angleterre on y adjoint par sécurité une substance odoriférante. Nous ne faisons pas cela ici.

— À ma connaissance, le suicide est encore illégal en Angleterre, intervint Richard Marais depuis sa place sur la *chaise longue**. En France, ce n'est plus un crime depuis la Révolution. Aux yeux de la loi, le pauvre Traquair n'a enfreint aucune règle.

— Vous voyez, fit Maman avec un sourire radieux, il est inutile d'appeler la police.

— Mais comment expliquer que nous n'ayons pas été nous aussi empoisonnés ? insistai-je.

— Vous auriez fini par l'être, affirma le docteur avec un petit rire.

— Mais même quand nous avons ouvert la porte et sommes entrés dans la pièce, je n'ai éprouvé aucun désagrément.

— Le monoxyde de carbone est indétectable, *mon ami**, et ses premiers effets se traduisent par une légère euphorie.

— Le chien courait après sa queue avant de perdre connaissance, nota Richard Marais.

Il tira affectueusement sur les oreilles de Princesse de Lamballe, qui répondit par un bâillement de satisfaction avant de claquer des mâchoires.

Oscar laissa tomber sans l'éteindre le restant de sa cigarette dans sa tasse, puis il posa celle-ci avec précaution sur une malle en bois qui se trouvait près de la table de maquillage.

— Docteur, vous dites que Traquair est mort il y a deux ou trois heures… En êtes-vous certain ? demanda-t-il.

— La couleur de peau de ce pauvre garçon rend difficile la lecture des signes habituels. Néanmoins, l'état de rigidité suggère que le décès ne peut remonter à moins de deux heures, et je pencherais plutôt pour trois.

Oscar se tourna vers La Grange.

— Quand avez-vous envoyé Traquair chercher les muffins ?

L'acteur soupira et reposa ses yeux sur ses poings serrés.

— Il y a trois heures, fit-il.

Puis il se redressa et, observant Oscar dans la glace, il rectifia :

— Non, quatre. Au moins. Je lui ai demandé à deux heures d'y aller aussitôt qu'il aurait fini de m'habiller pour la représentation.

— Et vous l'avez revu depuis ?

Edmond La Grange pivota sur son tabouret et toisa Oscar.

— Jeune homme, vous êtes un poète admirable et un compagnon charmant. Vous avez pour l'œuvre de Shakespeare une sensibilité rare à laquelle j'accorde un grand prix. Mais il est clair, clair jusqu'à en être transparent, que vous ignorez tout – je dis bien tout – de la vie et des obligations d'une vedette de théâtre. Cet après-midi, j'ai interprété le chef-d'œuvre de Pierre Corneille, *Le Cid*, devant une salle comble. En de telles circonstances, les allées et venues de mon habilleur ne figurent pas au premier rang de mes préoccupations.

— Bien sûr, murmura Oscar platement. Je comprends.

Il inclina la tête et fit un pas en arrière pour reprendre sa place contre la porte.

— Merci.

La Grange sourit, prit une profonde inspiration et rejeta les épaules en arrière.

— Ce soir, Dieu merci, nous donnons une comédie. *L'Avare* de Molière. Si vous voulez bien m'excuser.

Il se retourna et examina la coiffeuse devant lui. Il ramassa le revolver, l'enveloppa dans un mouchoir et le rangea avec deux brosses à cheveux en argent dans le premier tiroir sur sa droite. Jetant un coup d'œil dans le miroir, il intercepta mon regard.

— Jeune homme, voulez-vous m'habiller, ce soir ? Je vous en serais très reconnaissant.

Il balaya la loge du regard.

— Maman, messieurs, nous avons du travail, déclara-t-il pour inviter chacun au départ.

— Et le corps ? demanda le Dr Ferrand. Qu'en faisons-nous ?

— Occupez-vous-en. Attendez que je sois sur scène. Faites ce que bon vous semblera.

Le docteur acquiesça d'un signe de tête et, haussant les épaules, il fourra ses papiers et son crayon dans sa mallette. Princesse de Lamballe bondit sur le plancher dans un jappement avant de s'ébrouer, tandis que Richard Marais et Eddie Garstrang aidaient Maman à se lever.

— Une fois la représentation commencée, pourrons-nous appeler la police ? demanda tranquillement Oscar.

— Non ! Non ! Non !

De colère, Edmond La Grange abattit ses poings sur la coiffeuse et d'un geste du bras balaya tout ce qui se trouvait devant lui, projetant sur le sol les tasses, les soucoupes, les flacons, les pinceaux… Il se tourna vers Oscar en rugissant.

— Ne savez-vous, ne voyez-vous, ne comprenez-vous donc rien ? Nous sommes dans un théâtre, mon cher. C'est un château de cartes. Un souffle de scandale et tout s'écroule.

Il posa une main sur son cœur et tendit l'autre vers sa mère.

— Nous sommes des comédiens, Oscar, des réprouvés. Nous sommes les anges déchus, les excommuniés. Les damnés. En Angleterre, les choses sont peut-être différentes. Chez vous, les acteurs frayent avec les princes, mais, ici, le président de la République ne saurait être vu en compagnie du doyen de la Comédie-Française. Nous, pauvres gens de théâtre, sommes comme les Juifs et les Noirs. Il nous est interdit de nous mélanger à la bonne société. Chez nous, dans nos salles de spectacle, nous sommes à notre place, nous remplissons notre fonction, mais cela ne suffit pas à nous rendre estimables. Que la police pénètre dans ce bâtiment et elle emportera avec elle le peu de crédit que nous avons.

— Le théâtre La Grange n'a jamais eu affaire à la police, ajouta Maman en foudroyant Oscar du regard.

Blêmissant, celui-ci battit en retraite en direction de la porte.

— Je me sens responsable de ce qui est arrivé à Traquair, voilà tout, murmura-t-il.

— Il suffit, intervint le Dr Ferrand en faisant claquer le fermoir de sa mallette. Laissons Monsieur tranquille. Il doit se préparer.

Bras ouverts, il entreprit de repousser Maman, Marais, Princesse de Lamballe, Eddie Garstrang et Oscar vers les coulisses, à la manière d'une fermière chassant les oies de sa basse-cour. Au moment de refermer la porte derrière lui, il jeta un dernier regard au vieil acteur et lui sourit.

— Je vais tout arranger, Edmond. Comme d'habitude. Ne t'inquiète pas.

Je passai les quelques heures qui suivirent en la seule compagnie d'Edmond La Grange. Ce fut une expérience étrange. Je ne crois pas qu'il sût mon nom, mais il me traita pareillement à un de ses proches, m'appelant « *mon petit** » comme si j'avais été son habilleur attitré depuis des années. Dès que tout le monde eut quitté la pièce, il se leva et se campa devant moi, bras et jambes écartés. Toute la colère qu'il avait manifestée un instant auparavant avait disparu.

— Vous pouvez me déshabiller, *mon petit**, annonça-t-il.

Il avait prononcé ces mots comme si cette tâche constituait un privilège. Je m'exécutai. Ma maladresse avec ses boutons parut l'amuser.

— Frédéric Lemaître se faisait habiller par un pirate, me dit-il tandis que je le dégrafais. Le bougre n'avait plus que trois doigts à une main et un crochet remplaçait l'autre. Avez-vous déjà vu Lemaître sur scène ? Il était toujours impeccable !

Après avoir ôté son caleçon, il se retrouva entièrement nu face à la psyché et s'y admira. Il tapota avec fierté son ventre pourtant mou et ballottant. Il se mit de profil et, par-dessus son épaule, examina ses fesses grises et tavelées. Il posa sa main gauche sur la hanche et, de la droite, entreprit de caresser ses parties intimes.

Brandissant son membre dans ma direction, il gloussa en m'adressant un clin d'œil.

— Nous avons accompli notre devoir. Avez-vous une bonne amie, jeune homme ?

J'aurais pu répondre « Votre maîtresse, monsieur », mais je m'abstins. Je demeurai silencieux. J'avais le sentiment qu'Edmond La Grange n'attendait pas nécessairement de réponse à ses questions.

— Vous êtes jeune. Inutile de vous presser. Vous avez des années devant vous, me dit-il avec un sourire.

Il écarta de nouveau les bras.

— Mon peignoir, *mon petit**.

Je l'aidai à l'enfiler et, suivant ses instructions, je trouvai son masque de velours au fond du tiroir où étaient rangés le colt et les brosses à cheveux en argent. Il s'étendit sur la *chaise longue**, ajusta le masque sur ses yeux et replia les bras sur sa poitrine.

— Je ressemble à un roi mort gisant sur son catafalque, vous ne trouvez pas ? Charles le Bel ou Louis le Gros. Que dites-vous ?

Je n'avais pas prononcé un mot.

— Vous apprenez vite, *mon petit**, murmura-t-il. Je crois que je devrais vous garder. Réveillez-moi à sept heures.

Je m'assis sur le tabouret et l'observai jusqu'à ce qu'il s'endorme. Ses ronflements m'informèrent de son sommeil. Je me levai et, aussi discrètement que possible, je ramassai ce qui était tombé de la coiffeuse, rangeai la vaisselle du thé, pliai ses vêtements chiffonnés et remis un peu d'ordre dans la loge. Plusieurs fois, je m'approchai de la porte de la chambre de Traquair et scrutai l'obscurité qui régnait à l'intérieur. Je ne m'étais jamais trouvé en présence d'une personne décédée. J'étais surpris de ne pas m'en trouver plus perturbé.

À sept heures du soir retentit le carillon de la pendulette qui se trouvait sur la desserte. Aussitôt, et sans intervention de ma part, Edmond La Grange s'assit sur la *chaise longue**.

— *Me voilà** ! Dressé comme un des cadavres du Dr Ferrand.

Il se leva et jeta son masque sur la coiffeuse d'un geste négligent.

— Ferrand est un homme de qualité, dit-il en me souriant. Piètre joueur de cartes, mais d'une grande bonté.

Il ôta son peignoir et se présenta de nouveau nu devant moi.

— Et maintenant, Harpagon, annonça-t-il. *L'Avare*. Quoi qu'on vous dise, *mon petit**, sachez que la comédie est bien plus exigeante que la tragédie.

Pour une première fois, habiller Edmond La Grange s'avéra étonnamment facile. Traquair avait laissé tous les effets nécessaires dans un coin de la penderie. Ils étaient lavés, repassés et rangés dans l'ordre où ils devaient être enfilés. Pendant que j'aidais l'acteur à passer son costume, il parla sans discontinuer. Durant trente minutes, tandis qu'il enfilait bas et culotte, et se démenait avec poignets et collerette, il disserta sur Frédéric Lemaître et Edmond Got, Mounet-Sully, Talma et Réjane. Il évoqua également les La Grange, car il était intarissable sur l'héritage familial.

— On l'a ou on ne l'a pas, *mon petit**. Ça ne s'apprend pas. C'est inné. Évidemment, vous êtes trop jeune pour avoir vu l'incomparable Rachel. Votre ami Wilde vénère Bernhardt, avec raison. Rachel était juive, comme Sarah, mais elle la surpassait, car elle pouvait aussi bien interpréter des comédies que des tragédies. Elle était tout à fait analphabète. Elle ne savait ni lire ni écrire. Elle ne comprenait pas ce qu'elle disait, mais comme elle le disait bien ! C'est quelque chose qu'on a dans le sang.

À sept heures et demie, on frappa un coup sec à la porte. C'était le régisseur, qui venait annoncer que tout était prêt et que le théâtre avait ouvert ses portes.

— *Venez, mon petit**, m'ordonna La Grange.

De son doigt recourbé en crochet, il me fit signe de le suivre. Nous parcourûmes ensemble le chemin qui, par les coulisses, menait de sa loge à la scène. Elle était plongée dans les ténèbres. Comme une sentinelle inspectant les remparts au clair de lune, le fameux acteur et directeur de troupe se rendit d'un pas mesuré aux quatre coins de son château : face cour, face jardin, lointain jardin, lointain cour. À chaque extrémité, il baisa le bout de ses doigts et toucha un élément du décor. À notre passage, les machinistes et les acteurs se taisaient et s'inclinaient devant lui.

Une fois le rituel accompli, nous retournâmes en silence jusqu'à sa loge. Il s'assit de nouveau sur son tabouret, contempla intensément son reflet dans le miroir de sa table à maquiller, puis il prit un bâton de fard et épaissit le sombre trait bleuté qu'il avait dessiné autour de ses yeux.

— Les yeux, il n'y a que ça qui compte, dit-il. Où qu'il se trouve, il faut que le spectateur puisse les voir. S'il n'y parvient pas, il ne vous reconnaîtra pas et ne fera pas attention à vous.

À huit heures, le régisseur revint toquer à la porte.

— Suivez-moi, fit La Grange. Pendant la représentation, je me change dans les coulisses, tout au fond. Une table et une chaise y sont disposées, ainsi qu'un miroir. Il y a aussi une bougie. Avez-vous tout ce qu'il faut ?

Je tenais dans mes bras le panier aux costumes qu'avait préparé Traquair. Il contenait une chemise et un bonnet de nuit, des pantoufles, un pantalon et une redingote, un calot, des gants et des guêtres.

— *Eh bien**, dit-il, cambrant les épaules et prenant une profonde inspiration comme nous sortions de la loge, profitez de la pièce, *mon petit**. Et regardez mes yeux. Ce sont eux qui leur diront quand il faudra rire.

Je ne les quittai pas du regard. Ils étaient en effet extraordinaires. Immenses, saillants et lumineux, ils allaient et venaient sans jamais s'arrêter. Ils étaient à l'image de leur propriétaire. Pendant plus de deux heures ininterrompues, celui-ci courut, trotta, détala, se pavana, parcourut la scène à grandes foulées ou à petits pas. Même immobile, Edmond La Grange palpitait d'énergie.

— *Je brûle, n'est-ce pas* ?* gloussa-t-il lorsqu'il me retrouva dans les coulisses pour son premier changement de costume.

Une fois la représentation terminée, après le quinzième et dernier baisser de rideau, il fit lentement le tour de la scène, les yeux encore illuminés.

— *Merci, mesdames et messieurs ! Bravo* !* lança-t-il à l'intention de ses partenaires et de la troupe.

En guise de réponse, les acteurs levèrent les mains au-dessus de la tête et applaudirent leur mentor. Depuis les coulisses où je me tenais, je me joignis à eux.

Il vint droit sur moi et, passant son bras autour de mes épaules, il me serra vigoureusement contre lui. Ce fut une étreinte féroce, presque violente.

— M. Molière connaît son affaire, *n'est-ce pas** ?

— Comme vous connaissez la vôtre, monsieur, répondis-je en me détachant de lui pour lui donner la serviette que j'avais trouvée au fond du panier.

Je pris la bougie qui se trouvait sur la table afin d'éclairer nos pas jusqu'à la loge.

Il attira la chandelle à lui. Il avait la peau luisante de sueur.

— Voilà le langage qu'un habilleur doit tenir à son maître, murmura-t-il. Merci, *mon petit**. Merci beaucoup.

Il regagna son repaire en silence. À peine avait-il franchi la porte de la loge qu'il se débarrassa de son costume.

— Je crois qu'un verre de champagne ou deux s'imposent, déclara-t-il. Vous pouvez vous joindre à moi. Il y a une caisse là-dedans. Sous le divan.

— Où, « là-dedans » ? demandai-je en déposant mon panier sur la *chaise longue**.

— Dans l'annexe. Votre chambre. Sous le divan.

La porte du réduit était encore entrouverte.

— Allons, allons ! commanda le vieil acteur en riant. Il est mort. Il ne vous mordra pas.

Je poussai lentement la porte de la chambrette de Traquair. Un léger effluve de muguet flottait dans l'atmosphère. C'était le parfum préféré d'Oscar. J'éprouvai soudain le désir de sa compagnie.

— Eh bien ? lança La Grange depuis l'autre pièce.

À la lueur de ma bougie, je scrutai le territoire minuscule de l'habilleur.

— Il a disparu. Il n'y a personne ici.

— À la bonne heure ! Apportez le champagne !

# 10

# Au *Pharamond*

Je ne revis pas Oscar avant le lendemain midi. Je demeurai en compagnie d'Edmond La Grange dans sa loge jusqu'après minuit. Ce fut une expérience irréelle. À nous deux, nous dûmes boire trois, voire peut-être quatre bouteilles de champagne. Pendant que nous sirotions le vin doré et pétillant, La Grange ne cessa de parler ! Sans qu'il s'interrompît, je l'aidai à se déshabiller. Je le baignai, l'essuyai, lui passai ses vêtements. Sur ses instructions, je trouvai et rangeai dans l'ordre approprié, tant dans la penderie que dans le panier, les costumes de son prochain personnage, Argan dans *Le Malade imaginaire.*

— C'est le rôle qu'interprétait Molière quand il est mort, chuchota La Grange sur un ton de conspirateur. Certains disent qu'il avait la tuberculose, d'autres qu'il a été assassiné. Cela s'est passé le soir de la quatrième représentation de la pièce, le 17 février 1673.

Le vénérable acteur pivota sur son tabouret, verre de champagne levé.

— Et quel jour sommes-nous aujourd'hui ? Le 17 février. Le grand Molière est mort il y a deux cent dix ans jour pour jour, *mon petit**... sur cette *chaise longue**...

Il se mit à rire.

— Ou du moins une qui lui ressemble beaucoup !

Il riait si fort qu'il en pleurait.

À minuit, la pendulette tinta et le régisseur vint de nouveau toquer à la porte.

— Allez vous coucher ! brailla La Grange. Avons-nous le temps pour une petite partie de cartes ? Peut-être.

Il était passablement éméché.

— Agnès viendra-t-elle me border ce soir ? Ou Gabrielle ?

Il enfila son pardessus.

— Oh, Maman, laisse-moi tranquille ! souffla-t-il, feignant l'inquiétude.

Il passa son bras autour de mes épaules et me laissa le conduire à travers les ténèbres jusqu'à l'entrée des artistes.

Nous descendîmes ensemble la venelle pavée qui longeait l'arrière du théâtre. Nous fûmes tous deux saisis par le froid de la nuit.

— Me voilà une fois de plus réveillé, grogna-t-il. Comme un des cadavres de Ferrand !

Il se frotta vigoureusement le visage avec les mains et peigna son épaisse chevelure argentée de ses doigts.

— J'ai faim, dit-il. Il me faut souper. Voulez-vous m'accompagner ?

— Non, merci, monsieur. La journée a été longue.

— C'est vrai, acquiesça-t-il en rejetant la tête et les épaules en arrière tout en prenant son inspiration. Longue comme une vie entière.

Nous étions parvenus à l'escalier de pierre qui grimpait le long du bâtiment et menait à son appartement. Il fourrageait dans la poche de son pardessus à la recherche de ses clés. Il en tira une lourde poignée de pièces d'argent et de cuivre qu'il me tendit sans même les regarder.

— Merci, dit-il. Marais se chargera de vos gages. Vous pouvez vous installer dans la chambre.

— J'ai déjà un logement, répondis-je. Tout près d'ici.

Je pris l'argent dans mes deux mains.

— Merci, monsieur.

— C'est moi qui vous suis reconnaissant, *mon petit**, répliqua-t-il en plaçant ses doigts sur ma nuque pour m'attirer à lui. Un acteur a besoin d'un habilleur en qui il puisse avoir confiance.

Il déposa un baiser sur mon crâne.

— Ne me trahissez pas maintenant, murmura-t-il. Bonne nuit.

Je marchai jusqu'au bout de la ruelle. Quand je me retournai pour jeter un regard derrière moi, il se tenait avec Agnès sur le pas de la porte. Dans sa longue chemise de nuit blanche, la jeune fille ressemblait à un ange. Elle avait passé ses bras autour du cou de son père. Il me salua d'un signe de la main et referma la porte. Je remontai la rue jusqu'au boulevard du Temple. Là, je m'arrêtai sous un réverbère. J'ouvris mes poings et examinai les pièces que l'acteur m'avait données. Il y avait en petite monnaie plus d'argent que je n'en avais gagné en trois mois de traductions.

Je suivis le boulevard jusqu'à ce qu'un fiacre se présente. Désormais riche, je le hélai et lui demandai de me conduire à l'hôtel où était descendu Oscar, quai Voltaire. Là, le portier se montra aimable mais catégorique : la clé de M. Wilde était encore au tableau, M. Wilde n'était pas rentré. Je me retrouvai dans la rue sans savoir précisément quoi faire ni où aller. Je n'avais aucune idée de l'endroit où se trouvait Oscar. Il exerçait déjà son emprise sur moi, mais je le connaissais à peine. Notre amitié m'apparaissait profonde, bien que, à la vérité, nous ne nous fréquentions que depuis quelques jours. Notre première rencontre datait de moins de deux semaines. Je contemplai les quais déserts qui longeaient la Seine. C'était une nuit sans lune ; l'eau paraissait noire et immobile. Tout était silencieux. J'éprouvai une étrange sensation de solitude. J'ordonnai au cocher de me ramener à ma pension de la rue de Beauce.

Je m'abattis sur mon petit lit, pensant m'endormir aussitôt. Au lieu de cela, je demeurai éveillé pendant ce qui me sembla des heures. Je n'ai pas beaucoup de souvenirs de cette nuit, excepté le fait que je n'avais pas trouvé d'autre moyen pour chasser la vision obsédante du corps de Traquair couvert de la serviette de La Grange que d'imaginer Gabrielle de La Tourbillon souriante, nue et abandonnée dans mes bras.

Le lendemain matin, je fus brutalement réveillé par ma logeuse qui tambourinait à ma porte avec son balai. J'enfouis ma tête douloureuse sous le traversin, mais la bonne femme refusait de cesser son cruel raffut. Je me levai tant bien que mal ; c'est alors que je m'aperçus que je portais encore mes bottines et mon pardessus. Je déverrouillai ma porte et découvris la mégère surexcitée. Elle souriait avec impertinence, agitant devant elle une feuille de papier qu'elle tenait dans sa main rabougrie. C'était un mot d'Oscar : « Votre voiture est avancée. Le petit déjeuner est servi. »

La logeuse fut impressionnée de me voir quitter sa sordide maison en fiacre. Je le fus tout autant en découvrant que ma destination était le *Pharamond*, un restaurant situé rue de la Grande-Truanderie et qui devait son nom au mythique premier roi de France. Oscar m'en avait souvent parlé.

— Si Épicure était venu à Paris, c'est au *Pharamond* qu'il aurait le plus vraisemblablement voulu dîner.

J'y trouvai mon ami, seul et bien en vue, installé à une grande table ronde tout au fond de la salle. Il portait un costume de laine peignée couleur *café au lait** et autour du cou un foulard de soie vert sauge. (En 1883, le *café au lait** et le vert sauge étaient ses deux couleurs préférées.) Avec son visage poupin rasé de frais, il paraissait merveilleusement jeune. En dépit du léger ridicule de ses boucles néroniennes soigneusement étudiées, son allure avait quelque chose de magnifique. Il se tenait très droit, contemplant d'un regard pensif un horizon imaginaire, bras écartés et coudes à peine appuyés sur la table, comme un enfant roi ayant grandi trop vite qui poserait pour son portrait, sceptre dans une main et globe dans l'autre. En l'espèce, sa main gauche tenait une montre de gousset et reposait sur ce qui semblait être une boîte à biscuits aux motifs criards. Dans sa main droite, il brandissait à la fois une cigarette allumée et un verre de vin jaune.

— Bonjour, Oscar, fis-je d'une voix un peu pâteuse.

Je n'avais pas prononcé un mot depuis la veille.

— Comment allez-vous ? Vous paraissez dispos, poursuivis-je.

— Je n'ai pas fermé l'œil de la nuit, répliqua-t-il aimablement, tournant la tête vers moi tout en tirant sur sa cigarette. Mais, comme vous pouvez le constater, je me suis rasé ; or, un bon rasage accomplit sur moi des miracles. Et puis, je me suis changé, et on dit que cela vaut une nuit de sommeil.

Il leva son verre dans ma direction pour me saluer.

— Soyez le bienvenu ! Je suis ravi que le cocher vous ait trouvé.

Je regardai autour de moi la salle carrelée de marbre. Un jeune serveur, occupé à astiquer l'argenterie près du buffet, m'adressa un signe de tête et un sourire. Il n'y avait aucun autre client.

— Que faisons-nous ici ? demandai-je.

Oscar posa son verre et écrasa sa cigarette. Il jeta un coup d'œil à sa montre avant de la placer à côté de la boîte à biscuits. Des deux mains, il saisit une serviette empesée, la déplia d'un geste théâtral et l'étendit sur ses genoux.

— Je me rends gare du Nord. Je me suis arrêté à mi-chemin pour grignoter un morceau. Vous êtes là pour vous joindre à moi.

— Gare du Nord ?

— Je rentre à Londres.

— À Londres ?

Ma tête me lançait. Je me frottai les yeux.

— À Londres ? répétai-je. Pourquoi, Oscar ? Que s'est-il passé ?

— J'y ai rendez-vous avec un assassin.

— Pardon ? fis-je, stupéfait.

— Ou plutôt avec un assassin raté. Mon ami George Palmer m'a aimablement organisé une rencontre avec l'homme qui a essayé de tuer la reine Victoria. J'ai reçu son télégramme hier. Il s'est donné beaucoup de mal pour ménager cette entrevue. Je ne peux pas lui faire faux bond.

Je n'avais aucune idée de ce dont mon ami était en train de parler. Il fit un geste en direction du serveur.

— Ôtez votre manteau, Robert. Asseyez-vous. Quand avez-vous pris votre dernier repas ? Hier matin, n'est-ce pas ? Il faut vous restaurer. Prenez un petit déjeuner.

Le garçon vint me débarrasser de mon pardessus. Je m'assis en face d'Oscar et pris peu à peu conscience du festin étalé devant nous. C'était extraordinaire. Côte à côte étaient alignés une demi-douzaine de plats dont Oscar dressa la liste en ronronnant :

— *Terrine de queue de bœuf, os à moelle, filets de maquereau au vin blanc, escargots de Bourgogne, huîtres plates de Cancale* et œufs frits *à l'anglaise**.

— Vous appelez ça un petit déjeuner ? demandai-je en riant.

— C'est à la fois le petit déjeuner et le déjeuner. Un jour, quelqu'un trouvera un mot pour désigner cela. Servez-vous. Ce ne sont que les *entrées**. En plat, j'ai pris la liberté de commander une *poulette de Racan rôtie entière**. Cela devrait nous laisser suffisamment d'appétit et de temps pour un léger dessert. Je vous recommande les *madeleines chaudes à la confiture**. Quand on goûte une *madeleine**, on ne l'oublie jamais.

— Oscar, tout cela est absurde.

— Pas du tout, fit-il avec gravité. Cela n'a rien d'absurde. C'est au contraire ainsi que les choses devraient être. Il y a treize ans, durant le siège de Paris, lors du cruel hiver de 1870, cette ville a connu la famine. On y vendait un chat pour vingt francs et un rat pour deux. De rares privilégiés qui en avaient les moyens se nourrissaient des bisons, des girafes et des zèbres du zoo.

Je contemplai mon ami et lui souris. Lui ne souriait pas. Il était mortellement sérieux et, pendant qu'il parlait, des larmes lui montaient aux yeux.

— Vous souvenez-vous comment sont morts cet hiver-là Castor et Pollux, les placides éléphants du

Jardin des Plantes, qui, toute leur existence, avaient promené les petits Parisiens sur leur dos ? Massacrés pour nourrir des familles affamées.

Il prit une huître et l'étudia avec attention.

— Il n'y a aucun argument en faveur de la faim, Robert. La souffrance n'a aucune vertu. La vie devrait être un banquet ouvert à tous. Personne ne devrait rechercher autre chose dans l'existence que le plaisir.

Aussitôt eut-il avalé l'huître qu'il en reprit une autre.

— J'ai découvert que, pour rester jeune, le secret était d'entretenir une passion excessive pour le plaisir.

Il s'essuya la bouche avec sa serviette et, d'un signe de tête, indiqua au garçon de me servir du vin.

— Mangez, Robert. Buvez. Portons un toast à Washington Traquair. Au cours de sa brève existence, quels plaisirs a-t-il connus ?

— Oh, oui ! approuvai-je, levant aussitôt mon verre et me penchant fébrilement par-dessus la table. Il nous faut trinquer à sa mémoire. Et vous devez me raconter ce qui s'est passé hier soir. Qu'est-il advenu de son corps ? Avez-vous été trouver la police ?

Oscar glissa un œil vers sa montre.

— Mon train part dans deux heures. Je vais tout vous expliquer, mais d'abord dites-moi comment se sont déroulés vos *débuts* * en tant qu'habilleur du grand La Grange ?

J'entrepris de me servir de quelques-unes des entrées disposées devant moi.

— Je crois pouvoir affirmer que ce fut un succès. Il m'a abreuvé de champagne et gratifié d'un pourboire munificent. Il a l'air de souhaiter me voir continuer.

— Vous m'en voyez ravi. Vous serez mes yeux et mes oreilles en mon absence.

— Vos yeux et vos oreilles ?

— Oui, Robert, répliqua Oscar d'un ton solennel en trempant un maquereau dans le jaune de son œuf frit. Il y a quelque chose de malsain dans la compagnie La Grange. D'abord, un chien meurt et personne ne s'en soucie. Puis c'est au tour d'un homme, et cela ne suscite pas plus d'émotion. Qu'est-ce que cela veut dire ?

— Traquair s'est certainement suicidé.

— Peut-être. Ou peut-être pas.

Il engloutit le morceau de poisson et le mâcha avec application.

— La pièce était fermée de l'intérieur, Oscar…

— C'est en effet ce qu'il semblait.

— Mais c'est vous-même qui avez trouvé la clé. Par terre, au pied du divan.

— C'est exact.

Je posai ma serviette et me penchai vers mon ami.

— J'ai vu la scène de mes propres yeux, Oscar, affirmai-je avec conviction. Cela avait tout d'un suicide.

Oscar avala sa bouchée et s'essuya la bouche.

— Les gens de théâtre excellent dans la mise en scène. À moi aussi, cela m'a eu tout l'air d'un suicide, mais en était-ce un ? Voilà la question que je pose.

J'absorbai une gorgée de vin jaune et dévisageai mon ami.

— Pensez-vous sérieusement que Traquair ait pu être assassiné ?

Oscar haussa les épaules et leva son verre à son tour. Il le porta à ses narines pour en humer le bouquet.

— Une senteur de rose et de fruit de la passion… Un gewurztraminer nerveux est le vin idéal pour le petit déjeuner, vous ne trouvez pas ?

— Pensez-vous sérieusement que Traquair ait pu être assassiné ? répétai-je.

— Ce dont nous sommes sûrs, c'est que la pauvre Marie-Antoinette l'a été.

— Mais qui aurait pu vouloir tuer Traquair ? Qu'est-ce qui aurait pu pousser quelqu'un à faire une chose pareille ?

Oscar posa son verre.

— Qui aurait pu tuer Traquair ? Eh bien, vous, Robert, pour commencer.

— Moi ? m'insurgeai-je.

Oscar sourit.

— Vous avez pris sa place, après tout.

— Ne soyez pas ridicule, Oscar, fis-je en riant. Moi ? Tuer Traquair ? C'est impossible.

— Pas impossible, Robert. Improbable, je vous l'accorde. Nous étions ensemble quand il est mort, plongés dans les brumes de l'absinthe si ma mémoire est bonne. Mais peut-être avez-vous profité du moment où je dormais sur la table pour vous glisser hors du café et aller commettre votre terrible forfait...

— Je n'ai pas assassiné Traquair. Je le connaissais à peine.

— Et moi, est-ce que je vous connais, Robert ? riposta Oscar en haussant un sourcil. Vous admettez vivre sous un nom d'emprunt. Vous vous prétendez l'arrière-petit-fils de Wordsworth et dites avoir habité avec Victor Hugo quand vous étiez petit... Tout cela est un peu difficile à avaler. Que dois-je croire, Robert ?

— Mais nous sommes amis, Oscar ! m'écriai-je. Cela ne fait pas de doute.

— Et Judas était l'apôtre préféré de Notre-Seigneur, rétorqua-t-il en s'emparant d'une huître.

J'écartai ma chaise de la table et me levai.

— Oscar, je proteste. Je n'ai pas tué Washington Traquair.

Oscar absorba le coquillage, puis secoua sa serviette dans ma direction en riant.

— Allons, Robert. Je plaisante. Asseyez-vous, mon garçon.

Il se pencha vers moi et déposa une huître dans mon assiette.

— Je vous crois, Robert, et j'ai confiance en vous. C'est pour cela que je compte sur vous pour être mes yeux et mes oreilles en mon absence.

Je repris ma place et mon repas.

— Combien de temps partez-vous ?

— Je ne sais pas.

Oscar leva son verre d'un geste qui se voulait rassurant.

— Je vous écrirai dès que j'y verrai plus clair. Quant à vous, vous m'informerez par câble si vous observez ou entendez quelque chose de suspect. Nous resterons en contact.

— Pourquoi vous faut-il partir si soudainement ? Allez-vous vraiment rencontrer l'homme qui a voulu tuer la reine ?

— À ce qu'il semble. George Palmer s'est occupé de tout et je suis curieux, m'expliqua-t-il en souriant. Comme vous le savez, je fais collection de personnages hors du commun.

Je le regardai avec plus d'attention. Il posa la main sur la boîte à biscuits.

— Mais vous avez raison, Robert, poursuivit-il. Une autre raison explique ce départ soudain. Une raison plus pressante. J'ai un devoir à accomplir. Il m'appartient de faire en sorte que mon pauvre valet soit enterré dans son pays natal. Je dois renvoyer les restes de Traquair aux États-Unis.

— En Amérique…

Il leva la main pour m'intimer le silence.

— Traquair était fils unique, Robert. C'était un orphelin, un fils d'esclaves, le premier homme libre de sa famille. Nous ne nous connaissions pas intimement, mais il avait confiance en moi. Tout comme j'ai moi-même confiance en vous. À cause de moi, il a quitté son pays natal et il est venu trouver la mort sur un continent lointain… C'est moi qui l'ai convaincu de partir. Tout est ma faute. Le moins que je puisse faire est de le ramener chez lui pour m'assurer qu'il ait des funérailles décentes.

— Ne le pourrait-il pas en restant ici ?

Oscar hocha la tête et éclata de rire.

— En France ? Robert, Traquair est mort dans un théâtre. Vous avez vu la scène que m'a faite La Grange hier soir ? En France, dans la très *respectable** France, le théâtre est à peine toléré. Aux yeux de l'Église, un théâtre, c'est l'antichambre de l'enfer ! Même le grand Molière est mort sans recevoir les derniers sacrements. On l'a enterré au milieu de la nuit, dans le lugubre quartier du cimetière réservé aux enfants morts sans baptême. Que pouvait-on espérer pour Traquair, un simple habilleur, nègre de surcroît ?

Je tirai un escargot hors de sa coquille.

— Molière n'est-il pas enterré au Père-Lachaise ?

— Oh, il l'est à présent, oui. Sous un splendide monument. Aujourd'hui, les pèlerins se bousculent pour embrasser sa tombe…

Mon ami eut un petit gloussement et but une gorgée de vin.

— L'hypocrisie est sans logique, conclut-il.

— Avez-vous appelé la police hier soir ?

— Le Dr Ferrand a été catégorique : nous n'aurions rien eu à gagner à le faire. Les décès accidentels par inhalation de gaz sont monnaie courante. Et les suicides aussi. À Paris, on en compte trois par jour, semble-t-il, et plus de quatre les mois d'hiver, si l'on en croit Ferrand. Nous n'avons pas été trouver la police. Le sympathique docteur a insisté sur le fait que la mort de Traquair ne les intéresserait pas. Au lieu de cela, nous sommes allés à la morgue.

Le garçon vint nous débarrasser des *entrées**. Oscar alluma une cigarette.

— C'est une expérience qui vous remet les idées en place.

— Je sais. J'y suis allé. C'est ouvert au public.

— Mais y êtes-vous allé un samedi soir ? Mon cher, quel monde ! Et quel vacarme ! Je n'imaginais pas que la mort fût si populaire. Le directeur m'a confié qu'ils envisageaient de faire payer l'entrée.

— Vous avez rencontré le directeur ?

— Oh, oui ! Le Dr Ferrand connaît tous les pontes de la maison. Nous avons eu droit à un traitement de faveur. Par égard pour Ferrand, le sous-directeur est venu en personne au théâtre La Grange pour s'occuper de l'enlèvement du corps. Il était accompagné de deux de ses meilleurs employés. Ils étaient la discrétion incarnée. Pendant que, sur scène, Edmond La Grange pleurnichait et plastronnait joyeusement, dans le *cubicolo* de son habilleur, les deux gaillards enveloppaient le pauvre Washington Traquair dans un linceul. Je les ai observés.

— Je sais, fis-je.

— Comment cela ? Je croyais que vous étiez de l'autre côté de la scène, en train de regarder la pièce.

— C'est exact. Mais je me suis rendu un peu plus tard dans la chambre et j'y ai senti une odeur de muguet. C'est votre parfum préféré, si je ne me trompe ?

Oscar tira une profonde bouffée de sa cigarette.

— Félicitations, Robert, murmura-t-il. Vous avez les qualités d'un excellent détective.

Il se renfonça dans sa chaise et reprit son récit.

— J'ai regardé les employés préparer le corps et le charger sur leurs épaules. Profitant de l'obscurité, ils l'ont porté jusqu'à l'entrée des artistes sans attirer l'attention. On pourrait commettre n'importe quel crime dans les coulisses d'un théâtre. Pendant la représentation, tous les yeux sont tournés vers la scène.

« Ferrand et moi avons emprunté le fourgon de la morgue. Nous avons voyagé en compagnie des deux hommes, le paquet qui contenait Traquair étendu entre nos jambes. À notre arrivée, malgré l'heure tardive, nous avons été accueillis par le directeur en personne. Il a demandé que Traquair soit disposé dans une pièce particulière, à l'abri des regards du public. C'est un homme jovial, avenant, et un hôte généreux. Il nous a conduits dans son bureau, une petite pièce qui possède une fenêtre donnant sur la salle principale du bâtiment. Il nous a offert de l'eau-de-vie pendant que nous discutions des dispositions à prendre. Excellent alcool, soit dit en passant, un calvados Cœur de Lion. Je lui ai dit que je souhaitais ramener Traquair en Amérique, que je m'en sentais l'obligation. Il m'a répondu qu'en principe cela ne devrait pas poser de problème, du moins en ce qui concernait les autorités françaises. Étant donné que j'étais prêt, désireux et capable d'accepter la charge de la dépouille de Traquair, il me signerait volontiers les papiers nécessaires.

— Et c'est ce qu'il a fait ?

— Oui. Sur-le-champ.

— Et où se trouve le corps de Traquair maintenant ?

— Ici.

Oscar tapota la boîte à biscuits.

— Traquair a été incinéré à sept heures ce matin. Comme il n'était pas catholique, il n'y a pas eu de difficultés pour procéder à la crémation un dimanche.

Oscar leva la boîte des deux mains et la tendit vers moi.

— Les cendres sont encore tièdes, ajouta-t-il en souriant, au moment même où le serveur nous apportait la *poulette de Racan rôtie entière**.

# 11

# L'instinct maternel

Un énorme sac de voyage à la main et la boîte en fer-blanc qui contenait les restes de Traquair sous son aisselle, Oscar quitta Paris pour Londres le dimanche 18 février 1883. Je l'accompagnai gare du Nord où il devait prendre le train de deux heures de l'après-midi. De la fenêtre de son compartiment, il me regardait sur le quai en contrebas. Il passa sa langue sur ses dents – un tic qui trahissait son émotion –, me sourit et articula « *Au revoir** ». Notre amitié avait à peine deux semaines, mais je savais qu'elle durerait toujours. J'avais fait la connaissance de plusieurs éminents personnages de notre époque, et pourtant je le considérais déjà comme le plus remarquable d'entre eux. Bien qu'il n'eut que sept ans de plus que moi, il m'apparaissait autant comme un père que comme un ami. En dépit de son humeur badine, il avait de l'autorité. J'aspirais à son respect comme à son affection.

— Je compte sur vous, Robert, lança-t-il par la fenêtre du wagon. N'oubliez pas : vous êtes mes yeux et mes oreilles.

Dans le vacarme de la gare, je peinais à l'entendre.

— Je vous écrirai. Je vous promets de ne pas vous laisser sans nouvelles.

Des bouffées de fumée noire tourbillonnaient entre nous.

— Prenez soin de vous, Robert !

Des hommes crièrent, des sifflets retentirent ; la locomotive toussa et gronda ; des jets de vapeur soufflèrent ; des étincelles jaillirent ; tout le train sembla prendre vie ; et puis il disparut.

Oscar était un homme de parole. Le lendemain de son départ, je recevais dès le matin un bref câble qui m'informait de son arrivée à Londres. Moins d'une journée plus tard, il m'envoyait un deuxième télégramme, cette fois plus étoffé :

« CHERS YEUX ET OREILLES, TANDIS QUE VOUS CHERCHEZ LA VILLE D'OR OÙ JAMAIS LE JOUEUR DE FLÛTE NE SE LASSE NI LE PRINTEMPS NE FINIT, INTÉRESSEZ-VOUS AUSSI À LA SOURCE DU GAZ. Y A-T-IL UN ROBINET À L'EXTÉRIEUR DE L'ANNEXE QUI PERMETTE DE CONTRÔLER LE DÉBIT ? SI OUI, OÙ SE TROUVE-T-IL ? »

Vingt-quatre heures plus tard, on me portait un nouveau message :

« LES QUESTIONS NE SONT JAMAIS INDISCRÈTES. SEULES LES RÉPONSES LE SONT PARFOIS. S'IL EST EXACT QU'AUCUN DES JUMEAUX NE JOUAIT DANS *LE CID* SAMEDI APRÈS-MIDI, RENSEIGNEZ-VOUS DISCRÈTEMENT SUR LEUR EMPLOI DU TEMPS PENDANT LA TRAGIQUE MATINÉE. »

Puis encore un autre :

« ROBERT, N'OUBLIEZ PAS QUE L'AMOUR EST UNE ILLUSION QUI N'A PAS LA MOITIÉ DE L'UTILITÉ DE LA

LOGIQUE. L'AMOUR NE DÉMONTRE RIEN. IL VOUS RACONTE INVARIABLEMENT DES CHOSES QUI N'ARRIVERONT PAS ET VOUS LAISSE CROIRE DES CHOSES QUI N'EXISTENT PAS. COMMENT VA MLLE DE LA TOURBILLON ? »

Enfin, le vendredi matin, une longue lettre parvint à mon domicile, rue de Beauce.

*Oakley Street*
*Londres SW*
*Le 20 février 1883*

*Cher Robert,*

*Comment allez-vous ? Que faites-vous ? Les choses se déroulent-elles selon vos souhaits ? J'ai souvent pensé à vous ces deux derniers jours. Je vous voyais flâner dans des champs de violettes, vos cheveux couleur de miel jetés au vent, poursuivant avec un zèle égal – et j'espère autant de succès – notre enquête et Mlle de La Tourbillon. Avez-vous obtenu les réponses à mes questions ? Et la demoiselle à nulle autre pareille a-t-elle succombé à vos charmes ? Dites-moi,* cher ami*. *Je veux tout savoir.*

*Je ne vous ai pas encore écrit (nous sommes mardi soir, il est minuit), car je n'ai pas eu un instant pour le faire. Il s'est passé beaucoup de choses depuis que nous nous sommes quittés gare du Nord. Le voyage en train de Paris à Calais a été pénible. Dans ma hâte, je n'ai emporté ni Shakespeare ni Virgile, ni crayon ni stylographe, si bien que je me suis retrouvé dans l'impossibilité de lire ou d'écrire. J'ai passé des heures à la fenêtre à m'émerveiller de la tristesse de la campagne française, à plaindre les poètes pastoraux et à songer qu'il n'était aucun grand écrivain qui n'avait été nourri et façonné par la vie citadine. Shakespeare n'avait écrit que des vers de mirliton avant de venir à Londres et il n'a plus rien fait de bon après en être parti. Une fois à Calais, j'ai voulu acheter un livre, mais je n'en ai pas trouvé. J'étais pourtant prêt à le payer n'importe quel prix. Il y avait évidemment quantité de journaux et j'ai acheté tous ceux que proposait le vendeur, espérant qu'ils me distrairaient durant la traversée. Grossière erreur ! Quelle que soit sa nationalité, la presse se contente aujourd'hui de narrer avec une avidité obscène les inconduites de gens médiocres et nous rapporte avec la minutie des ignorants le détail précis et prosaïque de l'existence de personnes absolument sans intérêt.*

*Quand nous sommes arrivés à Douvres, j'étais au bord du désespoir. À la douane du port, j'ai fait patiemment la queue et quand mon tour est arrivé de faire inspecter mes bagages, sans réfléchir, j'ai répondu au préposé qui me demandait si j'avais quelque chose à déclarer : « En effet. Je déclare que la presse est illisible et que la littérature n'est pas lue. Le temps des philistins est venu. » Le pauvre homme, qui s'apprêtait à marquer mon sac à la craie et à me faire signe d'avancer, m'a regardé sans comprendre en clignotant des paupières. Il s'est retourné et a lancé à un de ses collègues : « J'en tiens un bon. » Quelques instants plus tard, j'étais entouré de douaniers fascinés. Parmi la demi-douzaine de gaillards rougeauds, un m'a – hélas ! – reconnu. « C'est m'sieu Oscar Wilde, les gars ! clama-t-il. Un vrai comique. Pour sûr, vous avez entendu parler d'lui. Son numéro préféré, c'est d'se moquer d'nous, pauv' douaniers. »*

*Mes protestations furent vaines, mes excuses inutiles. « Fouillez ses bagages, ordonna l'officier. Où sont-ils ? – Je n'ai que ce sac », murmurai-je platement en l'ouvrant pour en permettre l'examen. De ses mains crasseuses, l'homme sortait mes chemises, mes cravates, mes flacons d'eau de Cologne et les livrait aux regards moqueurs de ses collègues. Quand il apparut évident que le sac ne contenait aucune marchandise de contrebande, il porta son attention sur la boîte à biscuits. « Qu'est-ce que c'est que ça ? demanda-t-il. – Des biscuits, mentis-je. Des biscuits français. – Oh, des biscuits français ! a-t-il persiflé. Nous aut', on aime bien prendre not' thé avec des biscuits, pas vrai, les gars ? Vous n'feriez pas une p'tite distribution, Mr. Wilde ? – C'est un cadeau pour ma mère, expliquai-je d'une voix plaintive tout en serrant plus étroitement la boîte contre ma poitrine. – Je suis sûr que vot' mère apprécierait que vous partagiez vos biscuits français avec vos amis anglais », railla le douanier, qui se pencha vers moi et m'arracha la boîte des mains. Malgré mes objurgations, il souleva le couvercle. L'instant d'après, il était couvert des cendres de Traquair.*

*Il fallut plus d'une heure avant que je fusse libéré des locaux des douanes du port de Douvres. Laissant ses collègues à leur travail, mon persécuteur en chef me conduisit de façon humiliante sous les regards des autres passagers vers ce qu'il appelait sa « station ». Pour moi, ce fut une station du chemin de croix ! « Qu'est-ce que vous cachez là-d'dans, Mr. Wilde ? me demanda-t-il tout en fouillant de ses horribles doigts les cendres de Traquair. – Rien ! marmottai-*

*je pathétiquement. – C'est ce qu'on dirait », grommela-t-il enfin après avoir dégagé sa main sale et poussiéreuse de la boîte. Il l'essuya sur la manche de sa vareuse. Un éclair passa dans ses yeux. « C'est du tabac à priser ? fit-il soudain, saisissant une pincée du pauvre valet. – Non », protestai-je. Il porta un peu de cendre à ses narines et renifla, un œil chargé de soupçons posé sur la boîte. « Ah ! s'exclama-t-il, pris d'une nouvelle inspiration. De la poudre d'opium ! » Il lécha son index et le plongea dans la cendre grise comme un enfant dans un pot de confiture. Il a goûté les restes de ce pauvre Traquair, Robert ! J'en ris pour ne pas en pleurer, mais c'est bien ce que je devrais faire. C'est moi qui ai rendu cela possible ! Ce bon et loyal serviteur ne méritait pas que je le traitasse de la sorte.*

*Sans surprise, les cendres ne furent pas du goût du douanier. D'un mouchoir rouge qu'il avait tiré de sa poche, il s'essuya la langue et les lèvres. Il posa la boîte sur son bureau et planta ses yeux dans les miens. « Qu'est-ce qu'il y a là-d'dans, Mr. Wilde ? Allons, il me faut une explication, maintenant. »*

*Et, dans leur grande bonté, les dieux m'en offrirent une, Robert. Je retournai son regard à mon interlocuteur et, ouvrant la bouche, je m'entendis prononcer avec une impérieuse autorité : « Si vous voulez tout savoir, je reviens de Naples où j'ai visité Pompéi et Herculanum. Ces cendres proviennent directement du Vésuve. Je les rapporte au British Museum. Je suis sûr que le professeur Plutarque du département des Antiquités en témoignera. »*

*On me laissa partir sur-le-champ. Les gens semblent prêts à croire n'importe quoi, pourvu que cela présente quelque invraisemblance.*

*Quand je parvins enfin à Victoria, j'avais plusieurs heures de retard sur l'horaire prévu. Inévitablement, mon séjour à la douane m'avait fait manquer ma correspondance. Je déposai Traquair, ou, pour être précis, les quatre cinquièmes restants, ainsi que mon sac de voyage au vestiaire de la gare. Je ne trouvais ni prudent ni convenable de continuer à transporter les cendres du malheureux dans une boîte à biscuits tant que je n'avais pas décidé de leur destination finale.*

*De Victoria, j'ai pris un cab jusqu'à Oakley Street, où ma chère mère s'est comportée comme toutes les mères le devraient : elle m'a recueilli, m'a prodigué d'apaisantes caresses et a résolu mon problème ! Lady Wilde est une femme remarquable, Robert. Un jour, vous la rencontrerez, et vous l'admirerez et l'aimerez autant que moi. Elle est tout ce que Maman La Grange n'est pas : désintéressée, pleine de vie et d'esprit, d'une haute intelligence et d'une grande imagination. Après que j'ai raconté ce qu'il était advenu du pauvre Traquair, elle m'a demandé si j'avais prié pour lui. J'ai avoué que je n'y avais pas pensé et elle m'a grondé. Je lui ai dit que je voulais que ses cendres reposassent en terre américaine. Elle a répliqué qu'il le fallait et qu'il en serait ainsi. Que nous trouverions un moyen. Je lui ai alors expliqué que je l'avais laissé dans mon sac, dans une boîte à biscuits, au vestiaire de Victoria. « À la gare ? » s'est-elle écriée. Oh, Robert, si vous aviez entendu ce cri ! Sarah Bernhardt elle-même n'aurait pu rendre ces mots avec un accent si saisissant ! « Victoria ! Oscar, comment avez-vous pu ? – J'étais sur la ligne de Brighton, tentai-je de me justifier. – Une ligne, c'est immatériel... » a-t-elle tonné comme la foudre. Et puis, soudain, les nuages se sont dissipés et un rayon de lumière a illuminé ses yeux. Elle s'est levée et, se tournant vers moi dans une attitude ostensiblement triomphale, elle a déclaré : « La solution passe aussi par une valise. »*

*Je demeurai perplexe. « Vraiment ? ai-je marmonné. – Mais oui ! » a-t-elle insisté. Et elle avait raison. Sur ses conseils, j'ai envoyé un télégramme à James Russell Lowell, l'ambassadeur des États-Unis à Londres. Il a accepté de me recevoir dans l'heure. Il n'est pas seulement diplomate, il est aussi poète et critique, et, par-dessus tout, c'est un homme remarquable et d'une grande bonté. Je lui ai raconté mon histoire et aussitôt, sans la moindre hésitation, il m'a promis de faire rapatrier aux États-Unis, sous bonne garde, les restes de mon pauvre et regretté valet. Washington Traquair va rentrer chez lui en toute sécurité : il va emprunter la valise diplomatique ! Oui, Robert : Washington va reposer à Washington. Ses cendres seront dispersées dans les fraîches eaux du Potomac. C'est James Russell Lowell lui-même qui a, je crois, écrit un jour : « Tous les beaux sentiments au monde valent moins qu'une seule bonne action. » J'avais oublié ce mot, qui me revient à l'instant.*

*Mon entrevue avec l'excellent ambassadeur a eu lieu hier. À midi aujourd'hui, il m'a accompagné à Victoria, où nous avons récupéré mon sac de voyage et la boîte à biscuits. Je la lui ai aussitôt confiée, sans cérémonie. En la prenant, il a simplement déclaré : « Je vous promets que votre ami est en de bonnes mains. »*

*La voiture de l'ambassade nous a ensuite conduits de la gare jusqu'à Grosvenor Square, où mon ami*

*George W. Palmer nous avait invités à déjeuner. George W. est le fils de George Palmer, des biscuits Huntley & Palmer, à Reading. Ce sont les premiers fabricants de biscuits au monde. Ils emploient cinq mille ouvriers. George et son père, qui est également maire de Reading et représentant de sa circonscription à la Chambre, affirment les connaître tous de vue et la plupart de nom. Les Palmer sont d'honnêtes gens et, bien qu'il soit quaker, George W. est un hôte généreux. Un repas à Grosvenor Square ne saurait rivaliser avec le petit déjeuner du* Pharamond, *mais, étant donné les circonstances, ce que l'on nous a servi était exactement* comme il faut* *: soupe de petits pois et turbot, suivis d'un agneau gallois et, en dessert, d'un réconfortant gâteau de riz. En fin diplomate, Lowell a aussi réclamé du fromage et des biscuits – pour les biscuits, bien entendu, pas pour le fromage.*

*Un quatrième convive complétait notre table, le révérend Paul White, un vieil ami des Palmer. C'est à lui que je dois de pouvoir rencontrer Maclean, m'a expliqué George W. Il l'avait invité par précaution, au cas où nous aurions souhaité nous recueillir en mémoire de Washington Traquair avant de passer à table. Cela nous a semblé convenable et c'est ce que nous avons fait. J'ai pris la parole pour relater en quelques mots ce que je savais de l'existence de Traquair et louer l'humilité de ses manières et la douceur de son caractère. Je suis resté discret sur les circonstances de sa mort. J'ai laissé entendre qu'il avait été victime d'un tragique accident, rien de plus. Le révérend White a dit une prière en latin et récité le vingt-troisième psaume. Pour finir, James*

*Russell Lowell a prononcé trois vers tirés d'un de ses poèmes*[1] *:*

Death is delightful. Death is dawn,
The waking from a weary night
Of fevers unto truth and light...

*Il était profondément touchant d'entendre ces dignes messieurs parler avec tant d'émotion de quelqu'un qu'ils n'avaient pas connu. Traquair a trouvé la paix désormais – Dieu en soit remercié –, mais pas moi. Je n'aurai de repos qu'une fois que j'aurai découvert comment il est mort et par la faute de qui.*

*Le révérend White a ensuite dit le bénédicité et nous nous sommes assis pour déjeuner. Le repas a été joyeux. Lowell nous a soumis sa maxime favorite : « Bénis soient ceux que l'on ne peut convaincre de parler quand ils n'ont rien à dire. » Il a pour sa part beaucoup à dire et il s'exprime avec bonheur. Dans un style différent (moins de bonheur, mais plus de feu et de soufre !), le révérend White s'est montré tout aussi loquace. Il doit avoir à peu près le même âge que Lowell, soixante-cinq ans environ, mais leur ressemblance s'arrête là. L'ambassadeur est grand, barbu et il porte les cheveux longs, à la manière d'un prophète de l'Ancien Testament. L'ecclésiastique est, quant à lui, de taille moyenne, chauve et rasé de près. C'est un anglican converti, abstinent et végétarien. Il a des idées arrêtées sur le péché en général et l'immoralité du théâtre français en particulier. Quand il a appris que je travaillais avec le célèbre Edmond La Grange, il m'a promis qu'il*

1. « La mort est douce. La mort est une aube,
Éveil d'une harassante nuit de fièvres,
Entrée dans la clarté et la vérité... »

*prierait pour moi. Et quand je lui ai affirmé que je considérais La Grange comme un grand acteur, il m'a répondu : « Et un débauché notoire. » Je lui ai alors demandé d'où il tenait cette information. Voici ce qu'il m'a dit : « Cet homme est un comédien, Mr. Wilde, et il vit à Paris. Inutile d'en savoir davantage. »*

*Contre toute logique, moins j'étais d'accord avec le révérend, plus j'appréciais l'homme. Bien entendu, il est victime de ce terrible aveuglement que cause la passion, mais j'étais touché par son zèle et sa foncière bonté m'apparaissait de façon tangible. « Où exercez-vous votre ministère, mon père ? lui demandai-je. – Auprès des réprouvés, m'a-t-il répondu. Je suis le chapelain de la prison de Reading. Il me semble que vous devez nous rendre visite, Mr. Wilde. – Vraiment ? ai-je fait. – Mais oui. Lundi en huit, le 5 mars. Roderick Maclean, l'homme qui a tenté d'assassiner la reine, doit arriver ce jour-là. Palmer m'affirme que vous brûlez de le rencontrer. »*

*Il semblerait qu'en dépit de nos différences de vue concernant la moralité des gens de théâtre, le révérend me trouve à sa convenance. En effet, je serais très intéressé par une visite de la prison. Mais avant cela, il me faut revenir à Paris. Je veux connaître la vérité sur la mort de ce pauvre Traquair. Et je dois vous voir, mon ami. Je veux entendre ce que vous avez à me dire. Quoi de neuf chez les débauchés ?*

*Toujours votre dévoué,*

*Oscar*

12

# Le goût de l'absinthe

Oscar avait ajouté un post-scriptum à sa lettre :

*P.-S. : Je ne serai pas à Paris avant un jour ou deux. Je prends demain le thé avec Miss Constance Lloyd. Elle est jolie comme une image – peinte par Botticelli. Elle a le teint et l'allure de sa* Madone du Magnificat *que l'on voit aux Offices à Florence. Elle a le regard intelligent, une nature agréable, une silhouette gracieuse et un nom plein de promesses. Et, notez bien cela, Robert : elle est de trois ans ma cadette. Méfiez-vous des femmes plus âgées que vous : on ne peut pas les dompter. Et méfiez-vous des actrices : on ne peut leur faire confiance !*

Et sous ce premier post-scriptum, il en avait ajouté un deuxième :

*« Plus on s'enfonce dans l'océan des vilenies, plus il est facile de s'y noyer. » C'est Lowell qui a dit cela lors de notre déjeuner. (À moins que ce ne soit le révérend ? Quoi qu'il en soit, c'était une pensée qu'il m'a paru nécessaire de partager avec vous.)*

Puis un troisième :

*S'il vous plaît, prévenez mon hôtel que je serai de retour vendredi ou samedi au plus tard. J'espère que mon voyage se passera sans encombre. Ce qui est sûr, c'est que je n'aurai rien à déclarer à la douane.*

En fin de compte, Oscar revint à Paris le samedi 24 février 1883. De la gare du Nord, il se rendit directement au théâtre La Grange. Il arriva vers six heures, pendant l'accalmie qui suit la matinée et précède la soirée. Il me trouva dans la loge de La Grange. J'y étais seul, occupé à cirer les souliers du grand homme. Mon ami paraissait en merveilleuse forme. Il avait une étincelle dans le regard et un œillet jaune pâle à la boutonnière. Nous nous serrâmes chaleureusement la main.

— Comment allez-vous ?

J'étais ravi de le revoir.

— Épuisé ! s'écria-t-il sans le paraître le moins du monde. Les gares sont un cauchemar. Tout le monde y semble si pressé d'y prendre son train ! Ce n'est pas une ambiance qui se prête à la poésie ou à la romance.

Il jeta un coup d'œil autour de lui.

— Sommes-nous seuls ? demanda-t-il en baissant la voix. Où est le maître ?

— En haut. Dans l'appartement.

— Il dort ?

— Il est auprès de sa fille. Elle ne va pas très bien.

Il fronça les sourcils.

— Agnès est malade ?

J'eus une hésitation.

— Elle est folle, avouai-je.

— Folle ! s'exclama-t-il.

Remplaçant l'étincelle, une lueur s'alluma dans ses yeux.

— Dites-m'en plus.

Je m'attendais à ce qu'il fût troublé par la nouvelle. Au lieu de cela, il paraissait tout à coup euphorique. Il laissa tomber son sac à ses pieds et frappa dans ses mains avec délectation. Il tira un étui à cigarettes en argent de la poche de sa redingote grise. Il en sortit une cigarette turque qu'il fit tourner entre le pouce et l'index. Il la glissa délicatement entre ses lèvres et, *con brio*, se laissa tomber sur la *chaise longue** de Molière. Il s'étendit en croisant les jambes. Il gratta une allumette avec une ostentation théâtrale et, de ses grands yeux, me regarda par-dessus la flamme.

— Dites-moi tout, Robert. Je veux connaître jusqu'au plus infime détail. Que s'est-il passé exactement en mon absence ? Qu'est-ce qui a provoqué la folie de Mlle La Grange ?

— Je ne sais pas, admis-je.

Oscar haussa un sourcil réprobateur.

— Voilà qui ne m'est pas d'un grand secours, Robert. Comment cette « folie » se manifeste-t-elle ? Par des larmes, des accès de colère ?

— Oui.

— Des regards effarés, de l'écume au coin des lèvres ?

— Des regards effarés, assurément…

Il tira une bouffée de sa cigarette.

— Avez-vous observé cela vous-même ?

— Nous en avons tous été témoins. Cette semaine, la troupe a travaillé *Hamlet* tous les jours et Agnès a eu une crise à chaque répétition.

Oscar plissa les yeux.

— Ces crises, comment se manifestent-elles ? Soyez précis.

— Elle commence par sangloter, d'abord doucement, puis de plus en plus fort. C'est un spectacle désolant, à la fois terrible et pitoyable.

— Cela se produit-il quand elle joue, au milieu d'une scène ?

— Oui. Mais cela arrive aussi pendant les pauses. Ou bien quand elle est seule, assise sur le côté de la scène à regarder les autres.

— Et quand elle se met à pleurer, qui vient la consoler ?

— La personne qui se trouve le plus près d'elle.

Oscar me regarda avec sérieux.

— Réfléchissez, Robert. S'il vous plaît. Essayez de vous souvenir. Quand Agnès éclate en sanglots, quelle est la première personne à se précipiter auprès d'elle pour lui offrir son aide et la réconforter ? Son père ? Son frère ? Sa grand-mère ? Carlos Branco ?

— Tous. Et Gabrielle aussi, naturellement. Elle est merveilleuse.

Oscar me sourit.

— Carlos Branco est très prévenant, ajoutai-je. Agnès joue sa fille dans la pièce. Je crois que ses crises soudaines lui sont particulièrement pénibles. Elles interviennent souvent lors de leurs scènes communes. Ce matin, quand Agnès s'est mise à pleurer, Branco l'a imitée.

Oscar éclata de rire.

— Les acteurs ! s'exclama-t-il. Se sont-ils serrés l'un contre l'autre pour partager leurs larmes ?

— Branco a passé ses bras autour d'elle. Il lui disait : « Je comprends, mon enfant. » Mais Agnès l'a repoussé en hurlant : « Non, vous ne comprenez pas ! Personne ici ne comprend ! »

Oscar laissait se consumer sa cigarette devant lui, contemplant, les yeux mi-clos, la cendre rougeoyante.

— Et d'après ce que vous avez pu observer, *mon ami**, de tous ces soutiens, lequel Agnès trouve-t-elle le plus réconfortant ? Qui parvient le mieux à la calmer ? Qui sait la ramener à la raison ? Réfléchissez bien.

Je me concentrai un moment.

— Son père, finis-je par déclarer.

— Vous en êtes sûr ?

— Oui. Son père. Et son frère.

— Merci.

Oscar tira nonchalamment une bouffée de sa cigarette.

— Et maintenant, Robert, dit-il dans un sourire, auriez-vous l'amabilité de tout reprendre au début ?

Il exhala une volute de fumée mauve dont il suivit les arabesques d'un œil admiratif.

— Revenons à samedi dernier, voulez-vous ? L'après-midi de la mort de Traquair, où se trouvaient Agnès et Bernard La Grange ? Le leur avez-vous demandé ?

— Dès que j'ai reçu votre télégramme.

— Et ?

Il me regardait avec impatience.

— Et… commençai-je en hésitant.

— Eh bien ?

Il écarquilla les yeux.

— Agnès ne se le rappelait pas et Bernard a refusé de le dire.

Oscar lança ses pieds sur le sol et se couvrit le visage de ses mains.

— Grand Dieu, Robert ! Vous deviez être mes yeux et mes oreilles !

— Je suis désolé, bredouillai-je dans un accès de rire nerveux. J'ai posé les questions que vous souhaitiez, mais je n'ai pas obtenu de réponse.

Je me sentais idiot. Je me mouchai et me redressai.

— Oscar, vous ne pensez pas sérieusement qu'Agnès ou Bernard La Grange pourraient être mêlés à la mort de Traquair, n'est-ce pas ?

Mon ami me dévisagea et haussa ses larges épaules.

— C'est maintenant à mon tour de vous répondre « Je ne sais pas », soupira-t-il. C'est improbable, je vous l'accorde. J'ai cependant l'intuition qu'il existe un lien entre la mort du chien de Mme La Grange et celle de l'habilleur de M. La Grange. Je ne sais encore ni pourquoi ni comment, mais si tel est le cas, je pense qu'Agnès et Bernard sont hors de cause. En effet, les jumeaux n'étaient pas à bord du SS *Bothnia* quand la pauvre Marie-Antoinette a été enterrée vivante. Si je poursuis mon raisonnement, il est par conséquent peu probable qu'ils aient quelque chose à voir avec la mort de Traquair. Peu probable, mais pas impossible. J'espérais seulement pouvoir les rayer de la liste des suspects. Pour l'instant, elle est plutôt longue puisque y figure quiconque se trouvait à proximité de cette loge au début de la représentation du *Cid* samedi dernier. Si nous ajoutons aux acteurs les machinistes, les pompiers et les musiciens, cela représente une centaine de personnes. Et un millier si nous tenons compte du public !

— Mais le suicide ne demeure-t-il pas l'explication la plus évidente ?

— L'évidence ne m'a jamais intéressé, Robert. Même si nous ne nous connaissons que depuis peu, voilà du moins quelque chose que vous devriez savoir de moi.

Il se renfonça dans son siège et ouvrit sa redingote. Plongeant la main dans la poche de son gilet, il en tira une bille de couleur marron de la taille d'une cerise. Il me la tendit.

— Qu'est-ce que cela ? demandai-je.

— Une confiserie. Un bonbon à l'anis. Mon nouvel ami le révérend Paul White m'en a offert une petite boîte. Sucez-le, Robert. Vous constaterez qu'il a le goût de l'absinthe sans en avoir les effets pernicieux.

Je pris le bonbon et le glissai dans ma bouche.

— Bien sûr, poursuivit Oscar, ce que le révérend White peine à comprendre, c'est que, pour des gens tels que nous, Robert, la saveur ne suffit pas. Un grain d'anis n'est pas en soi désagréable, cependant, comme substitut à l'absinthe, c'est un peu court. N'êtes-vous pas d'accord ?

Je suçotai la friandise.

— C'est assez bon, admis-je, mais je suis de votre avis. Évidemment.

Je le regardai, intrigué.

— Pourquoi avons-nous cette conversation au sujet de ce stupide bonbon, Oscar ?

— Parce que je veux vous faire comprendre pourquoi je ne pense pas que Washington Traquair ait mis fin à ses jours.

Mon regard trahissait ma perplexité croissante.

— J'avoue que je suis perdu, Oscar.

— Robert, vous et moi sommes des êtres voués à la recherche du plaisir. Ma philosophie est que ce devrait être le seul moteur de l'existence. Je considère que l'accomplissement personnel est l'objectif premier de la vie et j'estime préférable de s'accomplir dans le plaisir plutôt que dans la douleur. Sur ce point, je suis entièrement de l'opinion des Grecs en général et d'Épicure en particulier. C'est une idée païenne.

— Mais, bon sang, quel rapport entre tout cela et Traquair ? m'écriai-je, soudain exaspéré.

— Aucun ! s'exclama Oscar. Voilà où je veux en venir : Traquair n'était ni païen ni philosophe. C'était un simple domestique, qui ignorait tout des Grecs. Il était chrétien et américain. Il respectait les règles que lui avaient apprises sa mère et son Église. Par exemple, que le suicide est un péché. Washington Traquair, qui vivait dans la crainte de Dieu, ne se serait jamais suicidé, aussi désespéré qu'il fût.

— Mais, Oscar, considérez les faits, objectai-je en désignant l'annexe. Quand nous avons découvert son corps, la porte n'était-elle pas fermée de l'intérieur ?

— C'est ce qu'il semblait.

— Vous avez vous-même trouvé la clé.

— En effet.

— Et le visage du malheureux était placé juste sous le jet de gaz.

— C'est vrai.

— Et le bec était ouvert mais pas allumé. Des effluves mortels remplissaient la pièce.

— Je ne le nie pas.

Il se leva et se dirigea vers la porte entrouverte du réduit. Il l'ouvrit.

— Mais je me demande qui a accompli le geste fatal, poursuivit-il en pénétrant dans les ténèbres. Est-ce Traquair, seul dans sa chambre, qui a tourné le robinet avant de se coucher dans l'attente de la mort ? Ou est-ce quelqu'un d'autre, à l'extérieur, qui a manipulé un autre robinet, ailleurs dans le bâtiment, avec le dessein de le tuer dans son sommeil ?

Oscar revint dans la loge. Il me toisa avec un regard de maître d'école.

— Robert, avez-vous découvert s'il existe un autre moyen de contrôler l'arrivée de gaz dans ces pièces ?

— Oui, monsieur, répondis-je sans parvenir à masquer un accent de satisfaction.

Je pivotai, ouvris la porte de la loge et invitai mon ami à m'accompagner dans les coulisses.

— J'ai suivi la canalisation de gaz depuis la chambre de Traquair. Elle commence par franchir la cloison pour passer dans la loge, puis elle longe la plinthe avant de traverser le mur et de parvenir… ici.

Oscar se tenait à mes côtés. Aussitôt à gauche en sortant de la loge, dans l'angle où la paroi en bois de cette dernière rencontrait le mur en briques du théâtre, le tuyau était muni d'un petit robinet de métal pas plus grand qu'une pièce de monnaie. Il se trouvait au niveau du sol et, dans l'obscurité, on le distinguait à peine. S'appuyant sur mon bras, Oscar inclina sa lourde silhouette et demeura ainsi quelques instants à l'étudier.

— Il est couvert de poussière, annonça-t-il. Et très dur, ajouta-t-il en essayant de le manipuler.

Il se redressa avec difficulté et contempla ses doigts.

— Vraiment crasseux.

— De plus, il contrôle l'arrivée du gaz dans la chambre de l'habilleur, mais aussi dans la loge de M. La Grange, de sorte qu'il est impossible de modifier le débit dans une des pièces sans l'affecter dans l'autre, précisai-je.

Oscar émit un grognement sourd et se mit en quête de son mouchoir. Tandis qu'il s'essuyait les mains, je poursuivis :

— Il existe un troisième robinet, si vous voulez le voir.

Il opina.

— Nous devons tout voir, Robert. L'œil est le carnet de notes du poète, et celui du détective.

— Il est à côté de l'entrée des artistes, et presque aussi sale.

— Je prends mon sac, dit-il en retournant dans la loge.

Je l'observai tandis que je l'attendais sur le seuil. Quand il parlait, Oscar énonçait les choses avec une précision qui n'appartenait qu'à lui. Ses gestes étaient tout aussi uniques. Il avait une manière particulière de souligner ce qu'il disait d'une inclinaison du poignet ou d'un mouvement du doigt. Alors qu'il contemplait la décoration de la loge autour de lui, il leva la main droite, appliqua son index sur sa tempe et marmonna de façon à peine audible :

— Je suis un rêveur, je le reconnais.

Il se dirigea vers l'annexe plongée dans la nuit.

— Un rêveur, Robert, c'est une personne qui ne peut trouver son chemin qu'à la lumière de la lune, fit-il en élevant un peu la voix. Sa punition est de découvrir l'aube avant tout le monde.

Poursuivant son inspection, il s'arrêta un instant devant la coiffeuse de La Grange. Il examina le bout de ses doigts et, avec grande précaution, il saisit la poignée du tiroir entre le pouce et l'index, et l'ouvrit. Il regarda à l'intérieur.

— Le revolver, fit-il. Le colt. Il n'est plus là.

Il referma le tiroir et se tourna vers moi.

— Où avez-vous dit que nous allions ?

— À l'entrée des artistes.

Je marchai le premier dans l'obscurité des coulisses, le doigt pointé vers la fine canalisation qui courait au ras du sol le long des murs.

— Le tuyau du gaz s'arrête ici, expliquai-je alors que nous nous trouvions dans le petit vestibule sur lequel donnait la loge du gardien.

J'indiquai de nouveau l'endroit.

— C'est ici que se trouve l'autre robinet qui permet d'ouvrir et de fermer le circuit de gaz qui dessert la chambre de l'habilleur. Comme vous pouvez le constater, il est aussi résistant que le précédent.

— Je vous crois, Robert, fit Oscar, qui, soupirant, reprit néanmoins appui sur moi pour inspecter lui-même le tuyau et le robinet.

Il venait à grand-peine de se mettre sur ses genoux quand la porte extérieure s'ouvrit à la volée. Accompagné d'un souffle d'air glacé, le génie qui présidait à la destinée de la compagnie La Grange fit son apparition.

— Relevez-vous, monsieur, de cette posture à demi rampante ! C'est parfaitement indécent et tout à fait inutile.

Oscar leva les yeux vers Edmond La Grange et éclata de rire. Pendant que le disciple de la beauté et prétendu professeur d'esthétique tentait de se relever, l'acteur le plus révéré de France poursuivit dans sa veine satirique :

— Une simple génuflexion aurait suffi. À vrai dire, avant une représentation, je serais même prêt à me contenter d'une légère inclination et d'un simple salut oriental.

La Grange prit Oscar par la main.

— Où étiez-vous passé, *cher collaborateur** ? Vous nous avez manqué ! Nous avions besoin de vous !

Oscar s'apprêtait à répondre, mais La Grange était lancé.

— Notre pièce progresse magnifiquement. C'est un *Hamlet* qui fera date ! Bien sûr, la première est lundi en huit et nous sommes sur les nerfs. Il y a tant de travail. Je suis sûr que vous êtes de retour pour nous aider.

— Oui… commença Oscar, mais avant qu'il ait pu achever sa phrase, La Grange s'était détourné pour ouvrir la porte à Agnès et à Gabrielle.

Les deux jeunes femmes entrèrent en riant, leurs cols de fourrure remontés contre le froid. Sous leurs chapeaux à plumes, leurs grands yeux nous dévisageaient avec curiosité.

— Oh, Oscar ! s'écria Gabrielle. Vous êtes revenu ! Je suis si contente.

— Monsieur Wilde, fit Agnès en esquissant une facétieuse révérence, j'ai besoin de votre aide à l'acte IV, scène 5, pour toutes ces étranges fleurs anglaises.

Souriante, elle s'approcha et lui tendit sa main, qu'il prit et baisa. Puis, comme elle s'éloignait, il murmura à mon oreille :

— Si c'est cela, sa folie…

— Oscar, tonna La Grange, j'ai une faveur à vous demander. Mlle de La Tourbillon, Mlle La Grange et moi-même allons donner au public plus qu'il ne mérite. Nous allons nous donner tout entiers ! Ce soir, nous lui offrons *Le Bourgeois gentilhomme*. En intégralité. Quand nous aurons terminé, ces dames auront besoin de souper. La semaine a été longue et une récompense s'impose. Je ne peux pas m'en occuper, car, le samedi, je regarde les comptes avec M. Marais. Puis-je m'en remettre à vous ?

Oscar s'inclina devant les jeunes femmes.

— Mesdemoiselles, Robert et moi serions honorés de vous distraire. Dès l'instant où tombera le rideau, nous serons à votre service.

La Grange gratifia Oscar d'un sourire éclatant, puis il se tourna vers moi et me tambourina sur la poitrine.

— Quant à vous, *mon petit**, soyez au mien dans deux minutes, si cela ne vous ennuie pas.

— Certainement, monsieur. Tout est prêt dans votre loge. Je ne faisais que raccompagner Oscar.

D'un ample geste de la main, Edmond La Grange invita ses deux vedettes féminines à le suivre. Agnès ébaucha une nouvelle révérence ; Gabrielle effleura ma joue en passant.

Une fois dans la ruelle à l'extérieur du théâtre, Oscar me demanda :

— Êtes-vous toujours amoureux de la belle Mlle de La Tourbillon ?

— Bien sûr, répondis-je. Plus que jamais.

— Et est-ce réciproque ?

— Je ne sais pas. C'est possible… Mais je crois qu'elle est un peu indécise.

— Elle a trente ans, Robert. Elle est trop âgée pour l'indécision.

— Ce que je veux dire, c'est qu'elle m'aimerait peut-être s'il n'y avait Eddie Garstrang.

— Eddie Garstrang ? s'exclama Oscar en s'arrêtant net.

— Il la harcèle.

Oscar me dévisagea avec stupéfaction et posa ses mains sur mes épaules.

— Garstrang est amoureux de Gabrielle ?

— C'est assurément un rival.

— Oh, Robert, laissez-la-lui ! Il a l'âge approprié et c'est un homme qui s'est fixé pour règle d'avoir ce qu'il veut.

— Pas cette fois-ci, déclarai-je. Je l'ai provoqué en duel !

— En duel ?

Oscar se mit à rire.

— Ne soyez pas ridicule, Robert. C'est une plaisanterie.

— Pas du tout.

— Je ne vous crois pas, Robert.

— C'est la pure vérité. Je vous expliquerai plus tard. Je dois y aller, Oscar. La Grange m'attend sans doute déjà. Je file.

— Vous avez perdu la tête, mon ami.

Tandis que je rentrais en courant dans le théâtre, Oscar me héla :

— Si quelqu'un est fou, Robert, c'est vous !

# 13

# *Le Chat noir*

Je n'étais pas fou, j'étais amoureux. Gabrielle m'avait ensorcelé. J'avais vingt et un ans. J'étais gauche, naïf, impétueux, brûlant de désir, et je n'avais aucune expérience des femmes. Aujourd'hui, je peux sourire de cette toquade, mais à l'époque je n'avais jamais connu passion si bouleversante et profonde.

La représentation du *Bourgeois gentilhomme* de ce samedi battait son plein. Je regardais la pièce depuis ma position habituelle dans les coulisses. Comme l'avait promis La Grange, lui et sa troupe se donnaient sans réserve. Dans la salle, un tonnerre de rires répondait à la foudre qui, sur scène, paraissait électriser les acteurs. Quand ce fut terminé, que j'eus déshabillé, frotté et essuyé le grand homme, qu'il se fut admiré dans la psyché et qu'il eut enfilé sa robe de chambre, Richard Marais se glissa dans la loge avec son encre, ses crayons et ses registres.

— Travailler, voilà toute ma vie, soupira La Grange avec un sourire fatigué.

D'un signe de tête il me signifia mon congé.

— *Amusez-vous bien, mon petit**, murmura-t-il en me pinçant la joue. Veillez sur ces demoiselles et soyez prudent. Demain est un autre jour.

Je retrouvai les deux actrices confortablement installées avec Oscar dans une élégante voiture stationnée non loin de l'entrée des artistes. Elles étaient aussi gaies et enjouées qu'avant la représentation.

— Pourquoi avez-vous mis si longtemps ? demanda Gabrielle en me prenant la main tandis que je montais dans le véhicule. Nous vous attendions.

— Je devais déshabiller Monsieur, expliquai-je.

Comme je prenais place à ses côtés, elle me déposa un baiser sur la joue. Elle n'avait pas ôté son maquillage. Dans la pénombre du fiacre, je distinguais le rouge de ses pommettes et la mouche qu'elle portait au coin de la bouche.

— Nous ne nous sommes pas changées, gloussa Agnès La Grange. Nous sommes en costume.

— *Toutes décolletées**, ajouta Gabrielle en souriant.

Elle glissa ma main dans sa pèlerine, la maintenant un instant entre ses seins.

— Mr. Wilde nous a dit que là où nous allons, nous passerons inaperçues.

La peau ambrée d'Agnès disparaissait sous un voile de poudre argentée, si bien que ses yeux immenses n'avaient jamais semblé si grands. Elle battit des cils avec coquetterie en regardant Oscar.

— Où allons-nous ? demandai-je.

— À Montmartre, répondit Oscar. Boulevard de Rochechouart, monsieur ! lança-t-il à l'intention du cocher.

Tandis que la voiture se mettait en route en brinquebalant, Oscar considéra notre équipage avec un air de propriétaire satisfait. À l'évidence, mon ami avait passé la soirée en compagnie d'une bouteille d'absinthe et non d'une boîte de bonbons à l'anis.

— Nous allons au *Chat noir*, annonça-t-il. C'est un café, un restaurant, un cabaret… et un mode de vie. C'est du moins ce que l'on dit. L'endroit est nouveau, mais déjà réputé. Je n'y suis jamais allé ; Sarah Bernhardt le recommande. Elle prétend qu'il correspond à l'idée que se fait le diable du paradis sur terre : un repaire de poètes fous et d'acteurs tristes. À moins que ce ne soit l'inverse. Quoi qu'il en soit, elle affirme que nous allons en raffoler. Elle sera d'ailleurs présente pour s'assurer qu'on s'occupe bien de nous.

— J'adore Mme Bernhardt, fit Agnès avec enthousiasme. Je la connais depuis toujours. Je ne sais pas comment était ma mère, puisqu'elle est morte peu après ma naissance, mais j'aime l'imaginer ainsi. Vous trouvez que je lui ressemble ? C'est ce que dit mon frère.

— Vous ne ressemblez en rien à Mme Bernhardt, répondit Oscar en riant. Votre frère vous fait marcher.

Il se pencha en avant et prit la main d'Agnès dans la sienne.

— Votre beauté n'appartient qu'à vous, dit-il. Ce soir, vous avez l'air d'une poupée de porcelaine.

— Ce soir, je suis très heureuse, Mr. Wilde, répliqua-t-elle. Je suis amoureuse.

— Oh ? fit Oscar en reprenant sa place. Dites-nous tout, l'encouragea-t-il tandis qu'il cherchait ses cigarettes.

— Je ne peux pas, murmura Agnès, qui se détourna vers la fenêtre du fiacre. Pas encore. C'est un secret.

Un silence s'installa. Nous regardions tous au-dehors. Il était tard, déjà onze heures passées, et pourtant les abords de Montmartre étaient noirs de monde et de circulation. Des noceurs ivres se bousculaient, tentant de se frayer un passage entre les attelages et les charrettes à bras. Des chiens fouillaient dans les ruisseaux. Au coin des rues, des joueurs d'orgue, des lorettes et des bohémiennes qui vendaient des fleurs se disputaient le pavé.

— Sarah sera-t-elle accompagnée de son mari ? demanda Gabrielle. Ou de son amant ?

— Ni l'un ni l'autre, assura Oscar en jetant sa cigarette encore incandescente par la fenêtre.

Elle voleta dans la nuit comme un minuscule feu d'artifice avant d'atterrir sur la chaussée, où elle disparut aussitôt sous le sabot d'un cheval.

— *Le Chat noir* est un lieu réservé aux artistes, aux poètes et aux peintres. Les brutes et les raseurs n'y ont pas leur place. Elle a promis d'amener Jacques-Émile Blanche.

— Je le connais ! s'écria Agnès au comble de l'excitation. Il fait mon portrait. Il est adorable.

— Je connais son père, déclara Gabrielle. Du moins, je l'ai rencontré. C'est une relation d'Edmond. Il est médecin, je crois ? À Passy ?

— Oui, confirma Agnès. À Passy. Il y dirige un asile d'aliénés.

*Le Chat noir* n'était en rien tel que je l'avais imaginé. Il était saugrenu de le décrire comme un café, un restaurant et un cabaret. L'établissement se résumait à deux petites pièces et une douzaine de tables tout au plus. Avec ses rideaux de coton rouge à lacets, il avait de l'extérieur l'apparence d'un café de province sans prétention. À l'intérieur, il était difficile de se faire une idée de la décoration. L'endroit était entièrement éclairé à la bougie, rempli de fumée et si bondé que chacun, qu'il fût assis ou debout, y touchait son ou ses voisins.

Étant donné l'extraordinaire apparence de notre petit groupe, avec Gabrielle et Agnès en robe XVIIIe et Oscar qui ressemblait à l'empereur Néron vêtu comme un dandy, notre arrivée aurait fait sensation n'importe où ailleurs. Au 84, boulevard de Rochechouart, personne ne nous remarqua. Nous avancions avec peine dans la foule, nous ménageant à la suite d'Oscar un passage par lequel nous faufiler. Nous trouvâmes enfin Mme Bernhardt tout au fond de la seconde pièce. Vêtue d'un sarong vert et or, sa chevelure rousse parsemée de diamants et une chope en étain remplie de vin rouge à la main, elle était perchée sur une table en marbre.

— *Mes enfants*!* s'écria-t-elle en nous voyant.

Nous l'embrassâmes chacun à notre tour.

— Bienvenue au salon des Arts incohérents[1], fit-elle. Vous connaissez ces messieurs, je crois ?

Deux jeunes hommes étaient assis à ses côtés. L'un, le visage blême et l'œil rond, était le peintre Jacques-Émile Blanche. Il se leva aussitôt, nous accueillant avec un sourire intimidé. Il déposa sur les lèvres d'Agnès un baiser fugace. Son compagnon était plus âgé, plus lourd d'aspect et de stature. Il portait une épaisse chevelure de jais et une moustache fournie. Il s'agissait du poète à la bouche de cendre, Maurice Rollinat. Quand nous le saluâmes, il se contenta de fermer les yeux et de laisser aller sa tête en arrière.

— Maurice est épuisé, expliqua Sarah Bernhardt, qui devait crier pour couvrir le brouhaha. Il était ce soir l'attraction du cabaret.

— Est-il aussi chanteur ? demandai-je.

1. Lancés en 1882, les Arts incohérents furent un éphémère mouvement artistique, dont l'objectif principal était de faire rire.

— Oui, mais ce soir il nous a déclamé un poème. C'était extraordinaire. Délicieusement choquant. Cela parlait de…

L'actrice hésita.

Rollinat ouvrit les yeux.

— Fornication, gronda-t-il.

— Voilà, fit Sarah en riant. C'est l'histoire d'un garçon et d'une fille de la campagne qui observent deux bovins s'accoupler…

— « *La Vache au taureau**[1] », précisa Oscar. Je le connais. Un pur chef-d'œuvre. Ces vers exhalent l'authentique souffle de la nature. On n'a rien lu de tel depuis Lucrèce.

Rollinat se redressa sur son siège et sourit à Oscar. Malgré ses dents jaunes, il avait une expression généreuse.

— Monsieur, si vous n'êtes pas ivre, vous le mériteriez. Puis-je vous offrir à boire ?

— J'ai faim, gémit Agnès, feignant de se plaindre. Il me faut de quoi manger !

— Et tout de suite ! s'écria Jacques-Émile Blanche.

Il caressa de ses mains en coupe les joues de la jeune fille, puis, tout à coup, comme un adolescent se jetant dans la mer depuis un rocher, il se détourna et plongea dans la foule.

Sarah Bernhardt dévisageait Agnès avec inquiétude.

— Comment allez-vous, mon enfant ? Ophélie ne vous a pas encore rendue folle ? Cela peut arriver, vous savez. J'ai joué le rôle.

— Je vais très bien, madame, répondit Agnès. Je suis heureuse, car je suis amoureuse. Et enfin libre !

1. « La Vache au taureau » de Maurice Rollinat a été publié en 1883 dans le recueil *Les Névroses*.

Jacques-Émile Blanche était de retour, brandissant deux tabourets. Il était suivi d'un serveur qui en apportait deux de plus. Quelques instants plus tard, nous formions tous les sept – trois actrices, trois poètes et un peintre – un petit cercle pareil à une assemblée de fées. Nous grignotions du pain, du fromage, de la saucisse froide et des tomates ; nous buvions du cidre et un âpre vin du Rhône ; nous fumions des cigarettes turques et des cigares français ; nous devisions sur la vie et l'amour, la mort et la folie. Et la fornication.

Ce soir-là, dans l'arrière-salle envahie de fumée du *Chat noir*, je compris que mon destin était de devenir l'amant de Gabrielle de La Tourbillon. Peut-être même un jour son mari. Pendant deux heures, tandis que nous mangions, buvions, riions et soupirions ensemble, sous la petite table en marbre, sa main demeura posée sur ma cuisse. De temps à autre, quand Rollinat évoquait les appétits charnels, la lubricité et le vice qui couvaient sous le désir, ses doigts s'égaraient pour venir toucher mon axe vital. Je n'avais jamais éprouvé de sensation si enivrante.

Rollinat ignorait la peur : il disait des choses que la plupart des hommes n'osent pas même penser. Il parlait du meurtre, du viol, du vol et du parricide non comme de crimes qu'il fallait regretter, mais comme de phénomènes qu'il fallait comprendre. Et dont il fallait pour cela faire l'expérience. Oscar l'écoutait avec une vive attention, saisissant parfois son crayon pour noter une phrase du poète. Ils menaient à eux deux la conversation. Oscar partageait la fascination de Rollinat pour les déviances et se délectait du mépris qu'affichait ce dernier pour la morale conventionnelle.

— Être bon selon les canons vulgaires de la bonté est assez aisé, affirma Oscar. Cela ne demande qu'une bonne dose de crainte mesquine, un certain manque d'imagination et une sorte de passion abjecte pour la respectabilité bourgeoise.

— Pouvons-nous faire ce que bon nous semble en ce monde ? demanda Agnès qui portait sur Oscar de grands yeux interrogateurs. La morale n'est-elle pas importante ?

— La gentillesse est importante, répondit Oscar. La politesse est importante.

Il leva son verre dans la direction de la jeune fille.

— La beauté est très importante, ajouta-t-il.

— Mais la morale ? insista-t-elle. Qu'en faites-vous ? Ma grand-mère affirme que le premier de nos sens est celui de la vertu.

Oscar tira une bouffée de sa cigarette et déclara d'une voix lente mais ferme :

— Je n'ai jamais rencontré quelqu'un chez qui prédominait le sens de la vertu qui ne fût pas sans cœur, cruel, hargneux, bête comme une souche et totalement dépourvu de la plus élémentaire humanité. Sans vouloir manquer de respect à votre aïeule, qui fut, j'en suis certain, une grande actrice en son temps, je préférerais avoir cinquante vices contre nature qu'une seule vertu contre nature.

— Oscar ! s'écria Sarah Bernhardt en l'admonestant de l'index. Parfois vous dépassez les bornes !

— Tout au contraire, Sarah, je ne les atteins jamais !

Tandis que les rires faisaient le tour de notre petite tablée, le plateau de marbre se trouva soudain couvert de vin. Agnès avait laissé son verre lui échapper et il s'était renversé devant elle. Le pied s'était cassé, le ballon fendu en deux. Il y avait du vin partout. La jeune fille éclata en sanglots.

— Je suis désolée, articula-t-elle dans un hoquet.

D'instinct, en entendant le verre se briser et Agnès crier, nous nous étions tous écartés de la table. Gabrielle avait ôté sa main de ma jambe. Rollinat avait reculé son tabouret. Sarah Bernhardt s'était levée d'un bond pour aller entourer de ses bras les épaules tremblantes d'Agnès. Jacques-Émile Blanche s'était précipité pour arracher le torchon d'un serveur qui passait à proximité. Il entreprit d'essuyer le liquide violacé qui maintenant débordait de la table.

— Qui aurait cru qu'un si petit verre contenait tant de vin ? murmura Oscar.

— Il faut que je rentre à la maison, articula Agnès entre deux sanglots.

— Vous pouvez utiliser mon studio, proposa Sarah Bernhardt.

— Venez à Passy, suggéra Jacques-Émile Blanche.

La jeune fille leva des yeux rougis et angoissés vers le peintre.

— Je suis désemparée, gémit-elle. Je ne sais que faire.

— Vous êtes épuisée, voilà tout, la rassura Sarah. J'ai joué Ophélie. Je sais ce que c'est.

— Rentrons, invita Gabrielle.

— Nous allons vous raccompagner, déclara Oscar. Ma voiture nous attend.

C'était la vérité. Qu'il en eût les moyens ou pas, demander à son cab de l'attendre était une des extravagantes manies d'Oscar Wilde. Gabrielle attacha la pèlerine d'Agnès sur ses épaules. Nous bredouillâmes de hâtifs au revoir à Sarah Bernhardt, Jacques-Émile Blanche et Maurice Rollinat, et nous nous pressâmes vers la rue, traversant le café encore bondé comme des marcheurs affrontant les bourrasques de vent sur la lande. Le froid vif qui régnait au-dehors nous parut merveilleusement bienfaisant.

— Je me sens beaucoup mieux, maintenant, fit Agnès en s'installant dans le fiacre.

— La joie apparaît, la tristesse disparaît, mais nous ignorons comment, déclama Oscar.

S'essuyant les yeux, Agnès sourit. Elle glissa sa main dans la sienne.

— Je crois que Mme Bernhardt a raison. Interpréter Ophélie m'a rendue un peu folle.

— Nous le sommes tous, répliqua Oscar, l'œil pétillant. C'est ce qui nous donne de l'intérêt.

Quand nous parvînmes au théâtre La Grange, la voiture nous attendit au bout de l'impasse le temps pour Oscar et moi de raccompagner les deux jeunes femmes jusque chez elles. Nous demeurâmes quelques instants dans l'obscurité, au pied de l'escalier qui conduisait à l'appartement de La Grange. Je posai ma main sur le bras de Gabrielle et tentai de l'attirer à moi. Hochant discrètement la tête, elle recula d'un pas.

— Merci pour cette magnifique soirée, Mr. Wilde, murmura Agnès en se dressant pour qu'il embrasse son visage marqué par les larmes. J'espère que je n'ai pas gâché la vôtre.

— Au contraire, protesta Oscar en souriant. Vous avez été, vous êtes…

Un bruit métallique l'empêcha d'achever son compliment. Une clé tournait dans la serrure. La porte de l'appartement s'ouvrit et une voix masculine aboya :

— Où étiez-vous ? Vous êtes en retard.

— À peine, répondit Gabrielle en se tournant vers la silhouette qui était apparue sur le seuil.

L'homme sortit sur le perron. Il titubait. En chemise, gilet déboutonné, il tenait dans une main une lampe à pétrole, dans l'autre un revolver. C'était Eddie Garstrang.

Saisissant prestement la main d'Agnès, Gabrielle gravit à la hâte les quelques marches.

— Vous êtes ivre ! dit-elle à Garstrang d'une voix non dénuée de tendresse.

Et quand il voulut parler, elle l'arrêta en pressant ses lèvres sur les siennes. Il regagna les ténèbres d'où il avait émergé. Gabrielle et Agnès l'y suivirent. Au moment où la porte se refermait, les deux jeunes femmes se retournèrent et nous saluèrent en souriant.

— Bonne nuit ! Merci ! lancèrent-elles. *À demain**.

Nous entendîmes la lourde clé tourner dans la serrure et faire claquer le verrou.

— Je tuerai cet homme, grinçai-je.

Oscar éclata de rire.

— L'inverse est plus probable.

# 14

# À l'aube, au pistolet

Tandis que nous regagnions notre voiture, Oscar posa son bras sur le mien.

— J'espère, mon ami, que vous n'êtes pas sérieux à propos de ce duel.

— Je n'ai jamais été plus sérieux.

Il hocha la tête et soupira.

— C'est une idée absurde, Robert.

— C'est une question d'honneur.

— Ne soyez pas ridicule.

— Bien des hommes respectables se sont battus pour des affaires de cœur, ajoutai-je. Le duc de Wellington, par exemple.

Oscar pouffa.

— Le duc de Wellington ! répéta-t-il.

Tout à coup, il se pencha en avant et s'adressa au cocher :

— Conduisez-nous à Passy. À l'hôtel de Lamballe. Ne perdez pas une minute.

L'attelage se mit en route.

— Qu'allons-nous faire à Passy ?

— Je vous conduis à l'asile du Dr Blanche, Robert. Il y a là-bas un patient qui se prend pour Napoléon. Je vous suggère de lui jeter votre gant.

Je regardai Oscar droit dans les yeux.

— Vous refusez de comprendre, n'est-ce pas ? J'aime Gabrielle. Je l'aurai. Rien ne m'arrêtera.

Mon ami leva les mains en signe d'apaisement.

— Oh, Robert, Robert, Robert ! s'écria-t-il. Elle n'en vaut pas la peine. Vous avez vu la façon dont elle se comporte.

Je me tournai vers la fenêtre du fiacre. Le boulevard du Temple était désert. Il n'y avait pas âme qui vive, pas même un chien errant. Au loin, un clocher sonna deux heures. Je demeurai silencieux. J'entendis Oscar qui cherchait ses cigarettes. Il ouvrit son étui et me le présenta.

— Goûtez-moi ce tabac. Il vient d'Amérique. Il est grillé et non pas séché au soleil.

J'acceptai une cigarette. Dans la lueur de l'allumette qu'il me tendait, j'examinai son large visage sympathique et ses chaleureux yeux noisette.

— Le duc de Wellington était un militaire, Robert, dit-il avec douceur. C'était un homme qui savait manier une arme et je doute fort qu'il avait un tueur à gages pour adversaire.

— C'est trop tard, maintenant. Je suis allé trop loin. J'ai lancé un défi et celui-ci a été relevé.

Je ris de moi-même.

— Ce sera à l'aube, au pistolet.

— Quand cela doit-il avoir lieu ?

— À l'aube, répétai-je en mâchonnant ma cigarette. Demain. Enfin, cette nuit. Ce dimanche matin, sur le pont des Buttes-Chaumont.

— Là où se trouvait le gibet[1] ?

— Oui. Dans quatre heures.

1. Du XIII$^{e}$ au XVIII$^{e}$ siècle, le gibet de Montfaucon se dressait à l'emplacement actuel des Buttes-Chaumont.

— Grand Dieu ! murmura-t-il.

— Garstrang doit apporter les armes.

Je tirai une profonde bouffée de ma cigarette.

— J'aime ce goût, Oscar. Je sais que, pour des gens tels que nous, le goût ne suffit pas, mais c'est égal, il me plaît. Comment appelez-vous ces cigarettes ?

— Ce sont des Lucky Strike. Peut-être est-ce un signe[1]... ajouta-t-il en souriant.

Les premières heures du dimanche 25 février 1883 ne comptent pas parmi celles dont je me souviens avec plaisir. Quand il comprit à quel point l'affaire était sérieuse, Oscar tendit deux pièces d'argent à notre cocher afin qu'il nous ramenât à Montmartre.

— Il est trop tard pour se coucher et nous sommes trop loin de Passy. Si les dieux sont avec nous, nous trouverons Sarah dans son studio. Nous attendrons le lever du jour en sa compagnie.

Sarah Bernhardt entretenait deux logements à Paris. Elle avait sa maison du dix-septième arrondissement, où elle recevait et hébergeait sa ménagerie, et un studio à Montmartre, où, à l'écart du monde, elle s'adonnait à la peinture et à la sculpture. À guère plus d'un jet de pierre du *Chat noir*, l'endroit se trouvait au pied de la colline sur laquelle on construit actuellement la colossale basilique du Sacré-Cœur[2]. Situé dans un passage tranquille qui ignorait encore le pavé, le studio devait être auparavant une grange ou un entrepôt. Il n'offrait qu'une vaste et unique pièce dallée, ceinte de hauts murs de briques blanchis à la chaux. À l'une des extrémités, une mezza-

1. *Lucky strike* : coup de chance.
2. La construction de la basilique du Sacré-Cœur de Montmartre débuta en 1875 pour ne s'achever qu'en 1914.

nine suspendue aux deux tiers du mur servait de chambre. Au centre de la pièce, une estrade rectangulaire avait été dressée comme une petite scène sous un immense candélabre en fer forgé. Elle était couverte de draps et des sculptures de Sarah. Certaines étaient en terre, d'autres en pierre, quelques-unes étaient terminées, la plupart inachevées. Il y avait des bustes, des corps, une lionne, une licorne, un éléphant et une série de rapaces.

Sarah était seule. Elle avait détaché ses cheveux, mais elle portait encore le sarong vert et or dans lequel nous l'avions quittée une heure auparavant. Elle nous accueillit pourtant comme si notre dernière rencontre remontait à des mois, sinon des années.

— Le retour de mes enfants prodigues ! s'écria-t-elle en nous embrassant avec transport. Oh, Oscar, mon cher ! Et vous, ami d'Oscar ! (Jamais elle ne fit la moindre tentative pour retenir mon nom.) Il faut fêter cela !

Pieds nus, elle courut jusqu'à l'estrade et tira des bouteilles de cognac et de champagne de derrière un bloc d'albâtre.

— Vous vous rappelez sans doute les dernières paroles du Veau gras ? « Il semble que le jeune maître soit de retour ! » Je suis si contente de vous revoir tous les deux.

Elle nous servit à chacun un « Bernhardt », soit un pouce de cognac et un doigt de champagne.

— Divin, n'est-ce pas ?

Puis, s'installant jambes croisées au bord de l'estrade, elle nous invita à nous asseoir sur un lit de coussins à ses pieds.

— Quelles nouvelles sur le Rialto[1] ? demanda-t-elle. Agnès va-t-elle mieux ? Je m'inquiète pour elle.

1. William Shakespeare, *Le Marchand de Venise*, acte I, sc. 3.

Ophélie est un rôle si difficile : elle est d'abord ennuyeuse, puis folle, et pour finir on lui fait faire le tour de la scène dans un cercueil.

— Ils utilisent un mannequin de cire pour cette partie, précisa Oscar, qui peinait à trouver une position convenable parmi les coussins.

— Fort bien. Quand je l'ai jouée, les malheureux porteurs me faisaient chaque fois tomber dans les coulisses. Ils étaient furieux parce que je refusais de coucher avec eux. Tout le monde veut coucher avec Ophélie ! C'est ça qui la rend folle, la pauvre !

Elle rit de bon cœur et remplit de nouveau nos verres.

— La fête après la fête est toujours mieux que la fête elle-même, vous ne trouvez pas ? dit-elle en nous regardant à travers des larmes de joie et de fatigue. Que faites-vous ici ? Pourquoi êtes-vous venus retrouver votre vieille tante Sarah, dites-moi ?

Oscar commença à expliquer la raison de notre présence, mais il n'alla pas très loin. À l'instant où il prononçait le mot « duel », l'actrice se leva d'un bond et – littéralement – se laissa tomber sur lui.

— Oh, Oscar, je suis si fière de vous ! Si j'étais un homme, je me battrais tous les jours ! Le duel est le plus noble des sports. Mes respects, cher ami. Quel est le motif de votre dispute ? Qui est votre adversaire ?

— Ce n'est pas ma querelle, fit Oscar qui tentait en vain de s'arracher à l'étreinte enflammée de son amie.

— Vous vous battez pour quelqu'un ? balbutia-t-elle. Oscar, vous êtes mon héros !

Oscar eut un rire embarrassé.

— Non, Sarah, vous vous méprenez. Ce n'est pas moi qui irai sur le pré, mais Robert.

La huitième merveille du monde posa son regard sur moi.

— Oh, ami d'Oscar ! s'écria-t-elle. Je suis fière de vous connaître.

Petit à petit, avec l'aide d'un peu plus de cognac et de champagne, et en dépit de plusieurs malentendus, nous parvînmes à expliquer la succession d'événements qui nous avait conduits jusqu'au studio. Au départ, Sarah avait compris que c'était Agnès La Grange qui était l'objet de ma flamme et elle se déclara stupéfaite qu'un artiste aussi délicat et sensible que Jacques-Émile Blanche eût relevé mon gant. Puis, lorsqu'elle comprit que c'était de Gabrielle de La Tourbillon que je recherchais les faveurs, elle me mit en garde contre Edmond La Grange, séducteur impitoyable (« Par définition, il a toujours le premier rôle ») et redoutable tireur (« Je lui ai donné le revolver de Jarrett »). Enfin, quand il fut clair pour elle que mon adversaire n'était ni un peintre ni un acteur mais un joueur de cartes américain dont elle n'avait jamais entendu parler, elle déclara :

— La victoire vous attend, j'en suis sûre. Vous ne pouvez échouer. Mais vous devez auparavant prendre deux heures de sommeil pour être prêt à l'heure de la bataille. Venez !

Elle m'aida à me relever et me prit les mains.

— Chez moi, vous pourriez dormir dans mon cercueil. Ici, je vous laisse mon lit. Là-haut !

Elle désignait du doigt l'échelle de corde qui pendait de la mezzanine.

— Grimpez dans mon repaire, fermez les yeux et songez à votre triomphe !

Je fis tout ce qu'elle me commandait, excepté rêver de la victoire. Au lieu de cela, je me trouvai emporté et englouti par les remous d'une vague sans fin. Je tourbillonnais lentement au gré des flots qui m'avalaient, lorsque je m'éveillai tout à coup. Sarah était à genoux à mon chevet, une tasse de café à la main.

— Buvez ceci. Il est six heures. Oscar vous attend dehors dans une voiture.

Le froid du petit matin était mordant. Tandis que je grimpais dans le fiacre, le cocher, pelotonné dans des couvertures et enveloppé de brouillard, empochait une nouvelle pièce d'argent d'Oscar. Il abaissa son regard vers moi et marmotta :

— Comme je l'ai expliqué à votre ami, je vous laisse à l'entrée du parc. Je ne veux pas être mêlé à tout ça. Si je reste et si la police intervient, je perds ma licence. Compris ?

J'opinai et fermai les yeux en me laissant tomber à côté d'Oscar au fond du véhicule.

— Voulez-vous mener cette folie à son terme ? demanda Oscar dans un murmure rauque.

— Oui, répondis-je. Nous n'avons pas le choix.

Le trajet de la butte Montmartre aux Buttes-Chaumont dura moins d'une demi-heure. Nous avions quitté le studio de Sarah dans la nuit, mais, lorsque nous arrivâmes à destination, une pâle lueur grisâtre éclairait le ciel.

Notre cocher nous déposa à l'entrée sud du parc et, après avoir accepté une dernière pièce de la main d'Oscar, il s'en alla sans délai et sans se retourner.

— Où exactement devez-vous retrouver Garstrang ? Le savez-vous ?

— Sur le pont, près du temple de la Sibylle, au sommet du promontoire.

La falaise avait jadis été le théâtre d'exécutions publiques. Puis, pendant des siècles, elle avait servi de carrière de gypse. À l'occasion de l'Exposition universelle de 1867, Napoléon III et son bouillonnant ordonnateur municipal, le baron Haussmann, en avaient fait un jardin des plaisirs. Autour de la butte, le parc comportait dorénavant un lac, une cascade, une grotte, des reliefs de rocaille et des jardins anglais et chinois. Nous gravîmes la côte en empruntant une avenue récemment plantée de cèdres du Liban.

— L'endroit est magnifique, apprécia Oscar.

Sa respiration se dissipait dans l'atmosphère glacée du matin comme de la fumée de cigarette.

— Quand j'aurai fini ma pièce, j'envisage d'écrire un conte de fées. Je le situerai dans ce jardin.

— Vais-je mourir ce matin ? demandai-je.

J'étais si transi que mes mains tremblaient.

Oscar se tourna vers moi et, passant son bras autour de mes épaules, il murmura :

— La Sibylle, fille d'un monstre marin et d'une nymphe immortelle, parle à travers les arbres, Robert. Elle possède le don de prophétie.

Il sourit.

— Votre mort n'est pas pour aujourd'hui.

— Je ne suis pas prêt à mourir, Oscar, fis-je dans un gémissement pathétique.

Mon ami ôta son bras de mes épaules et partit d'un rire retentissant.

— Eh bien, renoncez à ce défi, Robert ! Tout cela est ridicule.

Nous étions parvenus au belvédère rocheux au sommet de la falaise. Entre les fausses colonnes corinthiennes et au pied de la statue de la Sibylle, assise sur son rocher, se tenaient Eddie Garstrang et le Dr Ferrand. L'Américain était rasé de frais, reposé et élégant. Il donnait l'impression d'être parfaitement détendu. Ne subsistait aucune trace de son ivresse de la veille.

— Bonjour, messieurs, fit Oscar.

— Bonjour, Oscar, répondit Garstrang. Je suppose que vous êtes ici en qualité de témoin de Mr. Sherard. Le mien sera le Dr Ferrand. En cas de blessure, il soignera indifféremment les deux partis. C'est un gentleman.

Oscar eut un petit rire aimable.

— Il me plaît à penser que nous sommes tous ici des gentlemen, Eddie, et plutôt sains d'esprit. Arrêtons cette folie.

— C'est impossible, coupai-je, avançant d'un pas et fixant Garstrang droit dans les yeux.

— Vous avez entendu le garçon, répliqua-t-il en souriant à Oscar. Il est obstiné. Ne vous inquiétez pas, je ne le tuerai pas. Je vais juste lui rabattre son caquet.

Il adressa un signe de tête au docteur, qui se dirigea vers le socle de la statue et revint en portant une boîte à pistolets en bois de rose sculpté. Il la présenta ouverte.

— À vous de choisir, fit Garstrang.

— Nous sommes en plein mélodrame, soupira Oscar. Dites-moi que vous avez emprunté ces armes dans la réserve d'accessoires du théâtre La Grange et qu'elles sont chargées à blanc.

— Non, rétorqua Garstrang. Ce sont des pistolets de duel à poudre noire, de calibre 69, fabriqués à Paris par les célèbres frères Le Page. Ils sont assez anciens, mais les balles sont neuves. Ils appartenaient au grand-père du Dr Ferrand. L'un d'eux a tué un homme, mais, en vertu du code français du duel, nous ne sommes pas autorisés à savoir lequel.

La barbe du docteur s'éclaira d'un sourire bienveillant. Dressant ses sourcils broussailleux, il me tendit l'écrin qui contenait ces reliques familiales.

— Choisissez, fit Garstrang. Nous n'avons que trop traîné.

— Le code exige que le duel ait lieu dans les dix minutes qui suivent le rendez-vous, précisa Ferrand en français.

Je pris le premier pistolet. Il était plus lourd que je ne m'y attendais. Sa crosse en ivoire me parut glaciale.

— Messieurs, ôtez votre veste et votre manteau, s'il vous plaît, demanda Ferrand.

— Il va mourir de froid, protesta Oscar.

— C'est la règle, expliqua Ferrand. Certains lâches cachent parfois une protection sous leurs vêtements.

Je confiai l'arme à Oscar le temps de me déshabiller.

— Veuillez maintenant vous diriger vers le milieu du pont, ordonna Ferrand. Mettez-vous dos à dos. Vos épaules et vos talons doivent se toucher. Quand je donnerai le signal, vous avancerez de quinze pas, vous vous retournerez et vous attendrez. Quand Mr. Wilde dira : « En joue ! », vous pourrez viser et faire vos prières. Ce sera moi qui donnerai l'ordre de tir en annonçant : « Feu ! » Est-ce bien compris ?

J'opinai et demandai mon arme. Mes mains ne tremblaient plus. Je songeais que je faisais cela pour Gabrielle, j'en étais heureux. Je souris à Oscar.

— Ne suis-je pas en train, comme vous dites, de « goûter chacun des fruits du verger du monde » ?

— En effet, Robert, répondit-il en me donnant l'accolade. *Bravo, mon brave* !*

Je fis demi-tour pour rejoindre Garstrang. Nous descendîmes côte à côte les marches du temple et nous nous engageâmes ensemble sur l'étroit pont suspendu qui relie le belvédère au promontoire qui lui fait face. Arrivés en son milieu, nous nous arrêtâmes pour nous mettre en position, dos à dos. Cent pieds en contrebas grondait la cascade artificielle. Tout autour de nous la brume matinale se dissipait en rosée.

— Visez-moi au cœur, me dit Garstrang. Si je ne vous touche pas le premier, au moins le saurai-je aussitôt.

— Que l'honneur soit satisfait ! lança Ferrand de l'extrémité du pont. Messieurs, allez-y !

J'avançai de quinze pas et me retournai. J'observai Eddie Garstrang : c'était un individu insignifiant, petit, aux cheveux blond filasse, aux yeux pâles et fuyants. Je me sentais prêt à le tuer.

— Je suis prêt à te tuer.

J'exprimai ma pensée à voix basse mais distincte. Au moment où je prononçais ces mots, j'entendis l'ordre d'Oscar.

— En joue !

Je levai mon bras droit. Je pointai mon arme.

— Feu !

Je pressai la détente.

J'entendis trois détonations.

Des oiseaux jaillirent en piaillant des arbres et des buissons. Je demeurai immobile, contemplant le pistolet dans ma main. De la fumée s'échappait à la fois du chien et du canon. J'avais la paume et le pouce légèrement brûlés, mais je n'éprouvais aucune douleur. Je sentis une main se poser sur mon épaule. Elle était forte, chaude et rassurante. Je me retournai en murmurant :

— Oscar, mon ami…

Mais ce n'était pas Oscar. C'était Edmond La Grange.

# 15

# Rue de la Pierre-Levée

La face ronde de l'acteur était flétrie et couverte de rides, mais débordait de vitalité et se fendait d'un large sourire.

— J'ai perdu deux habilleurs en six mois, souffla-t-il. Je ne veux pas en voir disparaître un troisième.

Je le regardai avec stupéfaction. Il leva sa main droite et exhiba une arme fumante.

— Le colt de Mr. Jarrett. On le surnomme « le Pacificateur ». Il a rempli sa mission !

Plus pâle qu'un linceul, Eddie Garstrang remontait le pont dans notre direction.

— J'ai tiré au signal, pas avant, se défendit La Grange.

Une lueur espiègle traversa ses grands yeux pétillants.

— Je suis désolé, Garstrang, il semble que je sois le plus rapide.

— Ce sont les balles du revolver qui le sont, rétorqua froidement Garstrang.

— Mais j'ai tiré de deux fois plus loin. Depuis les buissons.

La Grange se tourna pour indiquer sa cachette à l'autre extrémité du pont.

— Je suis au comble de l'incompréhension, fit Oscar qui nous rejoignait en apportant mon manteau et ma veste.

— Ainsi qu'au comble du soulagement, je suppose, répliqua La Grange en riant.

— Que s'est-il passé au juste ? Quelqu'un peut-il m'expliquer ? demanda Oscar.

Il se tourna vers La Grange.

— Que faites-vous ici à cette heure indue ?

— Hier soir, une fois fini mon travail avec Marais, j'ai joué comme à l'accoutumée aux cartes avec Garstrang, M. Branco et le Dr Ferrand. Garstrang a perdu.

La Grange sourit.

— Garstrang a perdu et il s'est saoulé.

L'acteur lança un regard à l'Américain qui demeurait impassible.

— Il m'avait déjà parlé de l'escapade de ce matin. Il s'était juré de « rabattre son caquet » à mon habilleur, rien de plus. « Donner une bonne leçon à ce freluquet », voilà ce qu'il disait. Mais quand Gabrielle est rentrée de son souper avec vous, Oscar, elle est venue dans ma chambre pour me souhaiter une bonne nuit. Là, elle m'a appris que Garstrang, qu'elle venait de croiser dans le couloir, tenait à peine debout.

Il jeta un nouveau coup d'œil à son secrétaire.

— Étant donné les circonstances, et tout bien considéré, j'ai estimé que je ne pouvais pas me fier à son adresse.

Il regarda le revolver qu'il tenait encore et le retourna dans ses mains.

— Voilà pourquoi je suis venu ce matin faire ce que j'ai fait : dévier le canon du pistolet de Garstrang grâce à la précision des balles du terrible colt de Mr. Jarrett. Toutes mes excuses, Pierre, dit-il en s'adressant au

Dr Ferrand, qui cajolait le pistolet endommagé à côté de Garstrang. Je sais que c'est un souvenir de famille. Je vous revaudrai ça. Comme toujours.

— Qu'est-il advenu de ma balle ? demandai-je en rendant son arme au Dr Ferrand.

La Grange plissa les yeux et son regard parcourut le pont jusqu'au temple. Il soupira et hocha la tête avec tristesse.

— Pauvre Sibylle… Je crois qu'elle a été touchée en plein cœur.

J'éclatai de rire.

— Suis-je un si piètre tireur ?

— Vous avez visé au moins un pied trop haut, répondit calmement Garstrang.

Ses joues reprenaient quelques couleurs. Il passa ses doigts dans ses cheveux blonds et m'adressa un sourire qui n'avait rien d'inamical.

— Aviez-vous déjà manié une arme ? demanda-t-il.

— Oh, Robert ! s'écria Oscar en battant des mains de plaisir. Que ne ferions-nous pas par amour ?

— Messieurs, intervint Edmond La Grange, serrez-vous la main. C'est un ordre. Tout de suite. Allez.

Ses yeux étincelaient d'autorité, d'humour et de bienveillance.

— Que mon secrétaire et mon habilleur se disputent ma maîtresse est une aberration. Nous pouvons certainement tous profiter de ses faveurs. N'est-ce pas à cela que servent les maîtresses ?

— Voilà les paroles d'un grand homme ! déclara Oscar. Exécutez-vous, Robert.

Sans hésiter, je serrai la main d'Eddie Garstrang. Je me sentais étrangement euphorique et curieusement soulagé.

— Les propos d'un sage, ajouta le Dr Ferrand.

— Et c'est en homme d'expérience que je vous rappelle que l'heure du petit déjeuner a sonné !

La Grange glissa le revolver dans la poche de son manteau et se planta devant nous, bras écartés, paumes vers le ciel, comme s'il s'apprêtait à saluer son public.

— Notre voiture est avancée, annonça-t-il.

Edmond La Grange avait retenu une berline et s'était entendu avec un cocher qui ne craignait pas d'apporter aide et assistance à des duellistes. L'homme attendait près de son attelage avec une réserve de bandes et une flasque d'eau-de-vie. Quand il nous vit arriver joyeux et en pleine santé, il eut l'air profondément dépité.

— Trois coups de feu et pas une goutte de sang ? balbutia-t-il. C'est pour ça que j'ai risqué de me faire arrêter ?

Je lui montrai avec fierté mes brûlures à la main, mais il les considéra avec un ostensible mépris.

Nous nous installâmes dans le véhicule, qui prit aussitôt le chemin du centre-ville. J'étais assis en face d'Eddie Garstrang. Nous n'échangeâmes pas un mot, mais nous nous regardions sans amertume. Déjà plus ennemis mais pas encore amis, je suppose que nous étions simplement deux rivaux réconciliés.

— C'est étrange à quel point un duel peut alléger l'atmosphère, déclara Edmond La Grange.

— Ce duel a été saboté, maugréa Eddie Garstrang.

— Ce duel a été dramatique, corrigea Oscar. Un affrontement dans la grande tradition d'Euripide, avec l'intervention d'un *deus ex machina.*

— Mon ami, fit La Grange en se penchant vers Oscar et en lui posant la main sur la cuisse, connaissez-vous l'histoire de l'encrier ? C'est mon sabotage préféré.

Il était à peine sept heures du matin en cette froide journée de février. Edmond La Grange avait soixante ans passés et il avait dormi quatre heures au plus. Pourtant, il conta son histoire avec la verve d'un grand comédien au sommet de son art.

— C'est l'histoire édifiante d'un jeune acteur d'une troupe de province qui en détestait la vedette masculine. Le garçon était dévoré de jalousie et il consignait les détails de son obsession dans son journal. « Ce soir, il a ruiné ma première scène », se plaignait-il. « Ce soir, il a empiété sur chacun de mes rires. » « Ce soir, il a fusillé ma sortie. » Puis, un jour, il écrivit ceci : « Lundi, six heures et quart. Cher journal, ce soir je crois que je vais prendre le meilleur sur lui. Nous débutons une nouvelle pièce et j'ai un monologue de dix minutes. Sur le devant de la scène. En pleine lumière. Face à la salle. Et lui sera dans le lointain, assis à un bureau, dos au public, occupé à écrire une lettre. Je pense que la victoire m'appartient… » Un peu plus tard, une main rendue tremblante par l'alcool griffonnait ces mots : « Onze heures et demie. Il a bu l'encrier ! »

Encouragé par Oscar, La Grange nous livra anecdote sur anecdote, alors que notre voiture progressait en cahotant dans les rues désertes du dimanche matin. À l'entendre, c'était comme s'il les racontait pour la première fois. Son théâtre était un fiacre brinquebalant et son public réduit à cinq personnes (il veillait à ce que notre cocher l'écoutât), mais il s'exprimait avec la passion et le panache qui l'animaient lorsqu'il interprétait Molière sur sa propre scène, devant une salle comble. Tandis que j'écoutais ses histoires – toutes relatives au théâtre : il n'en connaissait pas d'autres –, je pensais qu'Edmond La Grange était l'homme le plus drôle et le plus brillant qui existât.

Soudain, la berline s'arrêta. Le conducteur interpella La Grange :

— C'est ici ?

L'acteur jeta un coup d'œil par la portière.

— C'est bien là. *È finita la commedia*. Le petit déjeuner est servi.

Nous descendîmes du véhicule. Nous n'étions pas au théâtre, comme je l'avais supposé, mais nous ne devions pas en être loin, car j'avais reconnu la place de la République au moment où La Grange contait sa dernière anecdote. Je pensais que nous aurions ensuite emprunté le boulevard du Temple, mais nous avions en réalité pris une autre direction.

— Où sommes-nous ? demanda Oscar, dont le regard allait et venait de part et d'autre de la voie pavée.

— Rue de la Pierre-Levée, répondit La Grange. Ici, il n'y a que des entrepôts et des ateliers. Des imprimeries et des faïenceries, pour l'essentiel. Le théâtre se trouve à huit rues d'ici, vers l'ouest. Cinq minutes à pied, pas plus.

Il nous mena de l'autre côté de la chaussée, jusqu'à une étroite porte en bois ménagée dans un haut mur de briques aveugle. D'un geste théâtral, il tira de la poche de son manteau une petite clé en fer forgé et la brandit devant nous comme un magicien l'objet qu'il s'apprête à faire disparaître. Il fit jouer la serrure.

— Suivez-moi, dit-il.

Nous nous retrouvâmes dans ce qui ressemblait à l'entrepôt d'une manufacture de céramiques. Dans la pénombre, on devinait des caisses débordant de paille et de hautes piles de carreaux le long des murs. À la suite de La Grange, nous empruntâmes une deuxième porte, qui nous conduisit jusqu'à la fabrique. Là, nous fûmes presque éblouis par la lumière du jour qui tombait d'une cage d'escalier.

— Montons, fit La Grange en indiquant l'abrupte volée de marches en bois.

L'un après l'autre, nous gravîmes l'escalier, entourés d'un nuage de poussière blanche.

Arrivés au sommet, nous découvrîmes un vaste grenier que baignait une froide lumière. Des lucarnes de toutes tailles avaient été aménagées dans le toit du bâtiment.

— Bienvenue à El Paradiso ! lança Edmond La Grange.

Par ses dimensions, l'endroit rappelait la *Salle des morts**, mais c'était là leur seul point commun. L'ambiance de la pièce était celle d'un florissant lupanar. Le sol était couvert de tapis persans, les murs tendus de soie, partout il y avait des coussins et des divans, et tout au fond de la pièce, à l'opposé de l'escalier, une large fenêtre ouvrant sur les toits de Paris surplombait un immense lit défait.

Disposée au centre de la pièce à la manière d'un autel miniature se trouvait une longue table basse sur laquelle était servi un petit déjeuner. Il y avait là du pain et du fromage, des tranches de viande froide, des fruits, du vin, du cognac et du champagne. Le menu rappelait celui du *Chat noir*, excepté qu'il comportait aussi de l'absinthe. Soigneusement présentés sur un plateau posé au bout de la table, un peu à l'écart, il y avait en outre les ingrédients nécessaires à la fabrication du laudanum : éther et teinture d'opium.

— *À table, messieurs**, fit La Grange en nous désignant les coussins et les tabourets arrangés autour de la table. Je m'occupe du café... à moins que nos duellistes ne souhaitent quelque chose d'un peu plus fort ?

Il se tourna vers le Dr Ferrand.

— Pierre, assurez-vous que nos hôtes ont tout ce qu'ils désirent.

— Quel est cet endroit ? demanda Oscar, déconcerté. Où sommes-nous ?

— Vous êtes dans mon nid d'amour, répondit La Grange. Le docteur le connaît bien. Au fil des ans, il y est venu une ou deux fois en urgence. Je ne partage ce lieu qu'avec mes amis, mes vrais amis, ceux auxquels je peux pleinement me fier.

Oscar parcourut la pièce d'un regard admiratif. Je vis ses yeux s'arrêter sur un petit buste en marbre qui trônait sur un élégant guéridon chinois en bois laqué. Tout à côté, La Grange était accroupi devant un poêle à pétrole qu'il tentait d'allumer.

— Comme vous le savez, Oscar, je suis un épicurien, lança-t-il par-dessus son épaule. J'applique la philosophie de mon maître.

— Vous recherchez le plaisir et évitez la douleur.

— J'entretiens un cercle restreint d'amis proches.

— Vous avez votre public, et pourtant...

— Je me réserve à moi-même.

La Grange se redressa.

— Contrairement à d'autres acteurs que je pourrais citer, je me tiens à l'écart de la politique. La vie publique n'apporte que des ennuis. Je suis les conseils d'Épicure.

Il se tourna vers le guéridon et prit entre ses mains le buste qui représentait le philosophe grec. Il le tendit à Oscar.

— Il ressemble au Dr Ferrand, vous ne trouvez pas ?

— C'est un bel homme, assurément, répondit Oscar en examinant la statue.

— Il est vieux et barbu, ronchonna le médecin.

— Lisez l'inscription, suggéra La Grange.

Oscar se pencha sur les caractères gravés à la base du cou.

— « *Λὰθε βιώσαζ* ». *Lathe biôsas*. Vivez caché.

— Est-ce que « Recherchez l'isolement » ne serait pas une traduction plus juste ?

— Peut-être, concéda Oscar avec légèreté tout en reposant le buste. Mon dernier prix de grec remonte à un ou deux ans.

La Grange éclata de rire.

— Quoi qu'il en soit, je pense que mon mentor aurait approuvé cette retraite. J'espère que c'est aussi votre cas, Oscar. Je vous la prête. Utilisez-la quand et comme bon vous semble. Vous pouvez y amener qui vous voulez. Vous n'aurez jamais à vous justifier, du moins auprès de moi. Il n'y a qu'une seule clé. Je la garde en permanence avec moi. Par conséquent, si je vous la confie, vous pouvez être sûr que personne ne viendra vous déranger.

Oscar s'inclina avec gratitude. L'acteur se tourna vers Eddie Garstrang et moi.

— Messieurs, je suis heureux que nous soyons convenus qu'il m'était impossible de laisser mon secrétaire et mon habilleur se battre pour ma maîtresse. Ce serait déplacé et inutile. Si vous la désirez tous deux, il vous faut tous deux l'avoir, si elle y consent. Arrangez-vous pour l'amener ici. Elle connaît le chemin. Amenez-la ici, ensemble ou séparément, comme il vous plaira.

Pendant le repas, La Grange organisa un facétieux rituel au cours duquel nous nous passâmes la clé à la ronde. Nous l'embrassâmes chacun à notre tour et jurâmes de garder le secret à propos du nid d'amour, en particulier vis-à-vis de Liselotte La Grange.

— Maman est au courant de bien des choses, mais il est inutile qu'elle soit au courant de tout, expliqua le Dr Ferrand.

— Certains la méprisent, déclara La Grange. Je n'ignore pas le petit jeu auquel quelques membres de la troupe se livrent avec elle. Ils abordent les sujets les plus incongrus en sa présence pour voir en combien de temps elle réussira à ramener la conversation à elle et au glorieux héritage de la compagnie La Grange ! Je ne mésestime pas ma mère. Je l'aime. Je lui dois tout ce que je suis.

Il marqua une pause et soupira. Personne ne parlait. Il nous regarda et nous adressa un sourire qui me parut un peu forcé. La façon dont il découvrit ses dents transforma son expression en grimace.

— Ne vous méprenez pas, messieurs, reprit-il. Je suis reconnaissant à ma mère de son affection ; il m'arrive cependant de la trouver quelque peu fatigante.

— L'amour maternel est très touchant mais souvent égoïste, observa Oscar.

Il parcourut notre assemblée du regard comme s'il cherchait à prendre la température d'une réunion publique, puis il rendit son sourire à La Grange.

— Avec nous, votre secret sera bien gardé, monsieur.

— Merci. Après le petit déjeuner, vous pourrez signer le livre d'or.

Une fois restaurés, et avant de reprendre tous ensemble le chemin du boulevard du Temple, nous nous fîmes présenter par notre hôte les commodités de l'appartement : la petite cuisine, le placard à linge bien garni, la salle de bains avec vue sur les étoiles. Puis, d'un tiroir du guéridon chinois, La Grange sortit un cahier relié de cuir et nous invita, Oscar, Eddie Garstrang et moi, à y inscrire notre nom chacun à notre tour.

— Vous faites désormais officiellement partie de mon petit club, conclut La Grange en soufflant sur nos signatures pour en sécher l'encre, avant de refermer le registre et de le ranger avec soin.

— Faut-il s'acquitter d'une cotisation ? demanda Oscar en souriant.

— Je n'attends rien d'autre qu'un compte-rendu de temps en temps des aventures les plus amusantes qui vous seront arrivées ici. Il n'y a ni règles ni obligations.

— Et une seule clé ?

— Oui. Et je la fais changer, ainsi que la serrure, assez régulièrement. Même la bonne qui vient ici une fois par semaine – et qui, soit dit en passant, est merveilleusement efficace et parfaitement discrète – doit me la demander personnellement.

— N'ai-je pas vu le nom de Sarah Bernhardt dans le livre d'or ? interrogea Oscar.

— C'est exact. Vous êtes très observateur. Mme Bernhardt est notre seul membre féminin. Je lui ai offert son adhésion en guise de cadeau de mariage. J'ai pensé qu'elle trouverait ça utile.

Le Dr Ferrand eut un petit rire.

— J'en suis certain, dit-il.

La Grange tendit le bras et posa la main sur l'épaule de son ami.

— Pierre appartient au club depuis de nombreuses années. En fait, je crois qu'il est désormais notre plus ancien membre actif.

— Depuis le départ de Carlos Branco ? interrogea Oscar.

— En effet, répondit La Grange, qui dévisagea Oscar en haussant un sourcil. Branco vous en aura donc parlé ?

— Pas du tout, répliqua aussitôt Oscar. J'ai remarqué que son nom était barré dans le livre d'or. Voilà tout.

— Ah, fit La Grange. Vous êtes vraiment très observateur.

Le maître des lieux entreprit de nous entraîner vers l'escalier.

— L'appartenance au club est entièrement à ma discrétion. Je dirais même : à mon bon plaisir. Mon vieil ami Carlos Branco a été radié. Sa prestation dans le rôle de Polonius n'est vraiment pas à la hauteur.

# 16

# La répétition en costumes

Le lendemain, 26 février, était un lundi. Oscar m'apprit que nous fêtions ce jour-là saint Porphyre de Gaza. Mon ami était arrivé de bonne heure au théâtre La Grange. Il portait un costume de tweed violet et tenait à la main une vie du saint. Il me trouva dans la loge de La Grange où j'étais seul, assis sur la *chaise longue**, occupé à cirer les chaussures du grand homme.

— Vous ne lisez pas le grec, Robert, il me semble ? me demanda-t-il sans préambule, brandissant l'hagiographie. Je vais traduire pour vous. Ceci est le compte-rendu le plus délicieusement atroce du paganisme dans l'Antiquité. Le Paris de la fin du XIX^e^ siècle n'est rien en comparaison du Gaza du début du V^e^ !

— Vous êtes en forme, ce matin, remarquai-je, interrompant ma tâche.

— J'en ai besoin ! déclara-t-il, abandonnant le livre sur la table de maquillage de La Grange avant de fouiller ses poches à la recherche de son étui à cigarettes. J'ai un « rendez-vous professionnel » avec M. Marais à dix heures. Quand quelqu'un vous propose de vous rencontrer pour parler affaires, vous pouvez être sûr que, quoi qu'il en ressorte, ce ne sera pas à votre avantage.

Il glissa une cigarette entre ses lèvres et gratta une allumette dont il huma les effluves de soufre en fermant les yeux.

— Je ne veux pas d'argent, poursuivit-il. Seuls les gens qui paient leurs factures en ont besoin ; or, je ne règle jamais les miennes.

— Très amusant, Oscar. Vous êtes décidément en verve.

— Merci, Robert.

Il me gratifia d'une légère inclination, puis il se tourna vers la glace pour étudier sa mise.

— Je ne fais pas grand cas de l'argent, mais M. Marais y accorde une extrême importance. Je crois qu'il gruge La Grange depuis des années.

Je le regardai, abasourdi.

— Pourquoi ? Comment ? Marais semble tout dévoué à La Grange.

— Pourquoi ? Parce qu'il est sourd et qu'il en veut au monde entier. Je ne lui jette pas la pierre. Comment ? À l'aide du vieux truc qu'utilisent partout les comptables de théâtre. Avez-vous remarqué que l'orchestre compte trente-quatre rangées de sièges ?

— Vraiment ?

— Oui. Mais le plan sur lequel travaillent chaque samedi soir Marais et La Grange n'en comporte que trente-trois. M. Marais garde pour lui les revenus de la rangée fantôme.

— Incroyable !

— Et si simple ! Marais est un escroc. Lors de notre dernier « rendez-vous professionnel », je le lui ai dit. Je lui ai expliqué qu'il pouvait voler son employeur et s'en tirer à bon compte, mais que moi, il ne me volerait pas.

J'éclatai de rire.

— Comment comptait-il s'y prendre, Oscar ?

— Il m'a proposé l'équivalent de cent livres pour mon travail sur la traduction d'*Hamlet*. Je lui ai répondu que La Grange m'en avait promis le double.

— Est-ce le cas ?

— Non, mais cela aurait pu. Marais compte me payer une somme, en déclarer une autre à La Grange et empocher la différence.

— C'est scandaleux, Oscar.

— Ce sont les affaires, Robert. Toutefois, j'entends maintenir mes exigences. Un traducteur mérite son salaire. Je veux le double de ce qu'il m'a proposé lors de notre première entrevue, non parce que je tiens à l'argent, mais parce que je tiens au principe.

Oscar rajusta son gilet. Il examina la coupe de son nouveau costume avec une satisfaction manifeste. Il sortit sa montre de gousset.

— Pourquoi êtes-vous si matinal, Robert ? La répétition ne commence pas avant midi.

Il se détourna de la psyché et me regarda, un petit sourire au coin des lèvres.

— Espérez-vous croiser Mlle de La Tourbillon avant Eddie Garstrang et lui proposer un rendez-vous au « club » de la rue de la Pierre-Levée ?

— Ne soyez pas grotesque, Oscar. Je suis ici pour préparer les costumes de La Grange.

— Bien sûr, mon cher, c'est pour cela que vous êtes venu. Mais j'ai remarqué en arrivant que vous aviez laissé la porte entrouverte. N'était-ce pas dans l'espoir qu'une certaine jeune femme vînt à passer ?

— Je l'aime toujours, Oscar, déclarai-je d'un ton solennel. Je la désire toujours, mais j'admets que quelque chose a changé.

— Ah ? fit mon ami en rangeant sa montre. Depuis quand ?

— Depuis que je l'ai vue avec Garstrang samedi soir, et depuis que j'ai entendu la façon dont La Grange parlait d'elle hier.

Oscar me sourit et reprit son exemplaire de la *Vie de saint Porphyre*.

— Il y a un sujet sur lequel hommes et femmes sont du même avis. Ni les uns ni les autres ne font confiance aux femmes.

J'éclatai de rire. Oscar posa la main sur mon épaule.

— Cela dit, *mon ami**, vous êtes jeune. Si l'occasion se présente, profitez-en. Tout garçon de vingt et un ans devrait pouvoir goûter aux appas d'une belle maîtresse de trente ans.

Tandis qu'il s'apprêtait à sortir, il agita son livre dans ma direction.

— Néanmoins, quoi que vous fassiez dans la délicieuse garçonnière de M. La Grange, je doute que cela puisse rivaliser avec ce qui se passait dans le temple d'Aphrodite avant l'intervention de saint Porphyre.

L'heure sonna à la pendulette sur la desserte.

— Je laisse la porte ouverte, dit joyeusement Oscar en prenant congé.

Je le regardai s'éloigner dans la glace. Le bureau de Marais était une pièce aveugle et inhospitalière cachée dans les entrailles du bâtiment. Pour y parvenir, il fallait descendre un petit escalier de pierre qui se trouvait dans les coulisses, tout à fait à l'opposé de la loge de La Grange. J'observai avec amusement Oscar s'arrêter au milieu de la scène. Il était parti confiant et d'un pied alerte. Que ce fût en raison de l'obscurité ou par crainte de l'entrevue qui l'attendait, son pas se faisait désormais moins sûr. J'étais sur le point de lui lancer une ironique salve d'encouragements lorsque j'entendis un étrange et lointain grincement. Aussitôt, je vis Oscar lever les yeux avec inquiétude. Il poussa alors un cri de terreur et se jeta de côté. Au moment où il s'abattait sur la scène, face contre le sol, un énorme contrepoids, un sac cubique rempli de sable et de ferraille, s'écrasa à un pouce de sa tête.

J'abandonnai les chaussures de La Grange et me précipitai au secours de mon ami. En même temps que moi arrivèrent deux machinistes qui avaient émergé des coulisses en courant. Nous aidâmes tous trois Oscar à se relever.

— Comment vous sentez-vous ? demandai-je.

— Vivant, répondit-il.

Il entreprit de brosser la poussière de son pantalon et de sa veste en tweed. Je constatai que ses doigts tremblaient. La main en visière, les deux machinistes scrutaient les cintres.

— Bizarre, dit l'un.

— Ce n'est pas la première fois, fit une voix en provenance des coulisses.

C'était Carlos Branco. Il se tenait sur le côté de la scène, vêtu d'une armure, un heaume entre les mains.

— Quand cela s'est-il déjà produit ? interrogea Oscar.

— La saison dernière, répondit Branco en s'avançant, le sourire aux lèvres. Nous jouions une adaptation de *Don Quichotte* et La Grange trouvait mon Sancho Pança médiocre.

Le vieil acteur leva les yeux vers les cintres.

— L'illustre La Grange est un homme exigeant.

— Ah, murmura Oscar dont les mains tressaillaient encore. Vous plaisantez, sans doute.

Branco passa un bras autour des épaules d'Oscar.

— C'était un accident, mon ami. Dans un théâtre, ce genre de choses arrive tout le temps.

— Comment monte-t-on là-haut ? demanda Oscar en fouillant les coulisses du regard.

— Par l'échelle qui se trouve derrière la scène. Il n'y a pas d'autre moyen.

Le plus jeune des deux machinistes, un garçon de seize ou dix-sept ans, traversa prestement la scène et disparut derrière un élément du décor.

— Il n'y a personne ici, cria-t-il.

Son collègue, un homme plus âgé, au visage rougeaud et à la moustache tombante, continuait à examiner les cintres.

— Il n'y a personne en haut, dit-il. Le poids a dû échapper à ses amarres. Il devait être mal fixé.

— Comment allez-vous, Oscar ? demanda Carlos Branco en lui pressant l'épaule.

— Je suis vivant, répéta Oscar. Je vous remercie.

Les deux ouvriers grommelèrent en adressant un signe de tête à Branco et se chargèrent d'enlever le sac. Il devait peser un poids considérable : à deux, ils eurent de la peine à le transporter dans les coulisses. Oscar prit une profonde inspiration et ramassa son livre tombé à terre. Il en montra la couverture à Carlos Branco.

— Saint Porphyre nous invite à ne pas croire aux présages. Il dénonce les pièges de la superstition.

Il jeta un regard vers les cintres déserts puis reporta sur Branco et moi ses yeux inquiets.

— Je me sens anéanti, mes amis. Je l'avoue. Un chien est retrouvé mort, puis c'est au tour d'un nègre, et enfin un Irlandais est à deux doigts de les rejoindre.

Carlos Branco se mit à rire.

— Croyez-vous qu'il y ait parmi nous un meurtrier qui remonte peu à peu la hiérarchie du règne animal ?

— C'était un accident, c'est certain, ajoutai-je.

— C'est certain, répéta Oscar en soufflant la poussière qui couvrait son livre. Si vous voulez m'excuser, messieurs, on m'attend pour affaires. Je vais être en retard et M. Marais en tirera avantage.

La répétition en costumes d'*Hamlet*, ou du moins la première d'une série qui devait occuper toute la semaine, était prévue à midi. À dix heures, les coulisses du théâtre La Grange étaient désertes. Vers onze heures et demie, la scène et ses alentours étaient encombrés de comédiens proches de l'hystérie, qui déambulaient à des degrés divers d'habillement. Beaucoup enfilaient leur costume pour la première fois et la plupart se plaignaient avec éloquence de la couleur, de la coupe, du tissu, de la taille, de la finition ou des antécédents de leurs atours. La production d'*Hamlet* était nouvelle, mais pas les costumes ni les accessoires. Bernard La Grange, le prince du Danemark, pestait contre sa perruque qu'il jugeait « grotesque, risible, immonde » et jurait que, vivant, on ne le verrait jamais avec des boucles blondes ! Maman, qui était en charge des costumes et des postiches de la compagnie depuis des temps immémoriaux, lui expliqua que cette chevelure avait très bien convenu à son père et à son grand-père. Carlos Branco, qui jouait à la fois le rôle du fantôme du père d'Hamlet et celui de Polonius, ne cachait pas son mépris pour l'armure démesurée qu'on lui avait fournie. Il allait et venait sur les murailles du château d'Elseneur en laissant ballotter la visière de son casque, qui claquait comme les mâchoires d'un crocodile furieux.

Edmond La Grange arriva avec Agnès à son bras. Il n'aimait rien tant que les répétitions en costumes et il était plus enjoué que jamais. Il connaissait bien ses atours : c'était ceux qu'il avait portés lorsqu'il interprétait Iago dans *Othello* et Edmund Kean dans la célèbre pièce d'Alexandre Dumas. (Dans les deux cas, Sarah Bernhardt lui donnait la réplique dans le premier rôle féminin.) Agnès ne se plaignit pas non plus de sa toilette. Elle portait la robe blanche toute simple, ornée de rubans couleur bleuet, qu'avait revêtue Maman soixante ans auparavant. Agnès paraissait sereine et beaucoup plus calme que la dernière fois que je l'avais vue, lorsque nous l'avions quittée après notre soirée au *Chat noir*. Elle avait apporté un bouquet de lilas blanc pour égayer la loge de son père.

Quand j'eus fini d'habiller La Grange, celui-ci m'envoya proposer mes services à Maman. En chemin, je tombai nez à nez avec Gabrielle de La Tourbillon. C'était notre première rencontre depuis qu'Edmond La Grange nous avait offert à Garstrang et à moi de « partager » sa maîtresse, mais aussi depuis qu'elle avait promené ses mains sur mes cuisses au *Chat noir* et que je l'avais vue embrasser Garstrang dans l'embrasure de la porte. Elle me parut changée. Vieillie. Elle perçut le trouble dans mon regard.

— Je sais, dit-elle. C'est déstabilisant. Vous ne me reconnaissez pas, n'est-ce pas, Robert ? C'est le maquillage. Et l'*embonpoint**. Gertrude est une mère, et une mère doit avoir de la poitrine.

À midi, le régisseur battit le rappel en agitant une cloche. Peu à peu, chacun prit position : les acteurs s'alignèrent sur scène, par ordre d'âge, tout autour des remparts ; les machinistes et les costumières se hâtèrent de gagner les coulisses. Aucune instruction n'était nécessaire : d'instinct, chacun connaissait sa place. Les personnages principaux (Hamlet, Ophélie, Gertrude, Polonius) se réunirent au centre. Aussitôt derrière eux vinrent se placer Horatio et Laërte, puis Osric, Rosencrantz et Guildenstern. Bernardo, Marcellus, Reynaldo et Fortinbras formaient une rangée dans le lointain côté cour, tandis que les fossoyeurs leur faisaient face côté jardin. L'ambassadeur d'Angleterre et le capitaine norvégien se tenaient sur les fortifications, entourés des dames et des seigneurs, des prêtres et des comédiens.

Quand tout le monde fut installé, Edmond La Grange s'avança en compagnie d'Oscar et de Richard Marais. Ce dernier portait un escabeau en bois sur lequel monta La Grange avec l'aide d'Oscar. Il répandit sur la troupe un sourire bienveillant.

— Bonjour, mesdames et messieurs. Nous nous apprêtons à interpréter une pièce qui a peu d'équivalents, dans une adaptation qui n'a pas d'égale. Remercions-en M. Oscar Wilde.

Oscar inclina la tête sous les applaudissements.

— Ceci est notre première répétition en costumes. Vous avez naturellement tous nos maîtres mots à l'esprit : précision, clarté, énergie, intensité. Cependant, notre principale préoccupation aujourd'hui concerne les décors et les costumes. On m'a rapporté que s'était produit un incident ce matin : un contrepoids s'est décroché des cintres. Cet après-midi, soyez prudents, mesdames et messieurs. Regardez où vous mettez les pieds. À la fin de la répétition, je veux que vous vous sentiez à l'aise dans les vêtements que vous portez et comme chez vous dans le décor qui nous entoure.

Il parcourut du regard les murailles et les remparts, puis il leva les yeux vers les cintres.

— Nous savons tous que ce ne sont que des toiles peintes actionnées par des cordes et des poulies, mais, à cinq heures, elles devront être pour vous les véritables pierres d'Elseneur.

Il marqua une pause.

— Des questions ?

Carlos Branco releva la visière de son heaume.

— Cette armure sent la charogne !

Une fois les rires retombés, La Grange le toisa.

— C'est normal. Vous avez lu la pièce : « Il y a quelque chose de pourri au royaume du Danemark[1]. »

— Cette perruque est ridicule, lâcha Bernard La Grange en brandissant la touffe de boucles blondes pour que chacun pût la voir.

— Elle appartient à l'héritage familial, glapit Maman depuis le bord de la scène.

— Je ne la mettrai pas !

— Soit, concéda La Grange en dévisageant Bernard. Elle ne te sied pas au teint.

— Mais la tradition des La Grange ? protesta Liselotte La Grange, qui tendait les bras comme une vieille mégère dans une tragédie grecque.

— La tradition, c'est fini, coupa La Grange. Oublie-la.

Il se tourna vers l'ensemble de la troupe.

— Mesdames et messieurs, profitez de cet instant. Nous commençons dans cinq minutes.

Tandis que La Grange sautait au bas de l'escabeau, les acteurs s'égaillèrent. Quatre-vingts comédiens et comédiennes, acteurs principaux et figurants, soldats

1. William Shakespeare, *Hamlet*, acte I, sc. 4.

et marins, machinistes et charpentiers, pompiers, couturières et costumières se mirent simultanément en mouvement, partant dans toutes les directions comme des fourmis s'attelant de façon déterminée et inconsciente à leur tâche.

Je croisai brièvement Oscar à proximité de la loge de La Grange.

— Comment allez-vous ? lui demandai-je.

— Oscar est de nouveau Oscar, répondit-il en souriant.

— Et Marais ? Comment s'est passé votre rendez-vous ?

— Ça n'a pas été facile. Marais n'a pas quitté sa machine à écrire. Quand on en joue avec sentiment, cet appareil n'est pas plus ennuyeux que le piano sur lequel s'échine une sœur ou un proche parent, mais il demeure malgré tout fatigant. Évidemment, Marais n'entend pas le bruit qu'il fait.

— Avez-vous maintenu vos revendications ?

— Oui. Et j'ai doublé mes appointements. La représentation de cet après-midi en sera deux fois plus satisfaisante.

J'assistai à la répétition depuis la partie des coulisses la plus proche de la loge de La Grange. Oscar s'était installé à l'orchestre. Bien sûr, l'exécution ne fut pas parfaite. Il y eut des problèmes techniques, des répliques oubliées et des entrées à contretemps. Maman et l'une ou l'autre de ses assistantes venaient régulièrement sur scène pour remédier à des problèmes de costume ou d'accessoires. Il fallut une éternité au régisseur et à ses hommes pour changer les décors. Il n'y avait pas de musique et l'éclairage laissait à désirer. L'ensemble dura six heures au lieu de trois. Néanmoins, il était déjà évident que cette version d'*Hamlet* ferait date grâce à des interprétations extraordinaires, en particulier celles des jumeaux.

Un jour, Edmond La Grange m'avait confié qu'un grand acteur devait posséder « de l'énergie, une voix tonique, une grâce naturelle dans les gestes, un trait de caractère original et fascinant, à coup sûr de la vitalité, la capacité à rendre la beauté comme la laideur en fonction des exigences du rôle, de l'autorité et un certain sens du style ». Bernard et Agnès avaient tout cela.

À la fin de la représentation, Edmond La Grange convoqua l'ensemble de la compagnie pour l'attribution des « notes » et pour que nous nous exercions à saluer le public. Ce fut à ce moment que nous constatâmes l'absence d'Ophélie.

# 17

# Une nuit inoubliable

La Grange ne sembla pas s'émouvoir de la disparition de sa fille. Il envoya le régisseur la chercher, mais, quand l'homme revint au bout de vingt minutes sans le moindre indice, l'acteur se contenta de hausser les épaules.

— Elle a tenu son rôle à la perfection. Elle est épuisée, comme on pouvait s'y attendre. Nous n'avons plus besoin d'elle aujourd'hui. Qu'on la laisse tranquille.

Un peu après six heures, la distribution d'*Hamlet* fut libérée. À huit heures, Edmond La Grange, Carlos Branco, Gabrielle de La Tourbillon et une douzaine d'acteurs remontaient sur scène pour jouer *L'Avare*.

Un peu avant la représentation, Richard Marais glissa son crâne chauve par l'entrebâillement de la porte de la loge de La Grange.

— Monsieur, j'ai le regret de vous informer que la salle n'est pas pleine ce soir, annonça-t-il. J'ai fermé la galerie.

— Très bien.

La Grange lui adressa un signe de tête dans le miroir de sa coiffeuse.

— Ne le dites à personne.

Quand le comptable eut disparu, La Grange se tourna vers moi.

— Et vous de même : pas un mot.

— Bien sûr que non, monsieur. Comme vous voudrez. Mais puis-je vous demander pourquoi ?

— Ne pouvez-vous le deviner ? Si les acteurs apprennent que la galerie est fermée, ils ne joueront plus pour elle. Ils concentreront leur attention sur l'orchestre et leur jeu s'en trouvera amoindri. Le théâtre paraîtra plus petit, plus vide encore. C'est ce qu'il faut éviter, surtout pour une comédie. Il faut toujours jouer les pièces comiques comme si on se trouvait face à une salle pleine à craquer.

J'observai le reflet de l'acteur devant lui. Son épaisse chevelure blanche était parsemée de mèches teintes au henné, des rides profondes marquaient son front, il avait le bout du nez et les pommettes passées au rouge, et, au-dessus des traits magenta qui les soulignaient, ses yeux pétillaient. Il était vieux, ridicule, et cependant superbe.

— Ne vous sentez-vous jamais fatigué, monsieur ?

— Cela fait quarante ans que je suis épuisé !

Il pivota sur son tabouret et me regarda droit dans les yeux.

— Mais je ne m'arrête pas, *mon petit**, parce que c'est mon devoir. C'est mon métier. Et ce soir, qui sait ? peut-être y a-t-il dans la salle une personne qui ne m'a jamais vu sur scène et qui ne m'y reverra jamais plus. Pour elle, je me dois de donner le meilleur de moi-même.

Il se leva et écarta les bras. Je le ceignis de la ceinture d'Harpagon, que je bouclai fermement.

— Où est Oscar ? demanda-t-il.

— Je ne sais pas. Devant un verre de vin, je suppose. Je dois le retrouver tout à l'heure. Nous allons chez Mme Bernhardt.

— Bien sûr, murmura-t-il. La soirée de Sarah…

— En serez-vous, monsieur ?

— Non, *mon petit**, je ne viendrai pas. Je resterai ici à jouer aux cartes. C'est ma passion.

Ce soir-là, Sarah Bernhardt donnait une de ses célèbres fêtes dans sa maison de la rue Fortuny. Oscar était invité et, puisque La Grange avait prévu, comme à son habitude, de jouer aux cartes dans son appartement avec Garstrang, Branco et le Dr Ferrand, mon ami avait suggéré que je l'accompagnasse.

— *Carpe diem !* m'avait-il glissé sur le ton du complot quand je l'avais croisé dans les coulisses peu après la répétition. Venez avec Gabrielle, Robert, et ensuite mettez-la au lit. Elle a eu une longue journée. Elle sera trop fatiguée pour se refuser à vous ! Dès le baisser de rideau, je vous attendrai dans une voiture.

Un peu avant onze heures, j'aidais Gabrielle de La Tourbillon à monter dans la berline promise par Oscar. Dans le clair de lune de février, vêtue d'une jupe de mousseline aux reflets de saphir surmontée d'un étroit corsage en satin assorti, des diamants autour du cou et disséminés dans ses cheveux, elle ressemblait à la princesse d'un conte de fées russe. Elle était redevenue belle.

— Je vous aime, lui soufflai-je à l'oreille.

— J'en suis ravie, répliqua-t-elle. Toutes les femmes aiment qu'on les aime.

En habit, un brin de lilas à la boutonnière, Oscar se trouvait déjà dans la voiture, enfoncé dans un coin. Il n'y était pas seul. En face de lui, vêtu en dépit de la saison d'un pantalon noir, d'une simple chemise blanche et d'un gilet déboutonné, était assis Bernard La Grange, la tête rejetée en arrière contre la têtière, les yeux mi-clos.

— J'étais en train de complimenter un grand Hamlet, déclara Oscar au moment où Gabrielle et moi pénétrions dans le fiacre. Et maintenant, ajouta-t-il en portant la main gantée de blanc de Gabrielle à ses lèvres, il m'est aussi donné de rendre hommage à une incomparable Gertrude.

Il gratifia tour à tour les deux comédiens d'un sourire.

— Cet après-midi, vous étiez mère et fils, et nul n'aurait pu en douter. Et ce soir, vous paraissez tous deux si jeunes que vous pourriez être frère et sœur.

Gabrielle s'installa à côté d'Oscar et se pencha pour lui déposer un baiser sur la joue.

Je m'assis à côté de Bernard.

— Comment va votre sœur ? lui demandai-je.

— Je l'ignore, répondit-il, l'œil rivé à la fenêtre.

La voiture s'ébranla et remonta la ruelle pour rejoindre le boulevard du Temple.

— Où est-elle ? s'enquit Oscar.

— Je ne sais pas…

Le jeune acteur se tourna vers Oscar et lui adressa un pâle sourire.

— Je ne sais pas où je suis moi-même.

— Vous êtes en bonne compagnie, répondit Oscar. Avec des amis.

La berline dépassa le théâtre et commença à accélérer l'allure. J'éprouvai une extraordinaire sensation d'euphorie. J'observai Gabrielle. Elle était assise en face de moi, nos genoux se touchaient. J'étais fasciné par l'intensité du désir qu'elle m'inspirait. Peut-être lut-elle dans mes pensées…

— Trouvez-vous mon *décolleté** exagéré ? murmura-t-elle. Je tenais à vous rassurer, après cet après-midi.

— Vous êtes parfaite, lui répondis-je à voix basse.

Elle se tourna vers Oscar.

— Ai-je trop de diamants sur moi ?

— Si j'en crois mon expérience, il en va des diamants comme des compliments et des canapés aux anchois : on n'en a jamais trop.

Elle éclata de rire.

— Vous les a-t-on offerts ? demanda Oscar.

— Oui. Edmond.

Elle se reprit aussitôt et se pencha vers moi en effleurant ma cuisse du bout des doigts.

— J'espère que cela ne vous ennuie pas.

Je souris et hochai la tête sans répondre. Mais en mon for intérieur, je pensais : « Pourquoi en serais-je gêné alors que vous-même êtes un présent d'Edmond ? »

Elle me parut soudain embarrassée. Tandis qu'elle tripotait ses diamants avec nervosité, elle lança un regard inquiet à Bernard.

— Je sais que votre père a fait une folie. J'espère que vous ne m'en voulez pas.

— Ce qu'Edmond La Grange fait de son argent ne me regarde pas. Pourquoi m'en formaliserais-je ?

À ces mots, Gabrielle rougit.

— Je suis désolée… commença-t-elle en agitant la main avec maladresse. Je…

— Non, coupa Bernard. Ne vous excusez pas. C'est à moi de le faire.

Il ne la regardait pas, toujours absorbé par le paysage.

— Pardonnez-moi. Je suis un peu fatigué en ce moment. C'est une période difficile.

Je posai une main rassurante sur le genou de Gabrielle tandis qu'Oscar faisait de son mieux pour détendre l'atmosphère.

— Vous serez la reine du bal, ma chère !

— Dansera-t-on ? demandai-je.

— Bien sûr. Et il y aura des feux d'artifice. Et des mangeurs de feu. Et des lions, des lynx et des léopards en liberté dans le salon.

— Pourvu qu'il y ait un buffet, fit Gabrielle en se joignant à la conversation. Je meurs de faim.

— Il y aura de quoi manger, la rassura Oscar en riant. Et de quoi boire.

— Et du laudanum, ajouta Bernard d'une voix tranquille. Il m'en faut. J'ai besoin de sommeil.

En fin de compte, il n'y eut ni feux d'artifice ni mangeur de feu. Et nous ne vîmes d'autre créature à quatre pattes qu'Hamlet III, le petit chien de Sarah Bernhardt. Une douzaine de pingouins s'ébattaient cependant dans la fontaine du jardin et trois sirènes vivantes étaient installées dans l'escalier. Leurs longues queues de nacre ondoyantes luisaient et scintillaient, leurs cheveux noués en tresses dorées retombaient sur leurs épaules et leurs poitrines dénudées.

— Elles sont authentiques, insistait Sarah Bernhardt. Et très chères. Je les ai achetées à un pirate du golfe de Gascogne. J'ai dû payer un supplément parce qu'elles chantent en français !

Je n'avais jamais assisté à une telle soirée auparavant, et je n'en ai pas vu de semblable depuis. À vivre désormais en permanence dans la lumière crue de l'éclairage électrique, nous avons oublié l'aspect féerique que prend le monde à la lueur incertaine des flammes. Ce soir-là, la maison de Sarah était seulement illuminée par de minuscules bougies. Il y en avait des milliers, qui étincelaient, vacillaient et finissaient par s'éteindre, aussitôt remplacées par des milliers d'autres. Six extras parmi les trente qui veillaient à satisfaire les invités étaient exclusivement assignés à cette tâche.

Il est important de rappeler qu'au tournant des années 1880 les théâtres de Paris étaient les plus célèbres et les plus fréquentés au monde. Un demi-million de Parisiens se rendaient au spectacle une fois par semaine et plus d'un million une fois par mois. Les vedettes françaises étaient révérées, et engagées, de La Nouvelle-Orléans à Saint-Pétersbourg. Sarah Bernhardt et Edmond La Grange jouissaient d'une renommée internationale qui leur avait permis d'amasser une fortune fabuleuse. Bien qu'elle gagnât un peu plus que lui, La Grange était plus riche encore que Sarah Bernhardt, car, tandis qu'elle dilapidait ses revenus sans compter, lui thésaurisait.

Ce soir-là, rue Fortuny, aucune dépense ne fut épargnée. En raison de la thématique marine de la soirée, on nous servit du homard, des langoustines et des crevettes au beurre, du saumon poché et du flétan grillé, des huîtres de Cancale et du caviar de Perse. Tous ces mets étaient de surcroît accompagnés de toutes les sortes de vins et de spiritueux imaginables. À notre arrivée, Sarah Bernhardt nous offrit des verres de vin Mariani[1].

1. Inventé par Angelo Mariani (1838-1914), le vin Mariani était un tonique qui contenait 6 ou 7 mg de cocaïne par bouteille, ce qui explique sans doute sa popularité. Il fut commercialisé jusqu'en 1910.

— C'est le pape Léon XIII qui m'a fait découvrir ce breuvage. Le mélange de plantes, d'alcool et de cocaïne est irrésistible. Il n'existe aucun tonique comme celui-là. C'est le plus formidable stimulant qui soit pour les organes reproducteurs !

— Est-ce ainsi que Sa Sainteté vous l'a vanté ? demanda Oscar.

Sarah manqua de s'étrangler de rire.

— Non ! C'est Jules Verne qui me l'a dit. Il contemple la lune depuis l'orangerie. Rejoignez-le, Oscar. Vous allez l'adorer.

Elle embrassa affectueusement Oscar sur chaque joue, puis, d'un geste plein de grâce, elle passa le revers de sa main sur mon menton.

— Et voici l'ami d'Oscar…

En baissant les yeux, elle aperçut ma main qui frôlait la jupe en mousseline de Gabrielle. Son regard s'agrandit. Elle embrassa sa consœur.

— Vous portez les diamants d'Edmond. Ils vous vont bien, Gaby. Vous avez un cou qui sied à de tels joyaux. Saviez-vous que je l'accompagnais quand il les a achetés ?

— Je sais, répondit Gabrielle en souriant. Edmond m'a raconté.

— Je suppose qu'il ne vient pas, soupira Sarah, qui se tourna vers Oscar et moi. Il n'apparaît jamais dans les soirées privées, nous expliqua-t-elle. Si on veut voir le grand Edmond La Grange, il faut payer. Ce n'est pas une mauvaise stratégie.

Elle regarda autour d'elle.

— Où est passé Bernard ? Il était avec vous quand vous êtes entrés.

Elle se retourna et l'aperçut dans la foule, debout près de la porte de la salle à manger. Elle éclata de rire.

— Il a trouvé Maurice et le Chinois. Ça n'a pas tardé ! Il sent la débauche comme un cheval son écurie. Mais il est magnifique. Cela, on ne peut le nier. Il est bien plus beau que son père ne l'a jamais été.

— Il est le plus remarquable Hamlet que j'ai jamais vu, ajouta Oscar.

— Vraiment ?

Sarah Bernhardt fronça les sourcils et termina son verre de vin Mariani.

— Un Indien au sang mêlé peut-il jouer le prince du Danemark ?

— Une femme le peut-elle ?

Sarah rit de nouveau et, dressant ses bras au-dessus de sa tête et roulant les hanches comme Salomé devant Hérode, elle s'éloigna à reculons puis se fondit dans la foule. Je jetai un regard en direction de la salle à manger. Bernard La Grange et Maurice Rollinat avaient disparu. Le serviteur chinois était désormais auprès de deux autres invités, à qui il offrait le choix entre des pipes à opium en jade et ce qui semblait des seringues chargées de cocaïne.

— La liberté est la seule loi que connaît le génie, déclara Oscar, qui observait la scène.

Comme toujours, il était la personne la plus grande de l'assistance.

— Je vais tâcher de trouver Jules Verne. Quant à vous, vous devriez danser. Je suis certain que Sarah a caché quelque part l'orchestre d'un paquebot.

En réalité, notre hôtesse s'était attaché les services d'un jeune pianiste polonais dont le répertoire paraissait sans limite. Paderewski et sa chevelure folle interprétaient avec la même virtuosité des airs d'Offenbach, des valses de Chopin et *O Dem Golden Slippers* de l'ami d'Oscar, Jimmy Bland. Il jouait, nous dansions et, tandis que je tenais Gabrielle de La Tourbillon dans mes bras, je compris que mon unique désir était de la posséder non pour une nuit mais pour l'éternité !

Vers deux heures du matin, Oscar vint nous retrouver.

— Je crois qu'il faut nous enfuir, les enfants. Partons avant que les sirènes ne se mettent à chanter !

— Où est Bernard ? demanda Gabrielle.

— Vous le verrez en passant dans le vestibule. Vous ne pourrez pas le manquer, je vous le promets.

Oscar prit Gabrielle par la main et nous entraîna dans la foule. Toutes les pièces étaient noires de monde, l'atmosphère était saturée de fumée, la chaleur était insoutenable, les visages luisaient. Nous nous frayions un chemin entre des poètes qui péroraient et leurs muses qui les écoutaient, des acteurs qui plastronnaient et des actrices qui pouffaient. Nous aperçûmes une amie de Gabrielle, figurante à l'Opéra-Comique, en train de déboutonner le pantalon du président de l'Académie française. Nous vîmes deux Noirs s'embrasser.

— La vie et le vice, les instincts les plus bas et l'intelligence la plus haute, lança Oscar par-dessus son épaule. Regardez autour de vous. Sarah connaît tout et tout le monde. Touchez le costume de ce vieux gentleman quand nous passerons près de lui, Robert. C'est Ferdinand de Lesseps. Vous pourrez raconter cette soirée à vos petits-enfants !

Dès que nous arrivâmes dans le vestibule, le brouhaha disparut, remplacé par un silence feutré. Les sirènes n'étaient plus dans l'escalier. À leur place, mais aussi tout le long des murs et dans l'embrasure des portes, se tenaient des invités. Alignés côte à côte, parfois main dans la main, ils formaient une arène humaine improvisée. En son centre, deux hommes en bras de chemise se battaient à l'épée. Il s'agissait de Bernard La Grange et du peintre à la pâle figure, Jacques-Émile Blanche.

— C'est de la folie ! souffla Gabrielle en m'étreignant le bras.

— Non, c'est la jeunesse ! corrigea Oscar à voix basse.

À l'évidence, Bernard était le meilleur escrimeur. Il pourchassait de ses attaques son adversaire tout autour de l'aire de combat. Chaque fois que Blanche esquissait une contre-attaque, Bernard la parait sans difficulté, puis il enchaînait par une spectaculaire riposte.

— Je ne peux regarder cela plus longtemps ! s'emporta Gabrielle. Partons, s'il vous plaît.

Ces mots furent couverts par des exclamations et des cris soudains : emporté par un accès de fureur, Jacques-Émile Blanche s'était jeté à l'assaut de son adversaire.

— Touché ! s'écria Bernard La Grange, qui tournoya sur lui-même. Touché pour de bon !

Il s'effondra dans un groupe de spectateurs près de la porte de la salle à manger, mais il se releva aussitôt. Titubant, il regagna le centre de l'arène, les bras écartés de façon que chacun pût constater la teinte écarlate de sa chemise lacérée.

— Mon Dieu ! hurla Gabrielle en lâchant ma main.

Tout autour du vestibule, on entendait les acclamations des hommes et les cris des femmes.

— C'est du vin ! persifla Oscar. Du vin rouge. Ce garçon est un comédien. N'oubliez pas qui est son père.

L'un des invités qui se trouvaient près de la porte de la salle à manger montra son verre vide pour confirmer le soupçon d'Oscar. Pendant ce temps-là, Bernard La Grange avait repris le combat. Désormais, à sa respiration se mêlaient les commentaires qu'il faisait de chacun de ses mouvements.

— Attaque, attaque, *croisé*, *coulé* *, taille. Attaque, attaque, parade, *prise de fer* *.

— Allons, fit Oscar en nous entraînant. Rentrons.

— Vous êtes sûr qu'il ne va rien lui arriver ? demanda Gabrielle tandis qu'Oscar l'aidait à s'installer dans notre voiture.

Oscar éclata de rire.

— Je pense que l'héroïne saura le tirer de ce mauvais pas.

Il était plus de trois heures lorsque nous retrouvâmes les abords du boulevard du Temple. Malgré une lune éclatante aux reflets dorés, la nuit était glaciale. Nous étions descendus de la berline au bout de la ruelle qui menait au théâtre. Gabrielle grelottait.

— Et maintenant, mes très chers ? demanda Oscar en nous souriant.

— Bonne nuit, Oscar, fit Gabrielle, qui tendait son visage dans l'attente d'un baiser. Merci pour cette mémorable soirée.

Elle passa son bras sous le mien et me serra contre elle.

Oscar gloussa. Il était passablement éméché.

— Je crois que c'est le moment idéal pour fumer une Lucky Strike, n'est-ce pas, Robert ? Je vais faire quelques pas pendant que vous décidez de vos arrangements pour la nuit.

Il s'éloigna sur le pavé. J'entendis craquer une allumette et j'entrevis l'éclat d'une flamme au moment où il allumait sa cigarette. Il tourna à l'angle du boulevard. Je pressai mes lèvres contre celles de Gabrielle. Elle les entrouvrit et nos langues se rencontrèrent. Ce fut à cet instant que me parvint ce que j'interprétai comme un appel au secours désespéré.

Je m'arrachai aussitôt aux bras de Gabrielle et remontai la rue en courant, suivi par notre cocher. Quand j'atteignis le carrefour, je tournai en direction du théâtre. Aussitôt je vis une silhouette étendue sur le dos dans le ruisseau, les bras en croix. C'était Oscar. Il gisait au pied d'un abreuvoir, la tête et la poitrine trempées, sa chemise en soie blanche souillée et déchirée. Je m'agenouillai près de lui et le pris dans mes bras.

— Merci, Robert, articula-t-il en contemplant d'un œil à demi fermé ses vêtements en loques. Avec ce genre de tenue, je crois qu'il faut garder la bouche entrouverte…

Ce soir-là, je n'amenai pas Gabrielle chez moi. Je la laissai regagner l'appartement de La Grange pendant que je me chargeais d'installer Oscar dans la voiture et de le raccompagner à son hôtel, quai Voltaire.

Il présentait de méchantes ecchymoses et il était profondément choqué, mais il ne souffrait d'aucune blessure grave. Son compte-rendu de ce qui s'était passé fut clair et précis. Alors qu'il fumait sa cigarette devant le théâtre, étudiant l'affiche d'*Hamlet* au clair de lune pour y trouver son nom, il avait soudain entendu quelqu'un courir derrière lui. Avant qu'il ait pu se retourner, un homme ganté – il était certain qu'il s'agissait d'un homme – l'avait empoigné par le cou et l'avait entraîné vers l'abreuvoir. L'inconnu l'avait forcé à se retourner et lui avait maintenu la tête jusqu'aux épaules dans l'eau glacée. S'il ne s'était débattu, il aurait péri noyé, mais il était parvenu à se dégager et à appeler à l'aide. On l'avait alors aussitôt lâché et il était tombé à la renverse tandis que son agresseur prenait la fuite. Il avait l'impression d'avoir entendu quelqu'un hurler : « *Non !* » La voix lui avait semblé familière ; il n'en était cependant pas sûr. Peut-être s'agissait-il de la mienne, car j'avais probablement crié en accourant à son secours.

Tout en aidant mon ami à ôter ses vêtements, je tâchai de mon mieux de le calmer, mais c'était impossible.

— J'ai le cerveau en ébullition, Robert. Je suis assailli de questions et je n'ai aucune réponse. Que se passe-t-il ? Qui cherche à me tuer ? Et pourquoi ? Veut-on d'ailleurs vraiment m'assassiner, ou n'essaie-t-on pas plutôt de m'intimider ? Et ces attaques dont ma pauvre personne fait l'objet, ont-elles un rapport avec la mort mystérieuse de l'infortuné Traquair ? Et que dire de ce malheureux chien enterré vivant dans ma malle sur le SS *Bothnia* ? La si peu regrettée Marie-Antoinette est-elle mêlée, d'une façon ou d'une autre, à ce qui s'est produit ce soir ?

Je n'avais aucune explication à lui proposer. Finalement, après lui avoir fait boire une tasse de whisky coupé d'eau chaude, je parvins à le convaincre de se coucher. Je le quittai ainsi, sirotant son remontant, fumant sa dernière Lucky Strike et feuilletant la *Vie de saint Porphyre* à la chandelle. J'empruntai la voiture pour regagner ma chambre rue de Beauce et je m'étendis sur mon lit sans même me déshabiller, m'imaginant nu dans les bras de Gabrielle de La Tourbillon.

Un peu après dix heures le lendemain matin, je passai prendre Oscar à son hôtel. Nous étions tous deux attendus au théâtre La Grange pour la deuxième répétition en costumes d'*Hamlet*. Oscar n'avait pas dormi plus de cinq heures, mais il paraissait bien reposé et tout à fait fier de ses bleus. À mon arrivée, je le trouvai dans l'entrée de l'hôtel, rasé et habillé, en train d'examiner dans un grand miroir les marques violacées et orangeâtres sur son visage. Il était déjà sorti pour trouver un chrysanthème assorti à mettre à sa boutonnière.

Il ne m'accueillit pas par un « bonjour » ou par un mot de remerciement pour ma sollicitude de la veille, mais par une question au sujet du *Double Assassinat dans la rue Morgue* d'Edgar Poe.

— Vous l'avez lu, n'est-ce pas, Robert ? Poe fait-il s'interroger son détective sur l'énigme que constitue l'absence apparente de mobile ? Je ne crois pas. J'ai l'impression que mon héros a oublié quelque chose.

Je regardai mon ami avec ahurissement. Je ne savais quoi lui répondre. Il était occupé par ses pensées et moi par les miennes, qui concernaient pour l'essentiel la nuit que je n'avais pas passée avec Gabrielle. Nous prîmes ensemble et sans mot dire un fiacre qui nous emmena au théâtre. Là, Oscar insista pour obtenir ce qu'il appelait un « bref entretien formel » avec Edmond La Grange avant le début de la répétition.

Il était onze heures et l'acteur se trouvait dans sa loge, où il se préparait à interpréter Claudius. Il ne me réprimanda pas pour mon arrivée tardive et il reçut cordialement Oscar, dont il ne remarqua pas tout de suite les contusions.

— Entrez, asseyez-vous, *cher collaborateur**. Hier, nous avons mis l'accent sur les costumes et les décors. Aujourd'hui, nos efforts porteront en priorité sur le texte.

— Avant cela, j'aurais un autre sujet de préoccupation à vous soumettre. Un sujet qui n'est pas de nature littéraire. Me permettez-vous ?

— Bien sûr, répondit La Grange, qui pivota sur son tabouret pour pouvoir s'adosser à sa table à maquiller, croiser confortablement ses bras sur sa poitrine et accorder toute son attention à Oscar. Nous sommes amis autant que collègues. Je vous écoute.

Oscar exposa la situation. Il s'exprima de façon claire, concise, sans emphase. Il fit part de ses interrogations à La Grange de la même façon qu'il les avait partagées avec moi la nuit précédente. Et quand il eut fini, l'acteur lui répondit avec une semblable économie de mots et de gestes. Il prit les questions d'Oscar l'une après l'autre, et, l'une après l'autre, les balaya d'un revers de main. L'agression dont il avait été victime boulevard du Temple ? Le fait d'un coquin en maraude comme il y en avait, hélas, tant à Paris. La mort de Traquair ? Soit un accident – des centaines d'hommes, de femmes et d'enfants périssaient ainsi chaque année, victimes d'émanations toxiques –, soit, c'était une autre possibilité, un suicide causé par la solitude et le mal du pays. Quant à l'affaire du caniche de Maman, c'était de toute évidence une plaisanterie de fort mauvais goût perpétrée par un des marins du transatlantique. La Grange avait d'ailleurs mis en garde Oscar contre le risque qu'il y avait à fraterniser avec l'équipage.

La deuxième répétition en costumes d'*Hamlet* devait débuter à midi. À onze heures et demie, le régisseur vint annoncer qu'on était toujours sans nouvelles d'Ophélie. Agnès La Grange n'était pas arrivée et Maman, qui était allée la chercher dans sa chambre, ne l'y avait pas trouvée. Cela provoqua l'exaspération de La Grange plutôt que son inquiétude. Il ordonna que la doublure de sa fille se tînt prête. À midi cependant, alors que la répétition était sur le point de commencer, Agnès se présenta à l'entrée des artistes. Elle se glissa en souriant dans les coulisses, s'excusa d'un baiser à son père et se hâta de rejoindre sa loge pour se changer.

À la fin de la séance, une fois que La Grange eut fait part de ses observations à la troupe, Oscar annonça son départ de Paris pour le soir même. Il avait assisté à deux répétitions en costumes, les acteurs étaient remarquables, la pièce solide, et il ne pouvait rien faire de plus. Avec La Grange et Shakespeare aux commandes, l'aide d'Oscar Wilde était inutile.

Il ne s'attarda pas. Il fit brièvement ses adieux à La Grange en privé, dans sa loge, et il profita de croiser Eddie Garstrang, Carlos Branco et Gabrielle dans les coulisses pour les saluer. Il eut une dernière conversation avec Richard Marais au sujet de leurs arrangements financiers. Enfin, il me demanda de l'accompagner jusqu'à la gare du Nord.

Oscar s'était convaincu qu'il n'était plus le bienvenu à Paris. En dépit de la recommandation de saint Porphyre de ne pas tenir compte des mauvais présages, Oscar ne pouvait ignorer les nuages qui s'amoncelaient : les dieux ne voulaient plus de lui en France. Il rentrait chez lui, sinon tout à fait – il n'allait pas à Dublin –, du moins en Angleterre, à Londres, dans les *home counties*[1], là où il pourrait passer un peu de temps dans un cadre domestique et lénifiant, soit précisément ce dont ses nerfs avaient besoin. Par ailleurs, il avait rendez-vous avec un assassin raté et il tenait à remplir ses obligations sociales. Pouvais-je me rendre à son hôtel quai Voltaire, régler sa note et lui faire expédier

1. Les *home counties* sont les six comtés qui entourent directement Londres (Essex, Hertfordshire, Buckinghamshire, Berkshire, Kent et Surrey).

ses affaires ? Et pourrais-je correspondre régulièrement avec lui pour lui donner des nouvelles de ses amis parisiens ?

Il prit le train de nuit pour Londres.

Il y passa le jour suivant auprès de sa mère et de son frère.

Le lendemain, il partait pour le week-end à Reading, où l'attendait son ami George Palmer, le roi du biscuit.

Le lundi 5 mars 1883, à onze heures du matin, le jour où devait avoir lieu la première d'*Hamlet* au théâtre La Grange, Oscar Wilde franchissait les portes de la prison de Reading[1].

1. Condamné à deux ans de travaux forcés en 1895, Oscar Wilde purgea l'essentiel de sa peine à Reading.

# 18

# La prison de Reading

C'était à l'invitation de George Palmer qu'Oscar visitait la prison de Reading et il s'y rendit en sa compagnie. Le révérend Paul White, l'aumônier de l'établissement, les accompagnait. L'usine de biscuits Huntley & Palmer était voisine du pénitencier et George Palmer faisait partie du conseil de surveillance de la prison. Oscar décrivait son ami comme « un Anglais doté d'un grand sens de l'humour qui nourrissait une passion pour les danses paysannes écossaises, tout à la fois homme d'affaires, fervent chasseur et quaker, et, en dépit de ces terribles travers, le meilleur des compagnons ».

Oscar connaissait bien George Palmer. Il l'admirait et avait entière confiance en lui. Ses sentiments pour le révérend White étaient plus mitigés, comme en atteste ce qu'il écrivit à cette époque dans son journal :

*« White est d'évidence un homme vertueux, chose qui éveille toujours le soupçon. Il y a en lui quelque chose de trop bon pour être vrai. L'anglais dans lequel il s'exprime est si parfait qu'il me donne la sensation de ne pas être sa langue maternelle. Il me semble que nous nous étions*

*rencontrés avant d'avoir récemment été présentés, mais il le réfute catégoriquement. Quand je l'interroge sur son passé, il se montre peu disert. Il refuse de parler de son existence antérieure à sa rencontre avec le Christ, arguant qu'il arpentait alors une vallée de ténèbres et de mort dans laquelle il n'a aucune intention de remettre les pieds.* »

Ce qui avait décidé George Palmer à proposer cette date pour la visite était l'arrivée programmée pour ce lundi matin d'un « détenu célèbre », selon son expression : le fameux Roderick Maclean.

— Il est au meurtre ce que vous êtes à l'esthétisme, Oscar.

— Vraiment ? fit Oscar, peu ravi de la comparaison. Cet homme est fou, il me semble ?

— On dirait. Comme vous le savez, il a envoyé un de ses poèmes à la reine. Sa Majesté ne lui ayant pas fait part de son admiration, il a décidé de venger son honneur bafoué. Il lui a tiré dessus à la gare de Windsor. Accusé de haute trahison, il a été déclaré « non coupable mais irresponsable ». Cela n'a pas plu à notre souveraine et on est en train de changer la loi. À l'avenir, de tels individus seront jugés « coupables mais irresponsables ». Il doit demeurer à Reading jusqu'à son transfert à l'asile de Broadmoor. Je ne sais pas dans quel état nous le trouverons, mais au moins pourrez-vous l'ajouter à votre collection de curiosités.

— Cela m'intéresse de le rencontrer, George. Merci. Je suis fasciné par tous ceux qui parviennent à laisser leur empreinte sur le monde, de quelque façon que ce soit, de même que je suis admiratif de tous ceux qui sont déterminés à accomplir leur destin, quoi qu'il leur en coûte.

Oscar était curieux de visiter la prison de Reading. Il se demandait si l'expérience l'ébranlerait, et si oui, à quel point. L'année précédente, il s'était rendu au pénitencier de Lincoln, dans le Nebraska, et il confessait qu'il était surpris de constater, depuis ce jour-là, combien il revoyait souvent l'endroit dans ses rêves et combien ceux-ci tournaient ensuite fréquemment au cauchemar. Plus récemment, il avait lu le compte-rendu qu'avait rédigé Charlotte Brontë de sa visite de la prison de Newgate lors de l'Exposition universelle de 1851. Il était depuis poursuivi par l'image de Miss Brontë tenant la main d'une jeune femme convaincue d'infanticide et promise à la pendaison.

Dans son journal, Oscar révéla les émotions contradictoires que cette visite à Reading avait suscitées chez lui.

*« J'ai été consterné mais aussi fasciné par la laideur de ce que j'ai vu. J'ai été révolté par la misère et la cruauté, par la nourriture immonde (les repas se réduisent à de l'eau croupie, de la viande grise et des pommes de terre noires), par le système dit "de séparation", qui consiste à tenir les détenus à l'écart les uns des autres, dans un silence total, et à les encapuchonner dès qu'ils quittent leur cellule, et enfin par la tristesse débilitante de leur existence. Il ne se passe jamais rien. Ni travail, ni divertissement, ni occupation, excepté pour ceux condamnés aux "travaux forcés", dont la peine consiste à moudre du grain, à casser des pierres dans la cour de la prison ou bien à endurer le châtiment du "boulet". Il s'agit pour le prisonnier de soulever un boulet de canon de vingt-cinq livres à hauteur de poitrine et d'effectuer trois pas de côté avant de le reposer. Il répète inlassablement cette tâche pendant des heures, à la discrétion du surveillant.*

*« J'ai été consterné par tout ce dont j'ai été témoin et déconcerté par la façon avec laquelle Palmer et White, pourtant deux hommes éduqués, semblaient ne pas s'interroger sur le bien-fondé de tout cela. J'ai aussi été stupéfait de découvrir que ce lieu épouvantable accueillait aussi bien des hommes que des femmes. J'ai été frappé par la diversité des âges, des types et des nationalités des condamnés. Il y avait des hommes qui avaient l'allure de gentlemen et de complets vagabonds, des petits délinquants et des assassins, des Arabes et des Irlandais, des banqueroutiers et des ivrognes, des enfants et des vieillards à l'article de la mort. "Traite-t-on différemment les vieux et les jeunes ? ai-je demandé. – Oh, oui !" m'a répondu l'aumônier fort sérieusement. Nous nous trouvions alors dans le hall principal de la prison. Il s'est dirigé vers une grande armoire en bois nu installée contre l'un des murs et m'a fait signe de le rejoindre. Il a sorti un trousseau de clés de sa poche et ouvert le placard. À l'intérieur se trouvaient une dizaine de fouets, alignés comme des fusils sur un râtelier. "Je vous présente nos chats à neuf queues, un mal nécessaire si nous voulons maintenir un peu de discipline. Comme vous pouvez le constater, il y en a de toutes les tailles. Les petits sont réservés aux garçons âgés de dix à seize ans. Le manche mesure quinze pouces au lieu de vingt-deux. De l'extrémité de la poignée à celle des lanières, le fouet fait quarante pouces contre quarante-huit, et il pèse neuf livres contre douze." J'étais fasciné par la cruelle précision de ces instruments. »*

La visite de la prison dura deux heures. L'entrevue promise avec l'attraction que constituait Roderick Maclean fut de courte durée. Le malheureux était incarcéré à l'étage B1 dans une « cellule sombre ». Il s'agissait d'une pièce dépourvue de fenêtre et d'éclairage. Le gardien qui ouvrit la porte confia une lampe à pétrole au révérend White. À la lueur jaunâtre de la flamme, on discernait distinctement le prisonnier. Celui-ci se réfugia à l'extrémité de son lit métallique. On l'avait revêtu d'une camisole de force.

— Est-ce indispensable ? interrogea Oscar.

— Il est fou, répondit le pasteur. Il représente un danger pour les autres comme pour lui-même.

À mesure qu'Oscar et l'aumônier s'approchaient de lui, Maclean cilla puis ferma les yeux pour se protéger de la lumière.

— Ne vous inquiétez pas, monsieur, tenta de le rassurer Oscar.

— Voici Mr. Oscar Wilde, annonça White.

Le détenu tourna la tête et ouvrit les yeux. Il dévisagea Oscar d'un regard intense.

— Le poète ? demanda-t-il d'une voix faible et enrouée.

Son intonation était beaucoup plus raffinée qu'Oscar ne s'y était attendu.

— Oscar Wilde, le poète ? répéta-t-il.

Oscar s'inclina.

Maclean s'agita dans sa camisole pour se rapprocher de la lumière. Il se pencha en avant et tendit le cou en direction d'Oscar. Il avait une pointe d'accent écossais.

— Vous êtes venu pour me voir ?

— Oui. J'ai lu le poème que vous avez écrit pour Sa Majesté. Les journaux l'ont publié. Il est très beau, Mr. Maclean. Je serais fier de composer des vers si bien sentis.

Maclean dévisageait Oscar ; des larmes se mirent à rouler sur ses joues.

Oscar s'inclina de nouveau et s'éloigna du lit en direction de la porte.

— Je dois partir, maintenant, dit-il avec douceur. Au revoir, Mr. Maclean. Je suis heureux d'avoir fait votre connaissance. Un poète salue un poète.

Oscar s'immobilisa sur le palier à l'extérieur de la cellule tandis que le gardien refermait la porte avec fracas.

— Je regrette de n'avoir pu lui serrer la main, confia Oscar à George Palmer. Cet accoutrement est-il obligatoire ?

— C'est l'avis du médecin, affirma le révérend White.

Oscar pivota et sonda le regard de l'aumônier. Il avait les yeux bruns et chaleureux. Ce n'étaient pas ceux d'un homme cruel.

— N'y a-t-il rien d'agréable dans ce terrible endroit ?

— Nous nous rendons maintenant à la chapelle. Mon domaine. Et celui de Dieu, ajouta aussitôt le pasteur en souriant. Voilà un endroit agréable.

— Espérons au moins que les prisonniers y trouvent un peu de réconfort, déclara George Palmer.

— Tout en méditant leurs erreurs passées, précisa le révérend avec sobriété. La chapelle est conçue pour cela.

Elle était en réalité agencée comme un petit théâtre antique. Des rangées de stalles individuelles en bois, étagées en gradins successifs, faisaient face à un simple autel en pierre. Ces compartiments semblèrent à Oscar des cercueils ouverts, dressés à la verticale et d'une largeur à peine suffisante pour accueillir un homme adulte. Une fois les prisonniers installés, il leur était impossible de voir leurs voisins. Le seul être humain visible était l'aumônier.

Le révérend White se tenait sur les marches de l'autel. À ses côtés, George Palmer et Oscar contemplaient la scène.

— « Ils crucifièrent avec lui deux brigands, l'un à sa droite, et l'autre à sa gauche », murmura Oscar.

— Marc, chapitre XV, verset 27, compléta le révérend. C'est un de mes textes préférés, comme vous pouvez vous en douter.

— Père, quand vous regardez vos ouailles, quand vous les regardez droit dans les yeux, que voyez-vous ?

— Je ne les regarde pas dans les yeux, car cela m'est impossible. Les hommes ont des capuchons qui leur cachent le visage et les femmes se couvrent la tête d'un voile opaque.

— Mais cette femme, là-bas, n'en porte pas, observa Oscar.

Au premier rang, assise immobile dans l'avant-dernière stalle, se trouvait une vieille femme vêtue d'une robe noire. Ses cheveux blancs ramenés en arrière formaient un chignon qu'elle avait emprisonné dans un filet. Elle avait les épaules voûtées et ses mains, nouées par l'âge et la douleur, reposaient sur ses genoux. Son visage, d'un brun aussi foncé que le chêne de la stalle dans laquelle elle avait pris place, était gonflé et distordu. Oscar n'aurait su en attribuer la cause au chagrin, à l'alcool ou à la maladie.

Quand il vit la pauvre femme, l'aumônier sursauta.

— Ce n'est pas une prisonnière.

— Est-ce un fantôme ?

La question d'Oscar ne fit pas rire l'ecclésiastique.

— Elle travaille ici, expliqua-t-il d'un ton sec. Elle fait le ménage de la chapelle.

La femme avait tourné la tête en direction des trois hommes, mais c'était le révérend qu'elle regardait d'un œil inflexible. Était-il insolent et chargé de reproches, ou au contraire pieux et lourd de désespoir ?

White l'interpella tout à coup avec véhémence :

— *Vai-te embora ! Desaparece*[1] *!*

Elle ne bougea ni ne détourna les yeux.

— Qui est-ce ? Elle n'est pas anglaise.

— On ne sait rien d'elle. Cela fait des années qu'elle est là.

L'aumônier hocha la tête.

— En la gardant, nous faisons œuvre de charité.

George Palmer examinait sa montre.

— Messieurs, nous devrions nous mettre en route. Il nous faut encore saluer le directeur.

Ils quittèrent la chapelle, laissant derrière eux la vieille femme impassible. D'un pas vif et sans un mot, ils rejoignirent le bureau du directeur de la prison.

— Nous ne resterons pas longtemps, souffla George Palmer.

À peine avait-il prononcé ces mots que la porte s'ouvrit avec force.

— Assez longtemps pour une tasse de thé et une goutte de brandy, j'espère, lança le directeur, qui entreprit aussitôt de serrer la main de chacun de ses visiteurs dans les siennes.

C'était un homme gros et trapu, à la mine colorée et au verbe sonore, et d'une inébranlable cordialité. Oscar ne parvint jamais à saisir son nom, aussi le baptisa-t-il « colonel Pickwick » dans son journal. Il arborait une moustache militaire et alliait à des manières d'officier la bonhomie pétulante, la bonne humeur et le grand cœur que la plupart des lecteurs anglais de Dickens trouvent irrésistibles, mais qui irritaient quelque peu la sensibilité irlandaise d'Oscar.

— Mr. Wilde, Mr. Wilde, Mr. Wilde… répétait-il avec enthousiasme, refusant de lâcher la main

1. « Va-t'en ! Disparais ! » *(Note de l'auteur.)*

d'Oscar, qu'il entraînait dans son bureau. On m'a rapporté que notre ami Maclean n'était pas dans les meilleures dispositions pour votre visite ce matin. Je m'en excuse. Il a eu une crise et il a fallu l'attacher. Je sais que vous êtes tous deux poètes et que vous auriez apprécié de bavarder avec lui. Hélas, c'était impossible. Mais *nil desperandum*, comme disent les érudits tels que vous. Nous avons une autre personnalité à vous présenter !

Le directeur libéra Oscar et ouvrit à la volée une porte vitrée qui donnait sur une antichambre.

— Ah ! ah ! s'exclama-t-il quand, en se refermant, la porte révéla la haute silhouette d'un vieil homme maigre et pâle, au cheveu blanc et rare, et à l'œil bleu et perçant. « Si papa a tué maman, qui va tuer papa ? Marwood ! »

Oscar reconnut la célèbre rengaine, de même que les traits de l'homme qui se tenait devant lui. Il avait assez souvent vu des portraits de William Marwood[1] dans les journaux populaires. En souriant, Mr. Marwood révéla un alignement irrégulier de dents jaunies et abîmées. Il s'avança vers Oscar et lui tendit sa carte.

WILLIAM MARWOOD, EXÉCUTEUR EN CHEF
*Horncastle, Lincolnshire*

Oscar et le bourreau se serrèrent la main.

— Marwood et moi sommes de vieux amis, se rengorgea le colonel Pickwick. Dans le temps, il s'occupait de mes chaussures. Avant de changer de profession, il était cordonnier.

1. Bourreau de 1874 à la fin de sa vie, William Marwood (1820-1883) a exécuté cent soixante-seize condamnés.

Le directeur exhiba ses pieds l'un après l'autre pour montrer ses éclatantes bottines.

— Il excellait dans son métier, mais une plus haute destinée l'attendait. À quel âge avez-vous commencé votre office, Will ?

— J'avais cinquante-quatre ans, répondit le bourreau avec amabilité.

Il avait une voix fluette et curieusement haut perchée.

— Cela fait neuf ans maintenant que j'exerce. Mais j'y pensais depuis toujours, bien sûr.

— Voilà, comme vous le savez, tout est dans la « pensée », Mr. Wilde, souligna le colonel Pickwick.

Le directeur bomba le torse, lissa sa moustache et adressa un clin d'œil à Marwood.

— Je ne sais pas ce que l'histoire retiendra de vous, Mr. Wilde, mais la place de Marwood y est déjà réservée. Saviez-vous que c'est lui qui a inventé la « longue chute » ?

Il regarda son vieux camarade avec fierté et se redressa pour pouvoir poser une main sur son épaule.

— Grâce à l'ingéniosité de Marwood, la trappe et le point de tension de la corde sont désormais distants de plus de dix pieds. Cela rend le procédé plus propre et moins douloureux. C'en est fini des spasmes et des soubresauts pendant l'agonie. C'était un pénible spectacle quand on se trouvait tout à côté, le père vous le confirmera.

On frappa à la porte.

— Entrez !

Un jeune gardien pénétra dans le bureau, portant un grand plateau sur lequel étaient disposés des tasses, une théière, un pot à lait, une bouteille de mauvais brandy et une pleine assiette de sandwichs au jambon.

— Formidable ! tonna le directeur en se frottant les mains. Messieurs, servez-vous.

Il versa une généreuse rasade d'alcool dans chacune des tasses.

— Et buvez, car il ne fait pas chaud aujourd'hui.

Les cinq hommes se tenaient en cercle autour du bureau.

— Je n'ai jamais pris le thé dans des circonstances aussi étranges, confessa Oscar en saisissant un sandwich. Je n'oublierai jamais ce moment.

— Lequel d'entre nous est le Chapelier fou ? demanda le colonel Pickwick en riant de bon cœur. Je trouve que Marwood a quelque chose du Lièvre de Mars[1] ; pas vous, Mr. Wilde ?

Le bourreau sembla apprécier la remarque et leva sa tasse de thé alcoolisé vers le directeur.

— Le père pourrait faire le Loir, poursuivit le colonel Pickwick en filant l'analogie, mais, saperlipopette, nous n'avons pas d'Alice !

— Il y a bien cette étrange vieille femme que nous avons vue dans la chapelle, suggéra Oscar.

Le colonel Pickwick toussota avec bonhomie.

— Mon Dieu, non. Elle est vraiment trop étrange, même pour *Alice au pays des merveilles.* Elle est aussi folle que Maclean. Nous ne la tolérons qu'à la demande du révérend.

Il ajouta un trait de brandy dans la tasse d'Oscar puis leva la sienne.

— Messieurs, un toast. À notre nouvel ami, Mr. Wilde, et à notre vieux camarade, Mr. Marwood, deux artistes, quoique dans des domaines différents. Santé.

1. Dans *Alice au pays des merveilles* (1865), de Lewis Carroll, l'occupation principale du Chapelier fou, du Lièvre de Mars et du Loir est de prendre le thé.

Les cinq hommes trinquèrent. Dans la vitre de la porte de l'antichambre, Oscar aperçut le reflet du petit groupe et sourit à l'improbabilité de sa composition : un poète, un directeur de prison, un bourreau, un pasteur et un fabricant de biscuits. Plus tard, il y fit souvent référence en expliquant qu'il n'avait jamais trinqué avec une assemblée aussi disparate.

— Portons un toast supplémentaire en l'honneur de Marwood, déclara le directeur en s'emparant de la bouteille de brandy. Il prend sa retraite cette année.

— Mes yeux ne sont plus aussi bons. Et ma main n'est plus aussi sûre.

Marwood étendit une main tremblante pour étayer ses propos.

Le colonel Pickwick éclata de rire.

— Il peut se le permettre. La Couronne lui verse vingt livres par an, plus dix livres par exécution. C'est un homme riche.

— Riche de souvenirs, pour sûr, ajouta Marwood avec sérieux. Je n'ai jamais fait ça pour l'argent.

— Combien avez-vous eu de clients jusqu'à présent, mon ami ?

— Cent soixante-quatre hommes et huit femmes en neuf ans, mais je n'arrête qu'à l'été. Je m'attends à un début d'année chargé.

— Eh bien, buvons à cela, William, fit le directeur en vidant le fond de la bouteille de brandy dans les tasses que lui tendaient ses invités.

Oscar fut étonné de constater combien il appréciait ces hommes. Le colonel Pickwick était un peu trop envahissant, mais on se laissait gagner par sa jovialité et son hospitalité sans façon. Oscar fut particulièrement séduit par Marwood et l'amour qu'il portait à son métier. Quand il lui apprit qu'il rentrait tout juste de

France, le bourreau se lança dans un exposé passionnant sur les mérites comparés de la pendaison et de la guillotine. Il se livra aussi à un fascinant historique des « lignées » d'exécuteurs des deux pays.

— J'envisage d'écrire, quand je prendrai ma retraite, une histoire de la peine capitale ; je pense que les chapitres consacrés à la France seront les plus intéressants. Pour les Français, la tradition familiale compte pardessus tout.

Il admirait en particulier les six générations de Sanson qui avaient officié en France[1].

— Bien sûr, la Révolution fut leur heure de gloire. Pendant les cinq cent trois jours que dura la Terreur, les Sanson ont exécuté deux mille trois cent dix-huit hommes, femmes et enfants. Et il n'y eut pas une tête qui ne fût tranchée proprement. Saviez-vous cela, Mr. Wilde ?

— Certes, non, répondit Oscar. Mais maintenant que vous me l'apprenez, je ne l'oublierai pas.

1. Les Sanson ont été bourreaux à Paris de père en fils de 1688 à 1847.

## 19

# La soirée des premières

Le soir même, à Paris, la première d'*Hamlet* par la compagnie La Grange reçut les ovations du public.

Le *Tout-Paris** s'était donné rendez-vous. Il y avait là Henri-Clément Sanson et son neveu Charles, dernier descendant de la célèbre famille. Jules Ferry, le président du Conseil, occupait la loge royale. Un peu plus loin, à des balcons différents, se trouvaient le toujours jeune Anatole France et le déjà vieux Émile Zola. J'observai tout ce monde depuis les coulisses à travers un œilleton ménagé à cette intention dans le proscenium. Sarah Bernhardt fut l'une des dernières à prendre place dans la salle comble. Elle arriva accompagnée du jeune peintre Jacques-Émile Blanche. Ils s'installèrent au cœur de l'orchestre. Sur la même rangée, on reconnaissait Jean Mounet-Sully, que Sarah considérait comme le meilleur Hamlet de sa génération, et, à leurs côtés, le compositeur Charles Gounod et Maurice Rollinat, le poète au visage de cendre. Chantre du trépas, c'était ce dernier qui avait eu l'idée d'inviter les Sanson. Henri-Clément Sanson semblait à deux doigts de rendre l'âme.

— Je le croyais mort depuis longtemps ! s'exclama Edmond La Grange quand je l'informai de la présence du vieux bourreau, quelques minutes avant le lever de rideau. Il était là pour mon Hamlet il y a quarante ans et c'était déjà un fossile. C'est une fripouille et un ivrogne, mais il aime le théâtre.

— Je sais, répondis-je. Je l'ai rencontré.

— Les Sanson ont été à la guillotine ce que les La Grange sont au théâtre, mais c'est fini, tout ça…

— Je crois que son neveu est avec lui.

— Si c'est ce que vous croyez…

La Grange laissa sa phrase en suspens. Il se leva et rejeta la tête et les épaules en arrière. Il étudia sa mise dans le miroir comme un amateur une toile de maître.

— C'est Claudius qui décide maintenant, dit-il. Il a le tempérament d'un roi.

Il se tourna vers moi et écarta les bras afin de me permettre de lui passer sa ceinture d'or et de cuir.

— Ce pauvre et pathétique Henri-Clément manquait de caractère. C'est un handicap dans sa profession. Il ne supportait pas la vue du sang. Cela lui donnait de l'urticaire. Il s'est réfugié dans l'alcool et les jeunes garçons. Après dix-huit représentations – je veux dire : exécutions – il a renoncé à son métier. Il a mis en gage la guillotine pour payer ses dettes de jeu ! Si ce n'était aussi tragique, cela ferait une bonne comédie.

La pendulette tinta.

— Elseneur nous appelle, annonça La Grange en jetant à son reflet un dernier regard. J'ai eu raison de ne pas mettre de barbe.

Tandis que nous nous dirigions vers la porte, en avance sur le signal du régisseur, il me dévisagea avec curiosité.

— Comment diable avez-vous été amené à rencontrer Sanson ?

J'hésitai un instant.

— Je l'ai rencontré avec votre fils, et Maurice Rollinat. Chez Mme Bernhardt.

Edmond La Grange hocha la tête.

— Sarah invite vraiment n'importe qui.

Il ouvrit la porte.

— Mais c'est une grande artiste et une femme généreuse. Ce soir, elle applaudira.

— Tout Paris applaudira, corrigeai-je.

— Peut-être. Sauf si le dernier des Sanson choisit de mourir au milieu du deuxième acte. Il ne manquerait plus que ça…

Il s'avança dans les coulisses enténébrées en riant.

— Il nous volerait la vedette.

— Je ne pense pas que nous aurons de cadavre ce soir.

— Je n'en suis pas si sûr, *mon petit**, murmura La Grange. La mort est partout. Comme vous l'entendrez sur scène tout à l'heure, « tout ce qui vit doit mourir et ne fait que traverser ce monde pour aller à l'éternité[1] ».

On ne déplora aucun décès au théâtre La Grange ce soir-là. En réalité, on assista même à une naissance : celle de la légende du « parfait *Hamlet* ».

L'expression était de Sarah Bernhardt. Elle l'employa à l'occasion du discours qu'elle improvisa depuis les murailles d'Elseneur tandis qu'on célébrait longuement sur scène cette première triomphale. Elle déclara qu'il y avait eu et qu'il y aurait encore des interprétations du rôle-titre capables de rivaliser avec celle du jeune Bernard La Grange, à l'image de celle de Jean Mounet-Sully, qui affichait une mine quelque peu maussade au milieu de la foule. Mais elle ajouta qu'elle doutait qu'il y ait eu, ou qu'il y aurait jamais, une pro-

1. William Shakespeare, *Hamlet*, acte I, sc. 2.

duction dans laquelle tous les rôles principaux s'accordassent si bien et montrassent si complètement la passion, la douleur, la poésie, le chagrin, l'héroïsme et la vérité de la pièce. Sarah Bernhardt, qui avait elle-même joué le rôle d'Ophélie et qui nourrissait un sain respect pour ses propres réussites, jura que la performance d'Agnès La Grange surpassait même la sienne.

— Je n'ai jamais vu la folie interprétée avec une si déchirante intensité. Les dieux pleureront cette Ophélie !

Elle estima que la production de son ami Edmond était « le point d'orgue d'une longue tradition, l'apothéose de la famille La Grange ».

— Songez donc, mesdames et messieurs, que, dans les années à venir, quand les gens parleront de ce soir, le soir du parfait *Hamlet*, vous pourrez dire, le cœur gros et l'œil humide : « J'y étais ! »

Au milieu des vivats et des applaudissements, tandis que Jacques-Émile Blanche et Charles Gounod s'avançaient pour l'aider à descendre des remparts, Sarah ajouta qu'elle comptait utiliser l'inégalable traduction de La Grange et Oscar Wilde lorsque, le moment venu, elle s'attaquerait elle-même au rôle d'Hamlet.

Le discours de Sarah Bernhardt éclipsa celui d'Edmond La Grange, qui s'était exprimé juste avant elle. À ma grande surprise, l'acteur ne sembla cependant pas en prendre ombrage. Pendant qu'il s'adressait à l'ensemble de la compagnie, Agnès s'était tenue assise à ses pieds, l'entourant de ses bras. Tout en parlant, il l'avait regardée et lui avait caressé les cheveux avec tendresse. Il avait dit ce que l'on attendait de lui : il avait félicité ses collègues et remercié ses amis. Mais il s'était exprimé sans conviction, sans passion. Il avait parlé comme s'il se trouvait ailleurs. Je pensais en connaître l'explication. Au moment du dernier baisser de rideau – il orchestrait lui-même les rappels en faisant signe au régisseur – il avait aussitôt quitté la scène. Dans les coulisses, je lui avais donné sa serviette et un verre de champagne frappé. Il l'avait bu d'un trait, et, dans la loge, tandis que je m'affairais à le déshabiller, le laver, le sécher et le rhabiller, il n'avait cessé de me demander de le resservir. Il avait bu verre sur verre, sans s'arrêter.

— Il est ivre, avait gloussé Carlos Branco à voix basse au moment où La Grange commençait son discours.

— Il en a le droit, avait estimé le Dr Ferrand.

Je me tenais entre les deux hommes.

— Voulez-vous du champagne ? leur avais-je proposé.

Carlos Branco s'était tourné vers moi, tout sourires, et avait murmuré :

— Contrairement à votre maître, je n'ai pas besoin de boire ce soir. Je suis plus heureux que je ne l'ai jamais été.

Ce fut un soir de réjouissances. Même Maman paraissait plutôt satisfaite. Elle grommela que Claudius n'était pas lui-même sans barbe et que Gertrude était trop pâle pour être la mère de cet Hamlet, mais, en fin de compte, elle admit que le théâtre La Grange tenait un triomphe.

— Ce n'est pas le premier, fit-elle sèchement.

Une fois les discours achevés, on baissa l'éclairage, on servit du vin et une collation, et on se mit à danser. Le *chef d'orchestre** était au violon, Laërte à l'accordéon et Princesse de Lamballe courait en jappant parmi les invités. Bernard La Grange, l'incontestable héros de la fête, occupait le centre de la scène. Il y dansait comme un derviche, la plupart du temps seul et, de temps à autre, quand la musique se faisait plus lente, il prenait l'une des courtisanes dans ses bras et la serrait si fort qu'il semblait près de l'étouffer. Il s'agissait de la doublure d'Ophélie, une fille aux yeux verts et à l'ondoyante chevelure rousse. Agnès La Grange dansa avec Jacques-Émile Blanche, Carlos Branco avec Sarah Bernhardt, et le vieux bourreau Henri-Clément Sanson tenta d'entraîner son neveu, mais les deux hommes trébuchèrent et perdirent l'équilibre. Riant et jurant, Maurice Rollinat les raccompagna chez eux.

Je dansai avec Gabrielle de La Tourbillon. Liselotte La Grange, qui se tenait au bord de la scène en compagnie de Richard Marais, nous observait dans la lumière diffuse.

— Voyez-vous ça ? fit-elle d'un ton chargé de mépris. Gertrude avec l'habilleur de mon fils. C'est révoltant.

Elle crachait ces mots de manière que nous puissions les entendre.

— Ignorez-la, murmura Gabrielle, dont les lèvres effleuraient mon oreille. Elle est vieille et jalouse.

Je serrai le corps de Gabrielle tout contre le mien. Je lui déclarai que son interprétation m'avait enflammé au plus haut point et que j'étais très amoureux d'elle. Elle sourit et déposa un autre baiser sur mon oreille. Elle me confia qu'elle avait la clé de la rue de la Pierre-Levée, ce à quoi je répondis que je préférais qu'elle vînt chez moi, rue de Beauce. Dans un souffle, elle me dit qu'elle voulait bien.

Il était une heure du matin passée quand nous quittâmes le théâtre. Sarah Bernhardt et sa cour étaient partis depuis longtemps. Richard Marais avait raccompagné Maman et Princesse de Lamballe. Tandis que, main dans la main, Gabrielle et moi nous apprêtions à partir, nous vîmes Agnès qui guidait son père vers sa loge. Arrivé à l'entrée des coulisses, celui-ci trébucha et tomba. Le Dr Ferrand et Eddie Garstrang, qui se tenaient non loin, accoururent aussitôt pour lui prêter assistance. Garstrang nous aperçut et, haussant les épaules, il se mit à rire sans aucune malice.

Alors que nous nous enfoncions dans la nuit, nous aperçûmes Hamlet qui serrait toujours la doublure d'Ophélie dans ses bras. Ils ne dansaient plus, mais, debout, enlacés, enrobés dans une des tentures de velours au fond de la scène, ils faisaient l'amour. Le vieux Polonius semblait lui aussi possédé par le démon de la chair : Carlos Branco dansait maintenant avec une autre des courtisanes (la doublure de Gertrude), dont le corsage de dentelle délacé révélait la poitrine. Personne ne s'en était aperçu. Ou plutôt personne ne s'en offensait. C'était le printemps de 1883, le soir du « parfait *Hamlet* », le Paris de « *la décadence* * ».

Les souvenirs que je conserve de ma nuit avec Gabrielle de La Tourbillon rue de Beauce sont malheureusement vagues. J'étais jeune et je n'avais jusqu'alors jamais partagé mon lit avec une femme qui ne fût pas une prostituée. Les détails de ce moment devraient être gravés dans ma mémoire et parés de guirlandes tressées de soleil et d'or, comme aurait pu le dire Oscar. Hélas, ce n'est pas le cas. Il apparut que, pendant les discours, Bernard La Grange et Maurice Rollinat avaient, « pour rire », versé du laudanum dans le vin.

Mes souvenirs des jours qui suivirent sont en revanche beaucoup plus clairs.

Le lendemain de cette première triomphale, la compagnie se réunit sur scène à deux heures pour recevoir les « notes » du producteur. Edmond La Grange était redevenu lui-même. Il commença par féliciter ses troupes et lut à haute voix un télégramme qu'Oscar lui avait envoyé la veille :

« LE CRIME N'EST PAS D'ÉCHOUER MAIS DE VISER TROP BAS.

REGARDEZ PLUS HAUT QUE VOUS N'OSEZ ET LA GLOIRE SERA À VOUS. »

Après avoir repris à son compte le conseil d'Oscar, La Grange procéda à l'examen scène par scène de la pièce, soulevant ici et là des points de détail. Seule Agnès était absente de cette réunion. La Grange estima que ce n'était pas très important. Elle avait joué à la perfection. Elle était la perfection.

Le soir venu, tandis qu'approchait l'heure de la deuxième représentation, il n'y avait toujours aucun signe d'Agnès. La Grange continuait à ne pas s'inquiéter de son absence. Il ordonna au régisseur de demander à sa doublure de se tenir prête, mais, quoique son retard fût répréhensible, il prédisait qu'Agnès arriverait à temps pour son entrée en scène.

Ce ne fut pas le cas et la jeune fille aux yeux verts dut prendre sa place.

La représentation se déroula correctement. Je regardai la pièce depuis mon poste habituel. Il manquait la flamme de la première et, dans les coulisses, on sentait flotter une sourde anxiété, mais il n'y avait toujours aucune sensation de panique. Dans le rôle de Polonius, le père d'Ophélie, Carlos Branco fut le seul à vraiment jouer faux. La doublure d'Agnès se montra à la hauteur de l'opportunité qui lui était offerte. Comme on pouvait le comprendre, Bernard La Grange apparut plus proche d'elle physiquement qu'il ne l'avait été de sa sœur. Et quand le rideau tomba, le public applaudit debout, à l'évidence loin de se douter de l'incident.

— Une folle avec des herbes dans les cheveux en vaut une autre, conclut Richard Marais.

Le régisseur, qui se tenait dans les coulisses en compagnie de ce dernier et de Maman, éclata de rire.

— Excepté que l'une est à moitié indienne et l'autre rousse.

— Et que l'une est une La Grange et pas l'autre, grogna Maman.

Le mercredi, comme on n'avait toujours aucune nouvelle d'Agnès, Edmond La Grange envoya Eddie Garstrang, Marais et le Dr Ferrand à sa recherche. Il se refusait à appeler la police, du moins pour le moment. Le scandale nuirait aux affaires. On se contenta de dire au public ce soir-là que Mlle La Grange était « indisposée ».

Le jeudi matin, je m'étais rendu seul dans la loge de La Grange afin de préparer ses costumes pour la représentation du soir. Je venais de lire deux ou trois des excellentes critiques de la première, qui commençaient à fleurir dans les journaux parisiens. Toutes reprenaient l'expression de Sarah Bernhardt, le « parfait *Hamlet* ». J'étais en train de penser que j'enverrais peut-être ce matin-là un câble à Oscar pour l'informer de la mystérieuse disparition d'Agnès lorsque la porte s'ouvrit.

— Oscar, ça alors… Que faites-vous ici ?

— Me voici de retour. Et j'ai une bonne raison à cela.

— Laquelle ?

— Je ne suis pas sûr de la connaître moi-même.

— Êtes-vous au courant ?

— Le portier vient de m'apprendre ce qui se passe.

Oscar entra dans la pièce. Il avait fière allure, à mi-chemin entre un sénateur romain et un dandy de l'époque georgienne. J'eus la certitude qu'il était en pleine forme lorsque je le vis se contempler dans la psyché en passant.

— Qu'est-il arrivé, Robert ? Dites-moi tout.

Mais avant que j'eusse prononcé un mot, il se retourna. Il avait vu Edmond La Grange arriver dans son dos. Il ôta ses gants mauves et tendit la main.

— *Cher maître* !* s'exclama-t-il.

— *Cher collaborateur* !* lui répondit La Grange sur le même ton.

Tout à coup, au moment même où les deux hommes s'apprêtaient à s'embrasser, ils furent arrêtés par un bruit épouvantable : le cri d'une femme, suivi par des clameurs angoissées et une retentissante voix d'homme. Le tumulte semblait provenir de la scène.

Nous nous précipitâmes tous trois hors de la loge. Dans la pénombre, nous nous dirigeâmes vers l'origine des cris. Nous nous retrouvâmes complètement derrière la scène, au-delà des remparts et des tentures de velours noir, dans un espace qui servait à ranger les décors. Là, au pied de la toile qui figurait le ciel nocturne d'Elseneur, nous découvrîmes une demi-douzaine de personnes debout, figées dans d'étranges postures, les bras levés comme des marionnettes dans la vitrine d'un magasin de jouets. Carlos Branco était défiguré par la douleur. Richard Marais tenait une lampe à huile au-dessus du cercueil qui servait à conduire Ophélie jusqu'à sa tombe. Un machiniste poussait des hurlements hystériques. Une costumière alternait entre les sanglots et les cris. Couché dans le cercueil se trouvait le corps décapité d'Agnès La Grange.

## 20

# Passy

Bien sûr, il ne s'agissait pas de cela.

La Grange le comprit aussitôt. Il sermonna le machiniste, la costumière, Marais et Branco en leur reprochant leur bêtise.

— Que vous êtes stupides ! Êtes-vous aveugles en plus d'être sourds ? demanda-t-il, furieux, en arrachant la lampe des mains de Marais.

Il l'approcha du corps inerte.

Ce n'était pas Agnès mais l'Ophélie en cire que l'on utilisait pour la scène de l'enterrement. Elle avait été fournie par le célèbre musée Grévin. La tête avait été modelée sur celle d'Agnès et son absence avait une explication toute simple : La Grange l'avait fait porter le matin même aux ateliers du musée afin que puisse être sculpté un autre visage, cette fois à l'image de la doublure.

— Agnès a les cheveux noirs et la peau mate, lâcha La Grange d'un ton glacial. Peut-être cela vous a-t-il échappé, mademoiselle et messieurs, mais je suis tenté de croire que le public s'en apercevra.

Il souleva un des bras du mannequin.

— Vous voyez : on lui a aussi ôté les mains.

Il rendit brutalement la lampe à Richard Marais et fit demi-tour dans une attitude méprisante. Alors qu'il s'efforçait de retrouver le chemin de la scène, il se prit les pieds dans la tenture.

— Qu'on m'apporte de la lumière ! gronda-t-il dans l'obscurité. Allez !

Oscar et moi le suivîmes jusqu'à sa loge. Sur la coiffeuse étaient posés les journaux qui avaient publié une critique de la pièce. Dès qu'il les vit, son humeur se transforma. Il gloussa, empoigna la liasse de journaux et la glissa sous son bras.

— Messieurs, toutes mes excuses pour cet esclandre imprévu. Comme vous avez pu vous en rendre compte, je suis entouré d'incompétents et d'imbéciles. Allons discuter autour d'un verre.

Nous prîmes un fiacre boulevard du Temple. Tandis que nous peinions dans les encombrements place de la République, il distribua les journaux.

— Oscar, lisons nos critiques.

— Elles sont bonnes, affirmai-je. Excellentes, même. Le « parfait *Hamlet* ».

— Il n'est de journaliste qui ne puisse être acheté, murmura Oscar en lissant son journal sur ses genoux. À les voir, ils ne doivent pas être trop chers, ajouta-t-il en souriant à La Grange.

Quand nous arrivâmes rue de la Pierre-Levée, ce fut, à ma grande surprise, Eddie Garstrang qui nous ouvrit la porte de la garçonnière. Il transportait une caisse de bouteilles apparemment vides, sans doute les reliefs de la soirée. Il m'adressa un coup d'œil malicieux et se mit à rire.

— Ne vous inquiétez pas. Je suis seul.

— Et Gabrielle n'a pas passé la nuit ici, ajouta La Grange. Je peux vous le garantir.

L'acteur prit la clé à Garstrang et la rangea dans sa poche. Il posa une main compatissante sur mon épaule.

— Avec l'âge, vous apprendrez à être moins jaloux.

Garstrang se remit en route en sifflotant.

— Si vous avez besoin de moi, patron, je serai au théâtre, lança-t-il par-dessus son épaule.

— Il est très smart, observa Oscar en le regardant s'éloigner.

— Est-ce comme ça qu'on dit ? grommela La Grange, qui nous précédait dans l'escalier.

— Oui, si on considère qu'il est américain et redoutablement habile au revolver, précisa Oscar dont la respiration s'alourdissait au fil des marches.

Nous atteignîmes le grenier, qu'éclairait un pâle soleil matinal.

— Vous lui donnez du travail ? demanda Oscar.

— Peu. Marais s'occupe de toutes les choses importantes. Garstrang envoie les lettres de remerciements et répond à mes admirateurs. Mais il joue merveilleusement bien aux cartes.

Étendant le bras, La Grange nous invita à choisir un siège parmi les divans et les ottomanes.

— Bien sûr, il perd chaque fois. Néanmoins, il ne faut pas oublier qu'il joue contre moi. Et que je suis très fort.

— Et que Garstrang est tout disposé à vous satisfaire, ajouta Oscar dans un sourire en se laissant tomber sur un canapé de couleur prune.

Du bout des doigts, il caressa les coussins de velours autour de lui.

— Cet endroit est délicieusement confortable, soupira-t-il.

Il se tourna vers la tête d'Épicure qui trônait sur le guéridon.

— Votre maître serait fier de vous.

La Grange sortit des verres et nous offrit de l'absinthe, du cognac ou du champagne.

— Champagne, s'il vous plaît, demanda Oscar. Nous devons trinquer au « parfait *Hamlet* ».

La Grange nous servit un verre mais s'abstint de nous accompagner. Il ne buvait jamais avant une représentation.

— Dans la vie, je n'ai que trois règles et j'ai oublié les deux premières depuis longtemps, dit-il en s'asseyant sur le divan face à Oscar.

Celui-ci éclata de rire. La Grange se pencha en avant pour offrir une cigarette turque à son invité.

— Et vous, Oscar, quel est le précepte fondamental qui guide votre existence ?

Oscar prit une cigarette et la fit délicatement rouler entre ses doigts avant de la glisser entre ses lèvres.

— Il ne sert à rien de discuter contre l'inévitable, répondit Oscar d'un ton solennel. Contre le vent d'est, le seul argument est de mettre son manteau.

— Quelle merveilleuse maxime ! m'exclamai-je en m'approchant d'Oscar pour allumer sa cigarette.

— Je sais, roucoula-t-il en protégeant la flamme de ses mains.

— Je ne l'avais jamais entendue.

— Elle est récente, mais, hélas, je n'en suis pas l'auteur. Je la dois à l'excellent James Russell Lowell, poète, philosophe, ambassadeur et ami. Je l'ai vu à Londres en compagnie de mon ami George Palmer et du révérend Paul White. Nous avons bu, nous avons dîné, nous l'avons écouté. Et j'ai pris des notes.

Oscar faisait adroitement passer sa cigarette d'un coin à l'autre de sa bouche avec la langue. Il fouilla de ses deux mains l'intérieur de sa veste à la recherche de son carnet, un petit calepin relié en peau de serpent. Il l'ouvrit dès qu'il l'eut trouvé.

— Écoutez ceci : « Ce que les hommes recherchent par-dessus tout, ce sont les privilèges. Y compris celui d'être le plus malheureux à un enterrement. » N'est-ce pas délicieux ?

Il tira une voluptueuse bouffée de tabac.

— Et que pensez-vous de celle-ci ? « Le meilleur hommage que nous puissions rendre à la vérité, c'est de la dire. »

Quand il leva les yeux, il arborait un visage radieux. Il constata alors qu'Edmond La Grange n'était plus en face de lui. L'acteur s'était levé et avait marché jusqu'à la grande fenêtre qui donnait sur les toits du nord de Paris. Oscar referma son carnet et le rangea dans sa veste.

— Où est Agnès ? demanda-t-il. Est-elle en sécurité ?

— Je ne sais pas, répondit La Grange sans quitter la fenêtre. Ce n'est pas la première fois qu'elle fait ça. Disparaître, je veux dire.

— Combien de temps cela dure-t-il ?

— Un jour, un jour et une nuit tout au plus. Mais, jusqu'à présent, elle n'avait jamais manqué une représentation. Ça ne lui ressemble pas. Je me fais du souci.

Il pivota et regarda Oscar droit dans les yeux.

— Comme vous le savez, sa mère s'est suicidée. Je suis inquiet pour les enfants. N'auraient-ils pas hérité d'un tempérament qui les porterait à faire de même ?

— Allez-vous en parler à la police ?

— Oui, répondit sobrement La Grange. Maman ne veut pas, mais je vais le faire. Si elle n'est pas rentrée d'ici à dimanche, j'irai trouver les autorités. En attendant, nous la chercherons nous-mêmes. Le Dr Ferrand et Marais s'y emploient déjà.

— On ne peut pas se fier à Marais, réagit vivement Oscar.

La Grange se mit à rire.

— Dans ces circonstances, si. Dans d'autres affaires, vous avez peut-être raison.

L'acteur porta ses mains à son visage et pressa ses yeux de ses doigts épais. Il laissa échapper un long et profond soupir puis se remit à rire, plus doucement.

— Marais est mon imprésario et il me gruge depuis des années. Je m'en suis aperçu très vite. S'il vous plaît, ne lui dites pas que je suis au courant. C'est la crainte d'être découvert qui le maintient auprès de moi. Il œuvre à son propre intérêt. Je suis content de partager mon argent avec Richard Marais, tout comme je suis disposé à partager ma maîtresse avec mon jeune habilleur que voici. C'est ma façon de faire.

Nous laissâmes Edmond La Grange seul rue de la Pierre-Levée.

— Ce qui fait un grand homme, ce sont les qualités dont il témoigne dans les grandes occasions, déclara Oscar, songeur, en tirant derrière nous la porte de l'entrepôt. Pensez-vous que La Grange soit un grand homme, Robert ?

— C'est certainement un grand acteur.

Oscar gloussa.

Nous remontâmes la rue bras dessus, bras dessous, puis nous gagnâmes le canal Saint-Martin. Je remarquai une vivacité inhabituelle dans la démarche d'Oscar.

— Vous êtes alerte, ce matin.

— Je n'ai pas dormi. J'ai l'énergie de ceux qui sont excessivement épuisés ! Je suis revenu par le train de nuit et, hier soir, la Manche était française.

— Ce qui signifie instable, râleuse et impolie ? demandai-je en riant.

— C'est à peu près ça, Robert, acquiesça Oscar avec un sourire. Mais je pense qu'une plaisanterie est meilleure quand elle n'est pas explicitée.

— Vous êtes décidément en verve.

— La partie est lancée, répliqua-t-il. « Les affaires humaines ont leurs marées[1]. » Je suis excité, car je commence à y voir plus clair.

— Je ne comprends pas... Je croyais que vous étiez retourné à Londres parce que vous pensiez avoir été victime de deux tentatives d'assassinat et être devenu indésirable ici. Avez-vous changé d'avis ?

— Seuls les idiots et les morts ne changent pas d'avis, trancha-t-il en brandissant son petit carnet en peau de serpent avec une expression de triomphe. Russell Lowell a une perle pour chaque circonstance !

Il ôta son bras du mien et le posa sur mon épaule.

— Je crois que le danger s'est dissipé, reprit-il plus calmement. J'estime en outre être plus à même de remplir mon devoir envers ce pauvre Traquair ici qu'à Londres. Il a été assassiné, Robert, et je trouverai par qui.

Nous étions revenus à la station de fiacres de la place de la République. Nous prîmes un cabriolet qui nous conduisit d'abord chez moi, rue de Beauce, où

1. William Shakespeare, *Jules César*, acte IV, sc. 3.

nous récupérâmes les bagages d'Oscar, puis à l'hôtel du quai Voltaire, pour y retenir une chambre. Au cours de notre trajet, Oscar me demanda de lui raconter tout ce qui s'était produit en son absence.

— N'omettez rien, Robert. Dites-moi qui était avec qui, où et quand, et quelles furent vos impressions… Décrivez-moi tout ce que vous avez vu. Vous êtes l'arrière-petit-fils d'un lauréat et vous-même écrivez.

Il tapota son calepin.

— Ne dit-on pas que l'œil est le carnet de notes du poète ?

Je lui fis part de tout ce dont je me souvenais. Je lui confiai aussi que ce n'était pas par excès de discrétion que je ne pouvais lui donner plus de précisions sur ma nuit avec Gabrielle de La Tourbillon. Il m'écouta avec attention. Il insista pour que je lui répète certains détails. Il exprimait son intérêt ou sa surprise par des reniflements ou des grognements.

— Bravo ! murmura-t-il au terme de mon compte-rendu. Vous avez mérité votre déjeuner. Vous avez dépeint la situation avec un œil digne de Corot.

— Voulez-vous dire que j'ai été un peu trop impressionniste à votre goût ? demandai-je en riant.

— Loin de là. Corot avait le regard pur comme du cristal. Il a suivi un enseignement classique. Saviez-vous qu'il a vécu ici même, quai Voltaire ? Ce doit être pour cela que je pense à lui. Hier après-midi, à la gare Victoria, j'ai tout à coup compris que ce que les impressionnistes apportaient à Paris, Londres le possédait grâce au brouillard.

— Vous êtes inspiré, mon ami.

Tandis que notre voiture nous attendait devant l'hôtel, Oscar commanda un repas frugal (du pain, du fromage, une tomate et une omelette aux fines herbes, et une bouteille de côtes-du-rhône) durant lequel il me conta ses tribulations à Londres et à Reading. D'habitude, Oscar mangeait lentement et faisait durer les conversations. Pas ce jour-là. Il mangea, but et parla avec une célérité presque fiévreuse. Dès que nous eûmes terminé, il se débarrassa de sa serviette et se leva d'un bond.

— Ce n'est ni le moment de se lamenter, ni celui de prendre un café, déclara-t-il. Notre voiture nous attend. Nous devons nous mettre en route. Nous devons trouver Agnès La Grange.

— Savez-vous où la chercher ? demandai-je, stupéfait, en me hâtant après lui.

— Je le pense.

Il ordonna au cocher de nous emmener à Passy, à l'ouest de la ville.

Il fut une époque où Passy était un pittoresque village tout droit sorti d'un conte de fées. Il se composait d'une église, d'un petit château et d'une poignée de maisons de pierre blotties sur un éperon rocheux qui surplombe la Seine. C'est devenu depuis une banlieue chic et animée de Paris. Je rappelai à Oscar que je connaissais l'endroit, car Balzac y avait habité et écrit quelques-uns de ses meilleurs livres. Lors de ma première visite à Paris, j'avais fait un pèlerinage jusqu'à la maison du grand homme.

— Ah oui, fit Oscar en souriant, Balzac, votre héros… Il offre la plus remarquable combinaison du tempérament artistique et de l'esprit scientifique. Il aurait fait un excellent détective. Toutefois, ce n'est pas chez lui que nous nous rendons aujourd'hui, Robert, mais au château voisin. Nous allons à l'hôtel de Lamballe, où vécut jadis l'infortunée amie de Marie-Antoinette, la princesse de Lamballe. Celle qui a donné son nom au caniche de Maman… Le bâtiment héberge désormais la clinique fondée par le grand-père de notre jeune ami Jacques-Émile Blanche et où exerce encore son père[1]. Je suis certain que c'est là qu'Agnès La Grange a trouvé refuge.

— Parmi les fous et les aliénés ?

— Et les personnalités, ajouta Oscar. Les Drs Blanche attirent les patients les plus distingués. Ce n'est pas la prison de Reading : les pensionnaires y sont de leur plein gré. Delacroix, Degas, Dumas, Berlioz… tous y ont trouvé refuge. Les Blanche comprennent les âmes d'artiste. À ce qu'il paraît, on autorisa Gérard de Nerval à venir accompagné de son homard domestique.

Nous gravissions la colline de Passy lorsque notre cabriolet tourna à gauche, s'engageant par un haut portail de fer forgé dans la cour de la clinique. Au même moment, un autre attelage, une berline fermée, se dirigeait vers la sortie.

— Avez-vous vu qui était à l'intérieur ? demanda Oscar, qui s'était retourné pour regarder par la vitre arrière de notre voiture.

— Non. Qui était-ce ?

— J'ai dû me tromper, fit-il en hochant la tête.

Au premier abord, la célèbre clinique des Drs Blanche offrait un mélange déconcertant de sérénité et de macabre. C'était un beau bâtiment du XVIIIe siècle, baigné de soleil, partout décoré de fleurs fraîchement coupées, dans les hauts couloirs duquel circulaient d'un

1. En 1872, Émile Blanche (1820-1893) vendit la clinique psychiatrique fondée à Passy en 1848 par son père, Esprit Blanche (1796-1852), à André Isidore Meuriot. Toutefois, Émile Blanche continua à y exercer comme médecin-consultant ; il traita notamment Guy de Maupassant en 1892.

pas traînant, le plus souvent seules, des silhouettes fantomatiques et apeurées. Nous fûmes accueillis dans le vestibule de marbre par un jeune homme pâle, aux joues creuses et aux yeux injectés de sang. Il était assis derrière un bureau Louis XV et un riche chandelier vénitien. À ses côtés se trouvait une coupelle émaillée en forme de rein, où reposait une seringue hypodermique. Il se présenta comme le secrétaire du Dr Blanche.

Il nous conduisit au bureau de ce dernier par une enfilade d'immenses et magnifiques salles de réception. En chemin, il nous expliqua qu'il était aussi l'un des patients du psychiatre.

— Ici, chacun se voit confier un travail. Cela fait partie du traitement.

Il ne cessait d'examiner Oscar des pieds à la tête.

— Je suis sûr que l'intendant saura vous trouver un emploi qui vous conviendra. Ils manquent toujours de monde à la blanchisserie.

Nous arrivâmes finalement dans un salon de musique. Oscar regretta de ne pas reconnaître le vieux monsieur qui y était installé au piano. Au fond de la pièce, une courte volée de marches menait jusqu'à une double porte fermée. Le jeune secrétaire toqua avec vigueur et ouvrit sans attendre la réponse. Il s'écarta pour nous laisser le passage.

— Je vous verrai au dîner, dit-il. Il y a du civet de lièvre, ce soir.

Oscar entra le premier. Le bureau du docteur avait tout de la bibliothèque idéale du gentilhomme de province. Un lambris vert et des rayonnages en noyer se partageaient les murs. Une large baie vitrée ouvrait sur le jardin, dont les pelouses descendaient jusqu'à la Seine.

— Oui, fit le Dr Blanche. C'est bel et bien le cabinet de lecture de vos rêves. Je sais à quoi vous pensez, Mr. Wilde. C'est mon métier.

— Et vous savez qui je suis ! s'exclama Oscar.

— Et Mr. Sherard également, précisa le médecin, qui quitta son bureau pour venir nous serrer la main. Mon fils m'a beaucoup parlé de vous deux. Il accorde un grand prix à vos amitiés. C'est un plaisir de vous rencontrer.

Le plaisir était assurément réciproque. Émile Blanche est l'un des hommes les plus spontanément attachants que je connaisse. Je l'ai apprécié au premier regard. Il m'inspirait confiance. En dehors de bésicles cerclées de fer et d'un calot de velours marron, son apparence n'avait rien de très frappant. C'était un homme âgé, à ce qu'il m'a semblé, d'une petite cinquantaine d'années, rasé de près, de taille et de stature moyennes, à la mise classique. En revanche, il se rendait aussitôt sympathique par la délicatesse et la chaleur de ses manières prévenantes et courtoises. Ses petits yeux ronds pétillaient derrière ses lunettes et chacun de ses sourires révélait une dentition parfaite d'un blanc éclatant.

— Que puis-je pour vous ? demanda-t-il en nous indiquant deux fauteuils devant son bureau. Hormis vous offrir un verre de madère. C'est un breuvage médicinal. Je suis docteur et c'est une prescription que vous ne pouvez refuser.

Il se dirigea vers une cave à liqueurs près de la fenêtre et nous servit un verre à chacun.

— Il a la couleur du vieil or, vous ne trouvez pas ? me dit-il. Jacques-Émile m'a appris que vous appelez « vin jaune » le vin blanc. C'est un de vos grands admirateurs.

— Comme nous faisons partie des siens, déclara Oscar avec emphase.

— Et il compte aussi parmi les vôtres, ajouta le Dr Blanche en s'adressant à Oscar. Il donne un de vos livres à tenir à la jeune femme dont il fait en ce moment le portrait. Il dit qu'ainsi, quoi qu'il arrive, il y aura de la poésie dans le tableau.

Oscar accueillit le compliment en inclinant la tête.

— Le modèle serait-il par hasard Agnès La Grange ?

— Non, bien que Jacques-Émile travaille en effet à son portrait. Elle est très jolie. Exquise. Elle est ici en ce moment. Jacques-Émile l'a amenée. Avec l'approbation de son médecin, bien entendu. Le Dr Ferrand habite à Passy. C'est un excellent praticien et un homme estimable. Agnès était désireuse de venir. Elle voulait échapper au théâtre, à ses soucis. La pauvre enfant est très perturbée. Elle est amoureuse de son père.

— D'Edmond La Grange ?

— Oui. Il était encore ici il y a quelques minutes. Vous l'avez manqué de peu. Il est très inquiet à son sujet.

Le Dr Blanche scruta avec appréhension nos visages incrédules.

— Mais bien entendu vous saviez tout cela ? dit-il en posant son verre sur son bureau.

— Non, répondit posément Oscar. Nous l'ignorions.

Le Dr Blanche se tourna vers moi.

— Je pensais que Jacques-Émile vous en avait parlé.

— Non.

Il soupira et ôta ses bésicles. Il battit des paupières, puis tira de la poche de sa veste un mouchoir avec lequel il entreprit de nettoyer ses lunettes.

— J'ai parlé sans réfléchir. Je croyais que vous étiez au courant. Veuillez m'excuser.

Il rechaussa ses verres.

— Ce n'est pas grave, le rassura Oscar. Nous sommes des amis d'Agnès. Et de son père.

— Je sais. Jacques-Émile m'a raconté.

Oscar se pencha en avant.

— Vous dites qu'Edmond La Grange était ici à l'instant… commença-t-il prudemment.

— Pour voir Agnès, ajoutai-je.

Au regard que me lança Oscar, je compris que j'avais parlé inconsidérément.

— Ne vous méprenez pas, messieurs, réagit aussitôt le médecin. M. La Grange éprouve la plus grande affection pour Agnès, mais il l'aime comme un père doit aimer sa fille.

Il nous regarda tous deux et nous adressa un sourire rassurant.

— L'amour qu'elle ressent pour lui est plus complexe, voilà tout. Il y a d'innombrables raisons à cela : son âge, le fait qu'elle n'a pas connu sa mère, la vie qu'elle mène au théâtre, le rôle d'Ophélie… Je ne suis pas inquiet outre mesure. Elle va se remettre. Elle semble d'ailleurs déjà aller beaucoup mieux. Elle souffrait d'insomnies. En ce moment même, elle dort profondément.

— Pouvons-nous la voir ? demanda Oscar.

— J'ai suscité votre inquiétude. Et alimenté vos soupçons.

— Pas des soupçons, corrigea Oscar.

— Des soupçons, Mr. Wilde. Je lis dans l'esprit des gens. C'est mon métier.

Il se leva.

— Je comprends votre anxiété. Vous tenez à Agnès. Bien entendu, je vous autorise à la regarder dormir, ajouta-t-il avec un sourire désarmant.

Le Dr Blanche se dirigea vers la cheminée. Il se pencha et actionna une petite poignée que cachait à moitié le manteau. La bibliothèque qui se trouvait à côté pivota.

— Par ici, messieurs.

La porte dérobée ouvrait sur un étroit escalier de pierre en colimaçon qui montait à l'étage supérieur. Il débouchait sur un vaste couloir désert aux murs couleur crème et au parquet ciré. L'austérité de ce décor tranchait avec l'élégance du mobilier que nous venions de quitter.

— Nous pouvons accueillir trente patients, expliqua le Dr Blanche, qui nous précédait.

Il murmurait à peine et pourtant sa voix résonnait tout autour de nous. Nous nous arrêtâmes devant la troisième porte. Une étroite imposte vitrée y était ménagée. Elle était à demi recouverte par un petit rideau en coton. Le Dr Blanche se plaça sur le côté de façon à nous permettre de regarder à l'intérieur. Agnès était couchée sur un lit exigu au fond de la pièce. Elle portait une longue chemise de nuit blanche. Elle était pieds nus et avait les yeux fermés. Elle semblait paisible.

— La Belle au bois dormant, murmura Oscar.

— Nous devons la réveiller à cinq heures, précisa le docteur. Elle veut retourner au théâtre ce soir et reprendre son rôle.

— Est-ce raisonnable ? demandai-je.

— Je ne le conseillerais pas forcément, admit le Dr Blanche, mais nos patients ne sont pas des prisonniers. Et puis le travail est bénéfique. Nous avons tous besoin de travailler. « En te levant chaque matin, remercie Dieu d'avoir ce jour-là quelque chose de nécessaire à faire, que cela te plaise ou non. »

— James Russell Lowell, fit négligemment Oscar.

— Ainsi, vous aussi lisez dans les esprits, Mr. Wilde, s'étonna le docteur en souriant.

— Non. Je lis des livres.

# 21

# Tout est dans la préparation

Nous quittâmes la clinique dubitatifs.

— Pourquoi La Grange a-t-il laissé croire à tout le monde, nous y compris, qu'Agnès avait disparu, alors qu'il savait depuis le début où elle se trouvait ?

— Et ce bon Dr Ferrand est lui aussi au courant, ajouta Oscar, songeur, tandis qu'il prenait place dans notre voiture.

— Au moins, la pauvre enfant est-elle sauve et en bonne santé.

— À ce qu'il semble, acquiesça Oscar.

Cet après-midi-là, Oscar devait prendre le thé en compagnie de Sarah Bernhardt. Quant à moi, je devais rentrer au théâtre. Oscar me déposa donc boulevard du Temple, me promettant de venir me retrouver dès qu'il le pourrait.

— Je ne suis pas d'humeur pour la divine Sarah, soupira-t-il. Les divinités exigent une attention permanente. Mais je lui ai envoyé un télégramme de confirmation. Elle m'attend et c'est une véritable amie, je me dois donc d'y aller.

Rétrospectivement, il ne le regretta pas. À son arrivée, il découvrit que Maurice Rollinat et Bernard La

Grange avaient eux aussi été invités. On servit du thé de Darjeeling et de l'absinthe de Suisse, des sandwichs au concombre et des pipes de haschisch. Les quatre amis, deux poètes et deux acteurs, parlèrent beaucoup d'argent (comme tous les poètes et tous les acteurs), mais aussi de l'amour et de la luxure, du succès et de l'échec, des excès, de la décadence et du meurtre.

— « Je veux goûter chacun des fruits de chacun des arbres du verger du monde », déclara Bernard.

Étendu, le jeune garçon avait la tête posée sur les genoux de Sarah et caressait paresseusement de la main gauche la cuisse de Rollinat.

— C'est votre ligne de conduite, Mr. Wilde. Votre philosophie. Vous parlez, j'agis. Je veux tout connaître. Les sommets comme les abysses.

Il se tourna vers Oscar. Ses yeux en amande s'élargirent.

— Surtout les abysses… Je ne me sens jamais plus vivant que lorsque je me rends à la *Salle des morts* *. N'est-ce pas étrange ?

— Que pensez-vous du meurtre ? demanda Oscar, qui rendit son regard à Bernard sans cesser de suçoter sa pipe en terre cuite bourrée de haschisch. Si ma mémoire est bonne, Charles Baudelaire suggérait que le chanvre indien poussait les hommes au crime.

— Alors, qu'on m'en donne plus ! s'écria Bernard en tendant la main vers la pipe d'Oscar. Je veux tout essayer !

— Même l'homicide ? interrogea Sarah en caressant la belle chevelure soyeuse du jeune comédien.

— Que préféreriez-vous : être l'assassin ou la victime ? ajouta Maurice Rollinat, qui prit la main du garçon pour la reposer sur sa cuisse.

— Peu importe, répondit Bernard très sérieusement. Ce qui compte, c'est l'expérience.

Sarah Bernhardt éclata de rire et se pencha en avant pour embrasser le front du jeune Hamlet.

— Ne mourez pas tout de suite : les critiques sont bonnes !

Bernard La Grange se redressa brutalement.

— Je ne les lis pas, Sarah. Je m'en moque. Vous devriez le savoir.

Oscar sourit.

— Bernard a raison, Sarah. Il ne faut pas s'occuper de ce qui s'écrit. Vous êtes une artiste. Pourquoi un artiste devrait-il se laisser distraire par la clameur stridente de la critique ? Pourquoi ceux qui sont incapables de créer s'arrogent-ils le droit d'évaluer le travail de ceux qui le peuvent ? Que connaissent-ils à l'art ? Je méprise les critiques !

Il tira une profonde bouffée sur sa pipe et ferma les yeux.

— Vous ne lisez donc pas les journaux, Oscar ? demanda Sarah avec espièglerie. Vous y êtes pourtant sans cesse.

Oscar tourna des yeux lourds vers l'actrice.

— Je ne mordrai pas à votre hameçon, madame. Je ne fais aucun cas des journaux et de leur assommante chronique de la vie politique, judiciaire et mondaine. Il y a longtemps que je ne m'intéresse plus à ce qu'ils écrivent sur moi. Tout mon temps, je le consacre aux dieux et aux Grecs !

Bernard La Grange avait repris sa position alanguie, adossé à Sarah.

— Avez-vous goûté à l'amour grec, Oscar ? Dites-moi. Oseriez-vous cette expérience ?

Oscar ne répondit pas.

— Maurice et moi, nous vous emmènerons au *Café Alexandre*. C'est à côté du théâtre. Là-bas, il y a des garçons beaux comme des dieux antiques, avec une peau douce comme l'albâtre et des feuilles de vigne dans les cheveux.

— Ainsi, vous ne m'aimez pas ? protesta Sarah Bernhardt, qui de nouveau se pencha sur le jeune acteur et déposa un baiser sur sa tempe.

— Bien sûr que je vous aime, Sarah... se défendit-il en étendant la main pour caresser du revers de ses longs doigts bruns la joue de son hôtesse.

Celle-ci lui répondit d'un sourire.

— Je n'oublie pas que je pourrais être votre mère.

Bernard La Grange gloussa de plaisir.

— Alors je serai Œdipe et vous Jocaste ! déclara-t-il avec enthousiasme en se redressant.

— Oh, oui ! s'écria Sarah. Faisons cela !

Puis elle éclata de rire, empoigna sa tête à deux mains et tourna son visage vers le sien.

— Mais ce soir, vous serez Hamlet, et Mlle de La Tourbillon, Gertrude.

— Et votre sœur, Ophélie, ajouta Oscar, qui avait délaissé sa pipe et s'était mis en quête d'un sandwich au concombre. J'ai cru comprendre qu'Agnès reprenait son rôle.

— Je préfère sa doublure, plaisanta Bernard La Grange en se levant.

Il s'étira, bâilla et chercha du regard la bouteille d'absinthe, dont il se servit un verre.

— Je constate que vous ne vous interdisez pas de boire avant la représentation, observa Oscar.

La tête inclinée de côté, il étudiait le jeune homme.

— Ainsi, vous ne suivez pas le précepte de l'illustre Edmond La Grange, poursuivit-il.

— Qu'ai-je à faire de lui ? grommela Bernard en vidant son verre d'un trait.

— C'est votre père, lui rappela Oscar. Et c'est un grand acteur.

— Il est le dépositaire d'une longue tradition, ajouta Sarah.

— Il est le dépositaire du passé, riposta le garçon. Il est le dépositaire du passé.

Il avait répété la phrase comme s'il s'était agi d'un exercice de diction.

— Le passé. Tout ça, c'est fini. Terminé. Disparu. Mort. Enterré. Moi, ce qui m'intéresse, c'est le présent…

Il embrassa Sarah Bernhardt sur le front.

— … et le futur.

Et il baisa Maurice Rollinat sur la bouche.

Au théâtre La Grange, j'étais, comme d'habitude, occupé à préparer les tenues du maître pour la représentation du soir. Les costumes de Claudius n'étaient pas très sophistiqués, mais mon employeur exigeait que j'astique jusqu'à les faire briller le cuir et les dorures de ses ceintures et de ses bottes.

— Claudius est un usurpateur, me rappelait-il. Il accorde de l'importance aux attributs de la royauté. Il lui faut avoir l'air d'un roi parce qu'il est incapable de se comporter comme tel.

La pendulette venait de sonner cinq heures lorsque Edmond La Grange entra dans sa loge. Il paraissait plus détendu que jamais. Il chantonnait un air que Traquair sifflait parfois, *Carry Me Back to Old Virginny*, une chanson de Jimmy Bland, l'ami d'Oscar.

— Comment allez-vous, monsieur ? lui demandai-je d'une voix mal assurée tout en tâchant d'éviter son regard.

— Et vous, *mon petit** ?

Campé au milieu de la pièce, il attendait mon aide pour ôter son pardessus. Il était tellement habitué à ce qu'on l'assistât pour s'habiller et se déshabiller que, dans des moments tels que celui-ci, il se contentait de se tenir bras écartés, prêt à recevoir un service qui lui paraissait aller de soi.

— Qu'avez-vous fait de votre journée ? L'avez-vous passée avec Mr. Wilde ?

— Oui, répondis-je en le débarrassant de son manteau.

— Je suppose que vous étiez à la recherche d'Agnès ?

Dans la psyché, son regard croisa le mien. Il dressa un sourcil inquisiteur ; je détournai les yeux.

— Oui. Et nous l'avons trouvée.

— Ah, fit-il avec un rire étouffé. Je m'en doutais. Il m'avait semblé vous reconnaître en quittant la clinique.

Pendant que j'allais accrocher le pardessus, il s'assit sur son tabouret. Je revins auprès de lui pour lui déboutonner sa chemise. Avec une insouciance apparemment sincère, il entreprit de me donner sa version des faits. Il m'expliqua que c'était Agnès qui avait eu cette idée de s'éloigner pour se reposer quelques jours. Elle l'avait informé de la retraite qu'elle envisageait et il l'avait approuvée. Consulté, le Dr Ferrand avait agréé ce projet. C'était un ami et un collègue du Dr Blanche et il avait grande confiance en lui. À la demande d'Agnès, La Grange n'avait prévenu personne d'autre. Il regrettait de nous avoir dupés et espérait que je transmettrais ses excuses à Oscar. Il n'avait pu faire autrement. Il se sentait obligé de respecter la volonté de sa fille et voulait protéger son intimité. Il était certain que nous comprendrions. Et la bonne nouvelle était qu'Agnès allait désormais beaucoup mieux, à tel point qu'elle était prête à remonter sur scène. Quelques minutes à peine avant que nos voitures ne se croisent dans la cour de l'hôtel de Lamballe, ils étaient convenus, en accord avec le Dr Blanche, qu'elle se reposerait durant la journée à Passy et qu'elle viendrait chaque soir au théâtre si ses forces le lui permettaient. La Grange me demanda de rassembler la compagnie sur scène quarante-cinq minutes avant le début de la représentation afin qu'il pût informer tout le monde de la situation.

Je l'écoutai sans l'interrompre. Il conclut son explication par un sourire radieux et inclina la tête avec modestie. Il pivota vers sa table à maquiller.

— Il me faut dormir, maintenant, murmura-t-il.

Il ouvrit le tiroir à sa droite et fouilla à l'intérieur à la recherche de son masque. Le revolver glissa et se retrouva bien en vue. Je regardai La Grange le caresser affectueusement. Par-dessus son épaule, il me lança à mi-voix et sur le ton de la plaisanterie :

— Fini, les duels !

Il trouva enfin son masque de velours et se leva.

— *Mon petit**, voici la clé de la rue de la Pierre-Levée, m'annonça-t-il en la tirant de la poche de son pantalon. Je vous la confie. Faites-en bon usage. Je pense, que dis-je ? j'espère, que Mlle de La Tourbillon sera bien disposée. Elle sera libre ce soir, car Garstrang et moi jouons aux cartes.

Il s'assit au bord de la *chaise longue** de Molière, puis étendit les jambes afin que je lui ôtasse ses chaussures.

— Puis-je vous poser une question, monsieur ?

— Bien sûr, *mon petit**. Ce que vous voulez.

Il se coucha tandis que j'ajustais un coussin sous sa nuque.

— Est-ce vraiment sur ce siège que Molière est mort en 1673 ?

Il émit un petit rire et ferma les yeux.

— J'en doute fort.

Il abaissa le masque sur ses paupières.

— C'est ce que disent les acteurs, mais, comme vous devriez désormais le savoir, on peut rarement se fier à leur parole.

Pendant la sieste d'Edmond La Grange, je fis le tour du théâtre pour faire part de ses instructions à la compagnie. À sept heures et quart, comme convenu, tout le monde se rassembla sur scène. Bernard La Grange arriva le dernier. Il n'avait pas été prévenu de la réunion. Il était revenu de chez Sarah Bernhardt en compagnie d'Oscar. Ils se tenaient côte à côte, un peu à l'écart, derrière Maman. Celle-ci était installée sur une chaise minuscule ; Eddie Garstrang veillait sur elle.

— Je meurs, gémissait-elle. Je meurs et personne n'y prête attention. Tout le monde s'en moque.

Edmond La Grange s'adressa à la compagnie depuis l'avant-scène. Comme il n'était pas grand, il s'était juché sur un petit escalier en bois que le régisseur avait emprunté aux murailles d'Elseneur. Richard Marais se tenait à ses côtés. Ainsi que La Grange me l'avait annoncé, il prononça un discours destiné à mobiliser ses troupes. Il félicita la compagnie qui avait été capable de créer le « parfait *Hamlet* ». Il remercia tous ses membres pour leur loyauté et leur ténacité dans les moments difficiles qu'ils venaient de traverser. Enfin, il avait à leur faire part d'une bonne nouvelle.

— Notre Ophélie est de retour !

Elle n'avait pas disparu, mais elle s'était trouvée indisposée et il lui avait fallu prendre du repos.

Cependant, elle allait reprendre son rôle le soir même et, si les dieux le voulaient, le tenir jusqu'à la fin de la saison.

Sur ces mots, et avec un sens de l'à-propos digne de son talent d'actrice, Agnès apparut sur le devant de la scène dans la lumière de la rampe. Tout le monde l'applaudit.

Le discours terminé, chacun retourna à ses occupations. Richard Marais se chargea de Liselotte La Grange.

— Au moins, sa surdité lui épargne ses glapissements, observa Eddie Garstrang.

Celui-ci se rendit avec Oscar à la buvette de l'orchestre pour prendre un verre, puis ils gagnèrent une des loges pour assister à la représentation. Oscar fut étonné de voir combien Garstrang, un Américain originaire des montagnes Rocheuses, un joueur professionnel au français rudimentaire, paraissait profondément captivé par la pièce. Il constata en outre qu'ils ne s'étaient pas trouvés aussi à l'aise ensemble depuis leur petit déjeuner à Leadville près d'un an auparavant.

Pour ma part, je suivis le spectacle depuis ma place habituelle dans les coulisses. Ce soir-là, *Hamlet* fut loin d'être parfait : il y eut des moments de flottement, Agnès sembla plus fragile que jamais et elle oublia deux fois son texte au cours de sa scène avec Polonius. Néanmoins, l'ovation qui accompagna le baisser de rideau suggéra que le public était satisfait.

Un peu plus tard, La Grange me confia un mot pour Agnès. Je le lus. Peut-être n'aurais-je pas dû, mais, durant quelques instants, je me trouvai seul sous une lampe dans l'escalier qui menait aux loges du premier étage et la tentation fut trop forte. Il était simplement écrit :

*Tu as été merveilleuse.*
*Ton avenir est radieux.*
*Je t'aime. ELG*

Parvenu à la loge d'Agnès, je trouvai Gabrielle devant la porte.

— Elle n'est pas là, dit-elle en s'approchant de moi pour déposer un baiser sur mes lèvres. Elle est partie.

— En êtes-vous sûre ?

— Elle se démaquille aussitôt noyée. Quand elle revient saluer, elle est prête à s'en aller.

Elle jeta un coup d'œil à la porte.

— J'étais venue la féliciter, mais il n'y a personne. Je suppose qu'elle doit être épuisée.

S'avançant d'un pas vers moi, Gabrielle laissa s'ouvrir son peignoir, révélant ainsi sa poitrine. Elle éclata de rire.

— Moi, je ne suis pas encore habillée. Soupons-nous ?

— Oui. J'ai la clé.

— Je n'en ai pas pour longtemps.

Je retournai aussitôt auprès de La Grange pour lui signaler l'absence de sa fille. Il haussa les épaules et reprit le message, qu'il plia et rangea dans le tiroir de la coiffeuse.

Un quart d'heure plus tard, je retrouvai Oscar, qui attendait, seul, près de l'entrée des artistes. Il était adossé au mur, fumant une cigarette à la lueur du gaz.

— Regardez ce que Garstrang m'a offert ! lança-t-il avec allégresse. Une Lucky Strike !

Je l'informai qu'il m'était finalement impossible d'aller dîner avec lui.

— Me pardonnez-vous ? Je soupe en compagnie de Gabrielle.

Il sourit.

— Avez-vous la clé ?

— Oui.

— Vous m'en voyez ravi. Profitez-en. Et ne forcez pas trop sur le laudanum. Je rentre à l'hôtel. J'ai matière à réflexion.

On la trouva le lendemain matin. Ce fut un machiniste qui la découvrit dans la réserve de décors derrière les tentures de velours noir. Il était en train de balayer, ce qui était d'ordinaire la première tâche de la journée, dès l'ouverture du théâtre à dix heures. Agnès La Grange flottait sur le ventre dans le petit bassin utilisé pour simuler le ruisseau dans lequel se noyait Ophélie.

Le médecin de la police estima que son décès était intervenu aux alentours de minuit.

## 22

# Dans le sang

La Grange avait aussitôt appelé la police.

Lorsque Oscar et moi arrivâmes au théâtre, vers deux heures, le corps d'Agnès avait déjà été emporté. Les enquêteurs, efficacement dirigés par un certain inspecteur Malthus, étaient en train d'achever une série d'interrogatoires préliminaires avec les témoins que leur chef qualifiait d'« essentiels ».

— Vous entrez dans cette catégorie, messieurs, nous déclara Malthus avec amabilité lorsque nous nous présentâmes à la loge d'Edmond La Grange. Ou du moins, c'est ce qu'il me semble.

Malgré le nombre de ses occupants, la pièce avait le calme d'un tombeau. Malthus, deux jeunes agents en uniforme et huit membres de la compagnie La Grange parmi les plus âgés se tenaient épaule contre épaule le long des murs, comme s'ils assistaient à une veillée funèbre. Nous découvrîmes également le Dr Émile Blanche. Il s'était présenté au théâtre une heure auparavant, non parce qu'il avait été prévenu du drame, mais parce qu'il s'inquiétait de n'avoir pas vu revenir Agnès à Passy comme cela était prévu. Perché sur le dossier de la *chaise longue**, il tenait la main de Liselotte

La Grange. Bien qu'il ne la connût pas, il lui avait offert d'instinct le réconfort que ses proches ne pouvaient plus lui apporter. Carlos Branco se tenait derrière la porte. La tête baissée, le regard vide fixé sur le sol, il paraissait effondré. Il portait une robe de chambre aux vives rayures multicolores qu'il avait passée avant d'être mis au courant.

Presque invisible au milieu de cette foule, La Grange était penché au-dessus de sa table de maquillage. Il avait les bras croisés et les yeux fermés. Sa tête formait avec son corps un angle étrange, comme s'il la détournait d'un invisible spectacle d'horreur. L'inspecteur Malthus se trouvait à ses côtés. De temps à autre, il lui posait une main consolatrice sur l'épaule. Les deux hommes étaient amis. Ils avaient le même âge et, avec le Dr Ferrand, ils avaient fréquenté ensemble les bancs de l'école.

Malthus ne correspondait pas à l'idée que se font les Anglais du policier français. D'une taille impressionnante et d'une maigreur cadavérique, il paraissait alerte et juvénile pour son âge avec son visage glabre, sa chevelure argentée, ses hautes pommettes saillantes et son long nez aquilin. Il était vêtu d'un costume bien coupé en serge bleu foncé. Au revers de sa veste, un ruban rouge l'identifiait comme chevalier de la Légion d'honneur. Il avait l'apparence d'un banquier ou d'un avocat, et les manières étonnantes, douces et quelque peu taquines d'un professeur d'université légèrement excentrique.

— Avez-vous appris la pénible nouvelle ? nous demanda-t-il une fois qu'il se fut assuré que nous étions bien ceux qu'il croyait.

— À l'instant, répondit Oscar. Le gardien nous a informés à notre arrivée.

L'inspecteur soupira et laissa brièvement pendre sa langue sur sa lèvre inférieure, comme un lézard en quête de nourriture.

— C'est une grande douleur, dit-il avec une voix raffinée d'homme cultivé, qui, elle non plus, ne correspondait pas au cliché du policier parisien.

— C'est terrible, lâcha Oscar. Une tragédie.

Il avait les yeux embués de larmes.

— Je m'efforce d'établir qui a vu Mlle La Grange pour la dernière fois, expliqua Malthus avec douceur. Pour essayer de déterminer l'état d'esprit dans lequel elle se trouvait. Vous comprenez ?

Oscar opina.

— Tout le monde l'a vue saluer le public, bien entendu, mais personne ne semble avoir de souvenir d'elle ensuite.

Le policier dévisagea les membres de la compagnie présents et sourit. Il tourna lentement ses clairs yeux bleus vers moi.

— Mr. Sherard, vous êtes, il me semble, l'habilleur de M. La Grange ?

— Oui, monsieur.

— M. La Grange m'a dit qu'après la représentation, il vous avait confié une lettre pour sa fille.

— C'est exact, monsieur.

— Mais vous la lui avez rapportée, car Mlle La Grange n'était pas chez elle.

— Oui, monsieur.

— Il n'y avait personne dans sa loge ?

— Je peux vous le certifier, intervint Gabrielle.

Elle se trouvait au fond de la pièce, près de la desserte, à moitié cachée par Eddie Garstrang et le Dr Ferrand. Je n'avais pas remarqué sa présence jusqu'alors. Je ne l'avais pas vue de la journée. Après la nuit que nous avions passée ensemble rue de la Pierre-Levée, je m'étais réveillé à l'aube, mais elle était déjà partie. Le fait de voir tout à coup son visage et d'entendre sa voix me fit rougir.

L'inspecteur Malthus ne sembla pas remarquer mon embarras. Il se tourna vers Gabrielle.

— Nous avons bien pris note de vos déclarations, mademoiselle, dit-il poliment.

Il passa de nouveau sa langue sur sa lèvre inférieure, puis reporta son regard sur Oscar.

— Mr. Wilde…

— Je ne puis, hélas, vous être d'aucune aide, coupa Oscar. J'ai assisté à la pièce en compagnie de Mr. Garstrang. Nous avons quitté le bâtiment avec le public et nous l'avons ensuite contourné sans nous hâter pour rejoindre l'entrée des artistes. Mr. Garstrang m'avait expliqué qu'il devait comme d'habitude jouer aux cartes avec M. La Grange. Nous nous sommes salués. Il a rejoint les appartements privés, qui se trouvent au-dessus du théâtre, pendant que je restais dehors à fumer une cigarette.

— Avez-vous vu sortir Mlle La Grange ?

— Après les représentations, il y a toujours foule à cet endroit. Tout le monde se précipite pour partir. J'ai vu plusieurs acteurs s'en aller. J'ai échangé quelques mots avec Bernard La Grange. Pour le féliciter. Je n'ai pas vu Agnès.

— Merci, Mr. Wilde, fit l'inspecteur en s'inclinant.

Il parcourut de nouveau l'assemblée du regard.

— Merci, mesdames et messieurs. En ces pénibles circonstances, vous avez tous été d'une aide précieuse. Il est possible que j'aie à nouveau à m'entretenir avec l'un ou l'autre d'entre vous dans les prochains jours.

Il adressa un signe de tête au Dr Blanche et au machiniste qui avait découvert le corps.

— Cependant, reprit-il, les faits ne semblent que trop clairs.

Il posa une main compatissante sur l'épaule d'Edmond La Grange tout en continuant à s'adresser à tous.

— Le suicide n'est pas un crime...

— C'est un péché ! gémit Liselotte La Grange.

— C'est une tragédie déchirante. Je voudrais faire part de mes sincères condoléances à tous ceux qui connaissaient et aimaient Agnès La Grange.

— Sa mère s'est donné la mort, déclara la vieille matrone en fixant le policier. Le suicide est héréditaire.

Avec colère, elle dégagea sa main de celle du Dr Blanche qui la cajolait.

— C'est dans le sang, glapit-elle. C'est dans le sang.

Plus personne ne faisait attention à elle.

Malthus se pencha sur Edmond La Grange.

— Il me faudra interroger Bernard, lui glissa-t-il à l'oreille. Il n'est pas ici. Savez-vous où il se trouve ?

La Grange ouvrit les yeux et leva un regard las sur l'inspecteur.

— Non. Je ne l'ai pas vu depuis hier soir.

Il tourna la tête en direction de la porte, là où se tenait Oscar.

— Hier, Mr. Wilde est parvenu à retrouver Agnès, déclara-t-il. Peut-être saura-t-il aujourd'hui vous aider à retrouver Bernard.

Malthus se tourna à son tour vers Oscar et le dévisagea, sourcil dressé.

— Vous devriez commencer par la *Salle des morts* *, suggéra Oscar.

— Merci, répondit le fonctionnaire. Je vous suis reconnaissant de votre aide. Ce sera tout pour le moment. Nous allons vous laisser.

À la suite du départ de Malthus et de ses hommes, la loge se vida peu à peu. Chacun évitait le regard des autres. Hormis Liselotte La Grange, personne ne parlait. Elle s'était levée avec l'aide du Dr Blanche.

— Les représentations doivent se poursuivre, aboya-t-elle.

— Mais oui, fit son fils d'une voix apaisante.

Pendant que tous quittaient la pièce, j'observais La Grange avec attention. Peu à peu, son dos se redressait et ses yeux se rallumaient.

La nouvelle de la mort d'Agnès se propagea rapidement. Les membres de la compagnie commençaient à arriver, devançant leurs horaires habituels de plusieurs heures. Il y avait aussi des journalistes, que Richard Marais escortait et rassemblait sur scène. À cinq heures, La Grange émergea de sa loge pour leur faire une brève déclaration. À l'un d'eux, qui faisait partie de ses amis et de ses compagnons de jeu, il accorda un entretien particulier. Je demeurai dans un coin de la loge pendant leur conversation. La Grange conserva son calme. Il parla d'Agnès sans verser une larme mais avec une émotion bouleversante. Il évoqua sa contribution au « parfait *Hamlet* » avec une fierté non dissimulée. Son sang-froid était extraordinaire. Néanmoins, en début de soirée, lorsque je le quittai au moment de sa traditionnelle sieste d'avant représentation, je l'entendis sangloter depuis les coulisses.

La police se rendit à la *Salle des morts** et n'y trouva pas Bernard La Grange. Comme Oscar s'y attendait en réalité, celui-ci s'était réfugié dans le studio de Sarah

Bernhardt à Montmartre, avec Maurice Rollinat. Ce fut Oscar qui lui annonça le décès de sa sœur. En apparence, il prit comme son père la nouvelle avec un calme stoïque. Il demeura silencieux, ou plutôt, ainsi qu'Oscar me le raconta plus tard, il commença par citer un vers de Baudelaire, avant de sombrer dans le mutisme « lorsqu'il sembla mesurer combien les événements rendaient cette rime dérisoire ». Oscar fit part à Bernard du peu qu'il savait sur les circonstances de la mort d'Agnès et lui affirma que le policier en charge de l'enquête paraissait compétent et consciencieux.

— Un homme honnête et éduqué, résuma-t-il.

— C'est Malthus ? demanda Bernard.

— En effet. Il s'agit d'un ami de votre père, je crois.

Bernard La Grange ne put s'empêcher de rire.

— Malgré ce défaut, on peut avoir confiance en lui. Que pense-t-il de tout cela ?

— Malthus ? De la mort d'Agnès ? Il estime que c'est un suicide.

— Oui, souffla Bernard. Nous avons ça dans le sang.

Sarah Bernhardt prit le jeune acteur dans ses bras et l'étreignit comme l'eût fait sa mère. Maurice Rollinat lui donna lui aussi une accolade. Il en profita pour glisser trois ampoules de laudanum dans sa poche, geste qui échappa à Sarah mais pas à Oscar.

À six heures, ce dernier se chargea de ramener Hamlet au théâtre. Bernard La Grange n'était ni surpris ni choqué que sa grand-mère et son père voulussent maintenir la représentation du soir. C'était aussi son propre souhait.

— C'est comme ça chez nous, affirma-t-il.

Ce soir-là, les La Grange, *père et fils**, furent prodigieux, faisant preuve d'une intensité saisissante. La doublure d'Agnès fut elle aussi à la hauteur des circonstances.

— C'est une excellente jeune actrice, m'avait confié La Grange dans les coulisses.

L'interprétation d'autres membres de la troupe, en revanche, fut moins assurée. Gabrielle se montra plus réservée sur scène que je ne l'avais jamais vue et Carlos Branco oublia son texte à plusieurs reprises.

— Il joue Polonius, grommela La Grange avec mépris. Polonius est un vieil imbécile. Personne ne le remarquera. Tout le monde s'en moque.

À la fin de la représentation, il m'envoya chercher Oscar et Bernard pour les inviter à partager un verre dans sa loge.

— Si vous voyez Garstrang ou Marais, demandez-leur de veiller sur Maman, ajouta-t-il comme je m'apprêtais à sortir. Je ne veux pas d'elle ici. J'ai eu assez de Maman aujourd'hui.

Je trouvai Bernard près de l'entrée des artistes, en grande discussion avec une jeune femme. C'était une jolie fille, vêtue d'une pelisse bleue et d'un bonnet, qui avait assisté à la pièce et qui désirait un autographe. Oscar se tenait tout près, fumant une cigarette. Bernard accorda la signature que lui demandait son admiratrice et lui baisa la main avec une galanterie toute française. Je l'informai que son père le réclamait.

— Est-ce une obligation ? soupira-t-il avec lassitude.

— Je le crois, intervint Oscar.

Je les accompagnai jusqu'à la loge. La Grange s'était déshabillé et changé seul. Il avait déjà débouché une bouteille de champagne. Nous trinquâmes à la mémoire d'Agnès, au théâtre La Grange et au « parfait *Hamlet* ».

Le vieil acteur annonça qu'il n'avait, pour une fois, pas envie de jouer aux cartes. Il avait demandé à Marais de lui appeler un fiacre. Il nous proposa de nous emmener souper.

— En l'honneur d'Agnès, précisa-t-il.

Il avait réservé une table au *Pharamond*, car il savait que c'était le restaurant préféré d'Oscar. Il espérait que celui-ci nous entretiendrait des héroïnes de Shakespeare et de la mortalité des êtres et des choses.

— Qu'en dites-vous, Oscar ? demanda-t-il.

— Si cela peut vous faire plaisir, répondit Oscar.

Bernard se leva et déclara qu'il ne pouvait, hélas, se joindre à nous. Il avait rendez-vous au *Chat noir* avec Maurice Rollinat et Jacques-Émile Blanche. Il était certain d'en avoir parlé.

— Au *Chat noir* ? répéta son père. Ce soir ?

— Je n'ai pas vu Jacques-Émile de la journée. Il aimait beaucoup Agnès. Il doit être effondré. Je me sens le devoir d'être auprès de lui.

Edmond La Grange vida son verre et le posa sur la table à maquiller.

— Je me souviens que tu m'en avais informé, et je comprends tes raisons, fit-il. Va. Prends une voiture. Je te rembourserai. En fait, prends celle qui attend devant la porte. J'en commanderai une autre.

Bernard embrassa son père, demanda une cigarette à Oscar, nous souhaita une bonne soirée et se mit en route.

— Soyez prudent, lui recommanda Oscar en ouvrant son étui à cigarettes pour lui en donner deux ou trois.

Nous demeurâmes dans la loge le temps de finir notre champagne. La pendulette sonna la demi-heure.

— Peut-être allons-nous abandonner le *Pharamond*, déclara La Grange. Nous sommes bien, ici. Pourquoi ne pas rester là et ouvrir une autre bouteille ?

Un instant plus tard, alors que je ramenais une deuxième bouteille de perrier-jouët de l'annexe, nous entendîmes un terrible tapage en provenance des loges, des cris, des appels au secours, des pas précipités… La porte de la loge s'ouvrit violemment.

C'était Eddie Garstrang. Il paraissait bouleversé.

— Bernard ! s'écria-t-il. Dans la rue…

— Il est mort ? demanda Edmond La Grange en s'étranglant.

— C'est presque certain.

— Brûlé vif ? interrogea Oscar.

— Oui. Exactement.

## 23

# Les éléments

Nous nous précipitâmes hors de la loge. La Grange trébucha dans l'obscurité, mais Oscar et Garstrang l'aidèrent aussitôt à se relever. Au désespoir, nous reprîmes notre course. Nous franchîmes la porte de l'entrée des artistes et dévalâmes les quelques marches qui menaient à la rue. Nous sentîmes et entendîmes l'incendie avant de le voir. La puanteur du cuir brûlé se mêlait au crépitement du bois qui flambe. Tout au bout de l'étroit passage, comme un bûcher au sommet d'une colline, nous découvrîmes une berline entièrement dévorée par les flammes.

L'attelage n'était plus qu'une boule de feu, une fournaise infernale devant laquelle se découpaient quelques silhouettes qui tentaient désespérément de maîtriser le brasier. Le cocher, le gardien du théâtre, Richard Marais, Carlos Branco, des acteurs et des machinistes apportaient en toute hâte des seaux de sable et d'eau, qu'ils allaient puiser à l'abreuvoir tout proche. Leurs efforts furent récompensés puisqu'ils parvinrent à contenir le feu et à éviter qu'il ne se propage. Ils réussirent aussi à sauver le cheval, mais pas la voiture ni son unique passager : Bernard La Grange.

— Mon Dieu, Oscar, m'étranglai-je. Nous pourrions tous être morts à cette heure !

Nous demeurions interdits au beau milieu de la venelle, paralysés par l'horrible spectacle. À plusieurs reprises, La Grange voulut s'élancer vers les flammes, mais Garstrang le retint.

— Il n'y a plus rien à faire, dit-il.

Il dut s'écouler une demi-heure avant que le feu ne s'éteigne et que les restes du fiacre aient suffisamment refroidi pour que nous pussions y pénétrer et en retirer les restes calcinés de celui qui avait été un jeune homme d'une grande beauté. En larmes, La Grange et Carlos Branco essayèrent d'extraire le corps du véhicule, mais les membres du garçon se brisèrent entre leurs mains.

— Qu'est-ce que tout cela signifie ? gémit La Grange.

Sur les conseils d'Oscar, on avait envoyé Richard Marais avertir la police.

— Demandez Malthus, avait précisé La Grange.

— Il est minuit. Ramenez quiconque voudra bien vous suivre, avait corrigé Oscar.

On transporta la dépouille de Bernard à l'intérieur du théâtre, où on l'étendit dans les coulisses. Carlos Branco prit une cape sur le portemanteau chargé de costumes qui se trouvait près de la scène. C'était celle que portait le fantôme du père d'Hamlet. Il l'étendit sur le cadavre. Désemparés, nous faisions cercle tout autour.

Alertée par le bruit, Gabrielle était descendue de l'appartement. Elle portait une houppelande à capuche, qu'elle avait passée par-dessus sa chemise de nuit. Elle nous avait apporté des gobelets de cognac.

— Où est Maman ? demanda La Grange.

— Au lit. Elle dort, répondit Gabrielle.

— Bien, marmonna l'acteur. Laissons-la tranquille.

Moins d'une demi-heure plus tard, Marais était de retour. L'officier de police qui l'accompagnait n'était pas l'inspecteur Malthus. Je ne parvins pas à saisir son nom, mais il sentait la sueur et son haleine empestait le vin. Il ne nous retint pas longtemps. La Grange identifia formellement la victime comme étant Bernard La Grange. La chevelure soyeuse du jeune acteur était calcinée, mais son visage était reconnaissable malgré les brûlures. Le cocher expliqua ce qui s'était passé. À onze heures et demie (il venait d'entendre une cloche sonner), un jeune homme était sorti du théâtre et s'était dirigé d'un pas décidé vers son fiacre. La représentation n'était terminée que depuis peu, aussi la ruelle était-elle assez animée, mais le cocher avait remarqué ce garçon qui venait vers lui. Quand le jeune homme était arrivé à proximité de la voiture, il l'avait interpellé : « Vous n'aurez qu'un seul passager, finalement. Au *Chat noir*, à Montmartre, s'il vous plaît. » Puis il était monté.

— Était-il seul à ce moment-là ? demanda Oscar.

— Oui, tout seul, mais il y avait des gens autour si c'est ce que vous voulez savoir, répondit le cocher.

— A-t-il ouvert lui-même la portière ?

— Oui. Non…

L'homme hésita.

— Je ne me souviens pas. Possible que non. Il a allumé une cigarette. Ça, j'en suis sûr.

— Merci, fit Oscar.

— Merci, répéta le policier en posant sur Oscar un œil morne.

Il humecta la mine de son crayon de la pointe de sa langue et jeta un regard à son calepin avant de revenir à son témoin.

— Et ensuite ?

— Quelques instants après, juste au moment où je desserrais le frein, il y a eu l'explosion. La voiture a été ébranlée. C'était comme si une petite bombe avait sauté, avec tout d'un coup un grand bruit et une bouffée de chaleur. J'ai aussitôt bondi de mon siège et dételé pour mettre le cheval à l'abri.

Carlos Branco dévisagea le cocher avec incrédulité.

— Vous avez sauvé le cheval avant de vous occuper de votre passager ?

L'homme haussa les épaules.

— C'était une fournaise, argua Eddie Garstrang. Il n'y avait rien à faire.

— Et nous ne pouvons rien de plus ce soir, hormis vous laisser prier, conclut le policier, qui referma son carnet en réprimant un bâillement.

— Vous n'allez même pas jeter un coup d'œil au fiacre ? demanda Oscar.

— Pas ce soir, lâcha froidement le fonctionnaire. Il est tard, on n'y voit rien... Je vais me coucher et je vous suggère d'en faire autant.

D'un regard, il imposa le silence à Oscar. Puis il se tourna vers Edmond La Grange.

— Je compte laisser un agent de faction cette nuit, annonça-t-il.

Un fourgon mortuaire de la police était arrivé sur les lieux pour emmener le corps de Bernard à la morgue. Les deux hommes chargés de la besogne, « deux solides gaillards au visage de bouchers », comme les décrivit Oscar dans son journal, se présentèrent dans les coulisses et se mirent à l'œuvre sans prononcer un mot ni même sembler remarquer notre présence. Ignorant les pleurs de La Grange et de Carlos Branco, ils écartèrent sans ménagement la cape qui recouvrait le corps, puis roulèrent celui-ci comme une carcasse de porc sur un brancard de toile. D'un seul geste, et dans un même grognement, ils soulevèrent la civière et emportèrent leur macabre fardeau.

— « Que des essaims d'anges chantent pour te porter au repos[1] ! » murmura La Grange en les regardant s'éloigner.

Le policier parcourut du regard les visages décontenancés et abattus.

— Mes condoléances, dit-il. Bonne nuit. L'inspecteur Malthus prendra le relais demain. S'il vous plaît, ayez l'amabilité de rester dans les parages au cas où il aurait besoin d'interroger de nouveau l'un d'entre vous.

— Nous ne bougerons pas d'ici, affirma calmement Edmond La Grange. Nous avons une représentation d'*Hamlet* à assurer demain soir.

— Non, protesta Branco. On ne peut pas jouer sans le prince…

Désemparé, il regarda tour à tour La Grange et le policier.

— Nous avons perdu notre Ophélie, maintenant c'est au tour de notre Hamlet. Ils étaient incomparables. Nous ne pouvons pas continuer.

— Leurs doublures connaissent leur texte, coupa La Grange. La pièce est maintenue.

— Non, implora Branco. Par pitié, non.

Le fonctionnaire se mit en route. Dès qu'il eut disparu, Oscar me prit le bras et m'éloigna avec douceur de Gabrielle à côté de laquelle je me trouvais.

— Je crois que nous devons nous aussi y aller, déclara-t-il.

1. William Shakespeare, *Hamlet*, acte V, sc. 2. Ce sont les mots que prononce Horatio à la mort d'Hamlet.

Il tendit la main à La Grange.

— Je ne sais pas quoi dire…

— Ne dites rien. Nous parlerons demain.

Oscar opina.

Soudain, alors qu'il avait déjà fait demi-tour, le vieil acteur l'interpella.

— *Mon ami**, une dernière chose avant que vous ne partiez. S'il vous plaît.

Oscar pivota.

— Quand nous avons appris ce qui était arrivé à Bernard, vous avez tout de suite demandé s'il avait été brûlé vif. Comment le saviez-vous ?

— Marie-Antoinette est morte enterrée dans une caisse de terre, répondit-il simplement. Mon pauvre ami Traquair, votre habilleur, a respiré un air empoisonné. Agnès a péri noyée. La terre, l'air, l'eau… Il ne manquait qu'un élément : le feu.

Le matin qui suivit l'horrible mort de Bernard La Grange, Oscar passa me chercher à mon domicile rue de Beauce. De là, nous nous rendîmes à Passy.

— Pensez-vous vraiment que ces morts sont liées ? lui demandai-je.

Il était onze heures du matin et le ciel était sombre. Oscar portait un costume jaune canari aussi improbable qu'inadapté à la saison. Il déposa son canotier sur le siège entre nous et me tendit un cornet de papier rempli de bonbons à l'anis.

— Petit déjeuner ?

Il avait le visage radieux et débordait de vitalité.

— Si elles sont liées ? Oui ! affirma-t-il avec emphase.

— Et le lien, ce sont les quatre éléments ?

Il acquiesça d'un geste.

— J'ai tendance à le penser.

Je le regardai en hochant la tête.

— Et moi, Oscar, j'ai tendance à penser que cette fois vous avez laissé déborder la baignoire de votre créativité.

— Vraiment ?

Il éclata de rire.

— On nous enseigne que la créativité, ce n'est pas découvrir quelque chose, mais tirer un produit de cette découverte.

— Précisément. Et j'estime que vous avez tiré bien plus des faits en notre possession qu'ils ne le permettent. Meurtre ou suicide, ces morts seraient causées par la terre, l'air, l'eau et le feu ? Franchement, Oscar, je suis dubitatif.

— Oh, non, Robert, pas cela ! s'écria-t-il en m'offrant un autre bonbon. Le doute nous prive de bien des plaisirs et ne nous donne rien en compensation.

— Le drame d'hier soir était peut-être un accident, Oscar. Avez-vous envisagé cette éventualité ?

— Oui, Robert, bien sûr. Comme vous, j'ai entendu le cocher déclarer que Bernard avait allumé une cigarette juste avant de monter dans la voiture.

— Cela ne vous avait pas échappé ?

— Non. Mais une simple cigarette aurait-elle pu causer une explosion si violente et si soudaine ?

— Il avait une allumette enflammée à la main et trois fioles de laudanum dans son manteau ! déclarai-je avec un accent de triomphe mesuré. (J'attendais depuis la veille au soir de pouvoir signaler cet élément à Oscar.) Vous-même avez vu Rollinat les glisser dans sa poche. Vous me l'avez dit.

— C'est vrai. Et en effet, Robert, le laudanum est une teinture d'opium préparée avec de l'éther. C'est une substance hautement inflammable. Il est possible qu'elle soit entrée en contact avec la flamme de l'allumette, mais accidentellement ? Un meurtre n'est-il pas plus probable ? N'est-il pas plus envisageable qu'une main inconnue ait jeté un engin incendiaire à l'intérieur de la voiture où s'était installé Bernard La Grange ?

— À moins que ce n'ait été un suicide, suggéra le Dr Émile Blanche, auprès duquel nous avions été conduits dès notre arrivée à la clinique. Pour moi, messieurs, c'est l'explication la plus vraisemblable.

Tout indiquait qu'il avait anticipé notre visite. Dans son bureau, du madère et du café étaient préparés sur un plateau qui attendait près de la baie vitrée. Il nous adressa un clin d'œil engageant derrière ses bésicles.

— Comme la vénérable Mme La Grange nous l'a rappelé hier, le suicide est un trait héréditaire. Il se transmet de génération en génération. Agnès La Grange a mis fin à ses jours. Bernard était son frère jumeau : en perdant sa sœur, il aura eu l'impression d'avoir perdu la moitié de lui-même. Sa mère s'est suicidée, sa sœur s'est suicidée… D'une certaine façon, elles l'autorisaient à les imiter.

— Tout cela est bien triste, dit Oscar d'un ton pensif, tout en contemplant les reflets dorés de son verre de madère dans la lumière grise qui tombait de la fenêtre.

— C'est tragique, renchérit le Dr Blanche. Et pas seulement pour la famille La Grange. Mon pauvre Jacques-Émile est profondément ébranlé par ce qui s'est passé.

— Oui, fit Oscar, soudain arraché à sa rêverie. Jacques-Émile… J'ai de la peine pour lui. En fait, c'est lui que nous venions trouver ce matin.

— Je crains que vous ne l'ayez manqué. Il est parti pour Montmartre avec son ami Rollinat.

Il soupira brièvement et nous offrit de nous resservir.

— Ces poètes nihilistes, tel le jeune Rollinat, parlent de la mort avec facilité, mais la réalité finit par les rattraper comme tout le monde. Et ils souffrent tout autant.

— Jacques-Émile et Bernard étaient-ils amis ? demandai-je.

— Très, répondit le docteur en souriant. Ils n'auraient pu être plus proches. Ils aimaient se battre, s'affronter *mano a mano*, aux poings ou à l'épée. Ces confrontations, c'était leur façon d'exprimer l'affection qu'ils avaient l'un pour l'autre. C'est souvent le cas chez les hommes.

— Et Agnès ? interrogea Oscar. Jacques-Émile était-il amoureux d'elle ?

— Vous le savez bien. Il en était profondément, passionnément, désespérément épris.

— Était-ce réciproque ?

— Elle l'aimait comme un frère !

Le docteur eut un rire forcé. Il ôta ses lunettes cerclées de fer et hocha tristement la tête.

— Comme je vous l'ai expliqué l'autre jour, alors que je n'aurais pas dû le faire, Agnès n'avait qu'un amour dans sa vie : son père.

— Ce sentiment était-il... ?

Oscar hésita.

— Était-il comblé ?

Le Dr Blanche s'avança sur sa chaise et rechaussa ses bésicles.

— Qu'entendez-vous par là, Mr. Wilde ?

— Était-il consommé ?

— Grand Dieu, non.

Le psychiatre se leva et se dirigea vers la fenêtre comme s'il avait voulu se rapprocher de l'air frais, puis il se retourna et contempla Oscar.

— Quelle idée ! s'exclama-t-il, secouant la tête.

— En êtes-vous certain ? insista Oscar, qui s'était penché en avant, les mains jointes en un geste de supplication. Pardonnez mon entêtement, mais, dans les circonstances actuelles, vous comprenez ce que cela pourrait signifier…

— Bien sûr, reconnut le docteur en recouvrant son calme. Si Agnès et son père avaient été amants, le dégoût d'elle-même aurait pu la conduire au suicide… ou bien la honte aurait pu le pousser au crime.

— Voilà, conclut Oscar assez sèchement.

— Seulement, ce n'était pas le cas, reprit le Dr Blanche en saisissant la carafe pour nous resservir. J'en suis sûr. Aussi délicat que soit ce sujet, je l'ai abordé avec eux, ensemble et séparément. La Grange aimait sa fille, naturellement, mais il est inconcevable qu'il ait pu la connaître charnellement. Il m'a avoué que la seule idée d'une telle chose le révoltait. Il me l'a dit en tête à tête, puis, plus tard, en présence d'Agnès.

— Et vous l'avez cru ?

— Oui. J'exerce depuis plus de trente ans, Mr. Wilde. Je sais quand mes patients me mentent.

Il regagna son fauteuil et se mit à siroter pensivement son vin.

— Tout comme j'ai cru aux dénégations d'Agnès, continua-t-il. L'amour qu'elle ressentait pour son père était complexe. Il n'était pas dénué de ce que l'on appelle de nos jours une « charge érotique ». Cette expression vous est-elle familière ?

— À l'entendre, elle semble désigner quelque chose de bien lourd, répondit Oscar. Éros a toujours été le plus pesant des dieux.

Le Dr Blanche salua le mot d'Oscar par un petit rire.

— Les sentiments qu'elle éprouvait pour son père perturbaient Agnès, poursuivit-il. Ils ont très bien pu la mener jusqu'au suicide, mais si tel est le cas, c'est le résultat d'une frustration et non d'une satisfaction.

— Ainsi, Agnès et Edmond La Grange n'ont pas fait la bête à deux dos, plaisanta Oscar en vidant son verre à petites gorgées. Cette expression vous est-elle familière ?

Blanche sourit.

— Non, mais j'en saisis le sens. À l'entendre, elle ne semble pas désigner quelque chose de très confortable…

Le docteur se leva et vint se poster devant Oscar, dressé sur la pointe des pieds et mains jointes dans le dos, comme s'il s'apprêtait à s'adresser à une assemblée d'étudiants.

— Mr. Wilde, La Grange et sa fille n'étaient pas amants, j'en suis certain. Agnès m'a déclaré être prête à jurer sur la Bible qu'elle n'avait pas couché avec son père. Elle connaissait la gravité de ce péché. Elle m'a dit qu'elle ne partagerait jamais le lit d'un homme qu'elle ne pouvait épouser.

— Elle a mentionné le péché, vraiment ? Et même le mariage ? Vous me surprenez.

Oscar posa son verre vide sur la desserte près de lui.

— Elle était donc vierge ? demanda-t-il en se redressant pour mieux voir son interlocuteur.

Le docteur dressa un sourcil amusé.

— Je n'ai pas dit cela, Mr. Wilde. Agnès était actrice. Elle avait un amant, à ce que je sais. Depuis peu.

— Ce n'était pas votre fils ?

— Non, ce n'était pas Jacques-Émile. Toutefois, elle lui en avait parlé…

— A-t-elle dit de qui il s'agissait ?

— Je ne crois pas. C'était un homme mûr, il me semble.

— Ah, soupira Oscar. Un « homme mûr »… Voici une expression qui nous est à tous deux familière. Je n'en connais pas de plus déprimante, pas vous ?

## 24

# Un visage à la porte

Une fois vidée la carafe de madère du Dr Blanche, nous prîmes congé de celui-ci. Dans la voiture qui nous ramenait à Paris, Oscar s'installa jambes étendues et canotier abaissé sur les yeux.

— Vous paraissez de plaisante humeur, *mon ami**, dis-je.

— Nous venons de passer un moment en agréable compagnie. Et bien que mes yeux soient en cet instant fermés, je commence à y voir plus clair. J'avais entrevu une première lueur à la prison de Reading, mais maintenant la lumière est en train de se faire.

— Vous me sidérez, Oscar. Pour ma part, je suis complètement perdu. Dites-m'en plus.

Il releva son couvre-chef et ouvrit un œil.

— Je ne suis qu'à l'entrée du chemin, Robert. Ne me bousculez pas. Mais un début n'est pas à négliger. Pour l'instant, je m'en satisfais.

Il tâta ses poches à la recherche de son étui à cigarettes.

— Comme nous le savons vous et moi, le plus difficile dans toute entreprise de création, c'est de commencer. Il n'est pas plus facile de peindre un brin d'herbe qu'un chêne.

— Vous êtes étrange, Oscar, déclarai-je en contemplant mon ami.

Les yeux de nouveau fermés, il avait glissé entre ses lèvres une cigarette qu'il alluma d'un geste.

— Hier soir, nous avons été témoins d'une abominable tragédie, qui venait s'ajouter à la découverte le matin même du corps d'Agnès. Et pourtant, aujourd'hui, vous semblez d'une parfaite gaieté.

— Même si je ne les connaissais pas bien, j'éprouve un réel chagrin pour Agnès et Bernard La Grange, dit-il d'un ton tranquille en laissant s'échapper doucement de ses narines la fumée de sa cigarette. Ils étaient beaux, ils étaient talentueux, ils étaient trop jeunes pour mourir. Et ma peine est plus profonde encore pour Washington Traquair.

Il ouvrit à demi les yeux et tourna la tête dans ma direction.

— Je ne suis pas sans cœur, Robert, vous le savez bien. Mais aujourd'hui je suis heureux. Je ne peux pas le nier.

Il se redressa et tira son chapeau comme pour me saluer.

— Je suis amoureux.

— Amoureux ? répétai-je, interloqué.

— Oui, Robert. Vous avez le droit de me féliciter. Cette petite Artémis aux yeux pervenche, si sérieuse et si mince, avec sa tête qui s'incline comme un bouton de fleur et ses merveilleuses mains d'ivoire…

— S'agit-il de la jeune femme avec qui vous aviez rendez-vous à Londres ? Vous m'en avez parlé.

— Oui, Robert, nous nous sommes vus à Londres. Et à Dublin. Et dans mes rêves les plus doux. Et il est tout naturel que je vous en aie parlé. Mais vous ai-je dit qu'elle était la perfection incarnée ? Elle possède la grâce délicate d'un tanagra.

Tout à coup, il jeta sa cigarette par la fenêtre du fiacre et tira de la poche intérieure de son manteau une petite enveloppe couleur crème qu'il embrassa et fit virevolter devant moi.

— Si je suis aujourd'hui d'une telle gaieté, c'est parce qu'elle m'a écrit, et ses propos sont des plus encourageants.

— Ah ! m'écriai-je. Elle partage vos sentiments.

— Il semblerait, Robert, dit-il avec un sourire radieux. Je sais que notre ami Rollinat est le vaillant défenseur des plaisirs du vice et des sombres délices de la fornication entre êtres dépravés, mais je ne prône pas l'amour parmi les ruines. Je prône Constance ! J'ai vu dans ses yeux rêveurs la tendre pureté d'une enfance de jeune fille.

— Ah oui, Constance… c'est ainsi qu'elle s'appelle.

Il se pencha vers moi, plein d'enthousiasme.

— Ce nom possède une exquise simplicité champêtre, vous ne trouvez pas ? Il semble en aussi charmant désaccord avec notre monde fruste et brutal qu'une pâquerette sur un remblai de chemin de fer.

— Oscar ! le repris-je. Vous avez déjà utilisé cette comparaison, et c'était à propos d'un autre prénom !

— Vraiment ?

Il se mit à rire.

— Je suis sûr que non…

— Mais si, Oscar. Vous avez dit exactement la même chose à Gabrielle sur le bateau qui vous ramenait d'Amérique, lorsque vous avez dansé ensemble. Elle me l'a raconté.

— Elle vous a parlé de ça ?

Oscar ne parut pas se démonter.

— Et Mlle de La Tourbillon vous a-t-elle aussi dit la vérité sur son nom ?

— Je ne le lui ai pas demandé. Je n'y tiens pas.

— Oh, vous devriez, Robert ! poursuivit Oscar d'un ton taquin. Si vous comptez l'épouser, vous serez même obligé.

— Je ne vais pas me marier avec elle, Oscar, protestai-je. Ne soyez pas ridicule.

Mon ami ne put se retenir de rire.

— Vous m'en voyez fort désolé… D'autant que vous avez en commun de posséder un aïeul illustre. Le vrai patronyme de Gabrielle est Guillotin ! Elle descend en droite ligne du professeur d'anatomie qui a donné son nom à la guillotine.

Je dévisageai Oscar avec stupéfaction.

— Est-ce la vérité ? Comment le savez-vous ?

— Parce qu'elle me l'a dit, parce que je le lui ai demandé. J'éprouve une telle fascination pour les noms ! Gabrielle et toute sa famille ont décidé de changer le leur en raison de ses connotations macabres. Je trouve cela très triste. J'espère que mes petits-enfants n'auront pas cette idée.

— Certainement pas, le grondai-je. Wilde est un nom magnifique.

— Mais Guillotin aussi ! s'exclama-t-il. Guillotin… voilà un nom qui a du tranchant. Vous ne pouvez pas le nier.

Sans se départir de sa bonne humeur, Oscar me déposa à l'angle de la place de la République et du boulevard du Temple, avant de se diriger vers Montmartre à la recherche de Jacques-Émile Blanche et de Maurice Rollinat.

J'avais l'esprit bien moins joyeux lorsque j'atteignis la venelle qui desservait le théâtre La Grange. On avait enlevé la berline calcinée. Au coin de la rue se tenait un agent de police solitaire. Il fumait une cigarette en regardant d'un air morne une demi-douzaine de machinistes attelés à faire disparaître, à l'aide de brouettes, de pelles et de balais, les dernières traces de l'explosion. Eddie Garstrang les observait lui aussi.

Je m'arrêtai et demeurai avec lui quelques instants. Aussi curieux que cela puisse paraître, mes sentiments envers lui avaient changé depuis notre duel. Je ne le méprisais plus ni ne voyais plus en lui un rival. Ce n'était pas un ami, car, hormis Gabrielle, nous n'avions rien en commun, mais, à cause d'elle, à cause de notre combat pour un territoire que nous partagions désormais, il me semblait que nous étions, d'une certaine façon, comme des frères d'armes. Il m'offrit une cigarette.

— Merci. Que se passe-t-il là-dedans ? lui demandai-je en désignant le théâtre du menton.

— Votre seigneur et maître fait réviser leur texte aux doublures. La matinée est annulée, mais la représentation de ce soir est maintenue. Carlos Branco estime que c'est insulter les disparus. Marais affirme que c'est vital, car le théâtre ne peut se passer des recettes. La vieille chouette répète que l'honneur des La Grange en dépend. Je ne sais pas où est Gabrielle. Si vous la croisez, je vous la laisse. Moi, je vais trouver un bar et me soûler.

Je souris.

— Je croyais que vous ne buviez jamais avant une partie de cartes.

— C'est vrai. Mais je ne joue pas, ce soir. Comme je n'ai pas joué hier. C'est fini, tout ça.

Il tira une profonde bouffée sur sa cigarette avant de la caler au coin de sa bouche. Il répondit à mon sourire par une grimace difforme et grotesque qui dévoila deux petites rangées de dents blanches.

— Je suis un homme libre. Je le suis depuis le premier coup de minuit. Je devais six mois de service à La Grange. J'ai purgé ma peine et me suis acquitté de ma dette. Je ne dois plus rien à personne.

— Bravo ! le félicitai-je.

— Merci, dit-il en serrant dans un éclat de rire la main que je lui tendais. Cela fait du bien.

Je le quittai pour gagner le théâtre. La Grange travaillait sur scène avec les doublures. Je demeurai dans les coulisses à l'observer jusqu'à ce qu'il me voie.

— Me voici, monsieur.

— Je veux que la compagnie soit réunie ici à six heures, me lança-t-il.

J'acquiesçai d'un signe de tête.

— Faites passer le message, *mon petit**. Cette soirée restera dans les mémoires. Vous pourrez dire à vos petits-enfants que vous y étiez !

Il avait les épaules voûtées, mais ses yeux conservaient leur éclat.

— Oui ! marmonna-t-il avant de reporter son attention vers ses acteurs.

En me retournant, je découvris Richard Marais à mes côtés. Il se tenait si près de moi que nos visages se touchèrent presque. Sous son crâne chauve, brun et couvert de taches, sa tempe gauche était animée d'une pulsion régulière. C'était un homme repoussant.

— C'est fait, murmura-t-il.

— Quoi donc ?

— Prévenir la troupe pour la réunion de six heures. Tout le monde est au courant. Il m'a demandé de m'en occuper il y a une heure.

— Bien, déclarai-je en m'excusant. Merci.

Je me rendis dans la loge pour vaquer à mes occupations habituelles : trier le linge, nettoyer les brosses, préparer le costume de Claudius, astiquer sa ceinture et ses bottes. Quand j'eus terminé, je me sentis pris d'une soudaine fatigue. La porte de la chambre de l'habilleur était entrouverte. Je la poussai. Malgré l'absence de lumière je pouvais discerner les contours du divan. Je m'y couchai et, fermant les yeux, je pensai à Washington Traquair.

À six heures, le grand Edmond La Grange grimpa les quelques marches des remparts d'Elseneur et s'adressa à la compagnie qui portait son nom.

Il parla avec émotion de Bernard et d'Agnès. Il rappela leur jeunesse, leur beauté, leur contribution au « parfait *Hamlet* ». Il évoqua ensuite la tradition de la famille La Grange. Désormais, expliqua-t-il, il n'avait plus d'héritiers. Depuis l'époque de Molière, le nom de La Grange avait toujours été inscrit au fronton des théâtres de Paris. Quand il mourrait, ce serait terminé.

— Mais le spectacle doit continuer, conclut-il.

— Et le nom aussi, coassa Liselotte La Grange.

Elle était installée sur une chaise en bordure de scène. À ses côtés, son chien grattait et reniflait. Derrière elle, Eddie Garstrang souriait.

Carlos Branco, « notre Polonius », avait émis le souhait que l'on annulât la représentation. La Grange avait décidé qu'elle aurait lieu, « par respect pour Agnès et Bernard ». Polonius avait tort.

— Polonius est un vieil imbécile qui n'a pas eu le dernier mot, assena La Grange.

J'observai Branco qui se tenait à l'entrée des coulisses. Il écoutait La Grange en hochant lentement la tête, les yeux rivés sur le sol.

— Ce soir, conclut La Grange, les rôles d'Hamlet et d'Ophélie seront tenus par les doublures. Ces jeunes comédiens ne sont pas ici parce qu'ils sont le fils ou la fille de quelqu'un, mais parce qu'ils pratiquent leur art avec talent.

Il invita les deux jeunes gens à s'avancer et à saluer. Nous les applaudîmes.

Alors que le discours touchait à sa fin, je vis Oscar apparaître au loin. Il se dirigea vers Gabrielle et lui posa la main sur l'épaule. Pendant l'intervention de La Grange, j'avais constaté qu'elle avait les yeux baignés de larmes. Elle se tourna vers Oscar et l'embrassa.

La compagnie se dispersa et la scène se vida. La Grange regagna sa loge. Je lui emboîtai le pas, le félicitant pour son allocution. Quand nous fûmes arrivés, il commença par inspecter la pièce du regard.

— Tout est-il en ordre ?

— Bien sûr, monsieur. Comme toujours.

— Merci, dit-il en se retournant vers moi. Je vous suis reconnaissant.

Il s'installa sur son tabouret et me dévisagea dans le miroir de sa coiffeuse.

— Ce soir, je n'aurai pas besoin de votre aide pour m'habiller. Pour une fois, je voudrais rester seul.

— Je comprends, monsieur.

— Allez retrouver votre ami Oscar, ajouta-t-il en me faisant un signe de la main dans la glace. Vous assisterez à la pièce avec le public. Vous devriez voir un grand *Hamlet*… si du moins Polonius n'oublie pas son texte.

Il éclata de rire et fit pivoter le tabouret pour me regarder bien en face.

— Ce garçon et cette fille sont de bons acteurs, peut-être aussi bons que Bernard et Agnès, à ce que nous avons pu en juger.

Il reprit sa position face à la table et accompagna mon départ d'un dernier signe de la main. Je refermai la porte derrière moi. Aussitôt, je l'entendis se déplacer. Il me parut traverser la pièce, ce qui me donna à penser qu'il souhaitait peut-être me rappeler. Ce n'était pas le cas. Je fus très surpris d'entendre la clé tourner dans la serrure. À ma connaissance, c'était la première fois qu'il s'enfermait dans sa loge de la sorte.

J'avais à peine fait quelques pas dans la pénombre que la voix d'Oscar me parvint des coulisses. Il n'avait pas parlé fort, car il ne haussait jamais le ton, mais il était impossible de se méprendre. Que ce soit en anglais ou en français, Oscar avait une façon unique de s'exprimer : son verbe s'écoulait libre, abondant et sibyllin. Tandis que je traversais la scène déserte, je l'entendis dire que « les femmes sont faites pour être aimées, pas pour être comprises ». Me dirigeant à l'oreille, je découvris mon ami côté cour, caché derrière un élément de décor, non loin de l'endroit où avait été découvert le corps d'Agnès. Il s'entretenait avec Gabrielle.

À mon arrivée, elle jeta un regard autour d'elle.

— Quelle heure est-il ? Tout le monde est parti. Il me faut aller me changer ou je serai en retard.

Elle effleura des lèvres la joue d'Oscar. En passant près de moi, elle appliqua sa main sur mon visage. Oscar se détourna. Nous nous embrassâmes comme deux amants, mais ce baiser avait une saveur différente. Il marquait la fin de notre aventure et, sans avoir prononcé un mot, nous l'avions l'un et l'autre compris. Elle se hâta de rejoindre sa loge.

— Eh bien, fit Oscar, une fois Gabrielle disparue, comment les choses se passent-elles avec l'illustre La Grange ? Ne devriez-vous pas être en train de vous occuper de lui ?

— Monsieur a préféré ne pas faire appel à mes services ce soir. Il compte s'habiller lui-même. Il veut rester seul.

Oscar parut troublé. Quand je lui racontai la façon dont La Grange m'avait salué et comment, aussitôt après mon départ, il avait fermé la porte à clé, il s'avança sur la scène pour obtenir une vue dégagée sur la loge. D'où nous nous tenions, nous pouvions voir distinctement la porte fermée.

Tout à coup, mon ami me tira en arrière. Carlos Branco passait dans les coulisses côté jardin. Il avait déjà revêtu le costume du fantôme du père d'Hamlet. Il portait son casque, visière baissée, et sa cape, celle-là même qu'il avait étendue sur le corps de Bernard La Grange la veille au soir. Il se dirigeait d'un pas décidé vers la loge de La Grange. Il toqua à la porte et attendit un moment. Il jeta un bref coup d'œil dans notre direction. Il se retourna vers la porte, toqua de nouveau et ôta son heaume. La porte s'ouvrit. La Grange apparut. Il eut un sourire glacial et hocha la tête, avant de faire un pas en arrière pour laisser entrer Branco.

Oscar m'attira à l'abri du décor.

— Nous ont-ils vus ? murmura-t-il.

— Branco, certainement. Il a regardé droit dans notre direction.

— Et La Grange ?

— Je ne sais pas. Est-ce important ?

Une soudaine détonation interrompit notre conversation.

Nous bondîmes hors des remparts et nous précipitâmes vers la loge de La Grange. La porte était ouverte. Assis sur son tabouret, l'acteur était affalé sur sa table à maquiller. Sa tête baignait dans une mare scintillante de sang écarlate. Dans sa main droite ouverte reposait son revolver. Il était mort.

# 25

# La vérité

— Il s'est fait sauter la cervelle, commenta Eddie Garstrang en contemplant la scène.

— Je n'en suis pas surpris, déclara Carlos Branco.

— Grand Dieu ! s'étrangla Richard Marais. Tout est fini.

Garstrang et Branco avaient été les premiers sur les lieux. Au moment où Oscar et moi nous élancions, nous les avions vus traverser les coulisses en courant, immédiatement suivis par Richard Marais et deux machinistes. Nous étions arrivés à la porte en même temps que ces derniers.

Dans la pièce, tout était immobile. Hormis le doux tic-tac de la pendulette, il n'y avait aucun bruit. Nous nous tenions en demi-cercle, tétanisés. Nous étions les sept témoins de la fin de l'illustre Edmond La Grange. Pas un de nous ne soufflait mot.

— Ne devrions-nous pas appeler le docteur ? suggérai-je enfin.

— Il est mort, affirma Oscar. Cela ne fait aucun doute.

— Regardez tout ce sang, ajouta Garstrang.

Il y en avait en effet partout : une flaque sur la coiffeuse, des traînées sur le miroir, des éclaboussures sur le tapis turc.

— « Est-ce donc la fin du monde[1] ? » murmura Oscar.

Le premier coup de sept heures retentit.

— Il faut annuler la représentation, lança Carlos Branco. Cette fois, nous n'avons plus le choix.

— Je suis d'accord, approuva Richard Marais.

Oscar se tourna vivement vers ce dernier.

— Comment pouvez-vous savoir ce que vient de dire M. Branco, puisqu'il est derrière vous ? Vous ne l'avez pas entendu et vous n'avez pas pu lire sur ses lèvres.

L'imprésario toisa Oscar avec mépris.

— Jeune homme, vous n'êtes pas aussi intelligent que vous semblez le croire. Je peux très distinctement voir le visage de M. Branco dans la psyché.

Il indiqua du doigt la grande glace positionnée entre la table à maquiller et la porte. Carlos Branco sourit.

Oscar baissa la tête, tout à coup décontenancé.

— Je vous prie de m'excuser, bredouilla-t-il.

Des pas et des voix nous parvinrent du couloir.

— Nous devons prévenir tout le monde de ce qui est arrivé, estima Branco.

— Oui, fit Marais en se retournant vers les machinistes. Il faut agir sans tarder. La représentation est annulée. Je me charge d'informer le guichetier et le personnel d'accueil.

— Me faut-il m'adresser à la compagnie ? demanda Branco.

Oscar hésita.

1. William Shakespeare, *Le Roi Lear*, acte V, sc. 3.

— Peut-être est-ce à Mme La Grange de le faire ?

— Grand Dieu ! soupira Marais.

Il jeta un nouveau regard au cadavre ensanglanté d'Edmond La Grange, affaissé sur la coiffeuse. Le sang, qui commençait à coaguler, perdait sa brillante teinte écarlate pour prendre un aspect noirâtre.

— Quelqu'un doit informer Maman, reprit l'imprésario.

— Sans doute est-ce à moi de m'en charger, suggéra Carlos Branco. Personne ne la connaît depuis aussi longtemps que moi.

— Qui va s'occuper de prévenir Gabrielle ? intervins-je.

— Et il faut appeler la police, ajouta calmement un des machinistes.

Son visage, comme celui de son collègue, avait pâli sous le choc. Dans leur regard, on lisait autant de crainte que de désarroi.

— Vous avez raison, acquiesça Richard Marais. Nous devons prévenir la police. Et le Dr Ferrand, qui d'ailleurs se trouve peut-être dans le bâtiment.

Sur ces mots, il s'arracha à notre petit cercle pour se diriger vers la porte. Branco s'apprêta à le suivre.

— Si nous parvenons à réunir la compagnie sur la scène, je prendrai la parole.

— Et que direz-vous ? interrogea Oscar.

— La vérité, répliqua sèchement Branco. Quoi d'autre ?

— Quelle vérité devons-nous tirer de tout ça ? demanda Garstrang, qui parcourait la loge du regard tout en hochant la tête avec lassitude.

— Pardonnez-moi, reprit Oscar en se dirigeant lui aussi vers la porte, mais, pour l'instant, je crois qu'il vaut mieux que vous ne bougiez pas d'ici.

Il posa la main sur le bras de Carlos Branco.

— Bon sang, de quoi parlez-vous ? protesta celui-ci en se dégageant de l'emprise d'Oscar.

— Laissons M. Marais s'adresser à la compagnie. Pendant ce temps-là, Mr. Garstrang se chargera d'appeler la police.

Tout en prononçant ces mots, Oscar vint se placer entre la porte et Carlos Branco. Il était deux fois plus grand et beaucoup plus jeune que ce dernier.

— Laissez-moi passer, rugit Branco. Vous vous êtes déjà couvert de ridicule avec Marais. Épargnez-moi votre impertinence.

Oscar ne bougea pas d'un pouce.

— Mon intention n'est pas d'être impertinent, dit-il d'une voix douce. Je pense simplement que vous devriez rester avec nous jusqu'à l'arrivée de la police.

— Pourquoi ? aboya Branco, indigné. Au nom de Dieu, donnez-moi une raison valable !

— Parce que mon camarade Mr. Sherard et moi-même vous avons vu pénétrer dans cette pièce quelques instants à peine avant la détonation fatale.

— Ne dites pas n'importe quoi ! tonna Branco. Je n'étais pas du tout dans les parages quand on a tiré. Je cherchais ma cape et mon casque dans les coulisses.

— Et avant que vous ne posiez la question, ajouta Marais, la main sur la porte, je n'ai, pour ma part, pas « entendu » le coup de feu, mais seulement suivi les machinistes qui accouraient.

— Cette plaisanterie a assez duré, fit Branco en cherchant à passer outre Oscar. La Grange est mort. Il s'est suicidé. C'est assez évident pour tout le monde.

Il jaugea Oscar du regard.

— Maintenant, nous avons à faire. Vous pouvez garder le corps, *mon ami**. Avec votre acolyte. Jusqu'à l'arrivée de la police. Nous nous occuperons du reste. C'est notre théâtre, ici : nous savons ce que nous avons à faire.

Marais ouvrit la porte, et Branco et lui rejoignirent l'attroupement qui s'était formé à l'extérieur. Eddie Garstrang et les deux machinistes les suivirent. Le jeune homme qui avait parlé se retourna pour contempler le corps d'Edmond La Grange. Ses yeux étaient embués de larmes.

Oscar referma la porte après eux et tourna la clé dans la serrure.

— Vous l'avez laissé passer. Vous avez laissé partir Branco.

J'étais abasourdi.

— Avais-je le choix ? Je n'ai pas de menottes sur moi. Je ne pouvais quand même pas l'assommer.

— Vous auriez dû.

— Nous sommes en présence d'un mort. Une rixe aurait été déplacée.

Nous nous retournâmes tous deux et considérâmes une fois encore le corps d'Edmond La Grange.

— Branco est un meurtrier, affirmai-je.

— Il ne va pas s'échapper, ni même essayer. Après quarante ans d'attente, il est prêt pour tenir enfin le premier rôle.

Je m'approchai de l'extrémité de la table à maquiller. Je regardai la tête baignée de sang de l'homme qui avait été mon maître. Je ne pouvais pas prétendre bien le connaître, mais j'avais apprécié le peu de temps que j'avais passé à son service. Il était célèbre et, à vingt et un ans, je n'étais pas insensible au prestige de la notoriété. Edmond La Grange était un « grand homme », « taillé pour des rôles de rois » comme on dit en France, un acteur qui avait été applaudi, soir après soir, pendant plus de quarante ans. Je n'en étais pas arrivé au point de l'aimer, mais j'appréciais d'être en sa compagnie, je m'en sentais honoré, et j'avais su déceler son génie particulier. J'étendis la main et la posai quelques instants sur son épaule.

Je me retournai vers Oscar qui arpentait la pièce à pas lents, inspectant les murs, le sol et le plafond.

— Pourquoi Carlos Branco aurait-il voulu tuer La Grange ?

— Pour toutes sortes de raisons, murmura distraitement Oscar. L'envie, la jalousie, une blessure, une trahison…

— Mais ils étaient amis ! m'insurgeai-je.

— La plupart des hommes sont assassinés par leurs amis, maugréa Oscar en s'agenouillant derrière la psyché. Tout comme la plupart des femmes le sont par leurs amants.

Il marqua une pause.

— Mais Branco a-t-il tué La Grange ? reprit-il. Je m'interroge…

— Nous l'avons vu pénétrer dans cette pièce peu avant le coup de feu.

— En effet, admit Oscar qui se relevait. Et regardez ce qui traînait derrière cette glace : sa cape et son casque.

— Ça ne peut être que lui, déclarai-je en débarrassant Oscar des accessoires pour les poser sur la *chaise longue**. Quand j'ai quitté la loge, La Grange s'y trouvait seul et il a fermé à clé derrière moi. Je suis prêt à le jurer.

Oscar s'était approché de la table à maquiller. Il examinait les brosses à cheveux tachées de sang et le colt qui gisait dans la main de La Grange.

— Étrange, fit-il à mi-voix. Tout à fait étrange…

— Il n'y a là aucun mystère, Oscar, affirmai-je avec grandiloquence. Branco est venu frapper à la porte. Nous l'avons vu. Il a toqué une seconde fois. Nous l'avons également vu. La Grange lui a ouvert et l'a accueilli avec le sourire. Nous avons été témoins de tout cela.

— C'est vrai.

— Puis il est entré et la porte s'est refermée.

— C'est encore vrai.

— Et, quelques instants plus tard, nous avons entendu le coup de feu.

— C'est à peu près ça.

Oscar se redressa et se tourna vers moi tout en fouillant ses poches à la recherche de ses cigarettes.

— Une rixe aurait été malvenue, mais je crois que nous pouvons nous autoriser une cigarette, qu'en pensez-vous ?

Il s'interrompit le temps d'allumer nos deux cigarettes.

— Après la détonation, combien de temps nous a-t-il fallu pour sortir des décors et accéder à la scène ? Assez pour que Branco abandonne sa cape et s'éclipse de la loge ?

— Oui. Sans doute.

J'avais répondu avec enthousiasme. J'étais désormais si habitué à faire partie du public admiratif d'Oscar que je me sentais étrangement flatté lorsqu'il me demandait mon opinion.

— Souvenez-vous : il avait ôté son casque en entrant. Il n'avait qu'à l'abandonner sur le sol, dégrafer sa cape, placer l'arme dans la main de La Grange et s'enfuir par les coulisses. Au moment où nous arrivions, il lui a suffi de faire demi-tour et de se précipiter vers la loge comme s'il n'y était pas venu auparavant.

— Et il aurait tué La Grange avec son propre revolver ? fit Oscar, songeur, en contemplant une nouvelle fois le long canon métallique du six-coups.

— Oui. Il se trouvait dans le tiroir, chargé. Tout le monde savait que La Grange le rangeait là.

Oscar laissa glisser ses doigts sur le revolver.

— Dire que c'était un cadeau de Sarah Bernhardt…

— Elle va être catastrophée quand elle apprendra ce qui s'est passé.

Mon ami sourit en tirant une légère bouffée de sa cigarette.

— Oui et non. Vous connaissez le proverbe chinois : « Il n'est pas de plus grand plaisir que de voir un vieil ami tomber du toit. »

Il se dirigea nonchalamment vers la desserte. Son regard s'arrêta sur la pendulette. Il était près de sept heures et demie.

— Je me demande combien de temps va mettre la police pour arriver. J'ai apprécié l'inspecteur Malthus. Pas vous ? Il m'inspire confiance.

Les autorités se présentèrent à huit heures précises, au moment même où Carlos Branco s'apprêtait à prendre la parole devant la compagnie rassemblée. Quelques instants auparavant, nous avions pu le voir dans les coulisses adresser ses condoléances à Liselotte La Grange. Il s'était approché de la vieille dame, s'était incliné devant elle et avait maladroitement tenté de la prendre dans ses bras. Maman, qui, en deux jours, avait perdu son fils unique et ses deux petits-enfants, le regardait sans le voir. Son visage fripé ne trahissait aucune émotion. Derrière elle se tenait Richard Marais, pâle comme un cadavre, et, à ses côtés, Gabrielle, qui lui tenait la main. Elle avait les yeux gonflés et les joues parsemées de larmes.

À son arrivée, l'inspecteur Malthus se dirigea sans tarder vers la scène. Il s'avança avec une calme autorité qui décourageait toute contestation. Il fit taire Carlos Branco avant que celui-ci ait pu prononcer le moindre mot, puis il se tourna pour faire face à l'assemblée. Il s'excusa de son intrusion, déplora sa nécessité et exprima à la fois ses sincères condoléances et sa promesse formelle d'agir aussi vite que le permettait une procédure judiciaire convenable. Debout sur les fortifications, là même où La Grange s'était tenu avant lui, il expliqua que personne, « absolument personne », ne serait autorisé à quitter le bâtiment sans sa permission. Il précisa avec un sourire patelin que des agents étaient postés à chaque issue. Il invita les acteurs à regagner leurs loges et le personnel à reprendre son travail jusqu'à nouvel ordre. Jetant un coup d'œil à sa montre, il fit part de son espoir d'avoir achevé son travail d'ici deux ou trois heures.

— Tout sera réglé à minuit au plus tard.

Il fut plus efficace qu'il ne l'avait annoncé.

Vers huit heures et demie, ses hommes avaient emporté le corps d'Edmond La Grange loin du théâtre qui portait son nom. Ils avaient aussi débarrassé la loge de la table à maquiller et de tout ce qu'elle contenait, y compris le redoutable colt. Ils avaient emporté le tapis turc taché de sang et le tabouret sur lequel La Grange était assis au moment de sa mort. Jusqu'à dix heures et demie, Malthus interrogea les « témoins clés », selon son expression. En deux heures, avec l'unique assistance d'un jeune agent qui prenait des notes en sténographie, il mena une douzaine d'entretiens.

Son attitude était polie et cordiale. Il posait des questions, bien entendu, mais jamais de façon agressive. Oscar dit plus tard que Malthus lui rappelait plus une sorte de professeur bienveillant cherchant à tirer le meilleur de ses élèves qu'un vieux policier chevronné chargé d'enquêter sur un meurtre effroyable. Oscar et moi fûmes les premiers à être entendus, puis ce fut au tour de Carlos Branco, de Richard Marais, d'Eddie Garstrang et des deux jeunes machinistes. Il questionna également le régisseur, le portier et son vieil ami Pierre Ferrand, en sa qualité de médecin de la compagnie. Enfin, il eut une entrevue avec la mère et la maîtresse du défunt. Peu après dix heures et demie, il arrêta Carlos Branco pour meurtre.

Nous n'assistâmes pas à l'arrestation de Branco, mais nous entendîmes les agents le tirer hors de sa loge, au premier étage. Il protestait avec véhémence de son innocence. Ses cris, que son timbre d'acteur portait aux quatre coins du bâtiment, étaient ceux d'un homme désespéré. Au dire du portier, il fallut quatre hommes pour le maîtriser. Tandis qu'on le conduisait par l'escalier jusqu'à l'entrée des artistes, il maudit le nom de La Grange, accusa le « faux témoignage » d'Oscar d'être la cause de son arrestation et hurla à plusieurs reprises :

— Marais a tout entendu !

Une fois qu'il fut enfermé dans le fourgon cellulaire et qu'il eut pris le chemin de sa première nuit en prison, l'inspecteur Malthus fit le tour du théâtre pour réunir ce qu'il appelait « le cercle des intimes » de son « vieil ami La Grange ». Il nous invita à nous joindre à lui dans la loge de l'illustre disparu pour boire un verre en sa mémoire.

Sans son occupant habituel, la pièce n'était plus la même. Malthus se tenait au milieu de la pièce, là où se trouvait auparavant la table à maquiller. Nous nous disposâmes en cercle autour de lui. Désormais, c'était lui le maître des lieux.

— C'est le Danemark sous le règne de Fortinbras, murmura Oscar.

Nous étions tous deux adossés au mur, un peu à l'écart des autres, près de la porte de l'annexe, à moitié cachés par la psyché.

Alors que chacun prenait place, le regard de Malthus croisa le mien.

— Voudriez-vous aider le Dr Ferrand à servir le vin ? me demanda-t-il.

Je retrouvai le médecin dans l'annexe, où il était occupé à ouvrir le champagne. Ses mains tremblaient un peu et sur son visage couperosé les larmes n'étaient pas encore sèches. Je lui prêtai main-forte, ainsi que l'inspecteur me l'avait commandé. (Plus tard, j'interrogeai Oscar sur ce qui permettait à Malthus de posséder une telle autorité naturelle. Était-ce sa taille ? son âge ? sa probité ? Cela le fit rire. « Vous n'ignorez pas qu'il est policier. Nous en avons tous peur. Et puis c'est un policier poli. C'est très déstabilisant », me répondit-il.)

Quand le docteur et moi nous fûmes assurés que chacun avait été servi, Malthus regarda Liselotte La Grange, installée devant lui sur la *chaise longue** de Molière.

— Buvons au nom de La Grange. Le théâtre n'en connaît pas de plus grand.

La vieille matriarche paraissait calme. Elle ne pleurait pas. Elle était assise bien droite, la tête haute. Il ne s'était pas écoulé cinq heures depuis la mort de son fils, mais elle avait déjà revêtu ses habits et son air de deuil. Elle semblait plus assurée et maîtresse d'elle-même que je ne l'avais jamais vue. Elle répondit au toast en levant le verre qu'elle couvait entre ses mains.

— Merci, Félix, dit-elle en adressant un signe de tête à Malthus. Vous avez toujours été un bon garçon.

Elle parcourut la pièce du regard pour trouver le Dr Ferrand.

— Et vous aussi, Pierre.

Elle revint au policier.

— Je n'ai jamais fait confiance à Branco, soufflat-elle. Jamais.

Elle avait prononcé ces mots avec une rage si soudaine qu'elle en renversa un peu de vin.

Malthus la débarrassa de son verre et Gabrielle, qui, je le remarquai, était elle aussi en noir, s'agenouilla pour éponger le champagne avec un petit mouchoir en dentelle. C'était moi qui le lui avais offert ; je fus embarrassé de le voir apparaître en cet instant. Lorsque nos premières amours s'envolent, nos cadeaux demeurent pour se moquer de notre frivolité.

— Cet homme a tué mon fils, gémit Liselotte La Grange. Il a tué mes petits-enfants. Il a tué mon chien. Il a même tué ce nègre. J'en suis sûre.

— Vraiment ? fit Malthus qui lui rendit son verre.

— J'en suis sûre ! répéta-t-elle en faisant signe au Dr Ferrand de la resservir. Une mère sait ces choses-là.

— Nous ne l'avons inculpé que du meurtre d'Edmond La Grange, précisa Malthus d'une voix douce.

— Il est coupable de celui-là et de tous les autres.

— Mais il suffit d'être convaincu d'un seul assassinat. On ne passe qu'une fois à la guillotine. Une vie pour une vie, inutile de réclamer plus.

— Est-il certain que ce soit lui ? demanda Eddie Garstrang. N'y a-t-il aucun doute ?

— Ce ne peut être que lui, intervins-je. Nous l'avons vu entrer dans cette pièce et il n'y avait personne d'autre.

— C'est lui, glapit Maman. Il était jaloux d'Edmond depuis toujours. Il nous enviait tous.

Elle vida son verre avec avidité et le tendit une nouvelle fois au Dr Ferrand.

— Je n'ai jamais fait confiance à Branco. Il est espagnol.

— Portugais, corrigea Gabrielle.

— Il les a tous assassinés.

Liselotte La Grange lança un regard de défi à la pièce entière. Bien qu'elle eût plus de quatre-vingts ans, ses yeux étaient enflammés par la colère et l'alcool.

— Est-ce possible ? interrogea Eddie Garstrang. Le chien aussi ?

— C'est tout à fait possible, affirma Oscar depuis le coin où il se tenait. Carlos Branco a pu tuer le chien par pure méchanceté, sans autre but que de blesser Maman. Il a pu tuer Traquair pour la simple raison que depuis quarante ans La Grange possédait un habilleur personnel, luxe qui lui a toujours été refusé. Peut-être a-t-il d'ailleurs aussi tué le prédécesseur de Traquair, qui a trouvé la mort en Amérique. C'est possible…

— Vous avez raison, monsieur, appuya Liselotte La Grange en se tournant vers Oscar et en levant son verre dans sa direction. Branco nous déteste parce que sans nous il n'était rien, juste un comédien jamais en retard d'une plaisanterie, comme il en existe tant…

— C'était un bon acteur, estima le Dr Ferrand.

— Ils sont légion, coupa Maman.

Elle leva les yeux vers le vieux médecin et son regard s'adoucit.

— Il avait un certain talent, je vous l'accorde. Quand le rôle lui convenait, il était plus que correct.

Elle accepta de nouveau le champagne qu'on lui tendait et nous toisa. En cet instant, elle trônait parmi sa cour exactement comme son fils en avait l'habitude.

— Nous sommes tous d'accord : cet homme, ce Branco, était un bon acteur, parfait dans le rôle de Polonius. Mais il n'était pas un grand acteur. Ce n'est pas la même chose. Il n'était pas un La Grange, et il le savait. Il nous en a voulu toute sa vie.

— Il était jaloux du prestige des La Grange, ajouta Gabrielle à mi-voix.

— Il aurait donc fait en sorte d'y mettre un terme ? demanda Eddie Garstrang. Est-ce là ce que vous sous-entendez ? Lassé d'avoir toute sa vie entendu parler de cette illustre famille qui dominait le théâtre français depuis un siècle et demi, il a fini par en assassiner les membres : le père, le fils et la fille. Il en a fini une fois pour toutes avec « l'héritage des La Grange ». Est-ce ainsi que vous voyez les choses ?

— C'est mon opinion, acquiesça l'inspecteur Malthus en plissant les paupières. Peut-être M. Marais peut-il nous en dire un peu plus ?

Le policier considéra le crâne chauve et tacheté de l'imprésario.

— Quand nous avons arrêté Branco, il ne cessait de dire que vous aviez « tout entendu ». Qu'avez-vous entendu, monsieur Marais ?

— Rien du tout, répondit Marais en levant des yeux humides vers le brigadier. Je suis sourd.

— Pardonnez-moi, intervint Oscar qui s'était appuyé sur la psyché pour pouvoir regarder Marais droit dans les yeux, mais, en début de soirée, ici même, je me souviens que vous avez entendu ce que disait Branco.

— Je ne l'ai pas entendu, maintint Marais en dévisageant Oscar avec mépris. J'ai lu sur ses lèvres, dans ce miroir, ainsi que je vous l'ai expliqué.

— Dans une glace, l'image est inversée, poursuivit calmement Oscar. Êtes-vous aussi capable de lire sur les lèvres à l'envers ?

Marais renifla avec dédain et se tourna vers l'inspecteur Malthus.

— Soit. Je ne suis pas totalement sourd. J'entends un peu quand on parle fort. Et, cet après-midi, j'ai saisi les bribes d'une dispute entre Branco et M. La Grange.

— Ici ? demanda Malthus.

— Oui.

— Et vous vous trouviez avec eux ?

— Non, j'étais dans les coulisses.

— Mais Branco vous savait à proximité ?

— Il m'a vu en sortant.

— Et il connaît les limites de votre infirmité ?

— Mes capacités auditives sont réduites mais pas nulles, et Branco le savait. Oui. Il connaissait ce secret. Tout comme j'étais au courant du sien.

— Et quel est-il ?

— Pendant vingt ans, j'ai détourné à mon profit un infime pourcentage des recettes du théâtre. C'était un complément de salaire. Il y a quinze ans, M. Branco l'a découvert par hasard. Il a exigé que je lui reverse une partie de la somme sous peine d'en informer M. La Grange.

— C'était du chantage, résuma tranquillement Malthus.

— Oui, dit Marais.

— Ce n'est pas un secret, mon brave ! fit Liselotte La Grange d'un ton cassant.

Elle détailla le petit être falot qui se tenait à ses côtés.

— Edmond n'ignorait pas votre misérable combine. Il l'a devinée presque dès le début. Tout comme il savait que Branco était impliqué dans ce vil stratagème et qu'il se servait au passage. Il vous avait démasqués tous les deux depuis des années. Il savait, mais il s'en moquait. Ce que vous lui avez volé, c'était de la roupie de sansonnet. L'argent n'a rien à voir dans le meurtre de mon fils, mon ami.

Marais demeura silencieux. L'inspecteur Malthus lui posa une main rassurante sur le bras.

— Je vous suis reconnaissant de votre sincérité, monsieur, mais je pense que Mme La Grange a raison.

— Bien sûr que j'ai raison ! se rengorgea la vieille matrone. Je sais ce qui s'est passé. C'est évident. Cet après-midi, Carlos Branco a subi un camouflet lorsqu'il s'est déclaré partisan d'annuler la représentation. Mon fils l'a traité de vieil imbécile devant tout le monde. Pour lui, ce fut l'humiliation de trop. Cela lui a fait perdre la raison. Après son discours, Edmond est revenu dans cette loge, où Branco, déjà costumé, l'a retrouvé un peu plus tard. Et il l'a tué de sang-froid. Voilà ce qui s'est passé. Voilà la vérité.

— Oui, fit l'inspecteur en adressant à Liselotte La Grange un regard admiratif. Voilà la vérité.

## 26

# Toute la vérité

— Carlos Branco n'a pas tué Edmond La Grange.

— C'est vous qui le dites, Mr. Wilde, rétorqua l'inspecteur Malthus. Je vous remercie pour votre télégramme. Et de vous être déplacé. Je ne vous attendais pas aussi tôt.

— Je vous prie de m'excuser. Je n'arrivais pas à dormir. Pardonnez-moi.

D'une main, Malthus serrait les pans de sa robe de chambre, tout en nous faisant signe d'entrer de l'autre.

— Il n'y a rien à pardonner, hormis mon apparence, le désordre qui règne ici et le fait que je n'ai rien à vous offrir de plus pour le petit déjeuner que du café et des cigarettes.

— Je n'imagine pas façon plus civilisée de commencer une journée, répliqua Oscar en souriant.

— Dans ce cas, messieurs, servez-vous.

Confus, il désigna une commode qui disparaissait sous un amoncellement de livres et de papiers. Au-dessus reposait un plateau en bois chargé de quelques tasses, d'une cafetière en faïence et d'une boîte de cigarettes algériennes.

— Si vous voulez bien m'excuser, je dois finir de me raser.

Il n'était pas encore huit heures du matin, le lendemain de la disparition d'Edmond La Grange. Oscar et moi avions à peine dormi. Nous avions quitté le théâtre après minuit. Lorsque nous étions arrivés à l'hôtel du quai Voltaire où résidait Oscar, celui-ci avait déclaré qu'une « terrible injustice » était sur le point d'être commise et qu'il lui fallait sans délai envoyer un câble à Malthus.

— Nous devons le voir tout de suite ou bien il sera trop tard.

Je l'avais dévisagé sans comprendre où il voulait en venir, mais, en guise d'explication, il s'était contenté de déclarer :

— Robert, un homme va peut-être mourir, et ce sera à cause de ce que nous avons dit. Si cela arrive, ni vous ni moi ne mériterons de retrouver un jour le sommeil.

Malthus avait reçu le télégramme d'Oscar vers deux heures du matin. Il se trouvait alors à la préfecture de police, sur l'île de la Cité, où était détenu Carlos Branco. Il souhaitait l'interroger brièvement une seconde fois. À la lecture du message, Malthus avait aussitôt répondu à Oscar, l'invitant à passer le voir à son domicile dès le lendemain matin.

Le policier habitait rue d'Arcole, dans un bel appartement sous les toits qui surplombait la cathédrale Notre-Dame. Il était composé d'une seule et vaste pièce, aussi longue que large, dont les murs étaient couverts de panneaux de chêne et dont le haut plafond était décoré de moulures de plâtre. C'était un lieu rempli de meubles, de fleurs et de lumière. Malthus était à l'évidence un homme cultivé et de bon goût. Il y avait des gravures et des tableaux disposés sur des chevalets tout autour de la pièce. Partout, ce n'était que livres, manuscrits, papiers. Dans un coin, un paravent japonais cachait mal un lit défait. Dans un autre se côtoyaient un squelette humain et un ours dansant russe en bois sculpté qui tenait lieu de portemanteau. L'un et l'autre étaient chargés de vêtements masculins. Malthus paraissait vivre seul.

Je servis le café tandis qu'Oscar allumait une cigarette. L'inspecteur retourna à sa toilette. La fenêtre sous laquelle se trouvait le lavabo était ouverte. La lumière matinale, d'une blancheur de givre, envahissait la pièce, accompagnée d'une légère brise qui gonflait les rideaux de dentelle blanche. D'une douzaine de coups de rasoir rapides et précis, Malthus acheva de se raser, puis il se pencha sur la cuvette pour se rincer le visage. Il avait les cheveux argentés, d'épais sourcils gris, mais, pour un homme de son âge, sa peau était remarquablement épargnée par les rides. Il essuya son visage glabre avec une serviette immaculée, avant d'ôter sa robe de chambre. Ses bras étaient longs, pâles et musclés, ses cuisses puissantes. Une toison de poils blancs et duveteux recouvrait sa poitrine et son ventre. Tout en enfilant sa chemise et son pantalon, il nous invita à débarrasser les chaises de la paperasse qui les encombrait et à nous installer à notre aise.

— Vous êtes un érudit, observa Oscar en déplaçant avec soin une pile de feuillets d'un élégant fauteuil Louis XV vers une des multiples tables qui peuplaient la pièce.

— Je suis un policier qui a quelques passions, corrigea Malthus, nous rejoignant.

Il déblaya une *chaise longue** de ses livres et de son *bric-à-brac** avant de s'y asseoir. Coudes sur les genoux, mains jointes sous le menton, il se pencha vers nous avec un sourire des plus engageants.

— Voulez-vous du café ? demandai-je.

— Non, merci.

— Vous n'avez rien d'un policier, déclara Oscar en écartant un petit nuage de fumée de cigarette d'un revers de main pour mieux pouvoir observer notre hôte.

Malthus éclata de rire.

— Et vous, vous n'avez rien d'un détective, Mr. Wilde.

— Je n'en suis hélas pas un, répliqua Oscar avec un soupir ironique.

Ses yeux parcouraient la pièce en tous sens.

— Si j'en étais un, je serais capable d'identifier l'objet de votre passion. Je suis entouré d'indices, mais il m'est impossible de dire si c'est le Premier Empire, l'Athènes de l'Antiquité ou l'Inquisition qui vous fascine.

Malthus se redressa, l'air amusé, et observa à son tour les volumes empilés partout où cela était possible.

— Vous avez l'œil, Mr. Wilde. Vous avez mis deux fois dans le mille. Je ne m'intéresse pas à l'Inquisition, mais, pendant les quelques loisirs que m'accorde la préfecture, la France napoléonienne et la Grèce du IIIe siècle avant Jésus-Christ comptent certainement parmi mes destinations favorites. Napoléon est mon idole.

Il se retourna et désigna de la tête un portrait encadré de l'illustre Corse.

— Saviez-vous que c'est lui qui a fondé la préfecture de police ? Quand j'étais enfant, je voulais devenir prêtre. Et puis j'ai découvert Napoléon et j'ai décidé que je serais policier.

— « *Ne pas oser, c'est ne rien faire qui vaille** », récita Oscar d'un ton badin.

Malthus sourit.

— Je suis justement en train de constituer une anthologie des aphorismes de Napoléon. Dans l'art de tourner une phrase, il aurait pu rivaliser avec vous, Mr. Wilde.

— Et Épicure ? interrogea Oscar.

Son regard s'était posé sur le haut manteau de la cheminée. À l'une des extrémités se trouvait un buste de marbre, orienté de profil par rapport à la pièce. Je ne l'avais pas remarqué jusqu'alors, mais il s'agissait de la réplique exacte de la sculpture du philosophe grec que conservait Edmond La Grange rue de la Pierre-Levée.

— Edmond La Grange me l'a donné. Il en a également offert un à Pierre Ferrand. Edmond avait coutume de dire que Pierre devait être un lointain descendant d'Épicure tant ils se ressemblent. Encouragé par Edmond, j'ai entrepris de rédiger une biographie d'Épicure. Il n'en existe pas, en français du moins. Si jamais je parviens à achever ce travail, je le dédierai à mon ami Edmond La Grange. C'était un véritable épicurien, et un grand homme.

— C'était en tout cas un grand acteur, déclara Oscar en écrasant sa cigarette dans le petit cendrier en cuivre que lui tendait Malthus.

— Il était comme un météore incandescent qui a illuminé son siècle de son éclat.

— Et il n'a pas été tué par Carlos Branco, ajouta Oscar avec grandiloquence.

— Ah ! s'écria Malthus. *Revenons à nos moutons**.

Le policier nous offrit à chacun une cigarette algérienne, puis il enflamma un brandon de papier froissé pour que nous puissions l'allumer. Il reprit sa place et sa position précédente, penché vers nous, coudes sur les genoux et menton posé sur ses doigts entrelacés. Toute son attention se portait sur Oscar.

— Parlez, Mr. Wilde. Je vous écoute.

— Avez-vous inculpé Branco du meurtre de La Grange ? demanda Oscar calmement.

— Je l'ai fait.

— Et quand l'affaire doit-elle être jugée ?

— L'audience préliminaire est prévue demain à dix heures. Ce n'est qu'une formalité, bien entendu. Le véritable procès aura lieu dans deux ou trois semaines, un mois tout au plus. C'est une affaire limpide, qui se réglera assez vite.

— Avez-vous déjà transmis les documents au parquet ?

Malthus éclata de rire.

— Non, Mr. Wilde. Nous n'avons arrêté le suspect qu'hier soir ! Napoléon avait la capacité de travailler jusqu'à l'aube sans perdre de son énergie ni de sa capacité de jugement, mais je ne suis pas Napoléon, hélas ! Je dois rédiger mon rapport ce matin.

— Alors tout n'est pas perdu, murmura Oscar en exhalant une bouffée de cigarette. Dieu merci !

Il se pencha vers Malthus dans une attitude implorante.

— Monsieur, je vous en supplie, abandonnez les poursuites.

Le policier ouvrit grands les bras.

— Mais pourquoi, Mr. Wilde ? Carlos Branco est coupable.

Il tourna la tête vers la fenêtre.

— C'est clair comme la lumière du jour.

Il reporta son regard sur nous et se redressa comme pour affirmer son autorité.

— Branco avait à la fois le mobile, les moyens et l'opportunité. De plus, vous l'avez vu vous-même pénétrer dans la loge de La Grange quelques instants avant le coup de feu mortel. Vous me l'avez dit.

Malthus inclina la tête dans ma direction et sourit.

— Mr. Sherard me l'a confirmé. J'ai vos dépositions.

— Mettez-les au panier ! s'écria Oscar.

Il se leva et se mit à arpenter la pièce. Oscar Wilde, qui comptait des amis et de bonnes relations au barreau, possédait l'instinct d'un avocat. Au cours des minutes qui suivirent, il s'adressa à Malthus comme il l'aurait fait devant la cour et les jurés du tribunal d'Old Bailey à Londres. Il s'exprima d'une voix rapide, dans laquelle je décelai la résurgence d'une pointe de l'accent irlandais de son enfance.

— Carlos Branco avait un mobile, je vous l'accorde. Le ressentiment. Branco est un honnête comédien qui a passé toute son existence dans l'ombre d'un grand. De même que Mme La Grange avait son caniche, Edmond La Grange avait son Polonius. Pendant quarante ans, La Grange a été le virtuose et Branco s'est senti humilié de n'être que le deuxième violon. Il ne fait aucun doute que Branco éprouvait pour La Grange une haine qui grandissait et bouillonnait en lui depuis des années. Mais il est possible d'en vouloir à un homme, de le détester même, sans pour autant l'assassiner.

Oscar s'arrêta net et planta son regard dans celui de l'inspecteur.

— Branco nie le meurtre, n'est-ce pas ?

— Avec la dernière vigueur, répondit Malthus en dressant un sourcil.

Il paraissait à la fois fasciné et amusé par le numéro d'Oscar.

— Mais il admet l'escroquerie ? Il était indiscutablement complice de la combine de Marais. C'est une chose dont nous sommes sûrs. Et cela, il le reconnaît volontiers ?

— C'est exact. Il a avoué avoir extorqué de l'argent à Richard Marais semaine après semaine depuis quinze ans. Il prétend que La Grange a de toute façon récupéré la totalité des sommes, et plus encore, en le battant aux cartes.

Oscar éclata de rire.

— Sur ce point comme sur le reste, je pense que Carlos Branco vous dit la vérité, inspecteur. Il n'est pas coupable du meurtre dont on l'accuse.

— Vous ne cessez de le répéter, Mr. Wilde. J'entends bien ! Mais alors, qui a tué Edmond La Grange ?

— Edmond La Grange s'est suicidé.

Malthus fronça les sourcils. Je retenais ma respiration. Oscar se dirigea tranquillement vers la fenêtre, d'où il contempla les arcs-boutants de Notre-Dame.

Le policier se leva et prit une autre cigarette.

— Pourquoi, Mr. Wilde ? Pourquoi Edmond aurait-il fait une chose pareille ?

Oscar se retourna. Sa silhouette se découpait dans le cadre de la fenêtre. La lumière derrière lui était si vive que nous ne pouvions distinguer son visage.

— Parce que la partie était terminée, répondit-il simplement. Il avait abattu sa dernière carte. L'âge d'or du théâtre La Grange touchait à sa fin et la responsabilité lui en incombait. Comme Samson, il a fait s'écrouler le temple sur lui.

— Je ne vous suis pas, dit Malthus en hochant la tête, cigarette aux lèvres.

J'étais aussi déconcerté que lui, mais je m'abstins de le mentionner.

— Aux yeux d'Edmond La Grange, rien n'avait d'importance, hormis le théâtre et la place qu'il occupait dans ce milieu. Nous sommes d'accord ?

Malthus hésita.

— Oui, finit-il par reconnaître. Oui, je suppose que c'est vrai.

— C'était un immense acteur et, quand il le voulait bien, un fort plaisant camarade.

— Nous étions amis, protesta Malthus. Nous avons été à l'école ensemble.

— Et vous respectez par conséquent sa mémoire. C'est tout à votre honneur, monsieur. Mais connaissons-nous vraiment nos amis d'enfance ? Parce qu'ils ont toujours été là, peut-être cessons-nous de les regarder vraiment. J'ai fait la connaissance d'Edmond La Grange il y a quelques mois à peine. J'admirais son talent, j'appréciais sa compagnie, mais je l'ai vu tel qu'il était.

— C'était quelqu'un d'unique.

— Non. En tant que comédien, il avait ce don particulier qui en faisait l'égal des plus grands, comme Sarah Bernhardt ou Henry Irving. En revanche, en tant qu'être humain, il était certes original et pouvait passer pour un drôle de phénomène, mais il n'avait rien d'exceptionnel. Je ne le connaissais pas, comme vous, depuis l'enfance. Pour moi, la singularité de son caractère n'était pas une donnée acquise. J'ai pu l'observer comme un étranger à qui il avait accordé le privilège d'intégrer le cercle restreint de ses intimes. J'ai découvert qu'Edmond La Grange était un homme dénué de morale et de scrupules, qui ne respectait d'autres règles que celles qu'il s'était fixées. Pour lui, les individus n'avaient aucune importance. Il partageait sa maîtresse avec le premier venu. Il n'avait aucun ami, juste des partenaires de jeu qu'il ne laissait entrer sur son territoire qu'à ses conditions. L'argent ne lui importait pas plus. Pendant des années, il a laissé Marais, et Carlos Branco, le voler. Pour lui, tout ce qui comptait, c'était le plaisir de l'instant et sa place dans l'histoire du théâtre : le fameux héritage des La Grange. Il gardait sa mère sous son toit et supportait son intolérable présence, non parce qu'il l'aimait, mais parce qu'elle était la femme de son père et qu'à ce titre elle portait son nom. La Grange se moquait d'elle, méprisait ce qu'elle était, et cependant il ne s'en serait jamais débarrassé car elle-même faisait partie de l'héritage.

L'inspecteur Malthus regagna sa place. Il paraissait à l'évidence intrigué par les arguments d'Oscar.

— Dans ce cas, pensez-vous que La Grange ait pu tuer son chien ? Par cruauté ?

— Pour se divertir et la blesser ?

Oscar haussa les épaules.

— C'est possible. On n'aurait blâmé personne d'avoir étouffé Marie-Antoinette. C'était une bête ignoble.

Oscar se retourna et contempla le toit de la cathédrale.

— Carlos Branco a peut-être tué ce malheureux animal, reprit-il, songeur. J'admets qu'il est sans doute capable d'assassiner un chien. S'en prendre à une créature sans défense et partager le produit d'une arnaque minable, voilà le niveau de Branco.

— Et l'habilleur ? demanda Malthus qui s'était appuyé sur le dossier de la *chaise longue** pour mieux examiner Oscar. Qui a tué votre ami, Mr. Wilde ?

Oscar pivota lentement sur ses talons et soutint le regard du policier.

— N'est-ce pas moi qui suis à blâmer ? répliqua-t-il sur un ton dramatique. J'ai poussé La Grange à proposer ce travail à Traquair et j'ai persuadé ce dernier de l'accepter. C'est à cause de moi, et de moi seul, si ce pauvre garçon – rendez-vous compte : un fils d'esclave – a été amené à partir pour un pays dont il ne connaissait pas la langue, où il n'avait aucun ami.

Malthus sourit.

— Cela ne fait pas pour autant de vous un meurtrier.

— Non, pas directement, mais s'il s'est suicidé, j'en suis en partie responsable, tout comme La Grange n'est pas étranger aux morts de Bernard et d'Agnès.

Malthus prit une autre cigarette.

— Edmond La Grange n'a pas tué ses enfants !

— Non, pas de ses propres mains, bien entendu, dit Oscar posément en allumant une nouvelle cigarette à celle du policier, mais il est à l'origine de leur destruction. Et il le savait. Et quand il a compris ce qu'il avait fait, il n'a eu d'autre choix que de se détruire lui-même.

Félix Malthus se leva et posa la main sur l'épaule d'Oscar.

— Ce sont là d'extraordinaires allégations, Mr. Wilde.

— J'en ai conscience, admit Oscar en soutenant le regard du policier.

Malthus se détourna et fit quelques pas en direction de la cheminée. Il s'arrêta près du buste d'Épicure et se retourna. Il dévisagea Oscar d'un œil interrogateur.

— Vous dites que La Grange a « détruit » ses enfants avant de se « détruire » lui-même. Qu'entendez-vous par là ?

— Agnès La Grange était amoureuse de son père.

Le policier sourit.

— Bien des jeunes filles le sont. Cela mérite-t-il que l'on s'y arrête ? Agnès n'a jamais eu de mère et son père était un homme important, à la personnalité fascinante.

— Il ne s'agissait pas d'un béguin ordinaire. C'était un amour idolâtre, passionné, romantique...

— Et, naturellement, à sens unique.

— Je l'ignore, lâcha Oscar avec détachement.

Malthus sursauta.

— Suggérez-vous, Mr. Wilde, que mon vieil ami Edmond La Grange était l'amant de sa fille ? Si c'est le cas, je dois vous dire que je n'en crois pas un mot. Je connaissais cet homme depuis plus d'un demi-siècle. Il avait ses défauts et ses faiblesses, mais jamais il n'aurait couché sa propre fille dans son lit.

— Le Dr Blanche a lui aussi été formel sur ce point, ajoutai-je.

Oscar se tourna dans ma direction.

— En effet, Robert, murmura-t-il.

Puis il revint à Malthus pour lui expliquer mon intervention.

— Hier matin, nous sommes passés voir le Dr Blanche à sa clinique de Passy. Il a été catégorique : Agnès était sa patiente, Edmond La Grange son ami, et, selon lui, leur relation, quoique complexe, n'était pas charnelle.

— Je suis soulagé de l'entendre, fit Malthus.
— Mais la version de son fils est tout autre. Hier après-midi, je suis allé à Montmartre, au *Chat noir*, où j'ai retrouvé Jacques-Émile Blanche et Maurice Rollinat. Jacques-Émile aimait Agnès, mais elle lui avait fait clairement comprendre que son cœur était déjà pris par un autre. Ces derniers temps, elle s'en était ouverte et lui avait avoué qu'il s'agissait d'un homme plus âgé. Jacques-Émile est convaincu que ce pouvait être son père.
— Y a-t-il des preuves ?
— Non.
— Alors oubliez tout cela, Mr. Wilde. Ce sont des affabulations.
Oscar éclata de rire.
— Puisque vous le dites, inspecteur ! Après tout, c'est vous qui vous occupez de l'affaire. Admettons donc qu'Edmond et Agnès n'étaient pas amants. N'y revenons plus, conclut-il dans un claquement de mains. Mais ce que nous ne pouvons nier, reprit-il en adressant un regard insistant à Malthus, c'est l'amour qu'éprouvait Agnès pour son père. Une passion exaltée qui a fini par la détruire. Elle en est devenue folle et elle s'est suicidée.
— Cela, je peux le concevoir, reconnut Malthus en opinant de la tête. Je veux bien l'admettre.
— Et sa mort a entraîné celle de son frère, poursuivit Oscar. Le suicide, ainsi que tout le monde ne cesse de nous le répéter, est une tendance héréditaire. La mort n'était en outre jamais très éloignée des préoccupations de Bernard La Grange. C'était sa singulière obsession. Robert et moi l'avons un soir découvert dans la *Salle des morts**. Il n'y était pas, comme nous, en touriste curieux, mais en étudiant zélé de tout ce qui

avait trait à la mort. À ses yeux, le trépas était l'expérience ultime de la vie. L'autodestruction le fascinait. Il en parlait souvent avec Maurice Rollinat et d'autres nihilistes qu'il fréquentait. La disparition d'Agnès l'a incité à passer à l'acte. Bernard La Grange s'est immolé par le feu. Il s'est sacrifié pour suivre sa sœur, comme une jeune veuve indienne qui s'offre au sati. Après tout, n'avait-il pas du sang indien ?

L'inspecteur Malthus demeura silencieux. Il rédigeait des notes au crayon dans un petit carnet qu'il avait saisi sur la cheminée.

Oscar reprit la parole. Arrivant au terme de sa plaidoirie, il s'apprêtait à délivrer sa dernière tirade face au jury.

— Une fois Bernard décédé, que restait-il à Edmond ? Rien. Alors il s'est suicidé, dans sa loge, avec son revolver, baissant lui-même le rideau sur l'histoire des La Grange.

Malthus rangea son calepin et son crayon dans sa poche et jeta sa cigarette dans l'âtre vide de la cheminée.

— Vous êtes très convaincant, Mr. Wilde, et je suis prêt à vous suivre en ce qui concerne les suicides d'Agnès et de Bernard. Je peux même admettre que leurs morts ont pu conduire Edmond à envisager lui-même cette possibilité. Mais nous avons un souci…

Je me tournai vers mon ami, anticipant l'objection de Malthus.

— Nous avons vu Carlos Branco pénétrer dans la loge quelques instants avant que ne soit tiré le coup de feu.

— Non, Robert. Nous avons vu entrer un homme qui portait la cape et le casque du fantôme du père d'Hamlet. Cela pouvait être n'importe qui.

— Suggérez-vous qu'il ne s'agissait pas de Branco ? demandai-je, stupéfait.

Oscar sourit.

— Non, ce n'était pas Carlos Branco, Robert.

— Alors qui ?

— Edmond La Grange.

— Mais, Oscar, protestai-je, nous l'avons vu ouvrir la porte. Vous comme moi l'avons reconnu. Il était à l'intérieur, Oscar. Nous l'avons vu.

— Nous avons été abusés, Robert.

— Comment ?

— Je vais vous montrer.

Il se dirigea vers l'entrée de l'appartement et tendit la main pour nous inviter à le précéder.

— Je vais vous montrer à tous les deux. S'il vous plaît. Venez avec moi.

# 27

# La fin de l'histoire

Nous nous installâmes dans un fiacre qu'Oscar avait fait attendre. De la rue d'Arcole, il nous emmena au théâtre La Grange. Nous nous y rendions, nous le sûmes plus tard, pour la dernière fois. Étant donné l'heure et les circonstances, Oscar affichait une étonnante énergie.

— Je suis toujours stimulé par l'épuisement, affirma-t-il.

— Ce n'est pas la seule explication, Mr. Wilde, déclara l'inspecteur Malthus.

Les deux hommes étaient assis face à face. Leurs genoux se touchaient presque.

— Je crois que vous vous laissez griser par le frisson de la traque. Vous ne semblez pas le genre d'homme à pratiquer la chasse, et pourtant…

Oscar esquissa un sourire bancal. Ses dents commençaient à montrer des signes de détérioration.

— … pourtant nous avons chacun nos secrets, dit-il, achevant la phrase de Malthus. N'est-ce pas, inspecteur ?

Il tira de son manteau son étui à cigarettes en argent favori.

— Que diriez-vous de quitter Alger pour Istanbul ? proposa-t-il en nous offrant à chacun une cigarette turque.

Il les alluma et, savourant le parfum de l'allumette en train de brûler, il ferma les yeux.

— Apprenez à respirer, messieurs. Appréciez cet instant, profitez de ce tabac. Riez quand vous le pouvez, pleurez quand vous le devez et, quand vous dormez, efforcez-vous de vraiment dormir. Vivez pleinement votre vie. Vous mourrez bien assez tôt.

Il rouvrit les yeux et, se tournant vers moi, posa sa main sur mon bras.

— Pardonnez-moi, Robert, de ne pas vous avoir pris avec moi tout au long du chemin. Je sais que vous me comprenez. Nous formons une équipe, bien sûr, mais il arrive qu'une enquête nécessite d'être menée en solitaire. On marche parfois plus vite quand on marche seul.

Malthus souffla un nuage de fumée bleutée.

— Je reconnais cet aphorisme, Mr. Wilde. Napoléon est l'auteur de quelques formules savoureuses, n'est-ce pas ?

— Oscar en a aussi d'excellentes de son cru, déclarai-je pour défendre mon ami. Vous parliez de chasse à l'instant, monsieur. Connaissez-vous la définition qu'en donne Oscar ? « L'inqualifiable lancé à la poursuite de l'immangeable. »

Malthus émit un petit rire poli. Oscar sourit et tira sur sa cigarette.

— En réalité, c'est un mot de mon frère Willie, mais je n'ai pas l'intention de lui en donner le crédit. Il n'est jamais recommandé de faire crédit à Willie, comme vous le confirmerait son banquier.

Nous éclatâmes tous de rire. Je jetai un coup d'œil par la fenêtre et constatai que nous étions en train de traverser la rue de Turbigo, à la hauteur de la *boulangerie** préférée d'Oscar. Je ne le connaissais que depuis quelques semaines, mais j'étais désormais complètement « *oscarisé* ». Il exerçait sur moi une emprise totale. Il se pencha vers Malthus et lui tapota le genou.

— Le frisson de la traque n'est pas étranger à mon empressement ; toutefois, remarquez que mon but en l'occurrence n'est pas de tuer mais de sauver ma proie. Si Carlos Branco est jugé, il sera reconnu coupable.

— Et personne ne peut être sauvé une fois que le couperet s'est abattu.

Oscar se redressa et adossa ses larges épaules au cuir défraîchi de la banquette. Il dévisagea Malthus d'un regard espiègle.

— Ce mot-là est-il de vous ou de Napoléon ?

— Vous pourrez vous l'approprier à l'occasion, Mr. Wilde, répondit le policier en tirant une bouffée de tabac.

Il n'était pas encore dix heures lorsque nous nous présentâmes devant l'entrée des artistes du théâtre La Grange. Un *gendarme** solitaire montait la garde dans la venelle, au pied de l'escalier qui menait à l'appartement. Au passage de Malthus, il écrasa sa cigarette et salua. Le portier était à son poste. Il buvait un bouillon de cheval qui dégageait une odeur pestilentielle.

— Mon petit déjeuner, grommela-t-il.

— Respirez profondément, messieurs, ironisa Malthus. Savourez l'instant. Vous mourrez bien assez tôt.

Nous traversâmes le vestibule pour nous engager dans les coulisses désertes. Malthus, qui marchait en tête, se prit les pieds dans un portemanteau chargé de costumes qui encombrait le passage.

— Nous ne sommes pas pressés, souffla Oscar. Laissons nos yeux s'habituer à l'obscurité.

Nous demeurâmes un moment immobiles, regardant tout autour de nous. À notre droite, sur la scène, nous pouvions discerner les contours des fortifications d'Elseneur. Face à nous, bien visible grâce à la lueur d'une lampe à gaz mise en veilleuse, se dressait la porte de la loge d'Edmond La Grange.

— Y avait-il plus de lumière hier soir ? demanda Oscar à voix basse.

— Je ne pense pas, répondis-je. Entre les représentations, ce n'est jamais mieux éclairé.

— Vous avez raison. Ce devait être à peu près comme ça.

— Eh bien ? fit Malthus avec impatience. Que sommes-nous venus voir ?

Oscar tourna la tête vers le policier.

— Un petit spectacle rien que pour vous, monsieur. Une matinée à dix heures.

Oscar posa sa main sur mon bras.

— Robert, veuillez, s'il vous plaît, accompagner l'inspecteur à l'autre extrémité de la scène, là où nous nous tenions hier lorsque nous parlions avec Gabrielle. Conduisez-le à l'endroit précis d'où nous avons cru voir Carlos Branco pénétrer dans la loge. Restez derrière le décor jusqu'à mon signal. N'en bougez que quand je vous le dirai.

J'acquiesçai et invitai Félix Malthus à me suivre. Avec prudence, nous entreprîmes de traverser la scène dans la pénombre. Pendant ce temps-là, Oscar fouillait parmi les costumes accrochés au portemanteau. Nous retournant, nous le vîmes se diriger vers la loge de La

Grange. Nous l'entendîmes y entrer. Quelques instants plus tard, la porte s'ouvrit et se referma de nouveau.

— Êtes-vous cachés derrière le décor ? nous lança Oscar depuis l'autre côté de la scène.

— Nous le sommes, répondis-je.

Malthus me regarda en levant un sourcil interrogateur.

— Quand je vous le dirai, et pas avant, sortez de votre cachette et regardez de l'autre côté de la scène, exactement comme nous l'avons fait hier.

— C'est compris.

Nous attendîmes en silence.

— Votre ami est extraordinaire, murmura Malthus.

Soudain, nous entendîmes la voix d'Oscar.

— Venez ! Venez tout de suite ! cria-t-il.

J'empoignai le coude de l'inspecteur et le poussai sur scène, à l'endroit même où Oscar et moi nous trouvions quelque seize heures auparavant. Dans les coulisses en face de nous, nous avions alors vu apparaître Carlos Branco. La scène semblait maintenant se reproduire : une silhouette vêtue de la cape et du casque du fantôme du père d'Hamlet se dirigeait d'un pas résolu vers la loge d'Edmond La Grange. Sauf que, cette fois, il ne pouvait s'agir de Branco, qui croupissait dans une cellule de la préfecture.

— Ce pourrait être n'importe qui, observa Malthus d'une voix étouffée.

— C'est Oscar, lui répondis-je.

Arrivé à la loge, l'individu jeta un bref coup d'œil dans notre direction, exactement comme la veille, et frappa à la porte.

— Qui est son complice ? murmura Malthus pour lui-même.

— Je suis sûr qu'il n'y a personne d'autre.

La silhouette toqua une nouvelle fois. La porte s'ouvrit et, au même instant, l'inconnu ôta son casque. Tout à coup, nous vîmes apparaître le visage souriant d'Oscar dans l'entrebâillement de la porte.

— Mon Dieu ! s'écria Malthus. Je vois !

— Oui, répondit Oscar, qui nous regardait. Et ce que vous voyez est une illusion : le reflet de mon visage dans un miroir.

La silhouette costumée fit un lent demi-tour sur elle-même : peu à peu, le visage d'Oscar disparut pour être remplacé par sa nuque.

Malthus franchit la scène à grandes enjambées, les bras tendus vers mon ami. Celui-ci dégrafa la cape qu'il avait nouée autour de son cou. Je récupérai le vêtement tandis que le policier serrait chaleureusement la main d'Oscar. Sur le pas de la porte, un peu à gauche en entrant dans la loge et un peu de biais par rapport à nous, se trouvait la psyché de La Grange. Depuis l'extrémité de la scène, par-dessus la cape qui lui couvrait les épaules, nous n'avions pu voir que le reflet du visage d'Oscar, tout comme la veille nous avions vu celui d'Edmond La Grange.

— La Grange était un acteur, expliqua Oscar. C'était un homme de théâtre. Il n'est pas étonnant qu'il ait cherché à mettre en scène son suicide. Il avait décidé de mettre fin à ses jours. Il avait de bonnes raisons pour cela : ses enfants étaient morts, la dynastie des La Grange était condamnée, il n'y aurait pas de meilleure production que le « parfait *Hamlet* » pour tirer sa révérence. Et, au moment de quitter la scène, il a pensé qu'il pourrait être amusant de jeter quelques soupçons sur Carlos Branco, histoire de se venger de ce « vieil imbécile de Polonius » qui avait conspiré avec

Richard Marais pour le gruger pendant toutes ces années.

Tandis qu'il révélait le fin mot de cette histoire, Oscar s'était avancé vers le centre de la loge, là où se trouvait la veille encore la table à maquiller. Il émanait de lui ce curieux mélange d'autorité et de charme qu'il utilisait avec tant de succès lors de ses conférences. Tout en parlant, il balayait la pièce du regard et il se servait sans cesse de ses mains pour appuyer ou illustrer ses propos.

— Hier soir, un peu après six heures, après s'être adressé à la compagnie, Edmond La Grange est revenu ici même, dans sa loge. En passant, peut-être a-t-il remarqué que j'étais en train de parler avec sa maîtresse de l'autre côté de la scène. Pour que son stratagème réussisse, il lui fallait un public, fût-il restreint.

Oscar se tourna vers moi en souriant.

— Robert, rappelez-vous qu'il vous a envoyé me rejoindre.

— C'est vrai. En effet. Et ensuite il a fermé la porte à clé derrière moi.

— Et, quelques instants plus tard, il l'a rouverte pour jeter un coup d'œil au-dehors. Il n'y avait personne, mais je suppose qu'il nous a entendus parler derrière le décor. Il a décidé de saisir cette opportunité qui s'offrait à lui. L'important était d'avoir tout préparé.

Oscar s'interrompit le temps de trouver ses cigarettes et l'inspecteur Malthus en profita pour sortir son carnet et son crayon. Il prit ensuite des notes jusqu'à la fin du récit. Oscar l'observa attentivement et, chaque fois que le policier paraissait peiner, il tirait une lente bouffée de tabac pour lui permettre de rattraper le fil de l'histoire.

— La Grange a saisi l'opportunité, répéta Oscar. Il s'est glissé hors de la loge et s'est rendu jusqu'au portemanteau. Il a trouvé la cape de Branco et l'a jetée sur ses épaules. Il a ensuite enfilé son casque, dont il a rabattu la visière. Ainsi déguisé, il a regagné sa loge, se retournant sur le seuil pour s'assurer qu'il avait bien le public qu'il espérait. C'était le cas.

Oscar marqua une pause et se tourna vers moi.

— Nous étions là, Robert, tous les deux. Et il le savait, tout comme il savait que nous le regardions. Il a frappé deux fois à sa propre porte, puis, tandis qu'il l'ouvrait d'une main, il ôtait son casque de l'autre, de sorte qu'à l'instant précis où il s'est découvert, son visage est apparu dans ce miroir.

Oscar désigna la psyché disposée près de l'entrée.

— Nos regards se sont croisés, reprit-il. Et lorsque la silhouette que nous prenions pour Branco est entrée dans la loge, nous avons cru que nous ne voyions plus La Grange parce qu'il avait fait un pas en arrière pour accueillir son vieux compagnon.

Oscar interrompit son récit tandis que le crayon de l'inspecteur courait sur son carnet. Souriant, Oscar contempla la cendre suspendue à l'extrémité de sa cigarette. Enfin, la main de Malthus s'arrêta.

— Une fois dans la pièce, La Grange a refermé la porte, jeté la cape et le casque par terre, s'est assis sur son tabouret, s'est emparé de son arme qui l'attendait, l'a appliqué sur sa tempe et, sans un instant d'hésitation, a pressé la détente.

Cette fois, Malthus n'avait rien écrit. Il regardait fixement Oscar qui tirait une dernière bouffée de sa cigarette en souriant.

— Y avait-il sur le revolver la moindre indication suggérant qu'il ait été manipulé par quelqu'un d'autre que La Grange ? demanda-t-il au policier.

— Aucune, répondit Malthus, le regard toujours rivé sur Oscar. Mais le revolver n'était pas dans sa main. Il se trouvait sur la table.

— Il a pu lui échapper dans l'instant qui a suivi le coup de feu, suggéra Oscar.

L'inspecteur reporta à nouveau son attention sur son calepin.

— Ainsi, c'est La Grange et non Branco qui a tiré.

— Exactement.

Oscar se dirigea vers la desserte. Il écrasa sa cigarette dans le cendrier qui s'y trouvait.

— Carlos Branco est coupable d'avoir détourné de l'argent, peut-être d'avoir tué un chien, mais pas d'avoir assassiné Edmond La Grange. L'inculper de ce crime serait une erreur. Avec le témoignage à charge de Maman, il est certain que le jury le condamnerait. Et il serait tragique d'exécuter un homme pour un acte qu'il n'a pas commis.

Malthus referma son carnet, puis le rangea dans la poche de son manteau. Il traversa la loge pour rejoindre Oscar.

— Vous êtes un jeune homme remarquable, déclara-t-il en souriant.

Et, comme la pendulette sonnait la demie, il le regarda bien en face et lui serra la main avec solennité.

— Je vous ai écouté, Mr. Wilde, et vous m'avez convaincu. Mieux, vous m'avez enthousiasmé.

Moins d'une heure plus tard, Carlos Branco était libre. Aucune charge n'avait été retenue contre lui. Il avait certes spontanément reconnu avoir escroqué le théâtre La Grange pendant des années avec la complicité de Marais, mais, en définitive, qui avaient-ils lésé ? Et quelle preuve y avait-il ? Marais, qui tenait la comptabilité de la compagnie, en avait détruit les livres. Et puis, qui se souciait de tout cela désormais ?

Tant en France qu'à l'étranger, les journaux signalèrent la mort d'Edmond, Bernard et Agnès La Grange. Pendant quelques semaines, la presse française se fit l'écho de rumeurs concernant le mystère entourant ces disparitions, puis elles finirent par s'évanouir d'elles-mêmes. Avant l'automne et le début de la saison théâtrale, Richard Marais et Carlos Branco s'allièrent pour parvenir à un accord avec Liselotte La Grange. Maman avait hérité de tous les biens de la compagnie. Marais et Branco s'associèrent avec elle pour fonder le théâtre Branco-La Grange. Marais estimait que c'était la meilleure solution et que le « *scandale macabre** » serait bon pour les affaires. Maman, qui portait le deuil de son fils mais dont le chagrin ne laissait pas de place aux larmes, pensait qu'elle devait cela à Edmond et à la tradition établie par les ancêtres de feu son mari. Brisé par les événements, affaibli et diminué par le drame, Branco, quant à lui, ne connaissait pas d'autre vie.

Le nouveau théâtre Branco-La Grange conserva la plupart du répertoire de la compagnie, mais des vaudevilles et des mélodrames vinrent s'ajouter aux vieux classiques. Gabrielle de La Tourbillon (*née** Guillotin) devint la vedette féminine. Nous ne couchâmes jamais plus ensemble. De temps à autre, nous nous croisions par hasard au restaurant, au théâtre, dans des soirées mondaines, mais, à chacune de nos rencontres, c'était comme si nous étions des étrangers l'un pour l'autre, comme si l'intimité qui avait été la nôtre n'avait jamais existé. Je pense que si vous rencontriez Gabrielle aujourd'hui et mentionniez mon nom devant elle, il ne lui évoquerait rien du tout.

En ce qui me concerne, je ne l'oublierai jamais. Comment le pourrais-je ? Elle fut ma première aventure. Toutefois, je dois avouer que je ne me languis pas d'elle bien longtemps. Une semaine après le décès d'Edmond La Grange, je rencontrai une délicieuse jeune fille prénommée Odile dans les couloirs du Palais de justice, où Oscar et moi devions assister à l'audience chez le procureur. Elle avait tout juste vingt ans. Elle était petite et mince, elle avait d'éclatants cheveux noirs, des joues roses de poupée et le sourire le plus doux et le rire le plus charmant que l'on puisse imaginer. Elle était infirmière. Au Palais, elle devait se tenir prête à intervenir au cas où un témoin se sentirait mal. Je lui dis que je me mourais d'amour pour elle depuis l'instant où je l'avais vue.

L'inspecteur Malthus et les Drs Ferrand et Blanche livrèrent leurs conclusions au procureur, qui prononça le suicide d'Agnès, Bernard et Edmond La Grange.

Pour la dernière soirée d'Oscar à Paris avant quelque temps, je l'accompagnai à Montmartre, au *Chat noir*, où nous retrouvâmes Sarah Bernhardt, Maurice Rollinat et Jacques-Émile Blanche. Ce fut un dîner mémorable. Nous nous serrâmes tous les cinq autour d'une petite table au fond de l'établissement. Nos mains se touchaient, nos têtes se frôlaient, nos yeux brillaient dans la lueur des bougies. Nous savourâmes des *moules marinière* * arrosées de champagne et notre conversation porta sur « la triste destinée des monarques », selon la formule d'Oscar.

— C'était un roi ! s'exclama Sarah Bernhardt. Le Roi-Soleil, le plus grand acteur de sa génération… Il était magnifique.

— Mais il a causé la perte de sa fille, coupa sèchement Jacques-Émile Blanche. Il l'a séduite.

— Vraiment ? demanda Sarah d'un ton grave. En est-on certain ? Y a-t-il des témoins ? Quelqu'un les a-t-il vus ensemble dans un lit ? Personne !

— Et puis, quelle importance ? s'interrogea Maurice Rollinat, en se frottant les yeux avec les poings. Pourquoi ne pouvaient-ils être amants ?

— C'est contre nature, objectai-je.

— Oh, mais pas du tout ! s'écria Rollinat. On voit ça tout le temps chez les animaux. Dans la basse-cour comme dans la forêt, l'inceste est tout à fait *comme il faut**.

Il éclata de rire et s'empara de la bouteille de champagne pour remplir nos verres.

— Réservez votre dépravation à vos écrits, Maurice, murmura Sarah Bernhardt en caressant la joue de Rollinat du revers de la main.

Jacques-Émile Blanche contemplait la flamme de la bougie qui se trouvait au centre de notre table.

— Edmond La Grange a séduit sa fille et c'est la honte qui l'a tuée, dit-il d'une voix si faible que nous pouvions à peine l'entendre. Je l'aimais. Maintenant, elle a disparu à jamais.

— Pas à jamais, rectifia Oscar avec douceur. Il y a le portrait que vous avez fait d'elle. Lui traversera le temps. Dans votre tableau, elle ne vieillira jamais. Grâce à vous, sa beauté sera éternelle.

Sarah Bernhardt trempa un morceau de pain dans la sauce *marinière**. (Aussi frêle qu'un oiseau, la divine Sarah n'en avait pas moins un solide appétit.)

— Quoi qu'il en soit, nous n'avons toujours aucun élément qui nous permette d'affirmer que le père et la fille entretenaient une liaison. J'admets que leur suicide le laisse penser, mais nous n'en avons pas la preuve.

— Et le père de Jacques-Émile est formel : ni l'un ni l'autre n'aurait pu se livrer à un tel acte, ajouta Oscar. Tous deux étaient de « bons catholiques », comme on dit, et l'inceste est un péché mortel.

— C'est ce qui le rend si attirant, gloussa Rollinat en essuyant des gouttelettes de champagne sur sa moustache noire.

Je ne l'avais jamais vu, lui, le chantre de la mélancolie, dans une telle forme.

— Dieu connaît la vérité, déclara Oscar. Lui seul est au courant de tous nos secrets.

— Et nous en avons tous, n'est-ce pas, Oscar ? répliqua Sarah Bernhardt avec espièglerie.

— C'est exact, acquiesça très sérieusement Oscar.

Il sirota son champagne tout en jetant un coup d'œil à notre bouteille. Elle était presque vide. Il la brandit au-dessus de lui jusqu'à ce qu'un serveur se présente. Il en commanda une deuxième.

— Et pourquoi ne pas nous apporter la troisième par la même occasion ? demanda-t-il au jeune homme en lui glissant une pièce d'argent dans la main.

Oscar revint à notre conversation.

— Oui, jeune ou vieux, beau ou laid, riche ou pauvre, chacun de nous a ses secrets. Même ce garçon. Même l'inspecteur Malthus.

— Qui est l'inspecteur Malthus ? interrogea Sarah.

— Un policier érudit, répondis-je. Un homme tout à fait raffiné. C'est lui qui a enquêté sur l'affaire.

— Je le connais, intervint Maurice Rollinat. Grand, mince, bel homme, la soixantaine. Rasé de près. Cheveux blancs.

— C'est bien lui.

— Vous l'avez rencontré ? demanda Oscar en se penchant vers Maurice Rollinat.

— Oui, fit le poète avec un large sourire. Je le connais assez bien. C'est un adepte de la flagellation. Il prend du plaisir à se fouetter lui-même.

— Du plaisir ? répéta Sarah, qui achevait de saucer son assiette.

— Mais oui ! confirma Rollinat, laissant planer l'idée avec une délectation lubrique. Il y a une chapelle désaffectée, près de la *Salle des morts**, où il enseigne l'art de la punition. J'y suis allé une ou deux fois. Ou plutôt, trois ou quatre. C'est un excellent professeur.

Oscar éclata de rire.

— Cette nouvelle m'enchante, dit-il.

— Oscar ! s'exclama Sarah en lui adressant un regard réprobateur. Ne l'encouragez pas !

— Ce que je veux dire, Sarah, c'est que je suis ravi de constater le bien-fondé de mes soupçons, expliqua-t-il.

Il saisit la frêle main de l'actrice et déposa un baiser fugace sur ses doigts.

— J'avais le sentiment qu'il y avait en Félix Malthus un peu de Tomás de Torquemada.

Oscar se tourna vers moi en souriant.

— Vous souvenez-vous, Robert, que je lui ai demandé si l'Inquisition faisait partie de ses centres d'intérêt ?

— Il l'a démenti.

— C'est vrai. Mais j'ai aperçu un fouet sur son portemanteau et des cicatrices dans son dos.

— À quelle occasion ?

— Pendant qu'il se rasait. Il est resté quelques instants dévêtu devant nous.

— Je n'ai pas vu son dos.

Dressant un sourcil, Oscar prit une expression malicieuse.

— Vous étudiiez sans doute le recto, pendant que moi, j'observais le verso.

— Il ne s'est jamais retourné, insistai-je.

— Non, mais derrière lui, au-dessus de son lavabo, il y avait une glace accrochée au mur. J'y ai vu le reflet de son dos.

Moqueur, Oscar leva son verre de champagne dans ma direction.

— Nous avons chacun nos secrets, Robert, et certains se cachent dans les miroirs.

– Et où se trouvent les vôtres, Oscar ? s'enquit Maurice Rollinat.

— Dans les étoiles ! répondit mon ami d'un ton désinvolte.

— Et près de son cœur, ajoutai-je en me penchant par-dessus la table pour glisser ma main dans sa veste de velours bleu.

— Robert ! se récria-t-il.

Mais il était trop tard... Je tenais entre mes doigts une petite enveloppe couleur crème. Ce fut à mon tour de taquiner mon ami.

— Puis-je ? lui demandai-je en commençant à ouvrir la lettre.

— S'il le faut, soupira-t-il.

Je tirai de l'enveloppe une petite photographie de format carré. La tenant délicatement entre le pouce et l'index, je l'approchai de la bougie pour que chacun pût la voir.

— Qui est-ce ? interrogea Sarah Bernhardt.

— Elle est très jolie, apprécia Jacques-Émile Blanche.

— Elle s'appelle Constance Lloyd, déclara Oscar. Elle a les yeux pervenche et le cœur pur.

— Et vous en êtes amoureux ? interrogea Sarah.

— Je crois que oui, avoua Oscar en souriant.

— Et vous envisagez de l'épouser ? poursuivit Jacques-Émile Blanche, qui paraissait très excité.

Oscar lui répondit dans un éclat de rire :

— C'est fort probable, cher ami.

Maurice Rollinat nous resservit encore une fois. Renversant du champagne sur ses doigts, il se tourna brusquement vers Oscar.

— Qu'advient-il de votre maxime « Goûter à chacun des fruits de chacun des arbres du verger du monde », mon ami ?

— Ne croyez-vous pas, Maurice, que parmi tous ces fruits figurent aussi les mûres que portent les ronces du mariage ? répliqua Oscar d'une voix suave. Mr. Henry James me considère peut-être comme une bête mal lavée et une fripouille de dixième ordre, mais je me vois pour ma part en heureux père de famille.

Mon ami m'ôta la précieuse photographie des doigts et l'appuya avec précaution contre le chandelier devant lui. Tandis qu'il contemplait Miss Constance Lloyd, je décelai dans ses yeux de l'amour mais aussi des rires et des larmes.

— À l'amour ! déclarai-je en levant mon verre.

Nous trinquâmes tous ensemble.

— À l'amour !

— À l'amour !

— À l'amour !

Oscar posa amicalement la main sur le bras de Jacques-Émile Blanche.

— La mort n'est rien et l'amour est tout. Vous l'avez aimée. Pour elle, cela aura compté.

## Épilogue

# Londres, 1er janvier 1891

— Qu'est devenu cet Américain ? demanda Arthur Conan Doyle. Eddie Garstrang, le joueur…

En ce Jour de l'an 1891, nous avions retrouvé comme convenu notre vieil ami le Dr Arthur Conan Doyle, l'illustre créateur de Sherlock Holmes, au Baker Street Bazaar de Madame Tussaud.

Il était de fort bonne humeur. Noël avait été particulièrement heureux chez les Doyle. Arthur avait désormais une replète petite fille à faire sauter sur ses genoux et, grâce à Sherlock Holmes, les moyens de savourer les plaisirs traditionnels d'un « vrai » Noël. Et en dépit de toutes ces joyeuses festivités familiales, il avait pu se ménager quelques moments de sereine tranquillité, installé au coin du feu à lire, à casser des noix et à savourer son bonheur.

Doyle avait lu notre histoire avec attention (avec « beaucoup de soin », avait-il précisé). Il avait suivi mon humble compte-rendu d'une année de l'existence d'Oscar, cette année étonnante qui l'avait mené de Leadville, dans le Colorado, au théâtre La Grange, en passant par la prison de Reading. Il avait « grandement apprécié » ma prose, mais il avait des questions à nous poser. Certaines, et non des moindres, concernaient mon style.

— C'est très audacieux, Robert. Vous livrez des détails intimes que je ne serais pas certain de vouloir partager avec mes lecteurs. Votre franchise est parfois presque choquante. Je sais que la majeure partie de l'action est située en France, mais tout de même… Et vous parlez d'Oscar comme s'il était mort.

Ce dernier éclata de rire.

— Je devrai l'être pour que ce texte soit publié ! s'écria-t-il.

Puis, impatient, il se pencha vers le jeune médecin écossais et s'adressa à lui sur le ton du complot.

— Dites-nous ce que vous avez pensé de l'histoire, Arthur.

— Ah, l'histoire… souffla Conan Doyle en tapotant le manuscrit posé devant lui.

Il nous regarda tour à tour avec des yeux sévères, comme pour nous jauger.

— Tout est-il vrai ? Peut-on s'y fier comme aux Évangiles ? N'y a-t-il là-dedans aucune invention ?

— Du premier au dernier mot, il n'est rien qui ne soit authentique, Arthur, confirma Oscar.

Il jeta un coup d'œil dans ma direction en souriant.

— Cependant, l'histoire n'est pas tout à fait achevée, ajouta-t-il. Il reste quelques points à éclaircir. Nous avons laissé une ou deux questions sans réponse.

— Assurément, répliqua Conan Doyle avec grandiloquence. Pour commencer, qu'est-il advenu de cet Américain, Eddie Garstrang ?

— Je suis heureux que vous le demandiez, Arthur. Et je vais vous le dire.

Les yeux d'Oscar s'agrandirent.

— En fait, je vais même vous le montrer.

Conan Doyle tira sur son épaisse moustache et émit un petit gloussement.

— Et par la même occasion, vous me direz qui, en fin de compte, a tué cette pauvre Marie-Antoinette. Ce n'était pas Carlos Branco, n'est-ce pas ?

— Non, Carlos Branco n'est pas le genre d'homme à commettre un meurtre.

— Et c'est la raison pour laquelle vous avez dit à la police qu'Edmond La Grange s'était suicidé. Il vous fallait convaincre tout le monde que La Grange avait mis fin à ses jours, car, sinon, Malthus aurait inculpé Branco, que n'importe quel jury aurait ensuite envoyé à la guillotine.

— Exactement. J'ai sans doute des défauts, Arthur, mais je n'aime pas voir un homme condamné à mort pour un crime qu'il n'a pas commis.

— Je suis heureux de vous l'entendre dire, fit Doyle avec un hochement de tête approbateur. Mais alors, qui a tué La Grange ?

— Il s'est suicidé, cela ne fait aucun doute, intervins-je, quelque peu déconcerté. Oscar l'a démontré. C'est une certitude. Il a reconstitué les événements tels qu'ils se sont déroulés.

Oscar me foudroya du regard. Il avait alors trente-six ans, mais sa corpulence, ses yeux délavés, ses dents jaunies et son teint brouillé le faisaient paraître plus vieux. Quant à moi, malgré mes vingt-neuf ans, j'avais, dans des moments tels que celui-ci, l'impression d'être un écolier subissant les remontrances d'un surveillant pour une faute dont la nature lui échappait.

— Edmond La Grange aurait pu se suicider, Robert, mais, en réalité, ce n'est pas ce qui s'est produit, expliqua Oscar d'une voix mesurée. Je le sais aujourd'hui et, je le confesse, je le savais déjà à l'époque. J'ai incité tout le monde, vous y compris, Robert, à penser que La Grange s'était donné la mort, car c'était alors indispensable pour sauver la vie de Branco. La Grange ne s'est pas suicidé. Il a été assassiné.

— Je ne vous suis plus, avouai-je, penaud.

Oscar eut un petit rire.

— Alors qu'Arthur est dans son élément !

— En effet, fit joyeusement le docteur. Les « éléments » sont au cœur de cette affaire, n'est-ce pas ? La terre, l'air, l'eau et le feu : tout tourne autour de cela.

— Oui. Ils constituent le fil qui m'a permis de retrouver mon chemin dans ce labyrinthe.

— Guidez-nous, Oscar ! s'écria Conan Doyle en faisant claquer ses lèvres, un œil sur les pâtisseries qu'on venait de nous apporter. Nous autorisez-vous à nous restaurer pendant que nous vous suivons dans ce dédale ?

Nous étions installés tout au fond du grand salon de thé du musée de Madame Tussaud, à ce que l'on appelait à l'époque la « table des directeurs ». Tandis que nous sirotions notre thé et piochions dans un assortiment de petits-fours et de gâteaux (dont des biscuits Huntley & Palmer), Oscar nous conduisit à travers les arcanes de la ténébreuse affaire La Grange.

— Par où dois-je commencer ? fit-il lorsque notre serveur se fut éloigné.

Conan Doyle regarda autour de nous. Les tables les plus proches étaient inoccupées. Nous étions tranquilles.

— Par le commencement, suggéra-t-il. Parlez-nous de ces beaux et talentueux jumeaux, Agnès et Bernard La Grange.

Il se servit une part de génoise au citron et au gingembre avant de lancer un regard plein de malice à notre ami.

— Ce n'étaient pas les enfants de La Grange, n'est-ce pas ?

— Bravo, Arthur ! Vous avez vu juste.

D'un geste étudié, Oscar laissa tomber deux morceaux de sucre dans sa tasse.

— Leur père n'était pas leur père et leur mère n'était pas leur mère.

Tout en remuant son thé, il me jeta un coup d'œil.

— Vous paraissez abattu, Robert.

— Je suis perplexe, avouai-je.

— Et un peu vexé, je suppose. Vous avez mis beaucoup d'application dans la relation de mes aventures en Amérique et à Paris. À ma demande, vous avez pris durant tout ce temps une immense quantité de notes. Pendant plusieurs années, nous avons maintes fois révisé chaque détail. Et soudain, il vous apparaît que je n'ai pas été tout à fait franc avec vous et vous vous sentez trahi.

— Pas trahi, protestai-je avec vivacité. Le terme est trop fort.

Je le dévisageai.

— Déçu, peut-être… concédai-je.

Il posa sa main sur la mienne.

— Pardonnez-moi, mon ami, s'excusa-t-il humblement avec ce ton délicat et mélodieux qui le caractérisait. J'ai été négligent, mais pensez à ce que je suis, Robert, et essayez de me comprendre. Je suis un conteur, un auteur dramatique. Il me faut garder mes lecteurs en haleine jusqu'à la dernière page, tenir mon public sur le bord de son siège jusqu'au baisser de rideau. J'ai besoin d'un *dénouement**. Ne me privez pas de mon coup de théâtre.

Je me mis à rire et lui pardonnai volontiers car il était irrésistible.

— Je ne vous prive de rien, Oscar, affirmai-je en me servant à mon tour. Ce qui ne m'empêche pas d'être dubitatif. Je croyais que la mère des jumeaux était morte peu après leur naissance.

— Alys Lenoir, la femme d'Edmond La Grange, s'est en effet suicidée à cette époque, ainsi que vous le signalez dans votre excellent récit. Ces enfants n'étaient pas les siens et il lui était impossible de continuer à vivre en prétendant être leur mère. Ne pas avoir été capable d'assurer elle-même la descendance de l'illustre La Grange lui était insupportable.

— Ainsi, elle n'était pas la mère des jumeaux ? Pourtant, elle était originaire de Pondichéry. Elle était à moitié indienne. Les enfants lui ressemblaient.

— Non. Ils étaient en effet de beaux jeunes gens métissés, mais ils ne tenaient pas leur ascendance indienne d'Alys Lenoir. Leur véritable mère était une domestique, une servante de Goa, que j'ai eu l'occasion de rencontrer.

— Comment ? m'étranglai-je.

— De Goa ? murmura Conan Doyle. Une Indienne de Goa, la colonie portugaise…

Il frappa la table de sa cuillère.

— Carlos Branco était portugais ! Cette fille travaillait-elle pour la famille de Branco ?

— Exactement, Arthur. Bien vu.

Oscar adressa un large sourire au créateur de Sherlock Holmes, qui arbora une expression de tranquille satisfaction et récompensa lui-même sa perspicacité en s'accordant une tranche de cake aux cerises.

— Branco, à qui elle plaisait, la séduisit. Les hommes étant ce qu'ils sont, ce genre de choses n'est pas inhabituel. C'était une domestique, à peine plus âgée qu'une enfant, et il ne fut pas très difficile de la convaincre. Et quand l'ami et employeur de Branco, Edmond La Grange, lui eut avoué qu'il désespérait de trouver un jour une femme qui pourrait lui donner des héritiers, Branco suggéra sa petite et docile servante indienne. La Grange lui fut reconnaissant de cette proposition, qui répondait à toutes ses prières. À Paris, quelle autre possibilité avait-il de trouver une fille d'origine indienne susceptible de porter ses enfants ? Elle tomba aussitôt enceinte et, à la naissance des jumeaux, La Grange les apporta à sa femme. C'étaient ses enfants, leurs enfants, fabriqués sur commande. Grâce à cette fille qui avait fourni une descendance à l'illustre La Grange, Branco s'était assuré à vie une situation de « premier rôle masculin » dans la compagnie. Pour La Grange, rien n'était plus important que l'héritage familial et il savait que Branco ne révélerait jamais son secret. Branco était sa créature.

— Qu'est devenue la fille ?

— La Grange avait demandé à Branco de s'en occuper, ce qu'il a fait. Branco faisait toujours ce que son maître lui ordonnait. Il vivait dans l'ombre de La Grange. Il le craignait. Derrière son bagout et ses rodomontades, Branco était un faible, comme le sont souvent les grands acteurs.

Je sortis mon carnet de notes de la poche de ma veste. J'en feuilletai les pages à la recherche d'éléments corroborant cette nouvelle version de l'histoire.

— Dois-je comprendre que le père des jumeaux n'était pas Edmond La Grange mais Carlos Branco, et que la jeune Indienne était déjà enceinte de ce dernier lorsqu'elle coucha avec La Grange ?

— Exactement.

— Et personne n'était au courant, Oscar ? Personne n'avait le moindre soupçon ?

— Pourquoi en aurait-on eu ? Alys Lenoir était morte et Carlos Branco n'avait jamais rien dit. Pourquoi l'aurait-il fait ? Il avait honte d'avoir agi ainsi. Les jumeaux ressemblaient à leur mère supposée puisqu'ils étaient eux aussi à moitié indiens. Et s'ils semblaient avoir hérité du talent de leur célèbre père, Edmond La Grange, c'était peut-être parce qu'ils étaient en réalité les enfants d'un autre excellent acteur : Carlos Branco.

Conan Doyle balaya quelques miettes de son épaisse moustache.

— Quand La Grange a-t-il découvert la vérité ?

— Il lui a fallu vingt ans. Jusqu'à la première répétition complète d'*Hamlet*, au cours de laquelle on entrevoyait déjà le « parfait *Hamlet* », pour reprendre l'expression de Sarah Bernhardt. Branco n'avait pas quitté Agnès et Bernard des yeux. C'étaient ses enfants et ils étaient magnifiques ! Ils manifestaient un génie qui n'était pas celui de La Grange mais le sien ! Il lui était impossible de garder le silence plus longtemps. Il révéla son secret non pas au monde entier mais à La Grange, à Agnès et à Bernard. Il le fit par fierté. Et cet aveu le remplit de bonheur. Le soir de la première d'*Hamlet*, il avoua à Robert qu'il était « plus heureux qu'il ne l'avait jamais été ».

Conan Doyle maintenait sa main sur le manuscrit posé devant lui.

— Carlos Branco a révélé aux enfants qu'il était leur vrai père, mais leur a-t-il parlé de leur vraie mère ? Leur a-t-il parlé de la petite Indienne ?

— Bien que je n'aie aucun moyen d'en être certain, je ne crois pas. Vous vous souvenez que, dans son remarquable texte – chapitre vingt-deux, il me semble –, Robert rappelle qu'en apprenant le suicide de sa sœur,

Bernard a déclaré : « Nous avons ça dans le sang. » Bernard était convaincu qu'Alys Lenoir était leur mère.

Se penchant en avant, Oscar appuya ses coudes sur la table et rassembla ses doigts devant son menton.

— Carlos Branco voulait partager la fierté que lui donnaient ses enfants, mais il ne souhaitait pas révéler son comportement honteux avec la petite servante.

Il m'adressa un coup d'œil.

— Robert et moi avons fait irruption en pleine révélation, ou du moins juste après. En arrivant à proximité de la loge de La Grange, nous avons perçu l'écho d'une discussion animée à l'intérieur. Nous avons entendu une femme sangloter, et nous ne pouvions dire si c'était de joie ou de chagrin. Nous avons reconnu la voix de Carlos Branco, qui s'écriait : « *Mais enfin* !* » Il n'y a aucun doute là-dessus.

Arthur ôta sa main du manuscrit et la leva comme un élève désireux de faire une remarque.

— Branco était portugais. N'avait-il pas un accent quand il parlait français ? N'aurait-il pas pu dire « *Mes enfants !* » en réalité ?

— En effet, admit Oscar en souriant. C'est certainement l'une ou l'autre possibilité.

Oscar leva sa tasse de thé en direction du Dr Doyle, puis il but une gorgée avant de poursuivre.

— Quand nous nous sommes présentés à la porte, La Grange paraissait troublé, égaré, mais il s'est aussitôt ressaisi. « Ce vieux Polonius nous a fait part de quelques idées originales », a-t-il déclaré, précisant dans la foulée qu'elles avaient été « adoptées ». Vous souvenez-vous de ces quatre visages à ce moment-là, Robert ? Ils n'étaient pas faciles à déchiffrer. Nous pouvions y lire des émotions contradictoires, mais ce que chacun ressentait, et pourquoi, voilà qui nous était impossible à deviner.

— On ne devrait jamais révéler un secret, murmura Conan Doyle tout en picorant du bout de l'index les miettes dans son assiette. Une fois dévoilé, il devient un serpent, capable de s'insinuer partout.

— C'est ce qui semble s'être produit, Arthur, déclara Oscar en souriant à la maxime de notre ami écossais. La confession de Branco a bouleversé La Grange. Il était à la fois furieux et désemparé. Cela explique qu'il ait rayé le nom de son ami du livre d'or de sa garçonnière. Tout son univers s'écroulait. Cependant, le stupéfiant aveu de Branco lui donnait une liberté nouvelle. De fait, Edmond La Grange et Agnès éprouvaient bel et bien une attirance mutuelle, mais le Dr Blanche n'avait pas tort lorsqu'il affirmait qu'en « bons catholiques », l'inceste était pour eux, ainsi que pour la plupart d'entre nous, une tentation interdite. Comme souvent, le vieil homme désirait la jeune femme, et, comme parfois, la jeune femme aimait le vieil homme. C'était jusqu'alors une inclination sans lendemain ; toutefois, si Edmond La Grange et Agnès n'avaient plus de liens de parenté…

Oscar baissa discrètement les yeux, tandis que Conan Doyle agrandissait les siens.

— Rien ne les empêchait de devenir amants, souffla-t-il. Il n'y avait plus de tabou à enfreindre.

— Exactement, acquiesça Oscar en souriant. Et c'est ce qui est arrivé…

Conan Doyle se tamponna les lèvres avec une serviette.

— Eh bien, eh bien… murmura-t-il.

— Mais l'extase ne dura pas, poursuivit Oscar d'un ton enjoué. C'est, hélas, sa nature. Agnès était transportée qu'Edmond fût devenu son amant ; elle voulait informer le monde entier de son bonheur. Lors de notre souper au *Chat noir*, elle nous avait affirmé être « enfin libre ». Or La Grange ne partageait pas son enthousiasme. Son instabilité émotionnelle l'inquiétait, ses sentiments l'effrayaient, et il savait que son désir pour elle avait peu de chances de durer. L'amour peut résister à l'usure du temps, rarement les passions charnelles. Agnès n'était plus sa fille, mais elle ne resterait pas longtemps sa maîtresse. Pour tenir ce rôle, il faut être comme Gabrielle de La Tourbillon : une femme qui en a vu d'autres et à qui on ne la fait pas. Avec sa jeunesse et sa fragilité, avec la passion qui l'animait, Agnès ne pouvait lui apporter qu'un divertissement passager. Leur liaison était condamnée d'avance. Et si elle avait été portée à la connaissance du public, elle aurait très bien pu causer la chute de l'institution La Grange. Ce grand acteur savait très bien le danger qu'un scandale représente pour sa profession. Il nous l'a parfaitement fait comprendre lors d'un subit accès de colère dans sa loge. Quand il s'agissait de son métier, Edmond La Grange était un homme passionné, mais il était par ailleurs un « animal à sang froid », ainsi que l'avait qualifié Sarah Bernhardt, qui le connaissait bien. Il a vite compris que cette enfant qui se mourait d'amour pour lui ne valait pas les problèmes qu'elle ne manquerait pas de lui causer. Il fallait s'occuper d'elle, et ainsi fut fait.

Conan Doyle fronçait gravement les sourcils. Il hésitait à se resservir de génoise.

— Et Bernard ? demandai-je.

— Comment cela, Bernard ? fit Oscar d'un ton moqueur. Il n'était pas le fils de La Grange. « Qu'ai-je à faire de lui ? » nous a-t-il dit à plusieurs reprises. Et, même si nous ne l'avons pas compris sur le moment, nous étions présents lorsque La Grange a publiquement répudié son soi-disant fils. C'était lors de la répétition en costumes. Après que La Grange eut admis que la perruque d'Hamlet n'allait pas à Bernard, Maman s'est insurgée au nom de « la tradition des La Grange ». Edmond a coupé court à ses récriminations en déclarant : « La tradition, c'est fini. »

« Pour La Grange, Bernard était désormais le fils d'un autre, le bâtard de ce vieil imbécile de Polonius. Et il lui trouvait des mœurs trop dissolues, un goût trop prononcé pour le laudanum. Il lui était impossible d'accepter qu'une telle créature pût devenir le prochain La Grange. Et d'en prendre le risque. Que se passerait-il si Bernard venait à révéler qui était son véritable père ? La Grange a aussi décidé de se débarrasser de Bernard. Que lui importaient désormais ces deux jeunes gens ? Ils n'étaient pas ses enfants, mais deux imposteurs. Et, en tant qu'acteurs, étaient-ils si extraordinaires ? Étaient-ils vraiment meilleurs que leurs doublures ? N'était-ce pas seulement le nom de La Grange qui leur conférait cette allure particulière ?

Conan Doyle s'appliquait à découper sa part de gâteau en portions de la taille d'un timbre-poste.

— Ainsi, vous suggérez que c'est Edmond La Grange qui a tué Agnès et Bernard, grommela-t-il.

— Pas de ses propres mains. Il les a fait éliminer. C'était un homme qui avait l'habitude de donner des ordres, et d'être obéi.

Le regard de Conan Doyle se fit plus perçant.

— Alors, qui les a tués ?

— La même personne qui a tué le pauvre caniche et le malheureux Traquair, répondit Oscar sans se départir de son calme. Un individu qui faisait tout ce que lui demandait La Grange et qui agissait dans le style de son maître.

— Nous en revenons aux éléments, murmura Conan Doyle. La terre, l'air, l'eau et le feu.

— Oui, fit Oscar avec une soudaine énergie. Le recours aux éléments donnait une logique à cette série de meurtres. C'était une idée à la fois poétique et dramatique, typique de La Grange. Quatre assassinats, quatre éléments… Par ailleurs, ceux-ci fascinaient Épicure, qui était un modèle pour La Grange. Mais il est impossible que ce dernier ait commis ces crimes lui-même…

— Qu'est-ce qui vous permet de l'affirmer ?

— Robert et moi nous trouvions en sa compagnie dans la loge au moment où Bernard a été tué. Nous fournissions à La Grange un alibi inattendu. Il a pu être le commanditaire de l'incendie dans lequel a péri le garçon, mais ce n'est pas lui qui a jeté l'allumette. Il lui fallait un complice. Alors qui ? Sa mère ? Peu probable. C'était une vieille femme, certes dérangée mais incapable de commettre de tels forfaits. Gabrielle de La Tourbillon ? Possible. C'était la maîtresse de La Grange, et d'une certaine façon sa créature, cependant, elle ne m'a pas donné l'impression d'être une meurtrière.

— Vous m'en voyez ravi, marmottai-je.

Ma peau me brûlait, mais je ne crois pas que Conan Doyle s'en soit aperçu.

— De plus, La Grange aurait-il pu lui faire confiance ? poursuivit Oscar. Aurait-il pris ce risque ? Je ne pense pas.

Tâtant sa veste, Oscar se mit en quête de ses cigarettes.

— Enfin, ces meurtres ne me semblaient pas l'œuvre d'une femme. Une femme aurait sans doute pu attraper le chien et l'enterrer vivant, une femme aurait pu gratter l'allumette qui a causé la mort de Bernard, mais une femme aurait-elle pu plonger la tête d'Agnès dans la cuve et la maintenir sous l'eau jusqu'à ce qu'elle se noie ? Une femme aurait-elle pu tuer Washington Traquair en l'étouffant sous un oreiller ?

— Je vous arrête, intervins-je. Traquair est mort asphyxié.

— C'est ce que nous avons cru, précisa Oscar en allumant une cigarette. Du gaz s'échappait en effet dans le cagibi, mais pas assez à mon avis pour tuer un homme. Je pense que Traquair a été étouffé dans son sommeil et que ce n'est qu'après qu'on a ouvert le robinet du gaz pour donner l'impression d'un suicide.

— Seul un homme a pu commettre un tel acte et... commençai-je avant de m'interrompre.

— Et un homme qui était présent quand nous avons fait irruption dans la chambre de Traquair, reprit Oscar. Un homme qui en avait fermé la porte une fois son forfait accompli. Un homme qui avait remis la clé à l'intérieur en la glissant sous la porte, de telle sorte que nous l'avons découverte près du divan.

— Richard Marais ?

— Cela aurait pu être lui. C'est Marais qui a commis ces maladroites tentatives de meurtre sur ma personne, d'abord en essayant de m'écraser avec un contrepoids largué depuis les cintres, puis en cherchant à me noyer dans l'abreuvoir, boulevard du Temple. Je pense que son but était de m'effrayer, non de me tuer. Il voulait m'éloigner. Il craignait que je ne révèle sa combine à son maître, qui était en réalité au courant depuis longtemps. Marais était un escroc minable et loin d'être aussi sourd qu'il le prétendait, mais il avait une qualité qui l'innocentait…

Toujours concentré sur ses petits morceaux de gâteau, Conan Doyle émit un rire discret.

— Il aimait les chiens. Il s'occupait des affreux caniches de Maman. Il était improbable qu'il fût l'assassin de Marie-Antoinette.

— Encore une fois, bravo, cher docteur ! Marais n'est pas notre homme.

Conan Doyle posa son couteau en travers de son assiette, puis la repoussa pour écarter la tentation qu'elle représentait. Il leva les yeux vers Oscar et sourit.

— Éliminez tous les autres éléments, celui qui reste doit être le bon, dit-il. Le coupable, c'est l'Américain. Forcément. Eddie Garstrang, le joueur professionnel.

Oscar s'appuya contre le dossier de sa chaise et demeura ainsi quelques instants, promenant son regard autour de nous. Nous étions les derniers clients. À l'autre extrémité de la salle, deux serveuses bavardaient près du présentoir à gâteaux. Oscar tira une lente bouffée sur sa cigarette et suivit des yeux la pâle volute de fumée violacée qui sortit de ses narines pour se perdre au-dessus de nous.

— Une dernière fois, bravo, Arthur, dit-il enfin. Je suis sincère. À certains égards, Garstrang est le plus fascinant de tous les personnages hors du commun qu'il m'a été donné de rencontrer au cours de cette extraordinaire année. Rien ne nous prédestinait à devenir amis et pourtant, dès notre première rencontre, il m'était apparu que nous avions beaucoup en commun. Garstrang était tout à la fois l'acteur et le spectateur de sa propre existence. Il se sentait étranger au monde qui l'entourait, comme je le suis moi-même. Il avait le goût du risque, comme j'espère l'avoir moi-même. Et il recherchait la gloire et la fortune, comme je les désire moi-même. Il était prêt à tout miser sur un seul coup de dés, sans se préoccuper des conséquences. J'aime penser que j'aurais le courage d'en faire autant.

Se penchant en travers de la table, Oscar rapprocha son visage de celui de Doyle.

— Quand ils se sont rencontrés dans le Colorado, Garstrang et Edmond La Grange ont joué aux cartes ensemble. Ainsi que vous vous en souvenez, Garstrang a perdu et, partie après partie, il a continué de perdre bien au-delà de ses moyens. Il a joué jusqu'à appartenir corps et âme à La Grange, tout comme une arme appartient à son fourreau.

Oscar contempla sa cigarette.

— Fine gâchette lui-même, La Grange trouvait amusant d'avoir un tireur d'élite dans son entourage.

Conan Doyle rit. Avec une allumette, il tassait son tabac dans la pipe toute neuve que lui avait offerte sa petite fille à Noël. Il dévisagea Oscar et lui sourit.

— Ainsi, La Grange et Eddie Garstrang ont conclu un marché, c'est cela ? Il pourrait s'acquitter de sa dette et recouvrer sa liberté en échange d'un petit service.

— Oui. Tout ce que Garstrang aurait à faire, ce serait de tuer sur commande. Quatre fois. Et ensuite, il serait libre de quitter La Grange, sans plus rien lui devoir. Pour rendre le jeu plus amusant, pour l'un et l'autre, La Grange introduisit le principe des « meurtres élémentaires » : la mort devrait être causée par la terre, l'air, l'eau et le feu.

— Pourquoi ont-ils commencé par le chien, Oscar ? questionnai-je. Quel mal avait-il fait ?

— Tuer Marie-Antoinette n'était qu'un *amuse-gueule**, Robert. C'était un exercice préliminaire destiné à mettre Garstrang à l'épreuve. La Grange savait que la mort de cet animal n'importerait à personne, sauf peut-être à Maman et à Richard Marais. Et Edmond La Grange n'avait beaucoup d'affection ni pour l'un ni pour l'autre.

Conan Doyle posa sa pipe. Sa moustache tressauta.

— N'était-il pas très proche de sa mère ? demanda Arthur, qui lui-même l'était de la sienne.

— Je dirais plutôt qu'il la méprisait, rétorqua Oscar, qui était lui aussi très attaché à la sienne. Il lui devait tout et ce n'est pas toujours une situation qui suscite les meilleurs sentiments chez un homme. Il acceptait la place qu'elle occupait dans sa vie, mais ses manies l'irritaient et sa suffisance le mettait hors de lui. Plus d'une fois nous l'avons entendu juger ses propos ridicules.

— « Un animal à sang froid », le mot est juste, murmura Conan Doyle en suçotant sa pipe éteinte. En fin de compte, il était excité à l'idée d'avoir un tueur à sa disposition, même s'il n'avait pas encore de victimes en tête.

— Exactement. Et, avec Garstrang, il était convaincu d'avoir trouvé l'homme à même de servir ses intérêts. Garstrang a tué Marie-Antoinette avec un certain style : il l'a enterrée vivante dans la malle où je transportais mes livres. J'imagine que La Grange a dû en être fort amusé. Il avait beaucoup d'humour.

Oscar gratta une allumette pour allumer une autre cigarette.

— Garstrang lui avait prouvé qu'il pouvait tuer un chien… mais pouvait-il tuer un homme ?

Il laissa tomber l'allumette enflammée dans le restant de son thé.

— Il s'est avéré que oui.

Je me tournai vers Conan Doyle. Une expression endeuillée voilait son regard.

— Pauvre Traquair…

Il soupira.

— Oui. Pauvre Traquair… répéta Oscar. En ce jour funeste où, dans la loge de La Grange, Carlos Branco a livré son secret aux principaux intéressés, où se trouvait l'infortuné Washington Traquair ? Dans son cagibi, évidemment, avec sa solitude pour seule compagnie. Avait-il entendu les révélations de Branco et la dispute qui s'était ensuivie ? C'est fort probable. Mais avait-il compris ce dont il était question ? On peut gager que non. Toutefois, La Grange n'en avait pas la certitude et il ne voulait prendre aucun risque. En outre, il lui était d'autant plus simple de se débarrasser de Traquair qu'il avait sous la main quelqu'un pour s'en charger. La Grange ordonna donc à Garstrang de tuer son habilleur. « C'est un domestique, un nègre, un être sans importance. » Garstrang s'acquitta de sa tâche avec zèle. À sa manière, c'était un artiste. Et il exécutait les ordres de La Grange à la perfection. Ce dernier le tenait en haute estime.

Oscar se tourna vers moi.

— À mon avis, Robert, son intervention lors de votre duel visait autant à garantir la sécurité de Garstrang que la vôtre.

Je plongeai la tête dans mon calepin et me cachai les yeux. Même après tant d'années, l'absurdité de ce combat et de ma toquade pour Gabrielle de La Tourbillon était toujours pour moi une cause d'embarras. Abrité derrière ma main, je jetai un coup d'œil vers le buffet : les deux serveuses avaient disparu et nous étions désormais seuls dans le salon de thé.

— La Grange avait besoin de Garstrang, poursuivit Oscar. Il avait une mission à accomplir : se débarrasser des jumeaux. La Grange lui avait donné l'ordre de les tuer tous les deux. Ce n'était pas une tâche très difficile, même avec la contrainte des règles qu'ils s'étaient fixées. Noyer Agnès fut aussi aisé que brûler Bernard. Garstrang s'était procuré une bouteille d'éther dans la garçonnière de La Grange. Peut-être se trouvait-elle dans la caisse que nous l'avons vu emporter. Puis il l'a vidée à l'intérieur de la berline que La Grange destinait à son soi-disant fils, qui souhaitait se rendre à Montmartre. La Grange avait prétendu avoir retenu la voiture pour nous conduire au *Pharamond*. C'était faux. Il n'avait aucune intention de nous emmener souper. Il savait que s'il offrait à Bernard de lui payer un fiacre, celui-ci ne refuserait pas. Garstrang a accompagné le garçon jusqu'au véhicule et, aussitôt la portière refermée, il a jeté sa cigarette incandescente à l'intérieur, provoquant l'embrasement du cab.

— C'est horrible, marmonna Conan Doyle.

— Ainsi, c'est Eddie Garstrang qui a tué Agnès et Bernard La Grange, conclus-je en soulignant le nom de l'Américain dans mon carnet.

— Oui. Sur ordre d'Edmond La Grange.

— Mais alors qui a tué ce dernier ? demanda Conan Doyle. Il n'était pas homme à se suicider.

— Non, quoique mourir ne l'effrayât pas beaucoup. Épicure lui avait enseigné que « la mort n'est rien pour nous car ce qui est dissout ne sent pas et ce qui ne sent pas n'est rien par rapport à nous[1] ».

1. Épicure, *Maximes capitales*, II.

Je demeurais plongé dans mes notes.

— Une fois les jumeaux assassinés, Garstrang reprenait sa liberté, observai-je.

— En effet. Quand vous l'avez croisé l'après-midi de la mort de La Grange, il vous a dit qu'il était depuis minuit un homme libre. Il vous a expliqué que son contrat le liait à La Grange pour six mois et que le terme était échu. Mais cela n'avait aucun sens : cette durée ne correspondait ni au passage de la compagnie La Grange à Leadville, qui remontait à plus longtemps, ni à l'embarquement de Garstrang sur le SS *Bothnia*, qui était plus récent. Non, Garstrang était libre parce qu'il avait rempli sa part du marché.

Tout à coup, Arthur Conan Doyle se mit à grogner. C'était un grondement étouffé, semblable à celui qu'aurait fait un chien de chasse à l'approche d'un terrier. Il plissa les yeux et les braqua sur Oscar.

— Mais Edmond La Grange avait décidé de ne pas laisser partir son homme de main, n'est-ce pas ?

Oscar sourit.

— Vous devriez écrire des romans policiers, Arthur. La Grange a annoncé à Garstrang qu'il lui fallait encore un meurtre. Il manquait le cinquième élément, celui que les philosophes antiques appelaient la « quintessence ». Encore un assassinat, et La Grange rendrait à Garstrang tout l'argent qu'il lui avait gagné aux cartes, en plus de sa liberté.

— Garstrang a dû protester qu'il ne lui devait plus rien.

— Naturellement, mais La Grange estimait qu'il avait un atout maître dans son jeu : Garstrang s'étant rendu coupable de quatre meurtres, il était gravement compromis, et donc vulnérable… « Un de plus, c'est tout ce que je vous demande. Tuez Carlos Branco et vous serez libre. Utilisez mon revolver que voici. Il réunit les quatre éléments : la terre, l'air, l'eau et le feu. Éliminez Branco et nous serons quittes. »

Oscar marqua une pause. Ce fut Arthur qui poursuivit fiévreusement le récit :

— Mais Eddie Garstrang a compris qu'ils ne seraient jamais « quittes » ! S'il tuait Branco, que se passerait-il ensuite ? Il avait remboursé sa dette. C'était un homme d'honneur, qui considérait avoir tenu parole. Si La Grange était incapable de s'en tenir à ce qu'ils étaient convenus, alors c'était lui qui devait mourir. C'était le seul moyen de régler définitivement cette affaire.

— Nous savons comment il s'y est pris, reprit Oscar en abandonnant son mégot dans sa tasse de thé. Il a revêtu le costume du fantôme du père d'Hamlet, sa cape, son casque… Il s'est présenté à la loge de La Grange et c'est bien ce dernier que nous avons vu lui ouvrir la porte. Il se tenait devant la psyché. Garstrang est entré, expliquant, je suppose, son déguisement par le meurtre de Branco, qu'il affirma être prêt à commettre si tel était le souhait de La Grange. Il demanda alors à ce dernier de lui confier son arme. Le vieil acteur ne se fit pas prier, mais, par ce geste, il scella son sort. Garstrang retourna instantanément le revolver contre son propriétaire et l'abattit sans hésitation. Son forfait accompli, il posa le colt sur la table à maquiller, se débarrassa de la cape et du casque et sortit de la pièce pour y revenir presque aussitôt en compagnie de Carlos Branco.

— Pourquoi ne pas avoir raconté tout cela à la police à l'époque ? demandai-je.

— Pour la même raison qui fit taire à Carlos Branco que les jumeaux étaient en réalité ses enfants : qui l'aurait cru ? La Grange mort, quelle preuve restait-il ? Branco faisait un coupable idéal. Il avait le mobile, les moyens, l'occasion… et vous l'aviez vu entrer dans la loge quelques instants avant la mort de La Grange, Robert. Vous l'aviez reconnu. Vous étiez catégorique.

Conan Doyle jeta un regard circulaire autour de nous.

— Nous sommes les derniers. Il est cinq heures et demie passées, fit-il en consultant sa montre.

— Il nous faut partir si nous ne voulons pas nous retrouver enfermés avec les figures de cire, déclara Oscar, qui recula sa chaise et se leva. Où est notre addition ?

— Je suis heureux de vous informer que nous sommes les invités de Tussaud.

— Ah, fit Oscar en souriant. Nous devons à Marie-Antoinette d'avoir mangé de la brioche.

Il enfila ses gants tandis que je ramassais l'enveloppe brune qui contenait notre manuscrit.

— Du travail m'attend, bougonnai-je.

— Rien ne presse, répliqua Oscar avec nonchalance. N'oubliez pas que ce sera un document posthume.

Nous traversâmes le salon de thé désert pour rejoindre les salles d'exposition.

Une idée me traversa soudain l'esprit.

— Oscar, comment avez-vous la certitude qu'Agnès et Bernard étaient véritablement les enfants de Carlos Branco ?

— Parce que la gémellité, comme le suicide, peut être un trait héréditaire.

— Cependant Agnès et Bernard ne se sont pas suicidés, observa Conan Doyle. Et Alys Lenoir, qui s'est donné la mort, n'était pas leur mère.

— C'est vrai. Mais Carlos Branco, qui était leur père, avait un jumeau.

— Comment savez-vous cela ?

— Parce que je l'ai rencontré. Le frère de Carlos Branco compte parmi les personnages étonnants que j'ai croisés à cette époque. C'est mon ami George Palmer, le roi du biscuit, qui me l'a présenté. Le jumeau de Branco était un ecclésiastique, un converti, un fanatique, un pasteur anglican d'origine portugaise. Il était venu en Angleterre dans sa jeunesse pour rejoindre l'Alliance évangélique[1]. La première fois que je l'ai rencontré, son accent m'a paru trop parfait pour être naturel. Ce n'est qu'à notre deuxième rencontre que j'ai compris à qui j'avais affaire. Son regard, ses gestes, sa façon de s'exprimer… tout chez lui me paraissait familier. Mais tandis que Carlos Branco était, à l'âge de soixante ans, un homme corpulent, au visage sanguin, Paul White était mince et avait le teint pâle. White est la traduction en anglais de *branco*, qui signifie « blanc » en portugais. Et Paul était le prénom qu'il s'était choisi au moment de sa conversion. Paul White était maigre, blafard, et tenaillé par la honte. Vous vous souvenez de ce que La Grange nous a expliqué au sujet des acteurs, qui, en France, sont considérés comme des réprouvés. Paul White vivait l'existence et la vocation de son frère comme une infamie. Il avait honte du service qu'il lui avait rendu vingt ans auparavant.

« Carlos lui avait confié une malheureuse petite Indienne originaire de Goa, une servante un peu simple d'esprit qui s'était déshonorée. Carlos Branco

1. Organisation caritative, fondée à Londres en 1846, qui regroupe les différentes Églises évangéliques du Royaume-Uni.

espérait que son frère pourrait la prendre à son service. Ses convictions d'évangéliste interdisaient à Paul White de l'accueillir sous son toit, mais il lui avait trouvé malgré tout une place à la prison dont il était l'aumônier. C'est elle que j'ai vue dans la chapelle lors de ma visite à Reading. Paul l'avait interpellée dans une langue que j'avais prise pour de l'espagnol. Ce n'est que plus tard que j'ai compris que c'était du portugais.

Nous étions parvenus sous l'immense dôme de verre qui surmontait le hall du musée de Madame Tussaud. Conan Doyle rompit le silence qui s'était installé entre nous.

— Et l'Américain ? demanda-t-il en suçotant sa pipe. Qu'est devenu Eddie Garstrang ?

— Oh, il a atteint son but, fit Oscar avec désinvolture. À sa manière, il est devenu célèbre. Ou du moins, connu du public. C'était ce à quoi il aspirait.

— Je n'ai jamais entendu parler de lui, remarqua Conan Doyle.

— Il ne doit pas sa réputation à ce qu'il a fait de son vivant, mais à la façon dont il est mort.

— Est-il retourné dans le Colorado ?

— Non, il est resté en France. Il a repris son existence de joueur professionnel. J'ai envoyé un mot à l'inspecteur Malthus pour lui suggérer de le tenir à l'œil. Il n'a pas manqué de le faire. Trois ans plus tard, il arrêtait Garstrang. Il avait tué un homme de sang-froid. Une histoire de dette de jeu... Eddie Garstrang a été condamné à mort. Ç'a été un événement particulier. Il est en effet le dernier à avoir été exécuté avec la guillotine originale. C'est pourquoi il se trouve ici même, dans la Chambre des horreurs.

Oscar jeta un regard en direction de la pendule accrochée au-dessus de la porte principale.

— Il est six heures moins dix, messieurs. Nous avons le temps de passer le voir avant la fermeture. Robert ne l'a pas reconnu, mais moi si. Il a une tête d'assassin. C'est à cause de son sourire. Ne faites jamais confiance à un homme dont le sourire dévoile les dents inférieures.

# Remerciements

Les lecteurs de ma série des enquêtes d'Oscar Wilde me posent souvent la même question : « Quelle est la part de vérité ? » Je leur réponds toujours : « Tout est vrai. Enfin, presque tout. En tout cas, beaucoup plus que vous ne l'imaginez. » Les amitiés d'Oscar Wilde avec Robert Sherard, Arthur Conan Doyle, George W. Palmer et Sarah Bernhardt sont bien connues. Ses rencontres avec Louisa May Alcott et P. T. Barnum ainsi que son intérêt pour les établissements pénitentiaires et les réformes sociales sont largement documentés, quoique moins célèbres. Il se trouvait bel et bien aux endroits où je le situe dans cette histoire – Leadville, New York, Londres, Paris, Reading – aux dates correspondantes. W. M. Traquair fut réellement son valet lors de sa tournée américaine en 1882.

Dans ce nouvel épisode, comme dans les précédents, je me suis efforcé d'être aussi précis que possible (et si vous avez repéré une erreur, je vous serais reconnaissant de me la signaler). Pour cela, je me suis appuyé sur les conversations que j'ai eues au fil des ans avec quelques personnes remarquables. Parmi elles, je citerai feu mon père, Charles Brandreth, qui connut Robert Sherard dans les années 1930, John Badley, le fondateur de la Bedales School, où je fus élève dans les années 1960, et qui avait été ami avec Oscar Wilde, Sir Donald Sinden, qui avait fréquenté Lord Alfred Douglas dans les années 1940, et Merlin Holland, l'unique petit-fils d'Oscar Wilde.

Pour préparer *Oscar Wilde et le cadavre souriant*, j'ai bénéficié de l'aide précieuse d'Isobel Morrow, membre du comité de surveillance de la prison de Reading, de Pauline Bryant, gouverneur de la prison et de l'institution pour mineurs de Reading, d'Anthony Stokes, gardien-chef à la prison de Reading et auteur de *Pit of Shame: The Real Ballad of Reading Gaol* (2007), de Pamela Pilbeam, auteur de *Madame Tussaud and the History of Waxworks* (2003), à qui je dois d'avoir découvert *The Theatre Industry in Nineteenth Century France* de F. W. J. Hemmings (1993), et enfin de Son Excellence Osman Korutürk, ambassadeur de Turquie en France, qui nous a aimablement fait visiter, à ma femme et à moi, l'hôtel de Lamballe, à Passy, qu'il occupe désormais et qui fut auparavant la résidence de la princesse de Lamballe et la clinique des célèbres Drs Blanche.

Je souhaiterais remercier tout particulièrement pour leur contribution à ce livre Mme Gabrielle de La Tourbillon, qui, en 1965, m'a offert son exemplaire de *Réflexions sur le théâtre* de Jean-Louis Barrault, qui le lui avait dédicacé, le peintre Anthony Palliser, la romancière Anne Perry, l'écrivain et professeur Paul Ibell, la compositrice et parolière Susannah Pearse, et Roger Johnson et Jean Upton de la Sherlock Holmes Society of London.

Comme toujours, ma gratitude va à mon agent, l'incomparable Ed Victor, et à deux membres de son équipe en particulier, Linda Van et Morag O'Brian.

Pour leur indéfectible enthousiasme et leurs pertinentes suggestions, j'éprouve une reconnaissance égale pour trois remarquables éditrices, Kate Parkin à Londres, Trish Grader à New York et Emmanuelle Heurtebize à Paris.

Voici une autre question que l'on me pose souvent : « Quelle biographie d'Oscar Wilde recommanderiez-vous ? » Bien sûr, je préconiserais l'*Oscar Wilde* de Richard Ellmann (Gallimard, 1994), mais, aussi magistrale que soit cette œuvre, elle est truffée d'imprécisions, et sa lecture doit s'accompagner de celle d'*Additions and Corrections to Richard Ellmann's Oscar Wilde*, de Horst Schroeder (2002). Je citerais également, et cette fois sans réserve, *L'Album Wilde* (Le Rocher, 2000), de Merlin Holland (1997). Enfin, les deux livres qui, selon moi, permettent d'approcher au plus près le « vrai Oscar Wilde » sont *The Complete Letters of Oscar Wilde*, éditées par Merlin Holland et Rupert Hart-Davis (2000), et *Fils d'Oscar Wilde*, de Vyvyan Holland (Flammarion, 1955).

*Composé par Nord Compo Multimédia*
*7, rue de Fives, 59650 Villeneuve-d'Ascq*

Cet ouvrage a été imprimé en France par

CPI
Bussière

à Saint-Amand-Montrond (Cher)
pour le compte des Éditions 10/18
en janvier 2010

Dépôt légal : février 2010.
N° d'édition : 4651. — N° d'impression : 093783/1.